シェイクスピア
New四大悲劇

マクベス
リア王
ハムレット
オセロ

今西 薫
Imanishi Kaoru

風詠社

まえがき

　この度、『シェイクスピア New 四大悲劇』、制作年代順に言う
なら、『ハムレット』（1600）、『オセロ』（1603）、『リア王』（1605）、
そして『マクベス』（1606）を一冊の本にまとめて出版する運びと
なった。しかし、この本では私が 3 年ほど前から取り掛かってい
る「七五調訳シェイクスピア」のシリーズの若い順にさせて頂い
た。その順は、シリーズ No. 2 の『マクベス』、No. 3 の『リア王』、
No. 5 の『ハムレット』、No. 7 の『オセロ』というようになっている。
シェイクスピアは 1564 年生まれなので、単純に計算すると、『ハム
レット』は彼の 36 歳のときのもので、『マクベス』が 42 歳である。
この 6 年間が彼の絶頂期である。

　現在、七五調訳シリーズは No. 13 にまで到達しているのだが、
この四大悲劇と比較すると、訳し終えた他の作品とは歴然とした差
がある。内容の重さが違う。悲劇だから「重い」、喜劇だから「軽
い」というような軽重ではなく、心に重く響くという点で重いとい
う表現を使っている。

　シェイクスピアが劇作家としてデビューした頃の作品は、歴史劇
の『ヘンリー 6 世』（1592）と残酷な復讐劇の『タイタス・アンド
ロニカス』（1592）である。その作品の上演の直後にロンドンでペ
ストが大流行し、それが 1594 年まで終息せず、ロンドンの劇場は
その間、閉鎖されていた（2020 年からコロナのために閉鎖されて
いた日本の劇場とよく似た状況である）。ペストの終息後に上演さ
れたのが、『ロミオ＆ジュリエット』（1595）や『（真）夏の夜の夢』
（1595）などの恋愛劇である。それから 5 年後に四大悲劇の時代が

到来する。

　『マクベス』の初演は、ジェイムズ1世が義理の弟であるデンマーク王を迎えて、ロンドン郊外にあるハンプトン・コート宮殿で行われた。この宮殿を所有したのはヘンリー8世であったし、続いて、その娘のエリザベス1世。彼女亡き後はスコットランド王ジェイムズ6世が、イングランドやアイルランド王も兼ねて「ジェイムズ1世」となって即位したのが1603年である。

　シェイクスピアの時代には、イギリスでは羊毛製品の需要の高まりにより、羊の放牧のために「囲い込み」が行われ、零細農家の人々は土地を失い、やむなく移流民、即ち、放浪者と化していた。これにより、放浪者を取り締まる法律ができ、旅回りの芝居一座は放浪者の一群と同類に扱われ、移動は法に触れることになった。そこで、「劇団」であるのなら、それを保証する有力者のパトロンがいることが義務付けられた。このパトロン制度は劇団にパトロンから経済的な援助が必ずしもあるというわけではなく、名目上だけでも劇団を抱えていることは、有力者には外面の良い誇らしげなことであった。また、劇団には巡業を継続できるか否かという死活問題であり、相互の思惑によって関係は成立していた。

　シェイクスピアが所属していたのは内務大臣で、劇団名は「内務大臣一座」であった。ところが、ジェイムズ1世が即位した後、「国王一座」に格上げされ、宮廷での上演回数も増え、シェイクスピアの円熟期であったことも重なり、興行的にも大成功となり、劇団の収益も上がっていた。このことにより、シェイクスピアは故郷ストラットフォード・アポン・エイボンに広大な土地を購入して邸宅を建て、老後というには少し早過ぎるが47歳で作家稼業を辞めた。そして、52歳で亡くなるまで5年間という短い期間ではあるが、

悠々自適の暮らしができたのである。

作品の話に戻って、七五調でこれらの作品を訳しておいて、なぜ再び同じ作品を訳すのかと尋ねられるかもしれないと思い、その理由を書かせて頂く。七五調は、近松門左衛門の作品だけでなく、唱歌、演歌、歌謡曲、詩、標語、日常のあらゆる場面で遭遇する口調である。七五調のリズムは、心に残るし、覚えやすいし、軽快で心がハネる。躍動感も出せるし、また逆に、「千曲川旅情」のように寂寥感も出せる。また、誰もが知っている甲子園で歌われる「栄冠は君に輝く」など、青空の下、甲子園の球児たちが白球を追って熱戦を繰り広げる光景が目に浮かぶような歌まであって、多種多様である。私は七五調の言葉を「魔法の言葉」と呼んでいる。

日本語を話す民族の血の中にその音の息吹が根付いているような気がして、過去に誰もシェイクスピアの作品であろうが、どんな海外の作品であろうが、七五調で訳した人などいないだろうと意を決して訳し続けているが、翻訳となると、どうあがいても七五調には絶対にならない語がある。それに、シェイクスピアなら英語なので、英語にない日本語特有の敬語が文脈の中でスラッと使えない場面に遭遇する。普通の日本語なら端的に言えるのに、七五調にしようとするために表現がまどろっこしくなったりするのである。また、七五調のために、読みやすいのだが、舞台で上演するのには明らかに不向きである。これでは、上演を目的として作品を作ったシェイクスピアに訳者として会わす顔がない。そういうわけで、シェイクスピアの最高傑作の四作品だけでも、上演に耐える「普通の現代日本語」で訳すことにしたのである。

話は変わるが、シェイクスピアは印刷技術の普及により、世界中の人々に愛読され、彼の死後400年以上経った現在、数多くの言語

に翻訳されているし、もちろん世界各地の舞台で上演されている。イギリスのみならず、他の国の数多くの劇作家、小説家、詩人にしても、誰一人シェイクスピアほど、国を問わず愛読されている作家はいないのではないだろうか。

　日本はと言うと、歌舞伎や文楽は別格として、巷に小説は受け入れられていたが、戯曲は読み物として敬遠されてきた国である。その国でさえ、シェイクスピアの作品は坪内逍遥以来、読まれ続けている。その理由は、彼の描く登場人物には共感でき、作品の内容に心に響くものがあるからだろう。

　シェイクスピアより8歳年下で、劇作家でもあり詩人でもあるベン・ジョンソンは、彼を「正直者で率直、自由闊達な性質で愛すべき人物だ」と、語っている。きっと、シェイクスピアは心優しくて、良い人だったのに違いない。

目　次

まえがき	1
『マクベス』	7
『リア王』	105
『ハムレット』	247
『オセロ』	397
あとがき	536

『マクベス』

　1606年、シェイクスピア（1564〜1616年）が42歳の絶頂期に書いた作品。マクベスの心の闇に焦点を当て、刻一刻と変わる彼の心の動きを巧みに捉えている。魔女の言葉に唆され、マクベス夫人に後押しされて、悪事を重ね、自ら「大釜」の中に没してしまうマクベスの生きざまが見事に描かれている。

マクベスのコードー城（訳者撮影）

主な登場人物

ダンカン　　　　スコットランド王

マルコム　　　　ダンカンの長男

ドナルベイン　ダンカンの次男

マクベス　　　　ダンカンの軍隊の将軍　後のスコットランド王

バンクォー　　同じくダンカンの軍隊の将軍

マクダフ　　　　スコットランドの貴族

レノックス　　　　　　　〃

ロス　　　　　　　　　　〃

メンティース　　　　　〃

アンガス　　　　　　　〃

ケイスネス　　　　　　〃

フリーアンス　バンクォーの息子

シィワード　　ノーサンバランド伯爵／イングランド軍の指揮官

子息　　　　　　シィワードの未成年の息子

シートン　　　マクベスの親衛兵（鎧持ち）

息子　　　　　　マクダフの息子

Eng.（イングランド）の医者

Scot.（スコットランド）の医者

隊長

門番

老人

刺客1、2、3

マクベス夫人

マクダフ夫人

マクベス

侍女　　　　　マクベス夫人の侍女

三人の魔女

ヘカティ　　　悪魔の女王

幻影達

貴族達、従者達、将校達、別の刺客達、兵士達、使者達

［場所］スコットランド　イングランド

第1幕

　第1場　荒野　　　　　　　　　　　　　　　　　　　12

　第2場　フォレス近くの王の陣営　　　　　　　　　13

　第3場　ヒースが生い茂った野原　　　　　　　　　15

　第4場　フォレス　王宮　　　　　　　　　　　　　21

　第5場　インヴァネス　マクベスの城　　　　　　　23

　第6場　マクベスの城の前　　　　　　　　　　　　26

　第7場　マクベスの城の一室　　　　　　　　　　　28

第2幕

　第1場　インヴァネス　マクベスの城　　　　　　　31

　第2場　マクベスの城の一室　　　　　　　　　　　33

　第3場　マクベスの城の南門　　　　　　　　　　　37

　第4場　マクベスの城の外　　　　　　　　　　　　44

第3幕

　第1場　フォレス　王宮　　　　　　　　　　　　　47

　第2場　王宮の一室　　　　　　　　　　　　　　　52

　第3場　王宮から少し離れた場所　　　　　　　　　54

　第4場　王宮の大広間（宴会の用意が整っている）　56

　第5場　雷鳴が鳴り響く荒野　　　　　　　　　　　62

　第6場　フォレスの豪邸　　　　　　　　　　　　　64

第4幕

　第1場　洞窟（中央に煮えたぎる大釜）　　　　　　66

　第2場　ファイフ　マクダフの城　　　　　　　　　73

　第3場　イングランド　エドワード懺悔王の王宮の前　77

第5幕

　第1場　ダンシネーン　マクベスの城の一室　　　　87

10

第2場	ダンシネーン近くの荒地	90
第3場	ダンシネーン　マクベスの城の一室	92
第4場	バーナムの森近く	95
第5場	ダンシネーン　マクベスの城の中庭	96
第6場	ダンシネーン　城門の前	98
第7場	荒野の別の場所	99
第8場	荒野　また別の場所	101
第9場	城内	102

第1幕

第1場

荒野

（三人の魔女登場）

魔女1　あたいらが次に会うのはいつなのさ？　雷や稲妻や雨の中[1]かい？

魔女2　どさくさ紛れで、戦に勝ったり負けたりしたときさ。

魔女3　陽が落ちる前。

魔女1　場所はどこ？

魔女2　荒野だな。

魔女3　出会うのはマクベスだ。

魔女1　今すぐ行くよ、グレイマルキン[2]！

魔女2　呼んでいるのは、ヒキガエル。

魔女3　今すぐだから。

魔女三人　良いことは悪いこと、悪いことは良いことだ。[3]霧の中、澱んだ空気を切り裂いて飛び回ろうよ。（魔女達は霧の中に姿を消す）

1　荒天は魔女が起こす災いだとされている。
2　魔女の飼い猫。
3　魔女にとって「善」は「悪」であり、「悪」は「善」。

マクベス

第2場

フォレス近くの王の陣営[4]

（ダンカン王、マルコム、ドナルベイン、レノックス、従者達、
負傷した兵士登場）

ダンカン　血を流しているあの男は何者か？　あの様子では最新の
反乱軍の様子などを伝えに来たのに相違ない。

マルコム　あの方は隊長で、武勇に猛る戦士です。捕縛の危機に
あったときに私を救ってくれた恩人です。〈隊長に〉やあ、勇敢
な我が友よ！　戦場を後にしたとき、戦況はどうだったのか、王
さまに報告をお願いします。

隊長　戦況はあたかも二人の泳ぎ手が、疲労困憊になり水の中でお
互いがお互いにしがみつき、にっちもさっちもいかなくて、勝敗
は長らく決着がつかず、マクドナルドは悪逆非道。西の島から[5]
傭兵の侮りがたい大軍を得ていたのです。運命の女神は何故か逆
族に一時ばかり微笑んで、マクドナルドの情婦に落ちるかと見え
たときに、猛虎マクベスが現れました。運命などには目もくれず、
剣を振るい、血飛沫を上げて敵を次々に薙ぎ倒し、敵陣深く斬り
込んで、目指す賊将を見るとすぐに腹から顎へ斬り裂いて、その
首を高々と胸壁に掲げたのです。

ダンカン　ああ、なんと勇壮なのか、我が親族の者！

隊長　太陽が眩しく昇る東の空に船を沈める危険な嵐が起こったよ

4　スコットランド北部の当時の首都。
5　スコットランドのヘブリディーズ諸島。

13

うに、安全であるべき所に危険の兆しが現れたとき— お聞きください、ダンカン王— 武勇によって正義が為され、我が軍が敵兵どもを蹴散らしていると、その隙を狙ってノルウェー王が武装を新たにして軍を増強し、急襲してきたのです。

ダンカン 我が方の将軍マクベスやバンクォーは、さぞかし肝を冷やしたことであろう。

隊長 鷲が雀に、ライオンが兎に肝を冷やすと言われるのなら、それぐらいなら冷やされたかもしれませんが、両将軍は火薬を二倍詰め込んだ大砲のように、敵に倍する攻撃を加えていって奮戦をなされました。その壮絶さは傷口から吹き溢れてくる血の海に、身を投げ出すとご決意をなされたのか、ゴルゴタ[6]の地を再現されるおつもりなのか、誰にも判断できないほどの猛烈さで… ああ、もうだめです。失血で気が遠くなってきました。

ダンカン その言葉もその傷も勇者の印だ。連れて行き、傷の手当てを致すのだ！（隊長は付き添われて退場）そこに来たのは誰なのだ？

（ロス、アンガス登場）

マルコム ご立派なロスの領主でございます。

レノックス ただならぬことが起こったようだ。彼の目が慌ただしさを物語っている。

ロス 神のご加護が王さまに！

ダンカン どこから来たのか？

6　キリストの磔（はりつけ）の地。ギリシャ語で「頭蓋骨」の意味。

マクベス

ロス ファイフ[7]からです。そこはもうノルウェーの旗が空を覆い尽くして、人々を恐怖のどん底に陥れています。ノルウェー王が率いた大軍と、その援軍についた謀反人のコードー領主が相手です。ノルウェー王の攻撃は激烈で、それに対するマクベスは軍神マルス[8]を体現したかのように甲冑に身を固め、強敵を敢然と迎え撃ち、切っ先を交えてノルウェー王の野心さえ打ち砕き、我が軍に大勝利を呼び込みました。

ダンカン 喜びに満ちた良い知らせだな！

ロス ノルウェー王のスウィーノーは和平交渉を求めてきました。我が方は聖コラム島[9]にての一万ドルの賠償金を支払わないと、敵の兵士の埋葬を許可しないつもりです。

ダンカン コードーの領主が、二度と私に叛かぬように即刻彼を死刑にし、称号はマクベスに授けよう。

ロス 仰せの通りに致します。

ダンカン あの男が失くしたものを高貴なマクベスが引き継ぐのである。（一同退場）

第3場

ヒースが生い茂った野原

（三人の魔女登場）

7　スコットランドの東海岸に位置する地域。ゴルフの聖地セント・アンドリュースがある。
8　戦いの女神ベローナの夫。
9　現在のインチカム島。

魔女1 どこへ行っていたんだ? 同胞よ。

魔女2 豚を殺しに行っていた。

魔女3 同胞よ、おまえはどこへ?

魔女1 水夫の嫁が膝掛けに栗を載せて、くちゃくちゃくちゃと食っていた。あたいにくれと言ってみたら、「魔女なんか、消えちまえ!」と、肥満ババアがぬかしおった。亭主は海を渡って行ってアレッポへ。そいつはタイガー号の船長さ。ふるいに乗って追っかけて、尾のないネズミに姿を変えて、やってやってやりまくる。

魔女2 風をひと吹き送ってやろう。

魔女1 それは、それは、ご親切さま。

魔女3 あたいも、ひと吹き送ってやるよ。

魔女1 残りの風は、あたいがみんな吹かせてやろう。あたいが送る強風のために、海図に載っているどの港にも入れない。奴が日干しになるまでずっと吹き続け、夜も昼も眠りを奪ってやるからな。七日七晩その九倍のまた九倍だ。そうなれば奴の体は萎びきって痩せ細り、やつれ果て、たとえ船が沈まなくても、嵐にもまれキリキリ舞いだ。見てみなよ、大事な品を見てみなよ。

魔女2 見せなよ、見せて、何なのよ?!

魔女1 舵取り男の親指だ。帰路の難破でオダブツになったんだ。

　　　［舞台裏で太鼓の音］

魔女3 太鼓だ、太鼓の音だ。マクベス殿の登場だ。

魔女三人 謎の姉妹が、手に手を取って、海でも陸でも旋風のよう

10　現在のシリア北部。
11　粒状のものを選別する道具。魔女はボート代わりに使う。
12　魔女は動物に変身するが、どこか欠落箇所がある。

に、グルグルグルと駆け回る。あんた三回、あたい三回、さらに三回、計九回だ。シィーッ！ これでいい。呪いの糸はしっかりと結ばれた。

（マクベス、バンクォー登場）

マクベス　こんなにも悍（おぞ）ましく、こんなにも晴れやかな日は初めてだ。

バンクォー　フォレスまであとどれぐらいだ？ 何者だ、あそこにいるのは！ あれほどまでに萎び果て、あんなにも奇怪な身なりをし、この世の者と思えないな。だが、確かにいるぞ。生きておるのか？ 人の言葉は分かるのか？ 何となくわしの言葉が通じるようだ。三人揃い、唇にひび割れた指を押し当てて、女には違いあるまい。だが、ヒゲが生（は）えているから違うかもしれないな。

マクベス　話せるのなら、話してみろよ。何者だ。おまえ達？

魔女1　おめでとう、マクベス殿よ。おめでとう！ グラームスの領主殿。

魔女2　おめでとう、マクベス殿よ。おめでとう！ コードーの領主殿。

魔女3　おめでとう、マクベス殿よ。その後は王さまに！

バンクォー　マクベス殿よ、なぜ驚くのか？ 晴れやかなことなのに。正直に答えろよ。おまえらは幻なのか?! 目に映るそのままの存在なのか？ わしの立派な同僚は、おまえらに現在の称号で呼びかけられて、更なる栄達を告げられて、王位でさえも予言されて、茫然自失しているぞ。わしにも何か言うことはないのか？ もし、おまえらが「時」の種を見通せるのなら、どの種が芽を吹

いて、どの種は実らぬのかは分かるだろう。わしにも告げろ！
おまえらに、わしはへつらうことはない。恐れることも何もない。
予言でも好き放題に言えばいい。

魔女1　おめでとう！

魔女2　おめでとう！

魔女3　おめでとう！

魔女1　マクベスに劣りはするが、マクベスよりは偉大だな。

魔女2　マクベスほど幸せではないが、それよりはずっと幸せだ。

魔女3　王になれぬが、王さま達の御先祖になられるお方。二人
揃っておめでとう！　マクベス殿とバンクォー殿よ。

魔女1　バンクォー殿もマクベス殿もおめでとう！

マクベス　待て！　言うことが曖昧だ。先を続けろ！　父シネルの亡
き後は俺は確かにグラームスの領主だが、なぜコードーなのかが
分からない。コードーの領主はまだ健在だ。誉れある紳士でもあ
る。それにも増して、この俺がやがては王になるなどはあり得な
いことは明白だ。コードーの領主にしても、そんな奇怪な情報を
どこから得たのか白状致せ！　こんな荒野で我らの行く手を妨げ
て、どうしてそんな謎めいた話をするのか!?（魔女達は消え失せ
る）

バンクォー　水にも泡があるように大地にも泡がある。奴らは大地
の泡だ。どこかへと消えてしまった。

マクベス　形あるもの大気の中へ、息が大気に溶け入るように消え
去った。後しばらくはいてほしかった。

バンクォー　我らが話していた者が本当に実在していたのか、ある
いは、我々は狂気を起こさせる草の根を食べてしまったのか…。

マクベス　貴殿の子孫が王になる。

バンクォー　貴殿自らが王になる。

マクベス　コードーの領主にもなる。確かそうではなかったか？

バンクォー　同じ調子で、同じ言葉で。おや誰だ！　そこに来たのは？

（ロス、アンガス登場）

ロス　マクベス殿よ、ダンカン王は貴殿の勝利に殊の外ご満悦で、反乱軍との決戦の知らせにも驚きと称賛が交り合い、言葉にならず喜んでおられました。その上に、貴殿が死をも顧みず、ノルウェー軍に斬り込んで、国の守りに手柄を立てて、遂に戦勝をあげられた情報が王に届いておりますぞ。

アンガス　我らは王の感謝の言葉を伝えるために参ったのです。恩賞は王自らがお与えになるでしょう！

ロス　貴殿の栄誉の先駆けに、王は貴殿にコードーの領主の称号をお与えになると承っております。それ故に、その名にてお呼び致します。

バンクォー　〈傍白〉何てことだ⁉　魔女が真実を語るとは！

マクベス　コードー殿はご存命では？　どうして仮衣装を私にくださるのです？

アンガス　確かにそれは仰る通りだ。コードーは生きている。だが、厳罰をくだされて死罪に決まり、彼の命は風前の灯だ。ノルウェーと結託したか、反乱軍に与したか、その両方の裏切りで我が国を潰そうと謀ったのかは不明だが、大逆罪を自白したから死刑執行は免れません。

マクベス　〈傍白〉グラームス、コードーの領主、その後は最高

のもの。〈ロスとアンガスに〉お役目、ご足労（そくろう）だったな。〈バンクォーに〉貴殿の子孫が王になるのを願わぬか？ 俺にコードーをくれた奴らが、それを貴殿に約束したな。

バンクォー そんなことなど信じているとコードーの領主だけでなく、王冠までも欲しくなり、心に燃える火が点くぞ！ 不思議なことは起こるものだが、人々を破滅の道へ誘うために、悪魔の手下が真実を餌に人の心を釣り上げて、最後の最後にどんでん返しを食らわせて、我らを奈落の底へ落とし込むからな。〈ロスとアンガスに〉少しばかりお話が…。

マクベス 〈傍白〉予言の二つは現実のものになった。王冠がテーマとなった演劇の幕が切って落とされた。〈ロスとアンガスに〉誠にもってご苦労だった。〈傍白〉この不可解な誘いは悪いとも言い切れないし、良いとも断定できぬ。悪いなら、なぜ成功の道標（みちしるべ）を与えるのか?! 現実を先に呈示して、実際にこの俺はコードーの領主になった。良いのなら、俺の髪の毛を逆立て、恐怖のイメージを掻き立てる。誘いの言葉に乗るだけで、心臓が肋骨を激しく叩き、その音は高鳴るぞ。現実の恐れなど、心に描く恐れとは比較にならぬ。殺人という絵空事が俺の神経をばらばらに麻痺させて、俺の人格を破壊する。だが、俺の心に宿る思いは間違いなく真実なのだ。

バンクォー ほら、あそこで我が戦友は夢心地だ。

マクベス 〈傍白〉運命が俺に王冠を与えるのなら、俺がじたばたしなくても王冠は転がり込んでくるだろう。

バンクォー 新着の栄誉の装いを身に纏（まと）い、着慣れるのには時間がかかる。

マクベス どうにでもなれだ！ 何が起ころうと時が解決してくれ

るだろう。

バンクォー　マクベス殿よ、みんながお待ち致しておるぞ。

マクベス　これはすまない。忘れたことを思い出そうとしておった。〈ロスとアンガスに〉お二人の仰ったことを、しっかりと記憶のページに書き込みました。毎日それを読み返すことにして、王のもとへと参ります。〈バンクォーに〉我々に起こったことを推考してはくれないか。事の軽重を測った後で腹を割って話すことにしようではないか。

バンクォー　望むところだ。

マクベス　では、その時に。（一同退場）

第4場

フォレス　王宮

（ダンカン王、マルコム、ドナルベイン、レノックス、従者達登場）

ダンカン　コードーの処刑は滞りなく済ませたか？　役目を与えた者達はまだ戻ってはおらぬのか？

マルコム　帰着はまだでありますが、処刑を目撃した者の話によりますと、コードーは反逆の罪を正直に告白し、王さまの許しを乞うて悔悛の情を顕にし、立派な最期を遂げられました。大切な自分の命を惜し気なくお捨てになった模様です。

ダンカン　顔付きで心を読む術はないものだろうか。コードーに絶大な信頼を寄せていたのに…。

（マクベス、バンクォー、アンガス登場）

　我が身内では最大の勇者だな！　あなたの手柄に報いることが充
　分できず、今この胸にのしかかる恩賞のこと、迅速な功績は恩賞
　の翼さえ追いつけぬほどだ。言えることはただ一つ、多大なる恩
　賞もあなたの手柄に釣り合わぬということだ。

マクベス　忠実な臣下として為すべきことをするだけが、私自身の
　恩賞であり、忠節を尽くすことをお誓いします。我らは王と国家
　にとって子であって、下僕であって、王から栄誉を頂くために忠
　勤に励むだけです。

ダンカン　無事で何よりだ。この度は新たな称号を与えたが、さら
　に高位に就けるように尽力しよう。〈バンクォーに〉バンクォー、
　あなたの功績もマクベスに見劣りするものではない。あなたの武
　勲（ぶくん）も世に知らせるべきだ。さあ、この腕であなたをハグさせてく
　れ。あなたのことを私の胸に刻みつけよう。

バンクォー　もし私が実り大きく成長したら、その収穫は王のもの
　です。

ダンカン　喜びが心に溢れ、涙さえ溢れてくる。王子、王族や領主
　の者よ、また、それに仕える者達よ、私はここに王位継承と、そ
　の権利を長男のマルコムに譲ることを宣言致し、彼にはカンバ
　ランド[13]の称号を与えよう。しかし、栄誉は彼のみでなく居並ぶ
　諸公や価値ある者ら全員を、夜空に光る星のように輝かせよう。
　〈マクベスに〉今からすぐに、あなたの城があるインヴァネスへ
　向かうことにする。そこで我らの結束を固めよう。

13　スコットランドの王位継承者の尊称。

22

マクベス　王のためにならぬ休息を取ることなどは私には苦行です。今すぐに馬で駆け、私の居城に舞い戻り、王のお越しを妻に告げ、祝福を与えます。では、これで失礼致します。

ダンカン　くれぐれも宜しく頼む。

マクベス　〈傍白〉カンバランド公爵か、この一段が俺にとっては障害だ。躓くか、飛び越えるのか。星たちよ、その明かりを消してくれ。俺の欲望の暗い奥底を照らしてはならぬ。目は閉じて、手のすることは見ない振りをするのだぞ。事が一旦なされれば、恐怖にかられ、目など開けたりできないだろう。（退場）

ダンカン　誠実なバンクォーよ、本当にマクベスは勇敢。彼への賛辞は腹一杯に耳に入った。私には何よりのご馳走だ。さあ、彼の後をすぐにでも追って出発だ。私を歓迎するために足早やに去っていった。親族中で彼の存在は他に比べようがないほどだ。（一同退場）

第５場

インヴァネス[14]　マクベスの城

（マクベス夫人が手紙を読みながら登場）

マクベス夫人　「奴らに会ったその日とは、戦に勝った日のことだ。確実な情報からは、人間の知恵の及ばぬ能力を奴らは持っているということだ。奴らを追及しようとしたら、大気に溶けて消え失せてしまった。茫然としていると、王から使者がやってきて、俺

_____
14　スコットランド北部の町。ネス湖の北にある。

を名指しでコードーの領主だと言うではないか。この称号は魔女達が俺を呼んだのと同じものだ。奴らはさらに未来のことを教えるように、『おめでとう、その後は王さまに！』と言ったのだ。このことは、特におまえに知らせよう。なぜならば、おまえは俺の大切なパートナーだ。おまえにも偉大な地位が約束されていると教えることが先決と思ってのこと。今しばらくはこのことは胸にしまって待っておれ」。グラームスの領主からコードーの領主になったあなたなら、やがては約束された地位にまで昇りつめるのは当然のこと。「偉大になるぞ」という野心はあるが、それに必要な邪心には欠けている。欲しいものでも汚れた手では欲しくない、ごまかしなどはしたくない。あなたは偉大なグラームスよ、取れるものならなんでも取ればいいのよ。欲しいものは取りたいが、取るのを怖がっているのでしょう。早くお帰りなさいませ。あなたの耳に私の勇気を注いであげるわ。あなたから王冠を遠ざけようとする者達を、私の言葉の威力にて蹴散らしてみせましょう。運命も人間の英知を超えた者達もあなたの頭上に王冠を授けようとしています。

（使者、従者登場）

お知らせは何なの？

使者　今夜にも王はこちらにお着きになられます。

マクベス夫人　そんなこと！　まあ、気でも狂ったの？　ご領主は王とご一緒なのでしょう。そうならば、手筈のことでお知らせがあるはずよ。

使者　本当なのでございます。殿はすぐにもこちらへと戻られます。

息も絶え絶えに先駆けの使者として、それを伝えに参ったところなのです。

マクベス夫人　〈従者に〉大事な知らせを持ってきた者だから、いたわってあげなさい。（使者、従者退場）

マクベス夫人　しわがれ声の大ガラス、ダンカン王の入城の運命の時に喚（わめ）いている。さあ、来るがいい。人の心を掴（つか）み取る悪霊のおまえ達。頭の先から足の先、私の体や心のすべて残忍性で満たすのよ。私の血を凍らせて憐れみの情を起こさせず、非情の決意を揺るがせず、事の成就を妨げることなきように！　殺人を唆（そそのか）す者どもよ、さあ来るがいい！　私の胸にやって来て、私の乳を胆汁に変えさせるのよ！　目には見えないその姿、自然に叛く悪行（あくぎょう）に手を染めるおまえ達、さあ、来るがいい！　夜の闇、地獄の黒い煙の中に身を隠し、短剣の光る切っ先が残す傷口を見せないように。暗黒の天の帳（とばり）の隙間（すきま）から覗き見て、「待て！　待て！」と天が叫ばぬようにするのです！

（マクベス登場）

偉大なるグラームス殿、誇り高きはコードー殿よ。いえ、それ以上の高位のお方、未来を告げる祝福のお言葉の手紙を読み、何も分からぬ現在を跳び越えて、未来がすぐにでも手に届くかと感じております。

マクベス　なあ、おまえ。ダンカン王が今夜ここへと参られる。

マクベス夫人　いつお発ちなの？

マクベス　ご予定は明日とのことだ。

マクベス夫人　明日という日を絶対に太陽に見せてはなりません。

あなたのお顔は奇怪な事件を読み取れるご本のようよ。平静を
装って、疑惑を避ける手立てをして、目や手、口などに歓迎の意
を表して、無心な花の顔をして、その裏で蛇になればいいのです。
来られるお客にしっかり準備をしなければなりません。今宵の仕
事はぬかりなく、これから生涯続く夜と昼、絶大な権力の統治や
支配が掛かっています。

マクベス　細かいことを話すのは後にする。

マクベス夫人　濁りなきお顔にていてくださいね。恐れる気持ちが
心にあれば、それは自然に表れるもの。すべてのことはどうか私
にお任せを。（二人退場）

第6場

マクベスの城の前

（ダンカン王、マルコム、ドナルベイン、バンクォー、レノック
ス、マクダフ、ロス、アンガス、従者達登場）

ダンカン　見晴らしが良い位置に、この城はあるな。爽やかな風が
心地良く吹き、心が和んで気持ちがいい。

バンクォー　夏に来るのは岩燕（つばめ）です。教会でよく見る鳥で、この城
に巣を作ったり致します。麗しい香りを天が送り込む印しです。
この城の軒先や小壁、控え壁は巣作りに都合が良いので、壁の
隅々に釣り床を架け、揺り籠に似た巣を設（しつら）えております。この鳥
が雛（ひな）を育てている所には、和やかな空気が流れていて淀むことは
ありません。

マクベス

（マクベス夫人登場）

ダンカン　おう、ここに奥方のお出迎えだ。目にあまる接待も困りものだが、構われて嬉しいのが人の常だ。押しかけられて迷惑でしょうが、その迷惑を私の感謝の気持ちとお受け取り願いたい。

マクベス夫人　私達のご奉公の一つひとつを二倍にし、それをさらに二倍にしても、これまでに賜わりましたご栄誉と比べましたらお粗末で貧弱ですのに、さらに、この度頂きました名誉にはただ王さまに感謝の気持ちを捧げるだけでございます。

ダンカン　コードーの領主はどこに？　彼が出発したすぐ後に発ち、先回りをして早く着いて接待役でもしようかと目論んでみた。だが、マスベスは馬術の名手だ。それに加えて、忠誠心に拍車をかけての疾走だ。目論みが叶うなど到底無理なことだった。奥方よ、今宵はどうか宜しくお願いします。

マクベス夫人　私どもはいかなる時も王の僕でございます。ここに仕える者達も財産も、お望みとあればすべてをお返し致します。

ダンカン　さあ手をこれへ、ご主人のもとへ共に参りましょう。私はマクベスを高く評価しておる。この気持ちは変わることなどないだろう。では、ご案内を宜しく。（一同退場）

27

第7場

マクベスの城の一室

（執事が皿や料理を持った召使い達と共に舞台を横切る。次にマクベス登場）

マクベス　事が為されてそれでお終いなら、素早く済むのが一番いい。一撃の暗殺ですべてが終わり、それで良いと言うのなら、現世の時の流れの中で一世一代の勝負を挑もう。来世などどうなろうとも構わない。だが、この世の事はいつもこの世で裁きが下る。血の所業を教えたのなら、その教えそのものが教えた者の血を流す。この公平な裁きの手により、毒杯を与えた者は自らの唇に毒杯を受けることになる。俺は王から固く信頼されている。まず、俺は王の下臣であり、親族だ。いずれにしても立場上、害などは加えない。その次に、王は客人だ、暗殺者などがいたのなら、俺は敵対する立場だぞ。それなのに剣を振るうなど言語道断だ。それにダンカン王は温厚で、王としての資質があって、清廉潔白で、慈悲深い。王を殺害すれば、徳の高い王は天使チェルビンの姿を借りて、人の罪を暴き立て、生まれたての赤子の叫びのようにトランペットを吹き鳴らし、万人の目に憐みに満ちた涙さえ溢れさせずにおくものか。その涙にて嵐でさえも押さえ込むだろう。俺は「計略」という馬の腹など蹴り上げる拍車など持ち合わせてはいないのだ。持っているものは、無謀にも高跳びする野望だけ。騎手もろともに跳び過ぎて、転がり落ちるのが関の山だ。

（マクベス夫人登場）

どうかしたのか！ 何かあったのか？

マクベス夫人　王はもうすぐお食事を終えられますよ。どうして途中で席をお立ちになったのですか？

マクベス　王はこの俺をお呼びになったのか？

マクベス夫人　それさえもご存知ないの？

マクベス　このことはやめにしよう。王は俺に栄誉を与えてくださった。みんなから俺は称賛されてもいるし、新しい装いを身につけたばかりだぞ。それを早々と脱ぎ捨てるのか！

マクベス夫人　あなたの身を飾っていた先ほどの望みはもう酔い潰れたの？ 寝込んでしまったの？ 今、目が覚めて、蒼い顔をしているの？ あなたの愛もその程度なの？ 自分の望む欲望と行動を一致させるのを怖がっているのです？ この世の華が欲しいのに臆病者で暮らすのですか？ 喉から手が出そうでも、敢えて取ろうとしないのね。諺にある猫そっくりで、「魚は欲しいが、足は濡らしたくない」のよね。

マクベス　もう黙っていてくれないか⁉ 男に相応（ふさわ）しいことなら何なりとやってのけよう。それ以上するのでは人間として失格だ。

マクベス夫人　それならあなたはどんな獣（けだもの）だったのよ⁉ この計画を打ち明けたとき、是が非でもやると誓ったあなたは真の男だったのに、あのときのあなた以上になってこそ、男以上の男になれるのに。あのときは時と場所とが不釣合でした。あなたは無理矢理にそれを揃えると意気込んでいましたね。ところが、今はその二つがきれいに揃って絶好の条件が整っているのに、あなたの気持ちが萎（な）えたのね。赤ん坊に私は乳を飲ませたことがありますわ。

29

乳房を含む赤ん坊が可愛いことは知っています。でも、たとえその子が見上げてにっこりと笑いかけても、一度こうだと誓ったら、乳首から歯の生えてない歯茎をもぎ取り、頭を床にぶつけてやって脳みそを叩き出します。

マクベス　やり損なってしまったら？

マクベス夫人　やり損なうって？　勇気を出せば失敗などはあり得ません。ダンカンが寝入ったら、昼間の旅の疲れによって熟睡するのに決まっています。衛兵二人にたっぷりワインを飲ませれば、彼らの記憶は霧の中に入り込み、頭の回転は止まってしまう。彼らの眠りは豚に似て、もう死んだも同然です。そうなれば無防備のダンカンに対して、私達にできないことは何もない。衛兵に殺害の罪をなすりつければいいのです。

マクベス　おまえが生むのは男の子だけだろう。怖れを知らぬその気性では、男の子しか生まれまい。どうだろうか？　衛兵に血を塗りつけて、そいつらの剣を使ってやってしまえば嫌疑はきっとその二人にかかるだろう。

マクベス夫人　それを疑う人などいないでしょう。王の死を私達は大声を上げて嘆き悲しむ振りをするだけでいいのです。

マクベス　よし決まったぞ。渾身の力を注ぎ、この恐ろしい仕事にかかるぞ。さあ、行こう。晴れやかな顔付きをして、みんなを上手く騙すのだ。偽りの心を隠す偽りの顔、それが今から大切だ。

（二人退場）

マクベス

第2幕

第1場

インヴァネス　マクベスの城

（松明を持ったフリーアンス、その後ろにバンクォー登場）

バンクォー　何時頃かな？

フリーアンス　月は地に落ちました。時を知らせる鐘の音は私の耳に入ってはおりません。

バンクォー　月の入りは確か、今日は 12 時だった。

フリーアンス　もう少し遅くでは？

バンクォー　立ち止まり、この剣を持て。天も節約してるようだ。夜空の明かりのすべてが消えている。（短剣の付いているベルトを外す）これもしばらく持っていてくれ。鉛のような睡魔が急に襲ってきたぞ。眠る気にはなれないが、慈悲深き天使達は眠れば夢に忍び込んでくる。邪悪な思いを消し去ってくれ。剣を手渡せ！ 誰なのだ！ そこに来たのは何者だ！

（マクベス、松明を持った従者登場）

マクベス　身内の者だ。

バンクォー　まだ休んではいなかったのか？ 王は寝床に入られた。

31

殊の外、上機嫌でな。召使いには過分なチップをはずまれて、奥さまにはお礼にとダイヤモンドを贈られ、ご満悦にてお休みになった。

マクベス　準備不足で充分なおもてなしなどもできずじまいだ。そうでなければ、もっと歓待できたのだが…。

バンクォー　手抜かりはないし、万事うまくいっている。昨夜のことだが、三人の魔女の夢を見た。貴殿への予言はぴったり当ったな。

マクベス　考えもしなかったことだ。差し支えがないのなら、時間を作り、そのことで話し合いたい。

バンクォー　いつでもいいぞ。

マクベス　時節が到来したときに貴殿が俺を支えてくれるのなら、貴殿の名誉も高まることになるだろう。

バンクォー　栄誉を失うこともなく、そうするのにやましいことが何もなく、王に忠誠を尽くせるのなら、その相談に預かろう。

マクベス　今宵は少し休まれたらいい。

バンクォー　ありがたい。貴殿もな。（バンクォー、フリーアンス退場）

マクベス　奥方のところへ行って、寝酒の用意ができたなら、鐘を鳴らせと言ってくれ。それが済んだら休んでよいぞ。（従者退場）目の前に見えるのは短剣か？　柄をこちらに向けている。掴んでやるぞ！　何てことだ！　掴めない！　まだ見えるのに実在しない。視覚に合った感情なのか？　あるいは、熱に浮かされた頭が作る幻影の心の刃なのか？　まだ見えている。今、抜いたこの短剣と明らかに同じ形だ。おまえは俺を手引きしようとしているな。今、俺が抜こうとしているこの剣を使うべきだと言うんだな。それと

も、視覚が狂い始めたのか？　あるいは、目というものは全神経を纏めたよりも鋭敏なのか？　まだ見える。しかもだな、先ほどは血糊はついていなかったのに、血塗られた所業のせいで短剣の刃と柄に血がこびりついて見えるのだろうか⁈　今という時、地上の半分は死の床に就いたように眠っている。邪な夢がカーテン越しに眠りを穢す。魔女達が蠢き出して、地獄のボスの女王ヘカティの祭壇に、生け贄を捧げて呪う。痩せ衰えた暗殺者、見張り番の狼に吠え立てられて、その吠え声に守られて、この俺は足音立てず、忍び足で標的を目指して幽霊のように動きゆく。俺の確かな歩みの音をおまえは聞いてはならないぞ。歩く方向が分かるから、石畳を歩くときも軽率に音を立ててはならないぞ。今、時に付随する恐怖心など取り除くのだ。俺が言葉で脅しても、王は変わらず生きている。言葉などは行動の情熱を冷ますだけのもの。［鐘が鳴る］俺は行くぞ。もう事は為されたも同然だ。聞くな、ダンカン、おまえを送る鐘の音、天国か地獄へか…。

（マクベス退場）

第２場

マクベスの城の一室

（マクベス夫人登場）

マクベス夫人　二人を酔わせたそのワインで大胆になる私だわ。この渇きを癒したワインが胸の内に火を点けたのだわ。聞いてみて！　お静かに！　シィーッ！　フクロウが鳴いている。死の宣告

者、最期のおやすみを告げる鳥。今、あの人が手を下していている。寝室のドアが開いているのは、酔っている衛兵らが鼾をかいて眠っているからね。飲んでいた酒に毒が盛られて、彼らは生死をさ迷っている。

マクベス　（奥で）そこにいるのは誰なのだ！　どうかしたのか？

マクベス夫人　ああ、大変よ！　あの二人が目を覚ましたの？　殺れてないなら、私達は身の破滅！　シィーッ！　彼らの剣はすぐにでも使えるように並べておいたから、あの人が見過ごすなんてことはない。寝顔があれほど私の父に似ていなければ、私一人で手を下していたわ。

（血まみれの短剣を持ったマクベス登場）

ねえ、あなた！

マクベス　（囁き声で）やり遂げた…。何か物音は聞かなかったか？

マクベス夫人　フクロウが鳴く声とコオロギだけよ。何かお声をお出しになった？

マクベス　いつのこと？

マクベス夫人　たった今。

マクベス　下りてくるときか？

マクベス夫人　そうですよ。

マクベス　誰なのだ？　二番目の寝室で寝ている者は？

マクベス夫人　ドナルベインよ。

マクベス　（自分の手を見て）悍ましい光景だ。

マクベス夫人　悍ましいなど、馬鹿げているわ。

マクベス　眠っているのに、二人のうちのどちらかが笑い始めた。もう一人が叫んだ言葉は、「人殺し！」だ。立ち止まって聞いていると、祈り始めてお互いに何かを言って、また眠り込み…。

マクベス夫人　その部屋にマルコムとドナルベイン、二人ともいたのだわ。

マクベス「神のご加護を」と一人が言うと、もう一人「アーメン」と言ったのだ。まるで今、俺の手が首斬り人の手であると知ったかのように。王子二人の怯えた声が聞こえると、俺には「アーメン」と言う声が出なかった。二人は確かに言ったのだ、「神のご加護を！」と。

マクベス夫人　そんなことに、くよくよしてはだめですよ。

マクベス　なぜ俺はその一言が言えなかったのか？ 俺ではないか！ 最も神の赦しが必要なのは。それなのに、祈りの言葉が喉に閊えて出なかった。

マクベス夫人　だめですよ、そんな考えを持っていては。そんなことでは気が狂います。

マクベス　俺には声が聞こえたような気がしたのだ。「もう寝るな！ 眠りは消えたマクベスに」と。無邪気な眠り、心の痛みを解きほぐす深い眠り。一日の生活の終わりの時間、労働を癒してくれる湯浴みのとき、傷ついた心の薬は自然の恵み。人の世の最高のもてなしだ。

マクベス夫人　何のお話？

マクベス　まだ叫んでいた。「眠りは消えた！」と。城内に木霊す声で、「眠り殺しのグラームス、その因果にてコードーに眠りは消えた。おまえは二度と眠ることなどできないぞ」と。

マクベス夫人　そんなことをいったい誰が叫んだの？ あなたは立

派な領主でしょう。つまらないことにくよくよし、気高い勇気を失くしたの？ さあ、水を取ってきて、その手から汚れた証拠を洗い流しておかないと…。この短剣をあそこからどうして持ってきたのです?! あの部屋に置いておかねばだめですよ！ さあ、持って行って、眠ってる衛兵に血糊べったり塗るのです。

マクベス 俺はもう行かないぞ。やったことを思うだけでもぞっとする。また見るなどは到底無理だ。

マクベス夫人 何て意気地のないことを！ 短剣をよこしなさい。眠ってる人と死んでる人は同じでしょう。絵の中の人です。絵の中の悪魔に怯え、震え上がるのは子供だけ。もし、王がまだ血を流し続けているのなら、衛兵の顔にその血を塗り付ける。それだけで二人とも有罪に見えるから。（退場［奥でノックの音］）

マクベス ノックの音が聞こえてくる。どこからなのか？ それとも、俺はイカレているのか？ 音がする度にドキドキする。一体この手はどうしたことだ？ ああ、俺の目が抉られる。手に付いた血を大海の水をたっぷり使うなら、きれいさっぱり洗い流してくれるだろうか？ その逆で、俺の手が大海の水を真っ赤に染め尽くすのか？

（マクベス夫人登場）

マクベス夫人 私の手もあなたと同じ色になりました。でも、私の心は蒼白になどなってないわ。［ノックの音］ノックの音がしているわ。城の南の門からよ。私達はすぐさま部屋に戻りましょう。ほんの少しの水だけで、証拠はすぐに消え去るわ。簡単なことよ。どこに行ったの？ いつものあなた。［ノックの音］ノックの音が

マクベス

また聞こえるわ。ナイトガウンに着替えましょう。誰かが呼びに来たときに、起きていたと思われないように気を付けて。そんなにも考え込まず、自分らしさを取り戻してくださいね。

マクベス　自分のしたことを思い出すなら、自分など思い出したくないものだ。［ノックの音］ノックの音でダンカン王を蘇らせろ。それができるというのなら…。（二人退場）

第3場

マクベスの城の南門

（門番登場）

門番　いやにしつこいノックの音だ。もし、わしが地獄の門の門番なら、休むことなくドアの鍵を開けねえといけないな。［ノックの音］ノック、ノックの音がする。地獄王のベルゼバブさま、その名において質問だ。名前は何だ?! 誰なんだ！ きっと百姓なんだろう。小麦の値段がだだ下がり、それで首でも括ったのか？小麦不足で値が上がるのを当て込んで、さあいらっしゃい相場師さんよ。沢山のハンカチを手に持ってやってこい。地獄の炎で汗が出るから。［ノックの音］ノック、ノックの音がする！ そこにいるのは誰なんだ?! 別の悪魔の名において、言っておく。なるほどおまえは二枚舌だ。どんな時でも両天秤で、うまい具合に言いくるめ、反逆なんぞはとんでもねえぞ。二枚舌では天国なんか行けねえからな。さあ、入れ、この天秤野郎。［ノックの音］ノック、ノック、ノックの音が…。誰だい、そこにいる奴は？

37

フランス風のスリムなズボン、その寸法をごまかしたイギリス人の洋服屋、ここでなら地獄の火でアイロン掛けができるだろうよ。ノック、ノック、ノックの音で落ち着く暇もありゃしねえ。一体どこの馬の骨だ。ここは地獄にしては寒過ぎる。地獄の門番なんかはもうやめだ。消えずに燃える火に向かい、浮かれ調子の輩などウキウキ顔でやってくる。どんな商売していても入れてやろうと思っていたが…。[ノックの音]しつこいことは分かったぞ。開けてやるから、今すぐに。門番にチップを払うのを忘れるな。（門を開ける）

（マクダフ、レノックス登場）

マクダフ　昨夜は随分遅くまで起きていたんだな。起きてくるのがこんなに遅いとは。

門番　仰せの通りで。二番鶏^{どり}が鳴くまではどんちゃん騒ぎをやっていた。酒というやつ三つのことを刺激する。

マクダフ　その三つとは何なんだ？

門番　そりゃ、旦那、赤鼻と居眠りと三つ目は小便でさあ。あ・れ・のことならヤル気は立つが、あ・れ・が立たずで、大酒は二枚舌。元気づけては、しょげさせる。結論は立たせておいて、立てなくさせてイラ立たせ、嘘でまるめて寝かしつけ、さっさとそこを後にする。

マクダフ　酒に一杯食わされるのはそういうわけか？

門番　首根っこを掴まれてやられちまった。だが、仕返しをしてやった。揚げ足を取られたが、いい考えを思いつき、胃の中の酒

15　夜中の３時頃。

を吹き出してやったんだ。

マクダフ　領主殿はもうお目覚めか？

（マクベス登場）

　ノックの音で起こしたようだ。領主殿が出てこられたぞ。

レノックス　朝早くからのお目覚めはいかがです？

マクベス　二人とも早くからご苦労だ。

マクダフ　王はもうお目覚めなのか？

マクベス　いやまだだ。お休み中なのだ。

マクダフ　今朝早く起こすようにと申されました。うかつにも寝過
　ごしそうになっていた。

マクベス　王のもとへとお連れする。

マクダフ　この度のお役目は喜びのご苦労と申せます。だが、ご苦
　労であることに変わりはない。

マクベス　喜んでする苦労は、苦労などとは感じぬものだ。この部
　屋が王の寝室なのですぞ。

マクダフ　お起こししても構うまい。そう命令を受けている。（マ
　クダフ退場）

レノックス　王は今日、ご出立です？

マクベス　ああ、そのように伺っている。

レノックス　昨夜はひどい嵐だったな。我らが投宿した宿の煙突は
　吹き飛ばされて、噂によると、空中に悲嘆に暮れる声が響き渡り、
　異様な死やその叫び声が木霊して、恐ろしい騒乱を予兆して、悲
　惨な時代の到来を告げるかのように不吉な鳥が夜通し鳴き続け、
　大地が熱で震え出したと言う者もありました。

マクベス　その通り、荒れた一夜であったな。

レノックス　若い頃からの記憶を辿ってみても、こんなことは初めてだ。

（マクダフ登場）

マクダフ　ああ、恐ろしい！ 恐怖だ！ 恐怖！ 口も心も凍りつく。言葉では表現できん！

マクベス＆レノックス　いったい何が？

マクダフ　これ以上ない大きな破壊が勃発したぞ！ 神聖を冒す暗殺がなされたのだ。神が与えた王の体からお命を奪う暴挙だ！

マクベス　いま何と申された？ お命が？

レノックス　王の命のことですか？

マクダフ　部屋に入って見るがいい。その惨状で目は潰れそうだ。言葉にならず、話すことなどできはしないぞ。自分で見て、自分で話す、それだけだ。（マクベス、レノックス退場）起きろよ！ 起きろ！ 鐘を叩き、鳴らすのだ！ 暗殺だ！ 反逆だ！ バンクォーよ！ ドナルベインよ！ マルコムよ！ 起きるのだ！ 安逸な眠りなど振り払え。眠りなど偽りの死に過ぎないからな。本当の死を見るがいい。起きろよ、みんな！ 起きてこい！ そして、この最期の審判の光景を見るがいい！ マルコム！ バンクォー！ 自分の墓から起き上がり、亡霊として歩むがいいぞ。それこそが、この恐怖には似つかわしい。［鐘の音］

（マクベス夫人登場）

40

マクベス夫人　どうしたことでございます？　城で寝ている者達を大きな音で呼び集めたりして。言ってください、何事なのか?!

マクダフ　これは奥さま、私が話すことなどをお聞きになるのは良くありません。耳に入れば女性など命を失くしかねません。

（バンクォー登場）

マクダフ　おお、バンクォーよ！　バンクォーよ！　我らの王の暗殺だ！

マクベス夫人　えっ！　まさか！　何てこと！　私どものこの城で？

バンクォー　どこであろうと悲惨なことだ！　頼むから、マクダフよ。間違いだったと言ってくれ。

（マクベス、レノックス登場）

マクベス　一時間前に死んでいたら、祝福された者として一生を終えられたのに。今のこの時からは現世には大事なことは何もない。すべてのことは子供のおもちゃ同然で、名誉や美徳も死に絶えた。命の酒は消え失せて、貯蔵庫に残っているのは滓ばかりだ。

（マルコム、ドナルベイン登場）

ドナルベイン　どうかしたのか？

マクベス　あなた自身のことなのにご存知ないと！　あなたの血筋の源の泉が涸れてしまったのです！

マクダフ　お父上である王の暗殺なのですぞ！

41

マルコム　おお！ 何と！ 誰の仕業だ⁉

レノックス　部屋つきの衛兵に嫌疑がかかっている。彼らの手や顔に血糊がべっとりと付いていて、二人の剣も血塗られたまま枕の上にあったのだ。二人とも目は虚ろで、放心状態だ。あんな奴らに王のお命を託していたとは！

マクベス　それにしても、早まったことをしてしまった。怒りに狂い、奴ら二人を殺してしまった！

マクダフ　どうしてそんなことをしたのだ？

マクベス　激怒していて、冷静でいるなんて誰にできよう！ 忠実な者であるのに、手も出さずなど！ 王に対する愛の気持ちがそうさせたのだ。ダンカン王は横たわられて、ここにおられる。抉られた深手の傷は、黄金の血糊で塗られ、白銀の肌は無残な破壊が加えられた城門のようだ。暗殺者の二人だけが血の海に浮かんでいて、奴らの剣は血糊が付いたままであった。王を敬愛する気持ちがあって、勇気があれば、誰が手をこまねいてなどいられようか！ 行動に出ない者などあるものか！

マクベス夫人　（気絶をする振りをして）ここから私を連れ出して、ああっ！

（侍女達登場）

マクダフ　奥さまの介抱を！（マクベス夫人を伴って侍女達退場）

マルコム　〈傍白〉僕達はどうしてここで黙っているのだ？ 僕達に深い関係があることなのに！

ドナルベイン　何が言えよう、今ここで⁉ 僕達の命さえ危うい状況だ。逃げ出そう！ 涙さえ、まだ出てきていないというのに！

マルコム　悲しみに打ち沈んでいるときではないぞ。

バンクォー　奥さまの面倒を！　我らこんなに薄着のままだ。これでは風邪を引きそうだ。着替えた後で一同集め、この残虐な仕業の究明を始めよう。疑心暗鬼で慄くが、私は神の御手にすがって命を懸けて闇の陰謀、悪の反逆に敢然と挑む覚悟だ。

マクダフ　私も同様だ。

全員　我々も、皆同じだ。

マクベス　身支度をすぐに整え、ホールにて集合しよう。

全員　了解だ。（マルコムとドナルベイン以外、全員退場）

マルコム　さあ、これからはどうしよう？　みんなと共に行動するのも考えものだ。心にもない悲しみを見せるのは、不実な人間にはいとも容易いことだから。僕はイングランドに逃げることにする。

ドナルベイン　僕はアイルランドに。別々の道を選んだほうが安全だ。今ここにいたのなら、笑顔の裏に短剣が潜んでいる。血が近い近親者ほど血の匂いがするぞ。

マルコム　流血の矢はどこまで飛ぶか計り知れない。今のところは狙いをかわすことが最善の策だ。別れのための挨拶などはする暇はない。馬を急かせて脱出しよう。それ以外には方法はない。

（二人退場）

第4場

マクベスの城の外

（ロス、老人登場）

老人　これまでの70年のことなら、ほとんどすべてしっかりと覚
えています。その長い年月に恐ろしいことや奇怪なことも見てき
ましたが、昨夜のような凄まじい夜を経験したことはありません。

ロス　ご覧ください、ご老人、あの空を！　人間の所業を見られた
神様が、血塗られた舞台となったこの地上をお仕置きされている
様子です。まだ昼間だが、夜の闇は天ゆくランプを消し去ってし
まったな。勝ち誇るのは夜であり、昼はただ恥じ入るばかりだ。
命を育む大地にはキスをするべきときなのに、暗黒が地相すべて
を墓としている。

老人　自然の理に反している。昨夜の嵐もそうですが、先週の火曜
日には悠然と大空を舞う大鷹が、ネズミしか捕ったりしないフク
ロウに襲われて、殺されました。

ロス　それに加えて、ダンカンの毛並みも揃って脚も速い駿馬たち
が、奇妙なことに、実際に起こったことなのだが、忽然と荒れ狂
い、馬屋の門を蹴り破って飛び出して、手なずけられず、鎮まら
ず、あたかも人間に戦いを挑もうとしたのです。

老人　私の聞いた話では、馬同士が噛み合ったとか…。

ロス　その通りだ。この国で、そんな話は前代未聞で、信じられな
い光景だった。

（マクダフ登場）

ロス　マクダフ殿が参られた。その後の成り行きは？

マクダフ　見ての通りだ。

ロス　あれほどの血の所業などは見たことがない。

マクダフ　王を殺した疑いで、マクベスが衛兵を殺したぞ。

ロス　何てことだ！ 衛兵らに何の得があったのだろう？

マクダフ　金をもらって殺ったのかもしれないな。マルコムとドナ
　ルベインのお二人は、抜け出して逃走したぞ。それで彼らに嫌疑
　がかかっている。

ロス　自然の理には背くことだ。無謀な野心から自らの命の源を絶
　つとはな。これでは王の位に就くのはマクベスになるだろう。

マクダフ　マクベスはすでに指名され、王位に就くため、スクーン
　に向かったぞ。[16]

ロス　ダンカン王のご遺体は？

マクダフ　コラムキルへ運ばれた。代々の聖なる王の墓所へとな。

ロス　すぐに貴公もスクーンに参られるのか？

マクダフ　いや、私はファイフに戻る。

ロス　そうなのですか。私はスクーンに行ってみます。

マクダフ　スクーンのほうは万事うまくいくように願っています。
　では、さようなら！ 古い衣服が新品よりもいいなんてことには
　ならないように祈っています。

ロス　お達者で、ご老人。

16　ダンシネーンの丘近くの村。ここには戴冠式に使われる「スクーンの石」が
　あった。長年ウェストミンスター寺院に置かれていたが、この石はスコットラン
　ドのエディンバラ城に返還された。2024年からはスクーンの村近くのパースの博
　物館で展示されている。

老人 神様のお恵みがあなた方の上に！ 悪を善に、敵を味方に変える人にお恵みを！（三人退場）

マクベス

第3幕

第1場

フォレス　王宮

（バンクォー登場）

バンクォー　〈独白〉とうとうマクベスの手に入ったな。王位、コードー、グラームス、そのすべてが。魔女の予言がそのまま的中したな。しかも、恐らく、最もあくどい手を使ってだ。だが、魔女は確かに言った。「王の位は貴殿の子孫。マクベスの子孫には渡らない」と。私自身が代々の王のルーツになるのだと。魔女達がマクベスに真(まこと)のことを教えたのなら、奴らの予言が私にも真となってもおかしくはない。今はこのことは黙っているが…。

（[トランペットの音] 王としてマクベス、王妃としてマクベス夫人、レノックス、ロス、貴族達、貴婦人達、従者達登場）

マクベス　ここだったのか、我らの主賓は。

マクベス夫人　この方(かた)を忘れたのなら、今宵に予定をしている晩餐会に穴が開き、台無しになるところでした。

マクベス　今宵の宴は正式な晩餐会だ。是非、ご出席願いたい。

バンクォー　王の命令なら、なんなりと従うことが臣下の務めです。

47

マクベス　今日の午後はお出かけされるのか？

バンクォー　はい、少しは。

マクベス　残念なことだ。そうでなければ… 今日の会議で貴殿の意見を求めたかった。貴殿はいつも慎重で有益な意見を出してくれるからな。では、それは明日へと延期だな。遠くまでお出かけか？

バンクォー　今から出ても晩餐会に戻ってこれる距離です。馬の脚が遅ければ暗くはなるが、1、2時間後には戻ってこれます。

マクベス　晩餐会には必ず顔を出してくれよ。

バンクォー　仰せの通りに致します。

マクベス　報告によると、ダンカンの凶悪な息子どもはイングランドとアイルランドに奇遇して、父親殺しを自白しないで、奇妙な噂を撒き散らしているようなのだ。それも明日語り合おう。さらに国家の問題を論議する必要があるだろう。もうそろそろ、ここから急いで出発する時間だろう。では、また夜に。フリーアンスも一緒なのか？

バンクォー　ええ、その通りです。急ぎますので、これにて失礼します。しっかりとした足取りで馬が走ってくれると信じていますが、取りあえず、また後程に。（退場）

マクベス　夜7時まで自由に時を過ごしてよいぞ。皆さまを心良く迎えるために、晩餐会の時刻まで私は一人で過ごすことにする。では、そのときに。今は、ひとまずお別れということで…。（マクベスと召使い以外、一同退場）おい、ここへ来て、耳を貸せ。例の者どもは控えておるか?!

召使い　城門の外に控えております。

マクベス　この場へ連れてこい。（召使い退場）ただじっと、こう

しているだけではどうにもならぬ。意味もなく、バンクォーに対
しての揺るがぬ恐怖心が胸の奥底にある。あの男には王家の資質
があり、その源としての風格がある。それが一番恐ろしい。あの
男には大胆な勇気があるし、それに加えて知恵がある。知恵が勇
者を導いて、彼はいつでも安全策を取るからな。あいつが傍にい
るだけで、俺の心に恐れる気持ちが湧き起こる。恐れる者は奴一
人だ。奴の前では俺の守護神はどうも弱腰だ。シーザーを前にし
たときのマーク・アントニーそのものだ。魔女達が王の名を冠し
て俺を呼んだとき、奴は魔女どもを叱りつけて自分の未来も語る
ようにと強く言った。その後で魔女どもは、あたかも予言者でも
あるかのようにバンクォーが歴代の王の父となる人物だと言い
おった。俺の頭に実のならぬ王冠を載せて、俺の手に仮の王笏を
握らせたということか。血筋には関係がない人間に王位をもぎ取
らせ、俺の子孫は後を継がないと言うのなら、バンクォーの子孫
のために俺さまはあえて自分の魂を汚し、奴らのために慈悲深い
ダンカン王を殺したことになるではないか! 安らぎの心に毒を
注いだのは、ただそのためだったのか。俺にとっては永遠の宝石
である俺の魂を人間の敵である悪魔に売り渡したが、バンクォー
の子孫を王にするためにだと⁈ そうはさせんぞ! 運命よ! 一
騎打ちだぞ! どこからでもかかって来い。おい、そこにいるの
は誰なのだ!

(召使いが二人の刺客を連れて登場)

17　スコットランドのスチュアート王家の血を引く、イングランド王ジェイムズ1
　　世の祖。

ドアの所で俺が呼ぶまで待っておれ。（召使い退場）昨日だった
な、おまえ達と話をしたのは。

刺客1　その通りです。

マクベス　それなら、俺の言ったことをよく考えておいただろうな。
充分に話の筋は分かったはずだ。今までおまえ達を不当に扱って
いた奴は、俺ではなくてバンクォーなんだ。おまえ達の思い違い
だったんだぞ。昨日の話ではっきりと分かっただろう。どいつが
どんな手段を使い、おまえ達を欺いていたのか、知恵がなくても、
気が触れた人間でも、一部始終が分かったはずだ。それはみんな
バンクォーの仕業なんだからな。

刺客1　仰せはすべてごもっともです。

マクベス　それでよい。しかし、まだ先がある。今日このように呼
び出したのは、そのことのためなのだが、おまえ達はこのままそ
れを見過ごす気なのか？　聖書の慈悲の教えのままに、身勝手な
男とその子孫の繁栄のためにお祈りをすると言うのか？　無慈悲
な奴がおまえ達を墓場まで追いやって、おまえ達の妻や子を乞食
のような境遇に落とし込めて、苦しみを与えたのだぞ！

刺客1　私らも男です。

マクベス　書類上ではそうだろう。犬にしたって、猟犬やグレイハ
ウンド、雑種犬、スパニエル、野良犬やプードル、水鳥狩りに使
う犬、狼犬もみんな同じ犬なのだ。しかしだな、値段のリストで
は大違いだ。足が速いとか、遅いとか、利口かどうか、番犬も猟
犬もどれもみんな自然が与えた特別な才能を持っている。それぞ
れの犬に、それぞれの価値がある。人間も同じことだ。さて、お
まえ達、男としての格付けで最下位ではなく、人間らしくありた
いのなら大仕事を与えよう。首尾よくそれを為し遂げたなら、お

まえ達の敵はいなくなり、王の寵愛も受けられるのだ。奴がこの世にいる限り、俺の人生はやみ[18]の中だ。奴が死んだら俺の身は生き返る。

刺客2　王さまよ、わしら皆この世間から踏んだり蹴ったりされ続けてきました。世間に仕返しができるなら、どんなことでもやりましょう。

刺客1　わしも同じように悪運に翻弄されて災難続きでした。わしの人生を賭けてみましょう、吉と出るのか凶と出るのか分かりませんが…。

マクベス　二人とも分かっただろうな、バンクォーこそがおまえらの敵なんだからな。

刺客1＆2　心得ました。

マクベス　奴は俺にも敵なんだ。俺の命運が懸かっている。奴がこの世にいる限り、奴は俺の命を削り取るのだ。王としての権力を使って奴を遠ざける策はやってやれないことではないが、そう簡単ではない。俺の味方であって、奴の味方でもあるという連中がいる。そういう者達を敵に回すのは愚策なのだ。俺が殺した者の死を俺自らが嘆かねばならなくなるからな。それ故におまえ達に助力を求めている。世間の目から、このことは伏せておかねばならないのだ。大切な多くの理由があるのだからな。

刺客2　王さまの命令ならば何なりとやり遂げましょう。

刺客1　たとえわしらの命がどうなろうとも…。

マクベス　おまえ達の心意気は面構えでよく分かる。一時間以内に待ち伏せの場所や時間の正確な指示は出すからな。是が非でも今夜のうちにここから離れた場所で片をつけてくれ。忘れるな

18　「闇／病み」の二重の意味。シェイクスピアのしゃれ。

よ、このことは俺に関わりのないことなんだからな。バンクォー
に同伴するのは息子のフリーアンスただ一人だぞ。父親だけでな
く、息子も始末することが必須だからな。あと腐れなど残しては
ならないぞ。暗い時刻の運命を共に迎えさせねばならないからな。
しっかりと腹を括っておくのだぞ。しばらく後で、直々に命令い
たす。

刺客1＆2 腹はとっくに括っております。

マクベス すぐに呼ぶから、片隅で待っておれ。（刺客達退場）バ
ンクォー、これで決まったからな。おまえの霊が天国に向かうの
なら、今宵のうちにその道を見つけておくがいい。（退場）

第2場

王宮の一室

（マクベス夫人、従者登場）

マクベス夫人 バンクォー様はもう城を出られましたか？

従者 はい、王妃さま。でも、今宵にはお戻りのようです。

マクベス夫人 時間があればお話があると王にお伝えしておくれ。

従者 承知しました。（従者退場）

マクベス夫人 得られたものは何もないわ。今のすべてが無駄のよ
うに思えるの。たとえ望みが叶っても、満ち足りた安らぎがない
のなら、ひと思いに殺されるのが楽かもね。殺した後で浮ついた
喜びの中で生きるのなら、殺されるほうがまだましよ。

（マクベス登場）

マクベス夫人　まあ、あなたどうなさったの？　どうして人を避けているの？　あなたの友達が感じている悲しい思いも、いずれ時が経てば消えていくもの。取り返しがつかないもののことを考えても無駄なのよ。「覆水は盆に返らず」って言われているでしょう。

マクベス　蛇に傷を負わせたが、まだ殺してはいないのだ。傷が癒えれば、また元通りになる。そうなると下手な手出しをしたために、毒牙に刺される危険がある。この世のタガなど外れてしまい、天地が崩壊すればいい。恐怖に慄きながら食事を摂ったり、悪夢による苦痛のために眠りを妨げられるのなら、死者と共に眠るほうがまだましと言うものだ。自らの安逸を求め、ダンカンを死に追いやって、ダンカンにより我が魂は苛まれている。もうダンカンは墓の中だ。人生という発作から逃れて安らかに眠っている。そこは反逆などない世界だ。刃も毒も内憂も外患も何一つダンカン王を煩わしたりしないのだ。

マクベス夫人　ねえ、あなた、憔悴してやつれた顔を見せないでね。今宵はお客を前にして陽気に振る舞い、華やかなおもてなしが必要なのよ。

マクベス　そうしよう。おまえもな。まだ、今は安全とは言えないから、顔付きも言葉にも気を配るのだ。バンクォーにだけは特別に本心を隠し、顔は仮面でしばらく覆い、へつらう心が大切だ。

マクベス夫人　そんなお話はもうやめにして！

マクベス　俺の心にサソリの奴がぞっとするほど巣食っているのだ。なあおまえ、バンクォーもフリーアンスもまだ死んではいない。

マクベス夫人　二人にしても自然が造り、生きている者達です。永遠の命なんかじゃありません。

マクベス　そこのところに慰めがある。奴らにしても不死身ではない。おまえもきっと喜びの声を上げるだろう。尼僧院の回廊にコウモリたちが群れをなし、暗黒に飛び来る。その叫びにはヘカティが応え、カブト虫は眠たげな羽音を立てて飛び回る。夜の鐘が鳴り響くときまでに、恐ろしい行為はきっと為されるだろう。

マクベス夫人　何が起こるというのです？

マクベス　そのことは知らないほうが気が楽だ、可愛いおまえ。知った後、その行為を称賛するのは明らかだ。さあ、やって来い、盲目の夜の闇！　憐みの優しい瞳の上にスカーフを掛けて覆うがいいぞ。血塗られた見えぬ手で、俺を嚇かす奴の命の証文をズタズタに引き裂いてくれ。それこそが俺を心底怯えさせる。夕闇迫るその頃に烏たちは森の塒に帰りゆく。陽のあるうちの良き者達は首をうな垂れ、まどろみ始める。闇の使者は獲物を求めて目を覚ます。俺の言葉で唖然としている様子だが、おまえはじっとしておればいい。悪事は悪事を重ねて強くなる。だから、おまえは俺と手を組み進みゆくのだ。（二人退場）

第3場

王宮から少し離れた場所

（三人の刺客登場）

刺客1　誰からの命令だ？　誰が我らに加われと言ったのだ？

刺客3　マクベス王だ。

刺客2　怪しむことはねえだろう。仕事のことも、やるべきことの手順さえ指図通りに知っているから。

刺客1　では、共に手を取り、やることにしよう。西の空には夕陽の影が沈みゆく。遅く来る旅の者が宿へと急ぐ頃合いだ。目当ての者もそろそろここに来るだろう。

刺客3　シイッー！ 蹄(ひづめ)の音だ！

バンクォー　（舞台裏で）おい！ 灯りを持て！

刺客2　奴らだぞ！ 招かれた残りの客はみんなもう城の中に入ったからな。

刺客1　バンクォーは馬から降りた。

刺客3　あと1マイルだ。奴は決まって歩くから。他の連中と同じように、ここから城まで歩くだろう。

（バンクォー、松明を持ったフリーアンス登場）

刺客2　灯りだぞ。灯りが見える。

刺客3　バンクォーに違いねえ。

刺客1　待て！ 止まれ！

バンクォー　今夜は雨になるようだ。

刺客1　大雨にさせてやる。（刺客達はバンクォーに襲いかかる）

バンクォー　反逆だ！ 騙し打ちだぞ！ 闇討ちだ！ 逃げるんだ！ フリーアンス！ 逃げろよ！ 逃げろ！ 仇(かたき)はきっと取るのだぞ！ 卑怯者めが！

（バンクォーは死ぬ。フリーアンスは逃げ去る）

刺客3　誰が灯りを叩き落としたのか ?!

刺客1 その手順では？

刺客3 殺ったのは一人だけ？ 息子のほうは逃げちまったぞ。

刺客2 肝心な奴を取り逃がしたぞ。

刺客1 ともかく引き揚げよう。バンクォーを殺ったことは報告しよう。（刺客達退場）

第4場

王宮の大広間（宴会の用意が整っている）

（マクベス、マクベス夫人、ロス、レノックス、貴族達、従者達
登場）

マクベス それぞれはご自分の席にお着きください。席はご存知の
はず。さあ、どうぞご着席を。二度とは言わぬ。今はっきりと
言っておくぞ。諸侯には心より歓迎の意を表すものだ。

諸侯 ありがたく存知ます、我らの王よ。

マクベス 皆さんと私も同じテーブルで謹んで主人の役を務めます。
女主人の我が妃は今は着席しておるが、頃合いを見て歓迎の挨拶
をさせましょう。

マクベス夫人 〈マクベスに〉どうか私を代弁して、親しい友の皆
さまに仰って頂けますか？「心から皆さまを歓迎いたし、喜んで
おります」と。

（刺客1、戸口に現れる）

56

マクベス　ほら、みんなは心からおまえの気持ちに応えてくれている。では、私はこの中央の席に座るから、みんなには愉快に楽しんで頂こう。すぐにテーブルを回っていって、それぞれと祝杯を交わすから。〈刺客1に〉おまえの顔に血が付いておるぞ。

刺客1　それはきっとバンクォーのものですな。

マクベス　奴の血はおまえの顔にあるほうが、奴の体にあるよりは、はるかに良いぞ。確かに殺っただろうな。

刺客1　この手で確と奴の首を掻き斬りました。

マクベス　暗殺者としては達人並みだな。フリーアンスを始末した奴もきっとスゴ腕だな。おまえがもしも殺ったなら、俺はおまえを極めつけの必殺の仕掛け人だと認めよう。

刺客1　フリーアンスに逃げられました。

マクベス　それなら発作がまたやって来る。うまく殺ったら完璧だったのに。大理石ほど完全無欠で、岩ほども頑丈で、万物を包む大気のように俺は自由でいられただろう。だが、また今は押し込められて、閉じ込められて澱む疑念に縛られて、恐怖の虜になるということか…。だが、バンクォーは間違いなく死んだのだな。

刺客1　奴のことなら間違いはありません。頭に20も穴が開き、溝の中に転がっています。小さな穴の一つでも、致命傷に間違いはありません。

マクベス　でかしたぞ。親ヘビはもういない。子ヘビは逃げたが、毒ヘビになる血筋でも当分は牙には毒はないはずだ。今は去れ、明日にまた相談しよう。

マクベス夫人　あなた、みんなに少しもてなしをなさらねばいけませんわ。これではお金を払って飲食するのと同じことでしょう。食事だけなら家でするのが一番よ。外でするならおもてなしの心

があれば、料理の味が増すものよ。それがなければ、どんな集い
も味気なくなってしまうわ。

（バンクォーの亡霊が現れ、マクベスの座るべき椅子に腰を下ろ
す）

マクベス　良い忠告だ。腹が減っては戦はできぬ。さあ乾杯だ！

レノックス　王さま、どうかお座りになってください。

マクベス　今ここに我が国の名誉ある方々が一堂に会することに
　なっていた。バンクォーだけが出席しておらぬ。不慮の事故のせ
　いと考えるより、彼の不実をなじるのがまだましだと思われる。

ロス　お招きを受けているのに姿を見せないとは非礼なことです。
　王さまには、お座り頂いて我らには同席できるという栄誉をお与
　えください。

マクベス　だが、空席がどこにもないが…。

レノックス　ありますが、ここの席に。

マクベス　どこにだ…？

レノックス　ここですが、どうかなさいましたか？

マクベス　誰がしたのだ?!　こんなこと！

貴族達　いったい何を？

マクベス　俺が殺したと言うのだな！　血みどろの髪の毛を俺に向
　かって振り立てるのはやめるんだ！

ロス　お立ちください一同の方。王はご気分が優れぬようだ。

マクベス夫人　お座りください、御一同の皆さま。このように主人
　がなるのはよくあることで、若い頃から始まったことなのです。
　どうかお席にお着きになってください。発作はすぐに治まります

から。さあ、どうぞ召し上がれ。王をお見つめあそばすと、気分を害してこの発作は余計に長く続きます。お食事をお楽しみ頂いて、気になさらずにいてくださいね。〈マクベスに〉それでもあなたは男なの⁉

マクベス　そうだ、男だ。大胆な俺は悪魔をも恐怖の底に突き落とす。奴の姿を睨んでいるのだ。

マクベス夫人　ああ、何て立派なの！ そんなもの、ご自分の恐怖心から生まれたものよ。ダンカンの寝床へと導いた空に浮かんだ短剣と同じもの。ああ、その発作は幻想から来る恐怖心よ、そんなもの、冬の夜に暖炉の側で老婆が語るお話を恐れるのと全く同じ。恥ずべきことよ！ どうしてそんな顔付きをなさっているの？ 空いた椅子を見ているだけのことなのに…。

マクベス　頼むから！ 見てくれよ！ あそこなんだ！ ほら、ほら、そこだ！ おまえにはあれが見えない？ そうなのか？〈亡霊に〉何だそれは！ 俺には知らぬ存ぜぬことだ。頷けるなら口を利け！ もし、墓がこの世に死人を送り出すなら、死人など禿鷹に食われればいい！（亡霊退場）

マクベス夫人　何てこと！ 愚にもつかない空想で男らしさを失くしたの？

マクベス　俺はここに立っている。そのことが事実なら、俺は確かに奴を見た。

マクベス夫人　馬鹿馬鹿しいわ！ 恥じ入るべきよ。

マクベス　人情味のある正義の法が社会を浄化するまでは、昔から数えきれない血が流れ、それ以後も聞くことさえも悍ましい殺戮が繰り返される。だが、脳みそを叩き出したら人は死に、それですべては終わったが、ところが今は20も穴を頭に開けられよう

と、しつこく舞い戻り、我らの椅子を奪い取る。殺人よりも、奇
怪なことが巻き起こる。

マクベス夫人　お客の皆がお待ちかねです。

マクベス　忘れておった。友の皆さま。私のことを訝しく思ったり
せずにいてくださいよ。これは持病なのです。気にすることは何
もない。さあ、皆さまのために乾杯しよう。では、席に着くこと
にする。ワインを注げ、なみなみと。

（亡霊登場）

ここにいる皆の健勝と、そしてまた、今日は欠席しているが、親
友のバンクォーに乾杯だ！ お互いのために乾杯だ！

貴族一同　忠誠を誓い、一同のために乾杯を！

マクベス　どけと言うのに！ 視界から消え失せろ！ 地の底に舞い
戻れ！ おまえの骨に髄はない。おまえの血など凍てついて、睨
みつけているその目には視力などないはずだ。

マクベス夫人　どうぞ、皆さま、これは慢性病でございます。ご心
配には及びません。楽しい宴を白けさせてごめんなさいね。

マクベス　男の俺は何でもできる。毛むくじゃらの北極熊でも、角
を突き立て猪突猛進する犀でも、カスピ海沿岸にうろつく猛虎で
も受けて立つ。今の姿でないのなら、逞しい俺の腱や筋肉はびく
ともしない。遣り合うのなら生き返れ。荒地で決闘をしてやるぞ。
もし、俺が家から出ずに震え上がっているのなら、そのときに俺
のことを女々しいと言うがいい。消え失せろ、悍ましい影！ 実
体のない幻め！（亡霊退場）やっと消えたな。これでまた元通り
になった。どうかまた席に座って頂こう。

マクベス夫人　せっかくの宴の席が台無しよ。取り乱すにもほどが あるわ。興覚めになったじゃありませんか。

マクベス　あんなものを目撃して、どうして冷静にしていられるの だな⁈　あたかも夏の夕立を湧き起こす雲が前触れもなく襲い来 たようなものだ。だが、おまえは平気だったな。そうなると自分 さえも疑い出す。あれを見ても平然として、おまえの頬は血色が 良く、赤みを差していたのに、俺は恐怖で顔面が蒼白になり果て てしまったからな。

ロス　何をご覧になられたのです？

マクベス夫人　お願いだから、話しかけたりなさらずにいてくださ い。ますます症状が悪化するのです。質問を受けたら、いつも興 奮なさいます。皆さま、どうか今夜はここまでということにして、 お帰りの順序などは気にせずに、今すぐにお引き取り願います。

レノックス　それでは、失礼致します。くれぐれもお大事に。

マクベス夫人　皆さま、どうかお休みなさい。（マクベスとマクベ ス夫人を残し、一同退場）

マクベス　血が流れれば「血が血を呼ぶ」と言われている。墓石が 動き、木が語ることも起こり得る。カササギやミヤマガラスが暴 露した例も過去にあるからな。

マクベス夫人　もう朝が近いわ。夜と朝とのせめぎ合いの時間帯で す。

マクベス　どう思うのだ⁈　マクダフが俺の命令に従わないでいる ことを。

マクベス夫人　お使いをお出しになって聞かれたの？

マクベス　いや、人づてに聞いただけだ。とにかく使いを出して おく。どこの家臣の家でさえ、俺の息のかからぬ奴はいないの

だ。夜が明けたなら、すぐにでもあの魔女どもの所へと行ってみて、絶対に聞き出してやる。最悪の手段を使ってやってみて、最悪の事実であっても知ることだ。そのことが俺のためになるのなら、大義名分など踏み倒す。血まみれの川の中へ深く足が入ってしまうなら、立ち止まるのも戻るのも難儀なことだ。頭に浮かぶ不思議なことが、この手の先に乗り移る。とりあえず、やってしまおう。行動が先だ。考えるのは後でいい。

マクベス夫人 あなたには、命あるすべてのものに与えられている眠りが必要なのよ。

マクベス では、おまえの言う通り眠りに就こう。俺の奇妙な錯乱も恐れの気持ちの裏返しかもしれぬ。それに打ち勝つために鍛錬するぞ。俺達はまだ事を始めたばかりだからな。(二人退場)

第5場

雷鳴が鳴り響く荒野

(三人の魔女は悪魔の女王ヘカティに出会う)

魔女1 どうなされたのですか、ヘカティさま? 何かご気分でも害されて?

ヘカティ そのわけは充分承知しているはずだ。出しゃばりのババアども、よくもまあド厚かましくマクベスに謎をかけ、生死のことで勝手気ままな取引をして、すべての悪事の仕掛け人である汝らの主のこの偉大なるヘカティさまを無視してくれたよな。そのせいで隠し技を発揮する場を失ったではないか! それにだな、

マクベス

さらに悪いのは汝らのしたことは、気まぐれで執念深く癇癪持ちのマクベス小僧を利するだけのこと。奴などは自分のことが中心で、おまえらなどは眼中にない。さあ、行って埋め合わせでもするがいい。おさらばだ。地獄の門で待ち合わせよう。明日の朝、きっと奴は自分の運命を聞きにやって来る。地獄の釜やおまえらの呪文を忘れるな。魔法はみんな整えておけ。わしはこれから夜空をひとっ飛び。運命の終わりを告げる陰鬱な仕事でもやりに行く。大仕事などやってしまうのは朝のうちだ。尖った月のその端から滴る雫が地面に落ちる寸前に掴み取り、早業の魔法で蒸留し、幻の人影を次々と登場させて、奴の心を惑わせて、破滅の底へ引きずり込んでやる。幻想の魔力によって混乱の極みに誘い、死を嘲笑い、知恵や神への畏れの気持ちを忘れさせ、野望の渦に巻き込んでやる。人間の敵なるものは、自信過剰と虚栄心だと知らしめてやる。

［音楽と歌「さあ早く、さあ早く」[19]］

　　聞いておきな、小悪魔が

　　霧に似た雲に乗り

　　わしを待つのが見えるだろう（退場）

魔女1　さあ、急ぐんだ。ヘカティさまはすぐに戻ってくるからな。（魔女達退場）

19　雲の上から小悪魔がヘカティを呼ぶ歌。

第6場

フォレスの豪邸

（レノックス、貴族登場）

レノックス　私の話とあなたの思いは一致している。さらに穿った解釈も可能です。事態は奇妙な経緯で推移している。高徳のダンカン王の死に対し、マクベスは哀悼の意を表したが、実際に王は誰かに殺害された。それに、勇敢なバンクォーが出歩いたのは日没後だし、フリーアンスが殺したと言えなくもない。事実、逃亡したからな。もう誰も夜道など怖くて歩けない。ドナルベインとマルコムが慈悲深い王を殺害するなどと、そんな馬鹿げた話など信じる者はいないはずだ。マクベスは非道な行為だとし、怒りに満ちて酔い潰れて眠り込んでいた衛兵の二人を斬り殺した。その行為は称賛に値するとも取れる。しかし、抜け目なくやったとも受け取れること。衛兵二人が生きていて、自分達がしていないと証言すれば、誰しも激怒して犯人捜しをしていたはずだ。そうならぬように、マクベスはすべてのことを計画通りにやったのだ。もし、ダンカンの息子達がマクベスの手に落ちるなら、ああ、神よ！　そのようなことが起こりませぬように！　父親殺しの罪を身に受けることは確実だ。マクダフも自らの立ち位置を弁えず、ずけずけと言い過ぎた。暴君の宴にも出ず、ひどく不興を買ったとか。マクダフが今どこにいるのかご存知か？

貴族　ダンカン王の長男のマルコムは、継ぐべき王位を暴君に奪われて、現在はイングランドの宮廷においでです。敬虔なエドワー

ド王の厚遇を受け、逆境の中でも、王子としてのご威光はしっかりと身につけておられます。マクダフもすでにその地に着いており、イングランド王に直接謁見し、援軍として武勇に長けるノーサンバランド伯爵のシィワードさまに挙兵を願うおつもりだ。彼らの助けや神のご加護を共に得て、いつの日か我々もまた短剣を腰から外し、楽しい宴を催して客をもてなし、夜が来たなら安らかに床に就き、王位に忠誠を尽くすと誓い、公正な栄誉を受けるようになることを願っています。ところだが、これを知ったマクベスは憤慨し、戦の準備を始めたようだ。

レノックス　マクダフを連れ戻そうとしたのです？

貴族　その通りです。マクダフの返答は「この私？　いやですね」だ。怒った使者は背を向けて、「そんな返事をなされると、後で後悔なさるだろう」と言いたげに、不満顔にて立ち去ったと聞いています。

レノックス　それなら、マクダフも気を付けて、できるだけ距離を保っていることだ。空を飛び、イングランドの城に行き、マクダフが着く前に我らの願いを送り届けて、呪うべきマクベスの手中にあって苦境に落ちた我が国が、早くまた神の恩寵溢れくる国に戻ることを祈るだけだ。

貴族　私も共に祈ります。（二人退場）

20　イングランドのエドワード懺悔王（在位 1042-66）。

第4幕

第1場

洞窟（中央に煮えたぎる大釜）

（三人の魔女登場）

魔女1　三度鳴いたぞ、メス猫が。

魔女2　三度と一度、ハリネズミ。

魔女3　「今だ！ 今だ！」と、地獄の女王。

魔女1　大釜回り、エッサホイサと毒の腸放り込め。冷たい石の下
にいたヒキガエル、31日眠り続けて、汗に出したぞ、毒油。魔
法の釜に放り込む一番手。

魔女三人　困難二倍、苦難三倍、燃え盛れ、火よ、炎！ 大釜よ、
煮えたぎれ！

魔女2　次に入れるの、沼地の蛇の細切れだ。煮たり焼いたり、釜
の中。イモリの目、カエルの足とコウモリの羽根、犬の舌、蝮の
裂けた舌の先、トカゲの足にフクロウの羽根。強烈な災いの呪い
作る地獄の雑炊、さあ、泡立てろ！

魔女三人　困難二倍、苦難三倍、燃え盛れ、火よ、炎！ 大釜よ、

21　偶数は魔術には不都合であるため。四度を「三度と一度」と言った。

22　原典 "trouble"「困難／苦難」。二倍が "double" で、三倍が "treble"。Sh.（シェイ
クスピア）のしゃれ。

煮えたぎれ！

魔女3　ドラコ[23]のうろこ、狼の歯と、魔女のミイラの内臓と、人食い鮫の胃と喉と、暗闇で掘り出した毒ニンジンと、ユダヤ人らの苦い肝臓、ヤギの胆嚢、月食の晩に切り刻まれたイチイの小枝、トルコ人の鼻を加えて、ダッタン人の唇と、売春婦が産み落とした赤ん坊、すぐさま首を絞められて、投げ捨てられた溝の中からその子の指を切り取って、雑炊に入れ、ドロドロに、ネチャネチャにして、虎の臓物を入れ足せば、大釜の中身はそれで出来上がりだ。

魔女三人　困難二倍、苦難三倍、燃え盛れ、火よ、炎！　大釜よ、煮えたぎれ！

魔女2　狒々の血でこれを冷やせば、呪いは仕上がって完成品だ。

（ヘカティ、悪の妖精達登場）

ヘカティ　よし、よくやった。褒めてやろう、その努力。分け前はしっかりと取らせてやるぞ。さあ、大釜の周りをぐるりぐるりと回り続けて、また、ぐるり。妖精達はクルクルくるり、クルクルくるり、輪になって、歌えよ、歌え！

　［歌］　黒い妖精、白い妖精、赤や灰色の妖精達よ

　　　　　混じり合え、ぐちゃぐちゃに

　　　　　色などが識別できぬほどまでに　（退場）

魔女2　親指の先、ピクピク動く。邪な奴がそろそろやって来るぞ。開けろよ、ロック。ノックする奴、入れるんだ。

23　ラテン語で「ドラゴン、怪獣」の意味。

（マクベス登場）

マクベス　真夜中に人知れず、悪事働く婆ども！　どんなあくどい企みをしておるのか？

魔女三人　説明なんてできないことさ。

マクベス　おまえらに頼みがあるぞ。どうやって会得したかは知らないが、おまえらの予言能力を発揮して、俺の出す問いにだけ答えてはくれないか。風という風をすべて解き放ち、教会などを破壊し尽くそうとも、海に怒涛の波を吹き起こして船を転覆させようと構わない。穂を出す前の麦を倒し、木々をなで切りしようとも構わない。城が崩れて衛兵の頭上に落ちてこようとも、宮殿や尖塔が傾こうとも、そんなことなどどうでもよいわ。自然を富ます万物の種を吹き飛ばし、破壊が破壊を呼べばいい。ただ、俺の質問にさえ答えればそれでよい。

魔女1　言ってみろ！　知りたいことを！

魔女2　訊いてみろ！　知らないことを！

魔女3　答えてやろう！　知るべきことを！

魔女1　あたいらの口からそれが聞きたいか？　それともそれはあたいらの主からか？

マクベス　主という者からだ。その主に会わせろ！

魔女1　自分の子豚を9匹も食い尽くすメス豚の血を流し込め。屠殺台から流れ落ちた脂汗、それも一緒に炎の中に流し込め。

魔女三人　さあ、みんな出ておいで、お偉方から下っ端までも。自分の役目を手際よくやっちまえ。

（［雷鳴］第1の幻影、兜をつけた生首で登場）

マクベス　言ってくれ。おまえにはどんな魔力が備わっているのか分からぬが…。

魔女1　この者はおまえの思いを知っておる。この者の言うことをよく聞くんだぞ。おまえは何も言ってはならぬ。

第1の幻影　マクベス！　マクベス！　マクベス！　気を付けるのだ、マクダフに！　気を付けるのだ、ファイフの領主！　言うことはこれだけだ。（第1の幻影は消え去る）

マクベス　何者であれ、忠告は恩に着る。俺の危惧をズバリ、グサッと言い当てた。もう一言を付け足して、言ってくれ！

魔女1　頼みなんかは聞くものか。さあ、次の者を出してやる。最初の者と比べると、凄いパワーの持ち主だ。

（〔雷鳴〕第2の幻影、血まみれの子供姿で登場）

第2の幻影　マクベス！　マクベス！　マクベス！

マクベス　もし俺に、三つの耳があるのなら、その耳で一語も漏らさずに聞いてやる。

第2の幻影　残虐であれ、大胆であれ。意志固く、人間どもの力など嘲笑え。女から「まさしく」生まれた男には、マクベスを倒す力などはない。（第2の幻影は消え去る）

マクベス　それならば、マクダフよ、生きておれ。貴様などは恐れはしない。しかしだな、用心しても、し過ぎることはないだろう。将来の運命を固めるためにマクダフを生かしておくのは愚策だぞ。奴さえ死ねば、蒼ざめた恐怖心は消え去っていく。たとえ雷鳴が轟いたとしても、熟睡はでき、安心だ。

（［雷鳴］第3の幻影は王冠を被り、木の枝を持って登場）

マクベス　こいつは何だ？　王の嫡子か？　子供の頭上に王冠を載せている。

魔女三人　ただ聞くだけだ。話しかけたりしてはならぬ。

第3の幻影　苛立たす者、悩ませる者がいようとも、謀叛を企む者がいようとも、ライオンのように誇らしくして気にするな。マクベスに敗北はない。バーナムの森がダンシネーンの丘に向け、攻め寄せて来るまでは盤石だ。（第3の幻影は消え去る）

マクベス　そんなことなどあり得ない。誰がいったい森になど招集をかけ、木に向かいその根を引き抜き、丘に登れと命令できる？　幸先（さいさき）の良い知らせだな。よし、これでバーナムの森が動くまでは俺は王座に君臨し、天が与えた俺の寿命を全（まっと）うするぞ。死ぬまでずっと安泰で暮らせるということだ。ただ一つ、是が非でも知りたいことがあるのだが、言ってくれ！　もし、おまえらにそのことが予言できるなら…。バンクォーの跡継ぎが国王になるということは、あるのか、それともないのか？

魔女三人　もうこれ以上、知らぬがいいぞ。

マクベス　それだけ聞けば満足ができる。答えないなら、おまえらに永遠に呪いあれ！　頼むから教えろ！（大釜が沈んでいく［不気味な音楽］）釜が沈んでいくではないか！　この音楽はいったい何だ！

魔女1　見せてやれ！

魔女2　見せてやれ！

魔女3　見せてやれ！

魔女三人　マクベスの目に見せつけて、悲嘆の底に追い落とせ！ 影のように現れて、影のように消えていけ！

（8人の王の幻影が現れる。最後の王は鏡を持っている。その後ろにバンクォーの亡霊が続く）

マクベス　〈最初の幻影に〉おまえはバンクォーそっくりの亡霊だ。消え失せろ、嫌な王冠！ 俺の目を焼き焦がす。〈第２の幻影に〉貴様の頭の上にさえ、黄金の王冠が！〈次々に現れる幻影に〉第３の奴も同じだ。薄汚くてボロを纏った魔女達め！ どうして俺にこんなものを見せるのだ！ 4番目？ 俺の目よ、潰れっちまえ！（5番目、6番目も通り過ぎる）また一人？ 7番目？ もう見るものか！ 8番目！ 手に鏡を持っていて、鏡には大勢の王が映っている。ある者は宝玉二つと王笏を三つも持っている。[24] 恐ろしい光景だ。これは本当だったのか。血まみれのバンクォーが俺にニタニタ笑いかけて、この王達の行列を指差してこれが自分の子孫だと言っているようだ。将来、きっとこうなるのだな。

魔女1　そうだとも。みんな皆この通りだ。なぜ、それほども驚くのか?! マクベスほどの人間が！ さあ、みんな、マクベスの景気づけでもやろうじゃないか。あたいは空気に呪いをかけて、音を鳴らすから、あんたらは跳ねて踊ればいい。そうすれば、この偉大な王さまは猫なで声で言うだろう。「おまえらのおもてなし、ご苦労さま」と。（[音楽] 魔女達が踊り、そして消え去る）

24　宝玉二つは、スコットランド王「ジェイムズ6世」が、エリザベス1世亡き後、イングランド王を兼ねて「ジェイムズ1世」になったこと。王笏三つは、通常イングランドの戴冠式では王笏は二つで、スコットランドでは一つ。その合計である。

マクベス　奴らはどこへ行ったのか？ 消え失せたのか？ ああ、忌まわしい、この日という日は！ 歴がある限り、永久に呪われろ！（舞台の袖に向かい）来るがよい。誰だか分からぬが、そこにいる者！

（レノックス登場）

レノックス　探しましたぞ、マクベス王よ。ご用は何でありましょう？

マクベス　魔女どもを目にしたか？

レノックス　いえ、何も。

マクベス　今、そばを通った者は？

レノックス　いえ、誰も。

マクベス　奴らが乗って飛んで行く空気など腐ってしまえ！ 奴らを信じる者どもは地獄に落ちろ！ 馬の蹄の音がしたが、誰が来たのだ⁉

レノックス　2、3人です。マクダフがイングランドへ逃亡したとお伝えに参りました。

マクベス　イングランドへ逃亡と⁈

レノックス　その通りです。

マクベス　〈傍白〉「時」という奴、壮絶な俺の計画を出し抜きやがる。行動に出るのなら、計画と行動は手を取り合って、たった今から進まねばならないな。考えと行動を合致させ、思いついたらすぐに行動することだ。手始めに、マクダフの城を急襲してやるぞ。ファイフの領土を奪い取り、奴の妻や子供や親類縁者の者どもを一人残さず斬り殺す。馬鹿者がホラを吹いているのではない

マクベス

ぞ。この激昂が冷めぬうちにやり終える。もうあんな見世物などはクソ食らえ！ 使者の者どもはどこにいる？ その場所に案内いたせ。（二人退場）

第2場

ファイフ　マクダフの城

（マクダフ夫人、息子、ロス登場）

マクダフ夫人　あの人はどうしたのです？ この国を逃げ出すなんて！

ロス　辛抱が大切ですよ。

マクダフ夫人　辛抱が足りないのはあの人だわ。逃亡なんて狂気の沙汰よ。何もせず恐れ慄くだけでさえ、謀叛人だと見なされるのに…。

ロス　逃げたのが知恵の結果か、恐れなのかはまだ不明です。

マクダフ夫人　妻を置き去りにして、子供を残して逃亡するのが知恵ですか⁉ 妻や子供や、館や称号など、みんな捨て去って、一人で逃げて行ったのよ。私達のことを考えてなどいないのよ。人としての情愛に欠けているのです。鳥の中でも一番小さなミソサザイでも、巣のひな鳥を守るためならフクロウにさえ立ち向かうわ。あの人にあるものは、恐れだけです。情愛の一欠片さえ見えないわ。知恵などはどこにもないの。逃げ出すなんて理性も何もないんだわ。

ロス　奥さま、どうか気をお鎮めになってください。ご主人は高潔

で賢明であり、判断力に優れています。諸般の事情をよくご存知です。でも、これ以上話すのは差し控えます。昨今は冷酷な時代です。知らぬ間に謀叛人にされている。恐怖の源が不明でも、恐怖心から噂を信じたり致します。荒れ狂う大海で波まかせになり、あちらこちらと漂うのに似ています。では、今しばらくは留守にせねばなりません。また、すぐに戻ってきます。物事はどん底に落ちてしまえば、そこまでですよ。また元の状態に上がってきます。奥さまに神のご加護がありますように！

マクダフ夫人 （息子を見て）父親がいるはずなのに、どこにも見当たらないのよね。

ロス 愚かな私、もうこれ以上ここにいますと、感情に溺れてしまい、かえってご迷惑をかけてしまうかもしれません。では、これで失礼します。（退場）

マクダフ夫人 もう、お父さまは亡くなられたのよ。あなたはどうするつもり？ どうして生きるの？

息子 ことりのように…。

マクダフ夫人 まあ、虫やハエなど食べてなの？

息子 たべられるならなんでもたべて…。そうしてことりはいきているよ。

マクダフ夫人 可哀想よね、小鳥さん。罠や網、鳥もちや落とし穴。そんなものが一杯よ。

息子 こわくはないよ。みじめなとりのこどもにはワナなんか、しかけたりはしないでしょう。おかあさまがなんといっても、おとうさまはしんでなんかいないから。

マクダフ夫人 いえ、死んでいます。お父さまがいなくなったら、

_____
25 モチノキなどの樹皮からとったガム状の粘着性物質。

あなたどうするつもりなの？

息子　おかあさまこそ、おとうさまがいなくなったら、どうするつもり？

マクダフ夫人　あんな人なら市場に行けばたくさん買えるわ。

息子　たくさんかって、たくさんうるの？

マクダフ夫人　おもしろいことを言いますね。あなたの年にしては上出来よ。

息子　おとうさまはムホンにん？

マクダフ夫人　どうかしら…。

息子　ムホンにんって、どんなひと？

マクダフ夫人　そうですね…　誓いを立てて破ってしまう人のことです。

息子　ムホンにんってみんなそうするの？

マクダフ夫人　そんなことをする人はみんな謀叛人よ。そのせいで、縛り首にされるのよ。

息子　ちかいをたててまもらないひと、くびをつられて、しぬのです？

マクダフ夫人　みんな皆死に近いのよ。

息子　それなら、ちかいをたてて、まもらないひとはバカですね。そういうひとはたくさんいるでしょう。しょうじきなひとをみんなつかまえて、クビをつるせばいいだけなのに…。

マクダフ夫人　可哀想だわ。あなたを見ていると胸が詰まるわ。父親なしでどうしたらいいのかしらね…。

息子　もし、おとうさまがしんだなら、おかあさまはきっとなみだをながすでしょう。ながさないなら、よいしるしです。すぐにまた、あたらしいおとうさまがあらわれるかも…。

マクダフ夫人　あなたは痛ましくて可哀想なおしゃべりさんね。あり得ないお話だわ。

（使者登場）

使者　神のご加護を！　奥さま、奥さまは私のことはご存知ないが、私のほうは奥さまを存知上げております。奥さまの身に危険が迫っております。ここになどいらっしゃってはなりません。身分などない者の忠告をお聞きになって、お子さまを連れてお逃げください。急な話で脅かすのは無礼なことと存知ます。冷酷な手が喉元に来ているのです。言わないほうが無礼なのです。危険が今すぐそこに来ています！　どうか、ご無事で！　では、これで失礼します！（退場）

マクダフ夫人　どこに逃げろと言うのかしらね。何一つ悪いことなどしていないのに…。思い出したわ、この世の中は悪事をすると褒められるのね。その逆に、良いことをすると危険で愚かと見なされます。ああ、それで、私達どうすればいいのかしら…。ただ、何も悪いことなどしていないと、涙ながらに訴えることしかできないのだから。

（刺客達登場）

マクダフ夫人　誰なのよ、あなた達？
刺客　マクダフはどこにいる⁉
マクダフ夫人　あなたなんかに見つかるような不浄な所ではないわ。
刺客　マクダフは謀叛人だぞ！

息子　うそをいうな！ ケむくじゃらのワルものめ！

刺客　何をぬかすか！ このガキめ！ 謀叛人の小童が！（刺す）

息子　ああヤラれたの、おかあさま。にげて！ にげてください！
（死ぬ）

（マクダフ夫人「人殺し！」と叫びながら走り去る。刺客達が後
を追う）

第3場

イングランド　エドワード懺悔王の王宮の前

（マルコム、マクダフ登場）

マルコム　どこか人目につかない木陰で私達の心の内を語り合い、
涙を流しましょう。

マクダフ　いえ、それよりも死を賭して、剣を取り、地に伏した祖
国再建を目指しましょう。朝が来る度に、さらにまた夫を失くし
た女が嘆き、父を失くした子供らが泣き喚き、新たな悲嘆の声は
天を突き、祖国の中に天そのものが響き返して、同じ苦痛の嘆き
を発しておりますぞ。

マルコム　信じられれば、嘆きもします。知ったなら、信じもしま
す。できることなら、それを正します。あなたの言ったすべての
ことは頷けます。名を口にするだけで、舌がただれるあの暴君も
昔日は正直だと思われていた。あなたさえ彼を尊敬していました。
まだ、あなたには手出しなどしてはいません。私はまだ未熟です。
私など裏切ることは簡単で、そうすればあなたには利があります

ね。弱く貧しく哀れで無知な子羊を、怒れる神に捧げることが得策だとも言えますね。

マクダフ　私は裏切り者でありません。

マルコム　だが、マクベスは裏切り者です。善良で高徳の人でさえ、王が命令を下されたなら、屈することも考えられます。こんなことを言ったりして申し訳ありません。私の妄想がどんなものでも、あなたの人柄は変わりなくご立派だ。天使の長²⁶は地獄に落ちてしまったが、まだ多くの天使達は健在で輝いています。悪のすべては美徳の仮面を装うが、真の美徳はそのままで変わることはありません。

マクダフ　私の希望が絶望になります。

マルコム　戸惑う点はその希望です。無防備にあなたは妻子を残して来られたが、あなたにとって貴重な宝、愛の絆で結ばれた人達だ。それなのに、別れの言葉一つさえ残してはおられませんね。私の疑念があなたの気持ちを傷つけて申し訳ないと思っています。でも、私自身の身の安全がどうしても気掛かりなのです。私の思いがどうであれ、あなたは立派な方で、清廉潔白です。

マクダフ　血を流せ！　血を！　哀れな祖国！　限りない暴虐や僭主体制！　確固たる礎を築く徳や善さえも今や暴君は阻止できぬ。悪には悪を重ねるがいい。王冠は法である！　勝手気ままに振る舞うがいい。私は悪者ではありません。暴君の領土をみんな与えると言われても、東方の豊かな土地を付与すると唆されても、耳を貸す気はありません。

マルコム　気を悪くしないでください。あなたを特に疑っているのではありません。我が祖国が抑圧により沈みゆき、涙を流しても、

───────────────
26　堕天使の長である悪魔サタン。

血を流しても、その傷口は日ごとに大きくなっていきます。でも、武器を持って立ち上がる人達もいます。誉れあるイングランドの王からは、数千の軍勢を出して上げると申し出もあります。問題は、もしこの私が暴君を蹴散らせて、剣先に彼の首を掲げようとも、哀れな祖国に今以上悪がはびこり、多くの点でさらに苦しむことになります。次に王位に就いた者のせいで…。

マクダフ　それはいったい誰のことです？

マルコム　私のことです。私の中にはあらゆることの悪の芽が眠っています。それが開花したなら、あの黒いマクベスさえも純白の雪のように思えるはずです。哀れな祖国、際限のない私の悪と比較して、マクベスを子羊のよう思うでしょう。

マクダフ　ぞっとする地獄に巣くう悪魔でも、マクベスを凌ぐ者などはいませんよ。

マルコム　確かに彼は残忍で、好色で強欲だ。不実だし、欺瞞に満ちて衝動的で悪意に満ちています。罪という名のあらゆる悪事をやってのけます。だが、それと比較してさえ、我が情欲は底なしで際限がない。人妻やその娘、年増、生娘、どんな女も我が情欲を満たすことはありません。情欲の勢いはあらゆる壁を打ち砕くのです。こんな私が祖国を統治するよりはマクベスのほうがまだましだと思いませんか？

マクダフ　際限のない不摂生や自制心のない欲望は暴虐となり得ます。それ故に、時ならずして王位を追われた者の数は少なくはありません。でも、その杞憂には及びません。王位に就くべき人が今ここで王になられることですから。ご自分の楽しみが密かにあるのは当たり前です。世間に公にしなければ、批判はかわすことができます。喜んで王に応じる女性などたくさんいます。たとえ

あなたがハゲタカのように貪欲であれ、思し召しを知るのなら喜んで身を捧げる女性など数限りなくいるでしょう。

マルコム　それだけではないのです。私の中に飽くことのない物欲があり、王にでもなろうものなら、領地を求め、領主の命も奪いかねません。宝石や屋敷など取れば取るほど欲しくなります。不正まみれの争いを、善良で忠義な者にけしかけて、富の獲得競争で人間を滅ぼしてしまうはずです。

マクダフ　物欲は根が深いものです。短い夏に似た情欲と比較して、張り詰めた有害な根はしつこくて、物欲の刃は多くの王を殺害してきましたが、それも心配には及びません。スコットランドの地には、物欲を満たす富があります。ご自分の領内できっとご満足なさるはずです。持っておられる様々な美徳と、それを天秤にかけるなら、今述べられた欠点は問題になりません。

マルコム　私には美徳なるものは何もありません。王にあるべき美徳のうちの、例えて言うと、公正や真実味、節制や一貫性、恵み深さや寛大さ、慈悲の心や謙虚さや敬虔な精神や、忍耐力や勇気、不屈の気概など、どれ一つも持ち合わせてはいないのです。それに反して、逆のことならどんな種類の罪悪も心の中に満ち溢れています。それだけでなく、もし権力が手に入ったら、人と人との調和など私はきっと地獄の底へ叩き込むでしょう。この世の平和を打ち壊し、社会の秩序を破壊してしまいます。

マクダフ　ああ、嘆かわしいスコットランド！

マルコム　私はこんな人間なのだ。こんな男が王になるのに相応しいのですか!?　どうなのです?!

マクダフ　王になるのに相応しい人間かと?!　生きる値打ちも何もない！　哀れな国だ、スコットランド！　王の資格も持たずして、

血まみれの王笏を手にかざしている暴君がいる。健全な日々はいつまた戻るのだろう？　正当に王位を継ぐ人が自ら己の罪を数え上げ、自分の血筋を穢すとは。父君は聖なる王で、母君はほとんどいつも跪いて祈られて、その日その日を神に捧げておられましたぞ。では、これであなたとは決別します。あなたが言った数々の悪行で、私はもうきっぱりとスコットランドと縁切りをすることに決めました。この胸にあった一縷の望みが消え失せました。

マルコム　ああ、マクダフ殿よ。あなたの心意気とその誠意で、私の疑いの翳りはすべて消え去りました。あなたが見せた真心と敬意の気持ちを信じます。悪辣なマクベスは、ありとあらゆる策を弄して私を捕らえて殺そうと企んでいます。それを回避するために、私は知恵を働かせ、慎重になり、人を容易く信じることは避けていました。だが、神は我ら二人を結び合わせてくださいました。今ここに私自身もあなたの指揮に従うことを誓います。また、自らを貶めた発言は撤回し、それを完全に否定します。言ったことすべて、私の性質にそぐわないものです。私は未だ女のことは何も知りません。偽りの誓いなど、ただの一度もしたことはないし、自分自身の物でさえ執着したこともありません。約束も一度たりとも破ったことはありません。悪魔でも仲間を裏切ることなどは望まないはず。誠意は命ほど大切にしています。先ほど自分自身のことを語ったのが、私のついた初めての嘘なのです。私の命をあなたと祖国のために捧げましょう。実はあなたが来られる前に、シィワード公の旗下にある精鋭部隊の一万の軍勢が準備を整え、出陣の態勢に入ったという知らせを受け取りました。我々もそれに加わり、正義のための戦いに勝利しましょう。なぜ一言も話さないのです？

マクダフ　これほどの喜びと先ほどの失望が重なり合って、戸惑っているのです。

（Eng. の医者登場）

マルコム　それでは話は後にして〈Eng. の医者に〉王はお出かけなさるのですか？

Eng. の医者　その通りです。大勢の哀れな者達が王の治療を待っております。彼らの病はどんな医術も効き目がないのですが、王が触れられるだけで彼らの病はすぐに癒えるのですよ。

マルコム　いや、どうもありがとう。（Eng. の医者退場）

マクダフ　医者が言うのはどのような病なのです？

マルコム「王の病」と呼ばれるものです。これは聖なるイングランドの王が行う奇蹟です。イングランドに来て以来、何度も王がなされているのを見たことがあります。いかにして天から力を授けられたか誰にも分かりません。奇病になった人々が、身は腫れ上がり膿にただれて、見るも無残な症状なのに治されるのです。金貨の首輪を病人にかけてやり、お祈りを捧げられる、ただそれだけで王は病を癒されるのです。聞くところでは、この王の治癒力は歴代の王が受け継がれ、この奇蹟の徳に加うるに王は予言の天賦の才をお持ちです。王座の周りは様々な恩寵に満ち溢れています。

（ロス登場）

27　頸部リンパ節の病気。

マクダフ　ああ、誰かがやって来る。

マルコム　祖国の者のようですね。

マクダフ　ああ、従弟のロスだ。よく来たな。

マルコム　今やっと分かったぞ。同国人でありながら、お互いに異邦人だと見せかけるなど、そんな事態は今すぐに終わるように神に祈ろう。

ロス　アーメン。

マクダフ　スコットランドに変わりはないか？

ロス　ああ、こんなにも惨めな祖国、自分のことを知るのを恐れ戦<ruby>戦<rt>おのの</rt></ruby>いている国。祖国などとは思えない。墓場のようだ。無知な者しか微笑まず、溜息やうめき声、泣き叫ぶ声などが天空に響いている。気にする者は誰もいない。悲嘆の声も日常の感情と見なされて、死者を弔う鐘が鳴っても誰も全く他人事のように振る舞っている。善良な人の命が帽子を飾る花よりも短く咲いて、時ならずして散ってゆく。

マクダフ　詳細に語られたことは事実です。

マルコム　最近の際立った惨事は何でしょうか？

ロス　1時間前の惨事でさえ、そこに新たなものが加わってすぐに古くなるのです。

マクダフ　妻の様子は？　<ruby>健<rt>すこ</rt></ruby>やかでした？

ロス　ご無事でいらっしゃいました。

マクダフ　子供達は？

ロス　ご無事でした。

マクダフ　暴君も彼らの憩いは壊してはいないのですね。

ロス　皆さまはお元気でした。お別れに訪れましたときまでは…。

マクダフ　言葉などは出し惜しみをせずに言ってくれ。

ロス　私がここへ良くない知らせを運ぶとき、噂話を耳にしたのです。憂国の士が数多く立ち上がったと。それに応じて、暴君の軍勢が動くのを目撃し、今が援軍を送るべきときだと感じました。マルコムさまが祖国にお姿をお見せになれば、続々と兵士が結集します。こんな惨めな状況から抜け出そうとし、女でさえも戦いに加わるでしょう。

マルコム　その者達も喜ぶだろう。我々は出陣するぞ。慈悲深い高徳のイングランド王は、名将シィワード旗下、一万の兵をお貸しくだされた。キリスト教の国中で知れ渡る戦に長けた将軍だ。

ロス　その吉報に吉報でお応えしたいところだが、私の知らせは聞く者などがいない荒野にて喚くべきものなのだ。

マクダフ　誰に関わることなのですか？　一般的なことなのか？　それとも誰か個人一人に関わる知らせなのですか？

ロス　心ある人で、その悲報を耳にして心が痛まぬ人はいないだろう。だが、これはあなた一人に関わる知らせです。

マクダフ　私にならば、何も隠さず今すぐに言ってくれ。

ロス　あなたの耳が私の口を侮蔑（ぶべつ）することがないようにお願いします。私の口はあなたの耳が今までに聞いたことがない深刻な音、悍ましい音を立てるのですから。

マクダフ　見当がつきます。

ロス　あなたの城は急襲されて、奥さまもお子さま達も殺されました。その様子を語るなら、その方々の死の上にあなたの死をも重ねることになりそうです。

マルコム　ああ、神よ！　あなたには慈悲はないのですか！〈マクダフに〉帽子で涙を隠したりしなくてもいいのです。自然のままで悲しみに言葉を与えてやればいい。言葉を失くした悲しみは心

を破壊してしまうでしょうから。

マクダフ　子供達もですか？

ロス　奥さまや、お子さま達や、召使いなど、城にいた人達はみんなです。

マクダフ　それなのに私はそこにいてやれず、妻さえも殺されたのか。

ロス　言った通りです。

マルコム　力を落とさず、思う存分復讐すれば薬になって、致命的な傷痕を癒すことにもなるでしょう。

マクダフ　あいつには子供がいない。可愛い子供をみんなだと⁉「みんな」と言った？「みんな」だと！　地獄の鳶、マクベス野郎！　あのいじらしい雛や母鳥を一気に襲い、引き裂いたと言うのだな！

マルコム　勇気をもって耐え抜くのです。

マクダフ　雄々しく耐えてみせましょう！　だが、人として耐え難いことです。妻と子供達は私にとって最も大事な存在です。神もただ呆然と見過ごされたと言うのですね。罪深きマクダフよ、助けようともせずに…、彼らは皆私のせいで殺された。男として能無しだ。私の罪で、彼らが罰を受けたのだ。どうか神様、彼らには安らかな永久の眠りをお与えください！

マルコム　悲しみであなたの剣を研いでください。その嘆きを憤りへと昇華させ、心を鈍化させるのでなく、猛り狂えばいいのです。

マクダフ　女のようにさめざめと泣き、大声で喚くことができればいいが、ああ神よ、私を哀れとお思いならば、すぐさま私と大魔王マクベスを一騎打ちさせてください。剣と剣との男の勝負、討ち逃すなら天の采配を受け止めますから…。

マルコム　まさにそれは男の決意です。さあ、行こう、イングランドの王のもとへと。軍勢は整っている。あとは出陣命令を待つだけです。マクベスは今や腐ったリンゴ同然だ。ひと揺れで落ちる身だ。天上の神のご加護がきっと我々にあるはずです。長い夜にも必ず朝がやって来ます。（一同退場）

第5幕

第1場

ダンシネーン　マクベスの城の一室

（Stot. の医者、侍女登場）

Scot. の医者　これであなたと二晩寝ずに夫人の様子を観察したが、おかしな兆候は見られませんな。この前に徘徊されたのはいつのことです？

侍女　王が戦場に出られてからは、私は何度も見たのです。奥さまがベッドから起き上がり、ナイトガウンをお召しになって、クローゼットの鍵を開け、紙を取り出して折りたたみ、何かを書いて読み返し、封をしてベッドへとお戻りになる。その間中、お眠りになったままなのです。

Scot. の医者　精神が錯乱状態なのだ。眠りながらも覚醒時とは同じ行動をなさるのだな。歩き回って、指摘したことをなさるのなら、そのときに何か言葉を発せられるのを聞いたことなどありませんか？

侍女　ございます。でも、奥さまの言葉をそのままお伝えするのは差し控えます。

Scot. の医者　私にならばいいのでは？ 医者には話す必要があるでしょう。

侍女　私の話を保証する人がいなければ、お医者さまでもできません。

（灯りを手にマクベス夫人登場）

侍女　奥さまがいつもと同じ様子でお見えです。本当に、深い眠りに就かれたままなのです。ここに隠れてどうかじっくりご覧ください。

Scot. の医者　あの灯りはどうやって手に入れられたのです？

侍女　ベッドのそばに置かれたもので、奥さまはいつも灯りを点^{とも}しておくようにと仰って…。

Scot. の医者　見てごらん、目は見開いて…。

侍女　でも、意識は閉じられたままなのです。

Scot. の医者　何をなさっているのです？　不思議なあの両手のこすり方…。

侍女　あのようにいつも両手を洗う仕草をなさるのですよ。それを15分間ほど続けたりなさいます。

マクベス夫人　まだ、ここにしみがついている。

Scot. の医者　お聞きなさい。何か話しておられる様子です。話されていることを書き留めておきましょう。忘れると困るから。

マクベス夫人　消えなさい！　忌まわしいしみ。消えてと言うのに！　1、2、1、2と。そうよ、やるのは今！　地獄は闇よ。何てこと！　武人のくせに怖がるなんて！　誰が知ろうと何を恐れることがあるの！　でも、老人にあれほどの血があるなんて思ってもみなかった。

Scot. の医者　今の話を聞きました？

マクベス夫人　ファイフの領主[28]に妻がいた。今はどこにいるのか しら？ 何よ、これ?! もう二度とこの手はきれいにならないの？ お止めになって、お願い、あなた。もうこれでお止めになって！ パニックになり、何もかもブチ壊しだわ！

Scot. の医者　何てことだ！ 知ってしまった！ 知ってはならぬこ となのに…。

侍女　口に出してはならぬこと、神様だけがご存知のこと、奥さま は心の内を表してしまわれるのです。

マクベス夫人　まだここに血の匂いがする。アラビア中の香水をこ の手にみんな付けたとしても、芳しい香りにはならないんだわ。 おお！ おお！ おおーっ！

Scot. の医者　何という溜息か！ 心にはひどい重圧がのしかかり、 耐えられずこうなったのだ。

侍女　私の胸にあれほどの悲しみは持ちたくないわ。たとえ王妃の 高い地位など与えると言われても…。

Scot. の医者　さて、さてと…。

侍女　神様があの苦痛から奥さまを解放させてくださるのなら…。

Scot. の医者　この病は私の手には負えません。夢遊病でもベッド にて安らかに亡くなった人は数多くいます。

マクベス夫人　手を洗い、ナイトガウンを早く着て！ 蒼ざめた顔 をしないで！ もう一度言いますよ！ バンクォーはもう地下の底 です。墓からなんか出てくることはないのですから。

Scot. の医者　そうだったのか。

マクベス夫人　ベッドへ！ ベッドへ！ ［城門を叩く音］さあ、さ あ早く、お手を携えて。やったことなど取り消せないわ。ベッド

28　マクダフ。

へ！ベッドへ！さあ早く！（退場）

Scot. の医者　これでベッドに戻られるのか？

侍女　はい、まっすぐに。

Scot. の医者　忌まわしい噂が広く伝わっています。道理に背く行いに、道理に悖（もと）る患（わずら）いがついてくる。悪に汚れた精神は耳など持たぬ枕へと、その秘密を打ち明ける。奥さまに必要なのは医者ではなくて、神様だ。ああ、神よ、我らの罪をお赦しください！奥さまの身の回りに気配りを怠らず、自ら危害を加えることができる物は取り除いておくことが必要です。よく見守ってあげなさい。それではこれで、おやすみなさい。この有り様は目にしたくはなかったですな。思うところはいろいろあるが、そんなことなど口には出せぬ。

侍女　おやすみなさい。（二人退場）

第２場

ダンシネーン近くの荒地

（メンティース、ケイスネス、アンガス、レノックス、兵士達登場）

メンティース　イングランドの軍勢は近くまで来ています。指揮を執るのはマルコムで、叔父のシィワードや勇敢なマクダフらは皆復讐に燃えています。積もる思いは死者でさえ奮い立たせて、戦場に赴（おもむ）かせるでありましょう。

アンガス　バーナムの森の辺りで、友軍に落ち合えるはずです。彼

らも共にその方向に進軍しています。

ケイスネス ドナルベインも兄君とご一緒か？

レノックス 同行はされていない様子です。名のある方の名簿を持参しています。シィワード殿のご子息や数多くの初陣の若武者が集まっています。

メンティース 暴君のマクベスはどうしているのか？

ケイスネス ダンシネーンの城の防備を固めています。気が触れて、手がつけられぬとの噂で、激情も狂気の沙汰だと言う者もいるようです。確実なのは統率力を失っています。

アンガス ここに至って、密かにやった数々の殺害の血が両方の手にこびりつき、ネバネバしていることだろう。刻々と起こる反乱が、奴の裏切りを責め立てている。部下でさえ命令に否応なしに従っているだけで、忠誠心の欠片さえない。今は王位もぶら下がり状態だ。小心者の盗人が巨人の衣装を着ているようだ。

メンティース 奴の心が度を失っても当然のこと。奴自身、自らの存在を呪っているということだ。さあ、進軍だ！

ケイスネス 我々が仕えているのは、病める祖国を癒すためです。忠誠を真の主君マルコム殿に捧げよう！ 失われた我が祖国の再生のために心血を注ぐのだ。

レノックス 貴い花を潤して雑草を根絶やしにしてやるぞ。バーナムの森を一気に目指し、進軍だ。（一同退場）

91

第３場

ダンシネーン　マクベスの城の一室

（マクベス、Scot. の医者、従者達登場）

マクベス　もう報告の必要はない。逃げたい奴は、逃げるがいいぞ。ダンシネーンにバーナムの森がやって来るまで、俺には怖いものはない。マルコムなどの若造がどうしたとぬかすのだ！　女から生まれた奴だ。そうだろう！　この世のすべてを見通せる魔女の予言だ。「恐れることは何もない、マクベスよ。女から、『まさしく』生まれし人間に、おまえを倒す力なし」と。逃げるがいいぞ、裏切り者の領主ども。イングランドの道楽者と結託するのがお似合いだ。俺の魂、俺の勇気は、疑念などでは揺らぎはしない。恐怖でも戦慄くわけがないのだぞ。

（召使い登場）

マクベス　ひどい悪魔に取りつかれ、蒼ざめた馬鹿顔を黒にでも染めるがいいぞ！　鵞鳥面など吹き飛ばせ！　どうかしたのか！

召使い　一万の…。

マクベス　ガチョウが来たのか⁈

召使い　軍勢が！

マクベス　顔面を針で刺し、蒼白のその顔を血で赤く染めるがいいぞ。臆病者め！　どこの軍勢だ⁈　腰抜けめ！

召使い　イングランド軍のようです。

マクベス　おまえなど引っ込んでいろ！（召使い退場）

マクベス　おーい、シートン！ ああいう奴を見るだけで胸くそが悪くなる。そこのシートン！ この一戦で決着だ、王の位を続けられるか？ 落とされるのか？ 俺も随分長生きしたが、俺の人生はもう今は萎れた枯れ葉状態だ。老齢に相応しい名誉や愛、それに従順な子や孫や友人なども誰もいないし、何もない。その代わりにあるものは、口には出さぬ呪いの気持ちや口先だけの美辞麗句、へつらいだ。恐れの気持ちで、逆らったりはしないだけだ。おーい、シートン！

（シートン登場）

シートン　何の御用なのでしょう？

マクベス　何か新たな知らせでも来ているか？

シートン　これまでの報告を裏書きするものばかりです。

マクベス　肉が骨から削ぎ落とされるときまでは、この俺は戦うぞ！ 鎧をここに持ってこい！

シートン　まだその必要はありません。

マクベス　俺は今、着けるのだ。騎兵を出して領内を調査しろ。怖いなどと言う奴は縛り首だぞ。鎧を今すぐ持ってこい。病人の容態はどうなっているのか？

Scot. の医者　ご病気と言うよりは、次から次にやって来る妄想でお休みになれません。

マクベス　そこのところを治してやってくれないか？ 心の病は治せぬとでも申すのか？ 記憶の底の根深い悲しみを取り去って、

———————————
29　スコットランド王の鎧持ちは歴代シートンと呼ばれた。

忘却を誘う甘い香りの解毒剤で、心に重く圧し掛かる毒素を洗い
清めることはできないのか？

Scot. の医者　ご病人が自分で何とかなさる気がないと…。

マクベス　医学などクソ食らえ！ そんなものなど要るものか！
〈シートンに〉鎧を着せろ！ 指揮杖をよこすのだ！ シートン、
兵をすぐに出せ！ おい、医者よ！ 領主どもが次から次へ逃げて
いく。さあ早く！ 急ぐのだ！〈Scot. の医者に〉もし、おまえが
この国の尿を調べて病原を突き止め、本来の健康を回復させてく
れるなら、大声を出して褒めてやる。木霊が返り二度褒めるほ
どにだ。〈シートンに〉気が変わったぞ。脱がすのだ！〈Scot. の
医者に〉ルバーブかセンナ、下剤ならどんなものでもいいから、
イングランドの軍勢を国外に流し去ることはできないのか?! 奴
らの噂は聞いているはずだ。

Scot. の医者　伺っておりますが、戦いの準備の様子にて薄々承知
しておりました。

マクベス　〈シートンに〉鎧を持って、ついて来い！ 死も滅亡も
恐れたりするものか！ バーナムの森がダンシネーンに動くまで
は！（マクベス、シートン退場）

Scot. の医者　ここから早く逃げ出そう。お金をいくら積まれても、
戻ってくる気は一切ないぞ。（退場）

30　ギリシャやローマでは紀元前から栽培されていた植物。日本には明治期に入っ
て来て、漢方薬として使われている。葉は有毒だが、茎はビタミンが豊富でカリ
ウムなどの栄養素も含んでいる。根は下剤として用いられる。
31　アフリカの熱帯地方原産。現在はヨーロッパや日本でも栽培されているマメ科
の植物で、漢方の便秘薬となっている。長期の連続使用は大腸の筋肉を弱らせる
こともある。

第4場

バーナムの森近く

（マルコム、シィワード、マクダフ、シィワードの子息、メンティース、ケイスネス、アンガス、レノックス、ロス、兵士達登場）

マルコム　皆の者、安らかに部屋で休める日は近い。

メンティース　そのことを疑う者は誰一人おりません。信じております。

シィワード　この先の森は何という名だ？

メンティース　バーナムの森と申します。

マルコム　兵士それぞれ一人ずつ枝を切り取り、それを頭に挿頭（かざ）し、敵の偵察を欺いて進軍だ！

兵士　命令に従って行動します。

シィワード　暴君はダンシネーンに籠城し、我が軍の襲撃を待ち構え、態勢を整えている。

マルコム　奴に残った手はそれだけだ。兵は皆、機会を見つけて逃げ出している。誰一人、自ら奴に従う者はいないようだ。仕方なく仕えている者ばかり。彼らの心はすでに奴から離れている。

マクダフ　推測が正しかったかは、戦いの後に検証される。今からは戦士としての本分を尽くすだけです。

シィワード　もう時は迫っている。勝つか負けるか、決着をつける時は今だ。推量などはあてにはならぬ。問題の結果はすべて戦場で出る。その決戦へ、いざ進軍だ。（一同退場）

第５場

ダンシネーン　マクベスの城の中庭

（マクベス、シートン、軍鼓と軍旗を持った兵士達登場）

マクベス　城壁に旗を掲げろ！　兵士どもが「敵来襲！」と叫んで
おるな。この城は難攻不落だ。包囲など何するものぞ！　飢えと
疫病できっと奴らは自滅する。裏切った奴らが敵に味方しなけれ
ば、討って出て白兵戦で奴らなどイングランドに追い返すことが
できたのに…。（奥で女の叫び声が聞こえる）あの騒ぎはいった
い何だ？

シートン　女どもが泣き叫んでいます。（退場）

マクベス　恐怖の味を俺はほとんど忘れてしまった。かつて夜中に
悲鳴でも聞いたなら、感覚が冷え切ったし、不気味な話を聞くだ
けで、髪の毛が逆立って髪に命があるかのように震えたものだ。
今は恐怖を味わい尽くし、どんな悲惨な殺人であれ、驚くことな
ど一切ないぞ。

（シートン登場）

何だったのだ？　あの叫び声…。

シートン　奥さまがお亡くなりになりました。

マクベス　人はいつかは死ぬけれど、まだあと少し生かせておいて
やりたかったな。

マクベス

明日 明日と また明日

わずかな歩み 次の日も また次の日も

歴史の幕が 下りるまで

昨日という日 道化道

埃まみれの 死の旅路

儚い燈火 燃え尽きろ！

人の命は 哀しい役者 影法師

舞台の上で 持ち時間

気取って歩き 騒ぐだけ

舞台下りれば 声は消え

阿呆が語り部 激情混じり 声高く

意味したものは ただ無意味[32]

（使者登場）

何かを伝えに来たのだな　さあ早く話すのだ！

使者　見たことを言うために来たのです。でも、どう言えばいいものかと…？

マクベス　ぐずぐずせずに言ってみろ！

使者　丘の上で見張り番をしておりました。バーナムの森方面を見ておりますと、なぜだか森が突然に動き出し…。

マクベス　嘘をぬかすな！ たわけ者！

使者　もしこれが嘘ならば、どんな怒りも甘んじて受けましょう。ここから先、3マイルの所まで森が迫って来ています。本当に森が動いているのです。

32　この作品の最も重要な台詞なので太字にしてある。

マクベス　もし嘘なら、一番近い木の枝に生きたまま吊るし上げ、日干しにするぞ。本当ならば、俺さまを同じ目に遭わせるがよい。魔性の奴ら、二枚舌など巧みに使い、真実めいたことを言い、この俺を騙しやがった！「バーナムの森がダンシネーンの丘に向けて攻め寄せて来るまでは盤石だ」と。その森がダンシネーンに今、向かっている?! 武器を持て！ 出撃だ！ この男の言っていることが本当ならば、逃げ出すのも踏みとどまるのも同じことだ。もう日の光を見るのさえ嫌になったぞ。この世の秩序が崩壊するのを見ることが目の保養だ。鐘を鳴らせ！ 風よ、吹け！ 破滅よ、来たれ！ せめて死ぬときは鎧を着けて死んでやる！（一同退場）

第6場

ダンシネーン　城門の前

（マルコム、シィワード、マクダフ、木の枝を頭上に挿頭した兵士達登場）

マルコム　ここまで来ればもういいだろう。偽装の枝を捨て去って、姿を現せ！ 叔父さまとご子息は、第一陣の指揮を執り、マクダフと私とは作戦通り後陣をお引き受けいたします。

シィワード　ご武運を祈ります。暴君の軍勢と今宵にも相まみえれば、死力を尽くして戦い抜くぞ！

マクダフ　進軍のトランペットを鳴らすのだ！ 息ある限り吹き続けろ！ 高らかな音、流血と死の先駆けとして進軍だ！（一同退場）

マクベス

第7場

荒野の別の場所

（マクベス登場）

マクベス　窮地にまでも追いやられたぞ。もう逃げられん。杭に括られ、群がる犬と闘う熊[33]そっくりだ。女から「まさしく」生まれし者でない奴など、一体それは何者だ⁈　怖いのはそいつ一人だ。それ以外に恐れる奴などいないのだ。

（シィワードの子息登場）

子息　名を名乗れ！

マクベス　聞いたなら、震え上がるぞ。

子息　何を言う！　地獄のどんな悪魔より貴様の名前が怖ろしくとも、怖気づいたりするものか！

マクベス　俺の名はマクベスだ。

子息　ああ、その名前はどんな悪魔のものよりも忌まわしい。

マクベス　「より恐ろしい」だ！　分かったか！

子息　何を言う！　悍ましい暴君め！　この剣でおまえの口を封じてやるぞ！

（二人は斬り合い、子息が殺される）

33　シェイクスピアの時代に街頭で行われた見世物「熊いじめ」（杭に繋がれた熊に数匹の犬をけしかけて闘わせた）。

マクベス　おまえもやはり女から「まさしく」生まれた男だったな。そんな男が剣などを振り回しても虚仮威しだ。（退場）

（マクダフ登場）

マクダフ　この辺りだな。マクベスよ！　顔を出せ！　ここで貴様を倒さねば、妻や子の亡霊が永久に私を恨み続けよう。棍棒を振り回している痩せ衰えた傭兵などを倒す気はない。俺の相手はマクベス一人。奴と切っ先を交えなければ、虚しく剣は鞘に収めることになる。そこら辺りに貴様はいるはず。激烈な斬り合いの音からすると、名の知れた大物が暴れ回っているはずだ。運命の神！　マクベスに出会わせてくれ！　それだけが俺の願いだ。

（マルコム、シィワード登場）

シィワード　どうぞこちらへ、マルコム王子。城は難なく落ちました。暴君の家来どもが敵味方となって戦っている。我が領主らの奮戦も見事であった。戦いの帰趨はすでに明らかだ。

マルコム　敵ながらこちら側についた者さえおりました。

シィワード　ご入城ください。（一同退場）

マクベス

第8場

荒野　また別の場所

（マクベス登場）

マクベス　誰がローマの馬鹿者[34]の真似をして自らの剣で命を絶ったりするものか！ 生きている限り奴らには斬り続けるぞ！

（マクダフ登場）

マクダフ　待て！ 地獄の犬め！

マクベス　貴様とだけは出会うのは避けていた。貴様こそ逃げるがいいぞ。俺の剣は貴様の家族の血をすでに浴び過ぎている。俺にはそれは多過ぎる。

マクダフ　言語道断！ この剣がものを言う。言葉では言えぬほど悪逆な所業を為して、血に飢えた殺人鬼めが！（二人は戦う）

マクベス　あがこうと無駄なこと。鋭い剣で空を斬っても無意味なように、俺の体の血を流すことなどできやしないぞ。勝負をするなら、勝てる奴を狙うがよいぞ！ 俺にはな不死身の呪いが掛かっている。女の身から「正しく」生まれた奴にはな、絶対に殺られることはないんだからな。

マクダフ　そんな呪いには望みはない。おまえが縋るその悪魔達に字の読み方をしっかり習うがいい！ 俺は臨月前に母親の子宮を切って、取り出されたのだ。だから「正しく」生まれてはいない

34　ローマの勇士は命運尽きたと悟ると自害した。

101

のだ。分かったか！

マクベス　そんなこと言うおまえの口に呪いあれ！　俺の勇気は挫(くじ)けてしまった。あのいかさまの魔女どもめ、もう信じるか！　二枚舌など使いやがって、この俺をたぶらかし、俺の耳には約束を守るのだと嘯(うそぶ)いて、その裏をかき、俺の望みを打ち砕く。おまえとは戦う気力が無くなった。

マクダフ　そうなら、降参いたせ、臆病者め！　生きて世間の見世物となり、晒し者になるがいい。世にも稀なる怪物として、絵姿の看板を高く掲げて、その下にこう書いてやる「ご披露します、これぞ暴君！」と。

マクベス　降参なんかするものか！　あの若造のマルコムなどに平伏し、罵詈雑言(ばりぞうごん)を受けたりするものか！　バーナムの森がダンシネーンに押し寄せようと、女から「正(ただ)しく」は生まれていない男が俺に刃向かって戦うのなら、俺は頼みに盾を持ち、待ち構えよう。さあ、勝負だ！　マクダフよ！「待て、参った！」と言った男が地獄落ちだぞ！（二人は斬り合いながら退場）［軍鼓と軍旗と共に戦いの終結のトランペットの音］

第９場

城内

（マルコム、シィワード、ロス、レノックス、アンガス、ケイスネス、メンティース、兵士達登場）

マルコム　行方不明の味方の者が無事に戻ってくることを祈ります。

シィワード　命を落とした者も少しはいるだろう。だが、見たところ大勝利だ。

マルコム　マクダフの行方が未だ知れません。それにあなたのご子息が…。

ロス　ご子息は騎士らしくご立派な最期を遂げられました。まだ、成年に達していないのに、怯まず勇敢に戦って、堂々としたお姿でした。

シィワード　そうだったのか。死んだのか。

ロス　戦場からはご遺体の移送は無事に済みました。ご子息の大切さを思うなら、お嘆きは尽きないと存知ます。悲しみのほどをお察し申し上げます。

シィワード　向こう傷だったのか？

ロス　真正面です。

シィワード　それでこそ神の兵士だ。髪の毛ほどに多くの息子がいようとも、これ以上の見事な最期は望めない。この言葉にて弔いの鐘とする。

マルコム　いや、それだけで悲しみを語るには充分だとは言えません。私が代わりに述べましょう。

シィワード　もうこれでよい。見事に死んだ者達は、それでこの世の務めを終えて神のもとへと行けるのだ。また新たなる吉報が来たようだ！

（マクダフがマクベスの首を持って登場）

マクダフ　王よ、万歳！ これで今、国王になられましたぞ。ご覧ください。王位を奪った忌まわしい奴の首です。祖国に自由が戻

りましたぞ。王国の大事な人に囲まれて、みんなが共に万歳の唱和を願って控えています。まず、不肖のこの私、高らかにその声を上げましょう！「スコットランド王よ、万歳！」

一同 「スコットランド王よ、万歳！」

マルコム 皆の者、それほど時を要せずにそれぞれの忠節を慮(おもんぱか)って然(しか)るべく報いることになるでしょう。領主達や我が親族は伯爵とする。スコットランド王として、これが与える初めの栄位です。さらにまた、この新しい世に合った新たなことを為すつもりです。暴君の目を逃れ、国外に身を隠している友を祖国に呼び戻しましょう。死んだ暴君の鬼のような王妃は、凶暴な自らの手で命を絶った。その残忍な手先となった者どもを捜し出す。やるべきことは神の慈悲に従って、時と場所など選んだ後で執り行おう。みんな一様に、そしてまた一人ひとりに心よりお礼を申します。恒例によりスクーンにて行われます戴冠式に、皆さまをご招待いたしましょう。（一同退場）

マクダフ役（マゼスン・ラング）

『リア王』

　悲劇の最高傑作の一つと呼ばれる作品で、シェイクスピアが 37 歳ぐらいのとき（1601 ～ 1603 年頃）に書かれたキレる老人の話。今の時代に読むと、リア王の強い思い込みと激情に駆られて即断する「愚かな罪」に対して、「罰」が厳しすぎるのでは？　と思われる読者も多いだろう。

登場人物

リア王	イングランド王
ゴネリル	リア王の長女
リーガン	リア王の次女
コーディリア	リア王の三女
道化	リア王専属の宮廷道化師
オルバニー公爵	ゴネリルの夫
コンウォール公爵	リーガンの夫
ケント伯爵	リア王の家臣
グロスター伯爵	リア王の家臣
エドガー	グロスター伯爵の長男
エドマンド	グロスター伯爵の次男（婚外子）
オズワルド	ゴネリルの執事
老人	グロスター伯爵の小作人
医者	リア王のために付けられた医師
隊長	エドマンドの家臣
紳士	リア王側の騎士
フランス王	コーディリアの夫
バーガンディ公爵	コーディリアの求婚者
カラン	宮廷人

使者、伝令、リア王の騎士達、将官達、兵士達、従者達

［場所］イングランド

第1幕

 第1場 リア王の宮殿 謁見の間   109

 第2場 グロスター伯爵の居城   120

 第3場 オルバニー公爵の館の一室   127

 第4場 オルバニー公爵の館の玄関   128

 第5場 オルバニー公爵の館の庭   141

第2幕

 第1場 グロスター伯爵の居城の庭   144

 第2場 グロスター伯爵の居城の前   149

 第3場 森の中   156

 第4場 グロスター伯爵の居城の前   157

第3幕

 第1場 荒野   170

 第2場 荒野の別の場所   172

 第3場 グロスター伯爵の居城の一室   176

 第4場 荒野 小屋の前   177

 第5場 グロスター伯爵の居城の一室   184

 第6場 農家の部屋   186

 第7場 グロスター伯爵の居城の一室   191

第4幕

 第1場 荒野   197

 第2場 オルバニー公爵の館の前   200

 第3場 ドーヴァー近くのフランス軍の陣営   205

 第4場 ドーヴァー近くのフランス軍の陣営   207

 第5場 グロスター伯爵の居城の一室   208

 第6場 ドーヴァー近くの田舎   210

第7場　フランス軍の陣営　　　　　　　　　　　　　222

第5幕

第1場　ドーヴァー近くのイングランド軍の陣営　　227

第2場　英仏両軍の間の戦場　　　　　　　　　　　　230

第3場　ドーヴァー近くのイングランド軍の陣営　　231

第1幕

第1場

リア王の宮殿　謁見の間

（ケント伯爵、グロスター伯爵、エドマンド登場）

ケント　リア王は、コンウォール公よりもオルバニー公のことがお気に入りだと思っていたが…。

グロスター　確かに誰の目にもそう見えたが、王国の分割となった今、どちらを重んじなさるのか… 両公への分配は均等で、天秤にかけて量ってみても軽重などは分かるまい。

ケント　こちらへ来られるのはご子息ですか？

グロスター　育て上げたのは私です。あれを我が子と認めるのに何度も赤面しましたが、もう今では鉄面皮[1]になってしまいました。

ケント　仰ることを確とニンシキ[2]できません。

グロスター　この子の母にできてしまって、腹はどんどん丸く大きくなってきて、結婚もしていないのにベビーベッドに息子が寝ていた。これには不実の臭い[3]がしないかね？

ケント　不実の結果がこれほどの結実ならば、羨望の念は禁じ得ま

1　恥を恥とも感じないこと。
2　原文 "conceive"「認識する」/「妊娠する」の二重の意味。シェイクスピア (Sh.) のしゃれ。
3　Sh. はよく「罪」を「悪臭」に喩える。

せん。

グロスター　実のところ、私にはその一年前に長男ができており、可愛さの順はつけ難いものだ。こいつときたら、呼んでもいないのに、この世に生まれ出てきて…。しかしだな、これの母親でこの子作りに際しては極上の快楽を味わった。そういうわけで認知せざるを得なかった。〈エドマンドに〉エドマンド、この方をおまえは存知上げておるか？

エドマンド　いいえ、まだです。

グロスター　この方はケント伯爵。わしが敬愛する友だ。しっかりと心に留めおくがよい。

エドマンド　どうぞ宜しくお願いします。

ケント　お近づきになったから、きっと懇意になるでしょう。

エドマンド　そのお気持ちにお応え致すつもりです。

グロスター　この息子、9年間は外国暮らしをしておりました。また、すぐに行かせるつもりをしております。ああ、王のお出ましです。

（[ファンファーレの音] リア王、コンウォール公爵、オルバニー公爵、ゴネリル、リーガン、コーディリア、従者達登場）

リア王　フランス王とバーガンディ公の案内を頼んだぞ、グロスター伯。

グロスター　はい、陛下、お任せください。（グロスター伯爵、エドマンド退場）

リア王　今の間に我が胸に秘めておいた計画を語っておこう。そこにある地図をこちらに寄こせ。我が王国を三分割したことはご

110

存知だろう。わしの固い決意とは、老齢になったので、国事のことや雑事を離れ、若い力にそれらを譲り、重荷を下ろして死への旅路に安らかに向かうことだ。我が婿のコンウォール公、彼に劣らず大切なオルバニー公、今わしは娘らのそれぞれに贈る贈与の分配を公表致す。将来の揉め事をこれで防ぐことができるであろう。フランス王とバーガンディ公は、末娘を得ようと競い、長期に渡り滞在なさっているが、今日それを決着させましょう。さて、おまえ達には、権力、領土、政治を今ここで譲り渡す。それにつき、娘らの誰が一番わしのことを大切に思っているか言ってみなさい。親を思う最大の情ある娘に最大の贈与が約束されておる。長女のゴネリル、心の内を最初に語ってみせなさい。

ゴネリル　お父さま、それはもう言葉になど出して言えないほどで、お父さまをただ一人お慕い申し上げております。目に映る喜びよりも、私個人の自由よりも、高価で貴重な物よりも、慈悲深く、健全で、美や名誉を重んじる方として敬っております。子が父に捧げる愛として、私ほどのものはないでしょう。それはもう息が詰まって言葉にはならないほどで、慎み深く愛情は心の中にしっかり抱き、筆舌に尽くせぬほどに私の愛は満ち溢れております。

コーディリア　〈傍白〉私はなんて言ったらいいの？　愛は心にあるものなのよね。言葉になんかならないわ…。

リア王　（地図を指し示し）すべての領土のうちの、ここの線からここまでの緑の森と豊かな平野、幸多き川、広大な牧草地など、これらを皆おまえに与え、オルバニー公との間に生まれた子孫がそれを受け継ぐことになるであろう。コンウォール公と結ばれた次女のリーガン、おまえは何と語るのか？

リーガン　姉上と全く同じです。だから、同等の評価をお願い致し

ます。姉上は私の思いをそのままにお伝えになりました。付け加えるなら、私には親孝行が唯一の幸せで、それを邪魔する喜びなどは私の敵でございます。そうした思いに浸っていれば私には心地よく、お父さまの愛を頂けるだけで幸福感に満たされるのです。

コーディリア　〈傍白〉次は私の番なのね。ああ、惨めだわ、コーディリア！　いえ、そうじゃない。親を思う気持ちなど口では言えないほど重いものだから。

リア王　リーガンとその子孫には豊かな我が王国の1/3を与えよう。その広さの価値や満足度もゴネリルのものに引けは取らぬ。さて、最後だが、我が喜びの種である末娘、ブドウ畑のフランスと牧草地のバーガンディが競い合っているおまえだが、姉達よりも実り豊かな1/3の土地を自分のものにするために、さあ言うがいい。

コーディリア　何も言うことが見つかりません。

リア王　何もだと？

コーディリア　はい、何も…。

リア王　何もないなら、もらえる物は何もないぞ。言い直しをするように！

コーディリア　不幸にも私は心の内を口に出すなどできないのです。父親でいらっしゃるお父さまには子の務めとし、心から愛情を捧げております。それ以上でもなく、それ以下でもありません。

リア王　おい、おい、コーディリア、おまえの贈与を台無しにしたくないなら、言い直してはどうなのか？

コーディリア　お父さまは私に命を吹き込み、育て、慈しみくださいました。その御恩に報いることは当然のことです。私は従順であり、お父さまを敬愛し、心からお慕い申し上げております。お姉さま方はご結婚なさっているのに、どうしてすべてを犠牲にし

リア王

てお父さまお一人に捧げるなんて言われるの？　私なら夫がいれ
ばその方に半分は愛情を注ぎ、務めさえ半分ずつに致します。お
父さまお一人がすべてなら、私など結婚はしないでしょう。

リア王　その言葉は本心からなのか？

コーディリア　はい、お父さま。

リア王　その若さにして、それほども頑固なのか?!

コーディリア　この若さゆえ、これほども真実なのです。

リア王　それなら勝手に致せ。その真実をおまえの持参金にすれば
良い。太陽の神聖な輝きにも、暗黒の女王であるヘカティにも懸
け、我々の生と死を司る天体の動きにも懸け、今ここで父からの
思いやり、血の繋がりを断つと宣言いたす。今後一切おまえのこ
とを娘とは考えぬ。腹が減ったら自分の親も食い殺すスキタイ人
を隣人として抱きしめて、憐れみの気持ちをもって助けるほうが、
今までは娘であったおまえなんかにするよりはまだましだ！

ケント　ああ、陛下、一言だけを！

リア王　黙れ！　ケント。我が王冠の紋章のドラゴンの逆鱗に触れ
るではないぞ！　わしはなあ、一番この娘に目にかけておったの
だ。余生を任せ、世話になろうと思っておった。〈コーディリア
に〉ここを出て行け！　おまえなど目障りだ。わしの安らぎはも
う墓だけとなった。今からこの娘に父親の情を掛けないことにし
たからな。フランス王をここに呼べ、さあ早く！　バーガンディ
公、コンウォール公、オルバニー公を今すぐここへお呼びしろ。
二人の姉に与えた領地に三番目のものを併合いたす。真実だと申
す高慢さをコーディリアの結納にするがいい。お二人に権力と王
の位とそれにまつわる事柄すべてを譲り渡そう。このわしの出費
は両公の負担とし、騎士百名を供として月毎に交代制でお二人の

113

館で暮らすことにする。わしに残すものは名目上の王の資格だけだ。実質上の執行権や財産管理、その他すべてをお二人に委ねよう。この王冠も同様だ。

ケント　偉大なる陛下、リア王。国王として尊敬し、父とも思い、お慕いし、ご主人としてお仕えし、後見人と奉り、いつもお祈り…。

リア王　弓は引かれた。矢面に立つ気なのか！

ケント　矢を放つなら、そうされるがいい。この胸を矢尻が射ると言われても、リア王がキョウキ[4]でいらっしゃるなら、私としても礼節を忘れます。何をなさるおつもりか、ご老人⁉　権力がお世辞やおべっかに屈するのなら、忠誠心が口を開くのを恐れるとでもお思いか⁉　王が愚行に走るなら、諫めることが臣下の務めです。王国を手放すなどという軽挙妄動のお言葉は撤回なされよ。我が命を懸けて申します。末娘のコーディリアさまの声のトーンが低いから、親思う心が空だと思うなら、それはまさしく分別のない空騒ぎです。器が空であればあるほど、よりよく響く例えがあります。

リア王　ケント、命が惜しければ口を慎め！

ケント　私の身などポーン[5]と同じです。主君の敵と戦うために懸けた命です。今さら何をためらいましょう。王の安泰が何より大事です。

リア王　目障りだ！　とっとと失せろ！

ケント　目を見開いて！　リア王よ！　これからもどうか私を王の視

4　「狂気／凶器」の二重の意味。訳者（Ys.）のしゃれ。
5　原典 "pawn"「命をかける」／チェスの駒［将棋の「歩」に匹敵する］の二重の意味。Sh. のしゃれ。

線を目の盲点の中心[6]に導く者とさせ給え。

リア王 言われた通りにしなければ、誓っておまえを…。

ケント いかに神にと誓われようと、神は戯言などお聞きにはなりますまい。

リア王 身のほどを知れ！ 無礼者！（剣の柄に手をかける）

オルバニー & コンウォール 寛容のお気持ちで！

ケント かかりつけ医を殺したあとで、疫病に礼金をお払いなされ。先ほどの贈与の話を撤回されないのなら、王の決断は間違っていると声を限りに言い続けなければなりません。王の決断は間違いだと！

リア王 心して聞け！ 裏切り者め！ 忠節を尽くすと言うのなら、これが最後だ。聞き逃すなよ。おまえはわしの宣言を覆そうと試みた。誰しも未だしたことがないこと。さらにまた、我が宣言と権力に立ち向かおうと挑んだな。王としてその実権と立場上、容認できるものでない。わしの権力がいかなるものか思い知らせてやるからな。今日より五日間の猶予を与える。災いを避ける準備をいたし、六日目にこの国を去れ。十日経ち追放の身がこの国にあったなら、即刻、死刑を執行いたす。ジュピター[7]に懸け、このことも取り消すことは一切ないぞ、去れ！ ケント。

ケント では、これでお暇を。王がそれほど片意地ならば、この国からは自由が消え、追放だけが残るはずです。〈コーディリアに〉神があなたを神聖な安息の場へお導きなさるでしょう。思慮深いそのお言葉に心打たれた私です。〈ゴネリルとリーガンに〉ご立派なスピーチからは行動が生まれ、愛の言葉が良き結果を生んで

---

6 裏の意味「忠心」。Ys. のしゃれ。
7 ローマ神話。気象を司る神。

115

くれると願っております。では、ご一同の方々、これでケントは失礼します。新たな国で古き生き方を続けます。(退場)

([トランペットの音] グロスター伯爵、フランス王、バーガンディ公爵、従者達登場)

グロスター　フランス王とバーガンディ公がお越しです。

リア王　娘のことでフランス王と競っておられるバーガンディ公、先に貴殿にお尋ねするが、持参金として最小限でいかほどをお求めか? それともすでに求婚は願い下げかな?

バーガンディ　国王陛下が呈示なされた額よりは多く望みは致しませんが、少なくなるのは困ります。

リア王　バーガンディ公、娘のことが大事なときはこんなことなど予想外であったが、今やその値は地に落ちた。娘はそこに小さな体で控えておるが、その中に真実があるかないかは存ぜぬが、わしの不興がその体中に満ち溢れている。持参金とはそれだけだ。それで良ければあなたのものだ。

バーガンディ　何と答えていいのか戸惑っております。

リア王　さあ、どうなさるのか? 友もなく、欠点だらけで、親からは嫌悪され、呪いの言葉が持参金だ。きっぱりと勘当した娘と結婚するか、しないのか、どちらを選ばれるのだ?!

バーガンディ　残念ながら、そのような条件なら、受け入れるのは無理ですね。

リア王　そうなら、この話から引かれるがいい。神に誓って申し述べるが、末娘が持つ財産はその身一つだ。〈フランス王に〉さて、王よ、日頃の仲を考慮いたすと、こちらから嫌う娘をもらってく

リア王

れとは言えぬ。願わくば、天が恥じ入る娘より、価値ある女性を
お求めになられることをお勧めいたす。

フランス王　奇妙なことを申される。この娘さま、今の今まで王か
らの最大のご寵愛を受け、誉めそやされて、「余生の綱」と目さ
れていた方。それが、急転直下、幾重にも包んでいた恩顧を剥ぎ
取られたとは、さぞかし罪は想像を絶するものでしょう。さもな
くば、吹聴されたこれまでの王の愛情そのものが偽りとなります。
奇蹟でならば起こることかもしれませんが、理性では到底理解で
きません。

コーディリア　陛下、お願いがございます。確かに私は思っていて
も、言葉巧みには言えません。良いと思えば話すより先に行動致
します。ご寵愛失いましたその理由は悪徳や人殺し、淫らな行為、
恥ずべき所業ではないはずです。物欲しそうな顔付きや饒舌さと
いう点が欠けているからお怒りならば、どうかそう仰って頂けま
せん？

リア王　このわしに、気に入られるよりは、生まれてなど来なけれ
ば良かったことだ。

フランス王　ただそれだけのことですか？　控え目な性格で、思っ
たことを口にもできずに黙している。バーガンディ公、コーディ
リアにはどう話されるおつもりか。肝心な点を置き去りにして、
雑念が入り込んだら、愛情は愛情などと申せまい。彼女自身が持
参金目当ての男と結婚をされるお気持ちがあるのかどうか…。

バーガンディ　陛下がかつて約束された分だけを頂けるなら、王女
さまを申し受け、バーガンディ公爵夫人に致します。

リア王　わずかでさえも与えぬぞ。それは今ここで申した通りだ。

バーガンディ　では、しかたありません。〈コーディリアに〉父君

117

を失くされた故に、あなたは夫を失ったのです。

コーディリア　ご安心頂いて結構ですよ、バーガンディさま。財産と結婚なさるお方の妻に、なりたいなどとは思ってはおりませんから。

フランス王　麗しのコーディリア、今あなたは貧しくなってより豊かになられました。見捨てられ、より尊ばれ、軽蔑されて、より愛される人になられたのです。あなたの美徳をそのままに私の胸に抱きしめましょう。捨てられたものを私が取るのは何もやましくはありません。神々よ、不思議なことだ。女性が一人、冷酷にあしらわれ、それで火がつき、我が愛の心の芯に火が燃え盛る。持参金のない娘を王は私のもとに投げ出され、晴れやかにあなたは今ここにフランス王妃になられました。バーガンディの水っぽい公爵達が束になっても、値がつかぬほど高価な娘は買い求めても買えはしない。コーディリア、情のない人達には、さあ、お別れのお言葉を。この土地を失っても、さらに良い土地が待っているのです。

リア王　その女はあなたのものだ、フランス王。ご自由になさるが良いぞ。私にはそんな娘はおらぬから。二度と顔など見たくない。だから、出て行け！　慈悲や愛、祝福も何もない。さあ行こう、バーガンディ公。（［ファンファーレ］リア王、バーガンディ公爵、コンウォール公爵、オルバニー公爵、グロスター伯爵、従者達退場）

フランス王　〈コーディリアに〉お姉さま達に、お別れのご挨拶をなさっては？

コーディリア　お父さまにとっては宝石のお二人に涙ながらにお別

8　「低地帯、湿地が多い」と「人情味が薄い」の二重の意味。Sh. のしゃれ。

れします。お姉さま達の人柄は分かっております。妹としてその
欠点を上げつらうなどしたくはありません。お父さまをどうか宜
しくお願いします。打ち明けられた胸の内はお言葉通りだと信じ
ております。悲しいことに、ご機嫌を損ねてしまい、お父さまに
は相応しい所へとお連れすることが叶わなくなってしまいました。
では、これでお別れします。

リーガン　あなたなんかに指図されるのは心外だわ。

ゴネリル　ご主人のご機嫌も損ねることがないように、気を付ける
のがまず先決問題ね。あなたが運良く拾われたのは天の気まぐれ、
お情けなのよ。あなたには従順さが欠けているわよ。欠けている
せいで、贈与まで欠けたのよ。自業自得ですからね。

コーディリア　いくら巧みなコーティング施こそうとも、いつの日
にか「時」が内実を暴露するもの。くれぐれもお大事に。

フランス王　参りましょう、コーディリア。

（フランス王、コーディリア退場）

ゴネリル　私達には大事なことで、話したいことがあるんだけれど
…。お父さまは今夜にもここをお発ちになるはずよ。

リーガン　間違いないわ。まず手始めはお姉さまの所で、来月は私
の所ですね。

ゴネリル　年のせいで、気まぐれはひどいものよね。最近は特にひ
どくはないかしら。今まで一番可愛がっていた妹を判断力を失っ
て放り出すなど狂気の沙汰よ。

リーガン　老いぼれたってことなのよ。でも、昔から自分のことは
見えていない。

ゴネリル　一番元気で分別盛りの頃も、激情型でむら気だったし、
もう年を取り、抑制が効かなくて、深く根付いた性格の歪みが大

きくなってきているのよ。体が弱って癇癪を起こし出したら、目も当てられないわ。

リーガン　ケントの追放がいい例ね。お父さまの逆上の発作によって、私達はいつお父さまの逆鱗に触れるか分からない。お父さまのフランス王とのお別れのご挨拶があるはずよ。しっかりと手に手を取って参りましょうね。権力を譲ったあとで、今のように勝手気ままに振る舞われたら譲られるのも迷惑なことだわ。

リーガン　そのことはよく考えておきましょう。

ゴネリル　そんな悠長なことを言っている暇はありません。「鉄は熱いうちに打て」です。（二人退場）

第2場

グロスター伯爵の居城

（エドマンドが手紙を持って登場）

エドマンド　おお、大自然、おまえこそ俺の女神だ。おまえの掟、それだけに俺は従う。どうして俺が古い慣例に縛られて父の遺産を継ぐ権利を奪われるのだ⁈　たった一年、兄より遅く生まれただけで？　婚外子だから？　賤しい生まれ？　体は健康だし、心健やかで父親似だし、慎ましやかなご婦人の息子とどこが違うんだ？　なぜ決めつける！　賤しい下賤の婚外子だと！　俺達こそが自然のままの情欲がもたらした健全な肉体とエネルギッシュな性格を備えている。退屈で味気ないベッドの中で、眠っているか起きてるか分からぬうちにできた間抜けと大違いだ。そういうわけで、嫡

男のエドガーよ、おまえがもらう親父の領地はこの俺が頂くから
な。婚外子のエドマンドに対する親父の愛は、嫡男のおまえには
負けないぞ。たいそうなお言葉だ、「ご嫡男」とは！ 今に見てお
れ。この手紙を使い、俺の計画が成功すれば、婚外子のエドマン
ドが嫡男のエドガーを蹴り飛ばすことになる。俺は世に出て成功
するぞ！ 神々よ、婚外子達に声援を！

（グロスター伯爵登場）

グロスター　ケントは追放、フランス王は気分を害して帰国され、
　それに加えて、王は昨夜にご出立ときている。王権を制限し、自
　らの生活費さえ受給にすると決定された。これみんな突然のこと。
　おや、エドマンド、どうかしたのか?! 何かあったのか？

エドマンド　（手紙を仕舞い込む）いいえ、父上、特には何も…。

グロスター　それならなぜだ?! そんなに慌ててその手紙を仕舞い
　込むのは…。

エドマンド　手紙など、とにかく何も…。

グロスター　それでは何を読んでいた？

エドマンド　いえ、何も。

グロスター　何もだと?! それならなぜだ！ 慌てふためき、ポケッ
　トへ隠し入れたか？ なんでもないと言うのなら、隠す必要はな
　いはずだ。見せてみろ。そんなものには眼鏡など要らないだろう。

エドマンド　お願いします、それだけは。兄上からのお手紙でして、
　まだ全部は読み終えていないのですが、察するところ、お父上に
　はお見せすべきものではありません。

グロスター　つべこべ言わず、見せてみろ。

エドマンド　お見せしようと、見せまいと、どちらにしてもご不興〔ふきょう〕を買うことになりそうです。その内容の一部さえ、ご覧になるとお心を乱されるのではと心配になり…。

グロスター　早く見せんか！　今すぐに！

エドマンド　兄上の弁護のために、一言だけ申し添えますが、これを書かれたその理由ですが、兄上は私の親孝行の心を試そうとなさったようなのです。

グロスター　（読み上げる）「老人を敬うというしきたりのため、人生の最も良い時期にいる我らには、この世とは苦々しいものである。『世襲財産　遠くにありて　思うもの　手にした時は　我らも老いて　それを楽しむことできず　権力握る年寄りどもの　横暴に耐え忍び　隷属するのは　愚かなことだ』この件に関して話がしたい。もし、あの父親が起こすまで眠り続けるようならば、遺産の半分はおまえのものだ。そして、兄には可愛がられて暮らすことができるのだぞ。エドガーより」

なんてことだ！　陰謀だ！「起こすまで眠り続けるようならば、遺産の半分はおまえのものだ」？　我が息子のエドガーがこれを書く手を持っていて、これを企てる心と頭を隠し持っていたとは！　いつこれを受け取ったのだ？　誰が届けた?!

エドマンド　届けられたりしておりません。そこが巧妙なのですが、部屋の窓から投げ込まれ…。

グロスター　筆跡はエドガーのものか？

エドマンド　内容が良いものならば、そうだと言えたのですが…。そうではないし、微妙です。

グロスター　あいつの字であるのは、確かなのだな。

エドマンド　兄上の字ですが、内容からは兄上のものとは思えませ

リア王

んし…。

グロスター　この件を今までに仄^{ほの}めかすことはあったのか？

エドマンド　いえ、何も。しかし、よく聞いたのは、息子が熟年になり、父親が老齢なら、財産管理は息子がすべきもので、父親は息子の世話になるべきだというような話は聞かされました。

グロスター　ああ、何という悪党だ！　この手紙、そのままではないか！　悍^{おぞ}ましい悪人だ！　非人間！　忌まわしい獣^{けだもの}だ！　それより悪い。獣以下だ！　探し出し、連れて来い。取っ捕まえて、懲^こらしめてやる。唾棄^{だき}すべき奴だ。どこにいるのだ⁉

エドマンド　存知ませんが、その前に兄の真意を突き止めるまでお怒りをお鎮めになり、確たる処分はそのあとになさってください。兄上の意図を誤解して乱暴な手を打つと、父上の名誉を汚^{けが}し、兄上にある従順さを粉々に壊すことになるでしょう。兄上のために命を懸けて申します。私の父上に対する愛を確かめるためにきっとこれを書かれたのです。危険な意図はないはずで…。

グロスター　そう思うのか？

エドマンド　ご自身でお確かめなさるなら、兄上と私がこのことを話し合う際に、お聞きになれる場所を設^{しつら}えます。お急ぎなら、今宵にでも。

グロスター　エドガーはそれほどのモンスターではないはずだがな…。

エドマンド　そんな兄上ではありません。それは確かです。

グロスター　あれほど可愛がり、大事に思い、育てた実の父親なのに。天地顛倒！　人知不能だ！　捜し出して探りを入れろ。やり方はおまえに任せた。我が身に何が起ころうと、真相を究明いたす。

エドマンド　今すぐに捜し出します。手段を考え、事をうまく運ん

123

ですべてのことをご報告いたします。

グロスター　近頃の日食や月食は不吉なことが起こる兆しであったが、自然を語る学者どもはあれやこれやと理屈を捏ねる。だが、自然界に異変が起こるなら、人間界に凶事が続く。愛は冷め、友情は壊れ、兄弟に亀裂が入る。都会には暴動が起こり、田舎ではいがみ合い、宮廷に謀反が生じ、親子の絆は断ち切られる。わしの息子がわしに叛くのはその表れだ。リア王も自然の理には反する行為を為されたな。父が子を捨てるとは良き時代は去ったのか⁉　陰謀や不誠実、反逆などのありとあらゆる悪行が世にはびこって、我らを墓へ放り込もうと企てている。エドマンド、この悪党を見つけ出せ。おまえには損はさせぬぞ。気を付けてするのだぞ。高貴で誠実な人物のケント公が追放された。その罪は正直というただそれだけだ。世の中のすべてのタガが外れている。
（退場）

エドマンド　これこそが愚か極まる馬鹿話だ。我々は運が傾き始めると、そのことが自分のせいであったとしても太陽や月、星のせいにするものだ。悪党になるのさえ、必然的な宿命で、馬鹿になるのも、ごろつきや泥棒、裏切者も、そうなのは天の定めで、酔っぱらいや嘘つきや、不貞を犯す者達も惑星の影響だと、浮気男が言い訳するのにもってこいの弁明ができる根拠だな。お星さまから言いつけられたと…。俺の親父がお袋とまぐわったのが竜座の下で、俺の生まれは大熊座の下。そういうわけで、俺は残虐で淫乱ということになる。馬鹿馬鹿しいにもほどがある。婚外子さまのお生まれのとき、天空で一番の貞節なお星さまがキラキラと輝いたとしても、俺は俺さま、そのままで、今のままだ。

（エドガー登場）

ああ、エドガーだ。奴が来たのはいいタイミングだ。昔の劇の大詰めか、俺の役、精神病の患者役で憂鬱そうに溜め息をついて、おお、近頃の日食や月食はこの諍いの前兆なのか?!（口ずさむ）ファ、ソ、ラ、ミ。

エドガー　どうかしたのか？　エドマンド。深刻そうな顔付きをして…。

エドマンド　いや、これは兄さん、先日読んだ予言のことで、日食や月食のあとに何が起こるか考えていたのです。

エドガー　そんなことを?!

エドマンド　でも、実際に書かれた通り、不吉なことが次々に起こり、親子の情は断ち切られ、飢饉が起こり、人達の絆が切れて、国は分断され、王や貴族に威嚇や中傷がなされ、相互不信の理由なき疑惑が持たれ、友人の追放や軍紀の乱れ、夫婦の不和や、その他いろいろ問題が起こり、そんなものを数え上げればきりがありません。

エドガー　おまえは占星術にハマったのかい？　いつからのことだ？

エドマンド　父上に最近お会いになったのはいつのことです？

エドガー　昨夜だな。

エドマンド　少しばかりお話しになりました？

エドガー　2時間ほどだが…。

エドマンド　お別れの際、ご機嫌は良く？　言葉や顔付きなども不快な様子は何もなく？

エドガー　ああ、何も。

エドマンド　よく考えてくださいね。何かご機嫌を損ねることをな
　　さったのではありません？　父上の勘気が解ける頃までは、お会
　　いなさらないほうがいいのではないでしょうか。目下のところ、
　　そのお怒りは激しすぎて、兄上の身に危害が及ぶことさえも考え
　　られます。

エドガー　良からぬ奴が悪口を言ったのに違いない。

エドマンド　それを心配しておりました。父上の怒りが少し鎮まる
　　までは自制してじっとなさるのが得策です。私の部屋に身を隠し、
　　父上の怒りの理由をお話しになる際に兄上が立ち聞きできる方法
　　を考えましょう。さあ、お急ぎになってください。これが私の部
　　屋の鍵です。外に出るときには剣を忘れずに！

エドガー　剣をだと ?!

エドマンド　兄上のためを思っての忠告ですよ。正直言って、兄上
　　のことを心よく思っている人など一人もいません。我が目で見て、
　　我が耳で聞いたことを婉曲に話しています。恐ろしい現実はこん
　　なものではありません。さあ、お急ぎを！

エドガー　何か起これば、すぐに知らせてくれるだろうな。

エドマンド　どうぞ私にお任せを。（エドガー退場）めでたい父に、
　　気立てがいい兄とはな… 性格があれだから人を疑うことがない
　　んだな。馬鹿正直な二人だから、俺の策略は何の障害もなくすん
　　なり進む。やるべきことは分かっている。生まれでないなら、頭
　　を使って財産を掻っ攫ってやる。どんな手段もいとわない。やる
　　べきことをやるだけだ。（退場）

126

リア王

第3場

オルバニー公爵の館の一室

（ゴネリル、オズワルド登場）

ゴネリル　この館の従者が道化を叱ったことで、お父さまはその従者を殴り飛ばしたの？

オズワルド　その通りです。

ゴネリル　昼夜を問わず迷惑をかけ通しで、事あるごとに気分を害して騒ぎ立て、我儘の限度を大きく超えてきています。お付きの騎士も暴力的になってきているし、些細なことで逆上するし、お父さまが狩りから館に戻っても、一切私は話はしないから。病気だと言っておくのよ。丁重なもてなしなんかはもう要らないわ。何かあったら責任は取りますからね。

オズワルド　［奥から角笛の音］こちらのほうへ来られる音が致します。

ゴネリル　これからは、どんなことにも嫌な素振りをするように！あなたばかりか、従者達みんなですからね。向こうから議論を吹っかけさせるのよ。気に召さぬなら妹の所へ行ってもらえば済むことだから。リーガンも私と同じよ。頭ごなしに言われるのには耐えられないに違いないわ。譲り渡した権力にまだ固執する馬鹿な老人！　正直言ってそんな老人など子供と同じ。愚かなことをしたならば、おだてるか叱りつけるかどちらかね。今言ったこと、よく覚えておいて！

オズワルド　はい、心して。

ゴネリル　騎士たちも冷ややかに扱うようにするのよ。その結果、どうなろうとも気にすることはありません。皆^{みんな}にもそのように伝えておいて。揉め事が起こったら、それを機に言いたいことをぶちまけてやるわ。妹にすぐ手紙を書いて、姉の私に同調するように言っておくから。さあ、夕飯の支度をして。（二人退場）

第４場

オルバニー公爵の館の玄関

（変装したケント伯爵登場）

ケント　話し方は借り物で、話し言葉でごまかして、顔形も変えたのだから、これで良し。私の意図もこれで確実に王に伝わることだろう。ケントよ、今は追放された身であるが、忠勤を認められる日はいつか来るかも分からないから。

（［角笛の音］リア王、騎士達、従者達登場）

リア王　夕食の用意をすぐに致すのだ！　待たせるな！　すぐにしろ！（一人の従者退場）おやこれは?!　何者だ！
ケント　一介の男です。
リア王　生業^{なりわい}は何だ？　求めているものは何なのだ?!
ケント　見かけ以上になりたい者です。信頼を得られる人に仕えたい。正直な人、賢明な人、口数の少ない人、そんな人にです。天の裁きは恐縮して受け止めて、いざというときは戦うし、それに

また魚は食べません。

リア王　一体おまえは何者なのか？

ケント　正直な男であって、王さまと同じほど貧しい者です。

リア王　王が王ほど貧しくて、おまえが家来同様に貧しいならば、よほどおまえは貧しいのだな。それなら何を所望する？

ケント　ご奉公です。

リア王　誰に対する奉公なのか？

ケント　あなた様への。

リア王　おまえはわしが誰だか知っておるのか？

ケント　いえ、別に。しかし、その顔付きは私が主人に望む顔です。

リア王　どんな顔だ？

ケント　威厳ある顔です。

リア王　どんな奉公ができるのだ？

ケント　秘密を守ることができます。馬を使って使い走りもできます。込み入った話なら、込み入らせなく伝えることもできますぞ。普通の人にできることなら、私も必ずそれはできます。一番の長所なら忠誠心です。

リア王　年はいくつだ？

ケント　歌が上手と聞くだけで、その女に惚れ込むほどは若くはありません。かと言って、女なら誰でもいいと言うほどは老けてはいません。この体には 48 という歳月が流れています。

リア王　ついて来い。家来にしてやる。夕食のあと、わしの気が変わらねば使ってやろう。夕食だ！ おーい、夕食だ！ わしの道化はどこにおる？ 道化はどこか？ 行って道化を連れて来い！（従者退場）

129

（オズワルド登場）

おいおまえ！ 娘はどこだ？

オズワルド 恐れ入ります。（オズワルド退場）

リア王 あの男、今、何と言ったか？ あの能無しを連れ戻せ！（一人の騎士退場） 道化はどこだ？ おーい、おい！ 世界中が眠ったようだ。

（同じ騎士登場）

どうかしたのか！ あの野良犬はどこにいる？

騎士 奥方さまのご気分がすぐれぬからと…。

リア王 このわしが呼んでおるのに戻って来ない？ 一体それはどうしたことか⁉

騎士 目に余るぞんざいな言い方で「気が向かない」と…。

リア王 「気が向かない」と！

騎士 どういう風の吹き回しかは分かりませんが、王さまがかつてほど厳かな情愛こもるもてなしを受けられているとは到底思えないのですが…。公爵さまも奥方さまも、従者さえ一同に親切心が極端に失われている気が致します。

リア王 ハアッ⁉ なんだと！ 確かとそう申すのか？

騎士 私の思い過ごしであるのなら、どうかご容赦願います。王さまに仕える身で、王さまが不当に扱われれば見過ごしたりはできません。

リア王 おまえの言葉は、わし自身が内心感じ取っていたことを裏書きするものだ。近頃は対応がぞんざいだと気になっておった。

そのことは自分自身の猜疑心によるものだと思っておった。よく
これからは注視する。だが、どこに道化は行ったのだ？ ここ二
日、姿を見せてはおらんから。

騎士 コーディリアさまがフランスに行かれてからは、悲嘆に暮れ
ておりまして…。

リア王 そのことはもう言うな。よく分かっておる。〈従者に〉ゴ
ネリルに話があると言って来い。〈別の従者に〉おまえは道化を
呼んで来い。（二人の従者退場）

（オズワルド登場）

おい、おまえ！ ここに来い！ わしを誰だと思っておるのか!?

オズワルド 奥方さまのお父さまと。

リア王 「奥方さまのお父さま」だと！ このゲス野郎！ できそこ
ないめが！

オズワルド お言葉ですが、そのような言い方をされる覚えはあり
ません。

リア王 睨み返すか！ この無礼者めが！ （オズワルドを殴りつけ
る）

オズワルド 殴られて黙ってはおれません。

ケント 蹴られてはどうなんだ!? このニセのフットボーラー！
（オズワルドの足を払う）

リア王 礼を言う。よくやった！ おまえのことが気に入った。

ケント 立ち上がり、消え失せろ！ 身のほどを知れ！ すぐに出て
行け！ 胴の長さを測るならもう一度寝たままでいい。それが嫌
なら、とっとと消え失せろ！ そのオツムは正常か？ （オズワル

ドを追い出す）これで良い！

リア王　よくやった。礼を言うぞ。少しだが取っておけ。（ケント
　伯爵に褒美を与える）

（道化登場）

道化　おいらもあんたを雇ってあげるから。これがお手当の鶏冠帽。
　（ケント伯爵に帽子を与える）

リア王　どうしておった？　愉快な道化、元気だったか？

道化　〈ケント伯爵に〉受け取りな、鶏冠帽。

ケント　なぜなんだ？

道化　なぜだって？　落ち目の人の味方なんかをするからだよ。風
　が止んで、もしもあんたが笑えなけりゃ、あんたはすぐに風邪を
　引く。さあ、おいらの鶏冠帽をもらっておきな。どうしてかっ
　て？　この男、娘二人を追い出して、三人目に心ならずも祝福を
　与えたんだよ。そんな男に仕えるのなら、道化の帽子が危険防止
　に役に立つ。さあどうだ？　王っちゃん！　おいら欲しいの、鶏冠
　帽二冠と二人の娘。

リア王　なぜなんだ？

道化　もし、おいらが財産全部やったとしても、鶏冠帽だけはやら
　ないで自分の物にしておけばいい。あんたが一つ欲しければ、二
　人の娘におねだりしたら…。

リア王　気を付けて言葉を選ばぬと鞭打つぞ！

道化　真実を語る犬は犬小屋に押し込められて、鞭打たれるよ。レ
　ディーのような猟犬は、暖かい暖炉の傍で横になり、おべっか使
　い尻尾振る。

リア王　嫌味なことを言う奴だ！

道化　ほら、ここで、いいお話をしてあげようか？

リア王　やってみろ。

道化　よく聞くんだよ、王っちゃん。見掛けより多く持って、八卦見より少なく言って、歩合を考え、貸し惜しみして、歩行するより乗馬を好み、虚像を追うより、目で確かめる。賭博するより堅実に生き、酒と女にゃ手を出さず、雨が降りゃ外出はせず、これを守って何もせず─ これがお守り。それで、金は貯まるはず。

ケント　何だ、それ？ 内容がないようだ。

道化　報酬ゼロの弁護士のようだ。報酬がないようならば意味がない。そのないようをあるようにできないのかい？ 王っちゃん。

リア王　だめだな、道化。「無」でさえも「無」から生じることはない。

道化　〈ケント伯爵に〉あんたから王っちゃんに何とか言ってくれないか？ 領地があれば、王っちゃん、たんまり地代が入ってきていたはず。王っちゃんには道化の言葉が通じない。

リア王　苦い皮肉を言う道化だな。

道化　王っちゃん、分かっているの？ 苦い道化と甘い道化の違いのことが？

リア王　いや、知らぬ。言ってみろ？

道化　領地譲れと唆し、その気にさせた人をここに連れて来い。そうだ、あんたが代理人。これで揃った甘辛道化。まだらの服が甘いほう。あちらの方が辛いほう。

リア王　わしのことを道化呼ばわりする気だな。

道化　他の呼び方はみんな捨て、残ったものは生まれつき備わったもの。

ケント　この道化、ただの道化と思えない。

道化　実際、そうとは思えない。お偉方、おいらが道化一人ではダメだって。独占すればおすそ分けしてくれと、ねだるのは見え見えだ。ご婦人方も同じで、道化役などおいらだけにさせるわけにはいかないと騒ぎ立てる。王っちゃん、卵を一つくれないか？二つキンカン⁹差し上げるから。

リア王　その金貨いかにして手に入れる？

道化　簡単さ。卵の殻を真横に切って中身を食べて、立てたなら、二つの金冠が出来上がる。王っちゃん、金冠を二つに切って差し上げちまい、それが因果でロバを背負って泥沼を歩き回る応報だ。金冠を譲ったあとのハゲ頭、知恵はほとんど残ってないね。おいらの話はアホらしい？　そう思う者がいるのならそれでいい。そういう者を一番に鞭打てばいい。道化の地位は、だだ下がり。道義を知る者、アホっぽくなり下がり、知恵のつけ方知らないで、知ったことなどすぐ口に出すから、早く言うなら、猿知恵だ。

リア王　いつからそんな戯れ歌を作り始めた？

道化　王っちゃんが自分の娘を母ちゃんにしてからさ。鞭を娘に譲り渡して、打たれる尻を出してから。それからは、二人は突然嬉し泣き、おいら、がっかりべそをかき。王っちゃん、道化交えてかくれんぼ。王っちゃん、お願いだ、道化に嘘のつき方を教えてくれる先生を雇っておくれ。おいらは嘘のつき方を習いたい。

リア王　嘘などつくと、また、鞭打つぞ。

道化　びっくりするよ、あんたの娘、王っちゃんとはどういった血の繋がりだ？　娘らは、おいらが真実話すから、鞭を打つ。王っちゃん、おいらが嘘など話すから、鞭を打つ。それに、時には

9　原典 "crown" は「金貨／王冠」、"clown" は「道化」の意味。Sh. のしゃれ。

リア王

黙っているから鞭を打つ。道化にだけはなりたくないね。だからと言って、王っちゃん、そんなになるのはごめんだね。王っちゃん、自分の知恵を両端から削り取り、真ん中に何も残らぬことになる。ほら、あそこ削り上手な片方がやって来た。

（ゴネリル登場）

リア王　やあ、ゴネリルか！　なぜそんなしかめっ面をしておるのか？　近頃は渋い顔しか見せないが…。

道化　王っちゃん、娘の機嫌を取ったりする必要がなかったときは真面だったね。今、王っちゃん内実変わり、０っちゃんだよ。ただのゼロ。たった一桁、なけなしの０ちゃんだ！　あんたより、おいらはまだまし。おいらは道化で、王っちゃんはカラッケツだ。〈ゴネリルに〉はい、分かっているよ、言いたいことはお見通し。黙っていますよ。しかめっ面がしゃべりまくっているからね。「シィーッ！　シィーッ！」と。食べ飽きたので、パンの耳、パンの屑だからと捨ててしまえば、ひもじい思いをすることになる。（リア王を指差し）あそこにいるのは中身を抜かれた豆の莢。

ゴネリル　言いたい放題、この道化。他の家来も無法で粗暴。秩序を乱し、我儘の限度をはるかに超えています。お父さまにお話をして、この問題を処理する気ではいたのです。ところが今は、お父さま自らのお言葉や振る舞いは、道化を庇ってそれを助長して、承認を与えて扇動している様にも受け取れます。そうなれば、お父さまへの責任追及は必至です。国家安寧のための措置として、他の場合なら、私どもには恥ずべきですが、必要となら粛々とやらないわけには参りません。

135

道化　王っちゃん、分かっているよね。カッコウのヒナ、ずっと育てたヒバリさん、そのカッコウに食い殺された。そういうわけでロウソクは消え、おいら達は真っ暗闇へ…。

リア王　おまえはわしの娘なのかい？

ゴネリル　充分なお知恵をお持ちのはずですよ。お父さま、それをお使いくださって、気まぐれなお気持ちをお鎮めになり、本来のご自分にお立ち返りくださいません？

道化　荷車が馬を引くなら、馬鹿な馬でも変テコだって気付くはず。（ゴネリルの顔付きを見て）ウヒェ〜！　お馬鹿さんなら、おいら大好き。

リア王　わしを知っている者はいないのか？　わしはリア王ではないはずだ。このようにリア王は歩くのか？　話すのか？　目はどこに？　知力が劣り、洞察力が萎えたのか？　ハアッ〜？　目醒めている？　そうではない？　わしが誰だか教えてくれる者はおらんのか!?

道化　リア王の影法師。

リア王　そこが知りたい。権威の印しの知識や理性だ。そのせいで、わしには娘がいたのだと錯覚していただけのことなのか？

道化　二人の娘が王っちゃんを従順な父親にしてくれるはずだよ。

リア王　そこのご婦人、失礼ですが、お名前は？

ゴネリル　そのような、よそよそしさは近頃の悪ふざけとは同じ類（たぐい）です。今から話すことなどをしっかりと心にお留めください。老齢で敬（うやま）いを受けられているお父さま、分別を弁（わきま）えて頂かないと困ります。お供の騎士や従者百人が規律守らず放逸（ほういつ）粗暴となって、この館ではマナーの悪さが蔓延（まんえん）し、ふしだらな下町の宿さながらで、酒池肉林（しゅちにくりん）の売春宿と見間違うほどです。高貴な館などとは思

えませんわ。このような恥ずべきことを早急にお止め頂き、ご自身でお付きの者の数をお減らしください。残る者には、年齢的に相応しい者、立場などよく弁えた者のみとしてくださるようにお願いします。

リア王　暗黒の悪魔ども！　馬に鞍を付け、供の者を集合させろ！　堕落した父なし子、もうおまえには関わらん！　わしにはな、まだ一人だけ娘がいるぞ。

ゴネリル　お父さまが館の者に暴力を振るわれるので、それを見た秩序など分からぬお付きの者が、身分が上の者に無礼な態度をするのです。

（オルバニー公爵登場）

リア王　ここに至って、後悔などは遅すぎる。〈オルバニー公爵に〉おお！　顔を出したか。このことはあなたの指図か？　どうなのだ！　〈騎士に〉馬の準備を！　〈ゴネリルに〉恩知らずで石の心を持つ悪魔！　子供姿で現れたなら海の怪物などより恐ろしい。

オルバニー　どうかお気持ちをお鎮めになってください。

リア王　〈ゴネリルに〉この忌まわしいハゲ鷹め、嘘をつけ！　わしの供は選りすぐりで、優秀な人物ばかりだ。臣下としての本分を知り、名に恥じぬように務めておる。コーディリアに僅かばかりの欠点を見つけたときに、わしにはそれが醜く思え、わしの心は捻じ曲げられて、愛の心は潰された。それに代わって、憎しみの情が入り込んだのだ。おお、リア、リアよ！　リア王よ！　愚かさを呼び込んで、分別を押し出した。この門を叩くのだ！（自分の頭を叩く）さあ、行くぞ、皆の者！（ケント、騎士達退場）

オルバニー　少しお待ちを！　お怒りの原因は私には何のことやら分かりませんが…。

リア王　そうなのだろう、オルバニー公。聞いてくれ！　自然よ、自然！　自然の女神に聞いてくれ！　もしこの女に子供を授けるつもりなら、これの子宮を不毛にし、その計画をぶち壊せ。この堕落した体から母の名誉になる子供などを授けるな！　どうしても産むというなら、捻じれた心を持つ子供だけを産ませるように。それで苦しみを与えるがいい！　若い母親、その額には深い皺を刻ませ給え。落ちる涙で頬には溝を作らせて、母親の苦しみや喜びをことごとく嘲笑と恥辱に変えて、思い知らせてやればいい。蛇に噛まれることよりずっと恩知らずの子を持つほうが心が痛むことなのだ。さあ行くぞ。出発だ！（リア王退場）

オルバニー　一体これはどういうことだ！

ゴネリル　知るほどのことではないのよ。気にしなくてもいいわ。生まれ持っての気質に加え、老齢で歯止めが利かないことになり、放っておくしか手はありません。

（リア王登場）

リア王　何をした?!　供の者らを一度にスパッと50人も削減だと！　2週間も経たぬうちに!?

オルバニー　何事が起こったのです？

リア王　教えてやろう。〈ゴネリルに〉　悔しいことだ！　男の権威に泥を塗られた。おまえのような女にな…。溢れ出るこの涙、我知らず心が燃えた証だぞ。このすべて、おまえのせいだ。害毒や濃い霧に包まれて死んでしまえ。父親の呪いによって傷口が裂

リア王

け、五感のすべてが麻痺すればいい！　わしの目も老いぼれたの
か、些細なことでまた泣くのなら、くり抜いて投げ捨てる。流し
た涙と混じり合い、泥になれば本望だ。ああ、こんな結末になろ
うとは…。まあ、なるようになるだろう。わしには娘がもう一人
いる。あれは確かに優しくて、気立てが良い。あれがおまえの仕
打ちを聞けば、おまえのその狼面を爪で見事に剥いでくれるだろ
う。今に見ておれ。わしは必ず昔のわしを取り戻すから！　永遠
にわしが自分を捨てたと思うなら大間違いだ！　（退場）

ゴネリル　今のお言葉をお聞きになった？

オルバニー　妻を愛する気持ちには揺るぎはないが、おまえに味方
していいものか…。

ゴネリル　この件はお任せください。ねえ、オズワルド、ここに来
て！〈道化に〉道化にするの、もったいないわ、あんたなんかは
相当な悪党ね。ご主人の後に従い、行きなさい。

道化　王っちゃん、リア！　王っちゃん！　ちょっと待ってよ、道化
と馬鹿さ連れてって！　とっ捕まえた狐さん、それは貴方の娘さ
ん、この帽子を売り、ロープを買い上げ、それで縛って、吊し上
げ、それで道化は諸手上げ、ご退散、ご苦労さん。（退場）

ゴネリル　あの人に少し効き目はあったはず。騎士が百人も要りま
すか？　そんな人数が傍にいたなら政治的にも安心ね。些細な噂、
想像や不平や不満あるだけで、自らの耄碌を武力で擁護するで
しょう。そうなれば、私らの命が危機に晒されますわ。オズワル
ド！　どこなのよ！

オルバニー　心配しすぎだと思うのだがな…。

ゴネリル　安心しすぎは危険です。用心が肝心よ。気にかかる禍の

10　原典 "Fool"「馬鹿」と「道化」の二重の意味。Sh. のしゃれ。

芽は早く摘み取ることね。愚か者は摘み取られるのを恐れて暮らします。あの人の考えは分かっています。あの人の言ったことは妹に書き送ります。警告を無視してまでも妹が百人の騎士を預かったなら…。

（オズワルド登場）

できました？ オズワルド。妹に出すあの手紙を書き終えました？

オズワルド　はい、終えております。

ゴネリル　では、供を連れ、今すぐに発ちなさい。私が特に気になる点は詳細に伝えておいて。それに加えて、あなた自身の情報で説得力のあるものならば、付け足しておきなさい。さあ、早く。帰りの道も急ぐのよ！（オズワルド退場）いえ、いえ、何も仰らないで。あなたのすべて温和で素直よ。非難しているんじゃないわ。でも、少し言わせてね。あなたのようにしていると、害はあっても、情に厚いと誉められる。それで、その後、知恵が欠けると責められるのよ。

オルバニー　おまえの目がどれほど先を見通すのかは分からぬが、良かれと思ってしたことが良いことさえも壊してしまうこともある。

ゴネリル　いえ、大丈夫。

オルバニー　そう言うのなら、結果を見よう。（二人退場）

リア王

第５場

オルバニー公爵の館の庭

（リア王、ケント伯爵、道化登場）

リア王　この手紙を一足先にコンウォール公に手渡して、知っていることはあまり話さず、手紙のことで尋ねられたらそれだけに答えれば良い。急いでくれよ。そうでないなら、わしのほうが先に着くかもしれぬから。

ケント　手紙を届けるまで、ずっと眠ったり致しません。（退場）

道化　もし、人間の脳が踵<ruby>踵<rt>かかと</rt></ruby>にあったなら、脳は霜焼けになるのかなあ？

リア王　なるだろう。

道化　それなら、それで安心だ。王っちゃんの脳ならば、靴は履けずにスリッパ旅行ってことにはならないからね。

リア王　ワッハッハ！

道化　妹はリンゴのような青リンゴ。王っちゃんを大事にしてはくれるだろう。でも、言えるのは言える範囲のことだけさ。

リア王　何が言えるのか？

道化　妹の青リンゴ、きっとそれ青リンゴ的味がする。王っちゃん、人の鼻どうして顔の真ん中にあるのか、その理由分かるかい？

リア王　いや、分からんな。

道化　それはだね、目を鼻の両側に付け、鼻が<ruby>嗅<rt>か</rt></ruby>ぎ分けできぬことを目でしっかりと見極めるためなのさ。

リア王　コーディリアには、済まぬことしたようだ。

141

道化　どうやって牡蠣は殻を作るのか知っているかい？

リア王　知らないね。

道化　おいらもそれは知らないよ。でも、蝸牛はどうして家を背
　　負っているのかは分かってる。

リア王　どうしてだ？

道化　そりゃあ、頭を仕舞い込むためにだよ。娘にやってしまった
　　ら、大事な角が野晒しになる。

リア王　父親の情などは忘れることに決めたのだ。可愛がりすぎた
　　かもしれぬ。馬の用意はできたのか？

道化　馬ならば、頓馬なお付きがいるだろう。北斗七星はなぜ七
　　つ？　この謎々はちょっと難しすぎるかな？

リア王　その答え、七つであって、八つではないからだろう。

道化　はい、その通り。王っちゃん、すごくイケてる道化になれる。

リア王　何があっても取り返す！　あの怪物の恩知らずめが！

道化　王っちゃん、もしあんたがおいらみたいに道化になれば、年
　　取る前に年取った罪で鞭打ちの刑を受けるよね。

リア王　どういうことだ？

道化　知恵者だと言われるまでは、高齢者になる資格はないね。

リア王　おお天よ！　わしの気を狂わすな。狂いたくない。正気で
　　いたい。狂うのだけは避けたいのだが。

（紳士登場）

リア王　どうなのだ？　もう馬の用意はできたのか？

紳士　はい、準備できています。

リア王　さあ、行くぞ。おい、道化。

道化 〈観客に〉そこの可愛い生娘さんよ、おいらの出発を笑っていると、知らぬ間に気が抜けて、乙女の姿しばし留めぬ。

（三人退場）

11　「生」／「気」はＹs.のしゃれ。「気が抜ける：炭酸飲料などの本来の味が損なわれる」、「生娘でなくなる［処女性を失う］の二重の意味。
12　百人一首「天津風 雲の通ひ路 吹き閉ぢよ をとめの姿 しばしとどめむ」のＹs.のジョーク。

第2幕

第1場

グロスター伯爵の居城の庭

（エドマンド、カラン登場）

エドマンド　元気そうで何よりだ。

カラン　あなたさまにもお変わりなく。今しがた父上さまにお会いして、コンウォール公とお妃のリーガンさまが今宵こちらにお越しとのことを伝えたばかりで…。

エドマンド　なぜ、そんなことが起こったのかい？

カラン　事の起こりは分かりませんが、近頃の噂話をお聞きになってはいないのですか？　まだ、ほんの囁き声か騒めきの話ですが。

エドマンド　いや、何も。どういうことだ？

カラン　コンウォール公とオルバニー公の間には、近々戦が始まるという噂が流れています。聞かれたことは？

エドマンド　一度もないが…。

カラン　いずれお聞きになるでしょう。では、これで。（退場）

エドマンド　コンウォール公が今夜ここにと？　それはいい。絶好のチャンスだぞ！　俺の企みの網目が増えるな。親父は兄を捕らえるための網を張るだろう。あと一つ手の込んだ仕事があるが、やり終える。迅速に片がつくよう、どうか天のご加護を！　兄さ

ん、ちょっとお話があるのですが、降りて来てくれません?!

（エドガー登場）

エドマンド　父上が警戒網を敷かれました！　ここからすぐに逃げ
てください。潜んでいることがバレたのですよ。闇夜の今なら、
暗さに紛れて逃げられます。兄上はコンウォール公に関わること
で、何か悪口でも言われましたか？　公爵が今夜にもここに来ら
れるようなのです。それも、お急ぎで、リーガン妃もご一緒に。
コンウォール公からオルバニー公に戦を挑むというようなことを
口にされてはいませんか？　胸に手を当て、よくお考えください！

エドガー　そんなことなど一言も言った覚えはないのだが…。

エドマンド　父上の足音が聞こえます。兄上のお許しを頂いて、お
助けしているのをまだ隠しておくために剣を抜かねばなりません。
兄上も剣を抜き、身を守る振りをしてください。斬り合う格好
だけでいいのですから。降参しろ！　父上のもとにすぐに付いて
来い！　灯りを！　おい、ここへ！　逃げてください、兄上よ。灯り
だ！　灯り！　お元気で！（エドガー退場）俺の血が流れていたら、
凄まじい斬り合いをしていたように見えるだろう。（自分の腕に
傷をつける）酔いどれが、これ以上のことを余興でするのを見た
ことがある。父上！　父上！　逃げるのか！　待て！　誰か、助けは?!

（グロスター伯爵、松明を持った従者登場）

グロスター　おお、エドマンド、悪党はどこにいる？

エドマンド　この暗がりにじっと立ち、鋭い剣を突き立てて、

魔法の呪文を唱えて、月の女神に力添えを願っていました。

グロスター　そんなことより、どこにいるのだ？

エドマンド　見てくださいよ、私のこの血！

グロスター　エドマンド、悪党はどこにいるのかと訊いておる！

エドマンド　こちらのほうへ逃げました。そのときに、エドガーはなんとか…。

グロスター　追いかけろ！　おい、後を追え！（従者退場）なんとか何だ？

エドマンド　恐らく兄は、なんとか私に父上を殺させようと…　しかし、私は言いました。「父親殺しの罪には復讐の神々が怒る雷鳴を打ち鳴らす。それにまた、子が父に受けた恩恵は数知れず、固い絆がある」と諭しましたが、その結果、私が必死に父親殺しに反対するのを見て、抜身の剣を振りかざし、猛然と無防備な私を狙ってこの腕を刺しました。しかし、私は自分のほうが正しいと、勇気を鼓舞して立ち向かい、応戦を致しました。そのせいか、それとも私が大声で叫んだせいか分かりませんが、慌てて兄は逃げ去りました

グロスター　どんなに遠く逃げようと、この領内にいる限り、必ず奴を捕まえて処刑に致す。私の主であり、高貴な公爵さまが今夜こちらに来られるのだぞ。あの方のお許しを得て布告する。悪党を見つけた者に報奨金を出し、殺人鬼を処刑場に引き出してやる。匿う者も死刑に致す。

エドマンド　兄の企みを止めさせようと説得しても、その意志は固く、私は怒って何もかも父上に知らせるからと迫ったのです。そうしたら、兄は私に「財産持てぬ私生児め！　俺がおまえの言うことを否定すりゃ、おまえの美徳や信用、価値などは誰も認めぬ。

146

否定などするのはいとも簡単だ。俺の自筆の手紙を出して見せたとしても、おまえによって仕組まれた悪辣な計略なのだと言ってやる。世間を甘く見るんじゃないぜ。俺が死んだら得をするのは誰なんだ?! それが動機で画策したと誰しも思うのは当然だ」と言われました。

グロスター ああ根性が腐り果てた悪党だ! 自分の書いた手紙でさえ、自分の物と認めないと言ったのか! あんな奴など縁切りだ。[奥でトランペットの音] 聞くがよい! 公爵がお越しになったのだ。なぜ来られたのかはよく分からんが…。すべての港を封鎖しろ。悪党は逃がしてはならぬから。公爵からの許可ももらった。悪党の人相書をこの領地のあちらこちらに張り出して、見つけ出す。わしの領地は、忠実で親孝行のおまえのものになるように取り計らうぞ。

(コンウォール公爵、リーガン、従者達登場)

コンウォール どうしたことだ? 親しき友よ。ここに着くなり早々と妙な話を聞かされたぞ。

リーガン もしそれが事実なら、罪人に課す罰は軽すぎますわ。どうなさったの? グロスターさま。

グロスター ああ、我が胸は張り裂けそうだ。いや、もう張り裂けている。

リーガン 何ということ! 私の父が名付け親のエドガーが、父親であるグロスター伯爵の命を狙う?

グロスター 奥方さま、なんともそれは恥ずべきことで…。

リーガン エドガーは私の父の暴力的な騎士仲間の一人なの?

グロスター　分かりませんが、あまりにひどいし、ひどすぎますね。

エドマンド　その通りなのです。実は、兄などその一味です。

リーガン　そうなら、なんの不思議もないわ。一味の人達に悪影響を受けたのね。その人達が唆し、老いた父親を亡き者にして、財産を勝手次第に使おうとしたのでしょうね。今日の夕方、姉から手紙を受け取って、その連中が私の館へと来るのなら留守にするようにと忠告がありました。

コンウォール　俺も同じだ。受け入れ難い。エドマンド、聞くところによると、君は立派に子としての務めを果たしたようだな。

エドマンド　当然のことをしたまでですが…。

グロスター　兄の企てを察知してくれて、捕らえようとして腕に傷を負いました。

コンウォール　追っ手は出したか？

グロスター　はい、出しました

コンウォール　捕えたなら、二度と悪事が働けぬようにしっかり処分を致せ。おまえの思い通りにするがよい。俺の名を使っても良いからな。エドマンド、親思う忠誠心があり、君の態度に感服したぞ。この場ですぐに我が家臣として召し抱えてやる。しっかりと信頼できる者らがわしに必要なのだ。君がその第一号だ。

エドマンド　謹んでお受け致します。誰よりも忠実に務めます。

グロスター　この子のために、ありがとうございます。

コンウォール　なぜ俺達がここに来たのか、そのわけはまだ話しておらん。

リーガン　季節外れに暗闇を縫ってここまで来たわけは、重要な案件が持ち上がり、グロスターさまにお知恵を拝借したく思ってのことなのです。姉からと、時を同じくして、父からも手紙が参り、

双方が相手をなじり合い、その返事を出すためには我が館を離れるほうが得策と判断し、こうしてここに来た次第です。返事を持たせるために、ここに使者を待たせています。お心を痛めておられるときに、頼まねばならないのは心苦しく思っています。急を要することなので、どうかお力をお貸しください。

グロスター　承知しました。二人ともどうぞ中へお入りください。

（［トランペットの音］一同退場）

第2場

グロスター伯爵の居城の前

（ケント伯爵、オズワルド、左右から登場）

オズワルド　やあ、あんた、ここの館の人ですか？

ケント　ああ、そうだ。

オズワルド　馬はどこに繋げばいいのかい？

ケント　そのぬかるみだ。

オズワルド　情けがあるなら、教えてくれよ。

ケント　情けなど何もない。

オズワルド　それなら、あんたなんかと関わり合いになりたくないな。

ケント　リプスベリーの家畜の檻[13]に、わしがおまえを入れたなら、嫌でもおまえは関わりを持ちたがるだろうよ。

オズワルド　どうしてあんたはそんなにぶしつけなんだ？　初対面

13　監獄のある場所。

のこの俺に。

ケント　おまえのことは知っている。

オズワルド　俺の何を知っているのだ？

ケント　悪党で、ならず者、ゲテ物食いで、卑しくて、高慢で、浅はかで、乞食根性丸出しの召使い。安月給で、見苦しい靴下野郎、綿野郎[14]。臆病者で、喧嘩もできず、すぐ泣きついて訴える。娼婦の小僧で、うぬぼれ男。超ゴマすりで、口やかましく、財産はトランク一つ、貧乏人で、ご主人の望みなら、女を斡旋、大サービス。手短に言うならば、ごろつき乞食、腰抜けのポン引きで、野良犬男でそれが皆、混ぜ合わさった化け物だ。今、言ったその肩書のどれ一つでも嘘だなどと抜かすなら、打ちのめし、女々しい悲鳴を上げさせてやる！

オズワルド　何て変わった奴なんだ。お互いに見も知らぬのに、悪態をついて喚き立てたりして…。

ケント　見も知らぬなど、どの面下げて抜かすのだ！　たった二日前だぞ、王の前でおまえの足を引っかけて、殴ってやったのをもう忘れたのか？　さあ、剣を抜け！　夜は明けてはいないが、月が照っておる。月明りが射しているまな板の上におまえを転がして切り刻んでやる。（剣を抜く）ニヤケてキモイ女々しい男！

オズワルド　どこかに行ってくれよ！　あんたなんかと関わり合いになりたくないから。

ケント　剣を抜け！　このごろつきめ。王を中傷する手紙を持って来ておるな。人形芝居に登場する「虚栄女」の言いつけ通り、父親の王座を奪うつもりだろう。剣を抜け！　この悪党め。抜かな

14　貴族はシルクのストッキング、召使いはウール製。
15　大地。

いのなら、おまえの足を斬ってやる。抜かないか！ 腰抜けめ！
斬り結べ！

オズワルド 助けて〜ェ！ オ〜イ！ 人殺し！ 誰か助けて〜ェ！

ケント さあ、かかって来んか！ ろくでなし！ どんと構えろ、ど
んとな！ ごろつきめ！ おめかし野郎！（オズワルドを殴る）

オズワルド 助けてくれ〜ェ！ オ〜イ！ 人殺し〜ィ！ 人殺し
〜ィ！

（抜刀してエドマンド登場）

エドマンド どうかしたのか！ 何があったのか！ お互いに距離を
取れ！

ケント 望むなら青二才、相手になるぞ！

（コンウォール公爵、リーガン、グロスター伯爵、従者達登場）

グロスター 剣を抜き、武器など持ってどうかしたのか！

コンウォール 命惜しくば、鎮まれい！ 手を出せば極刑に処す。
事の起こりは何なのだ⁈

リーガン 姉からと王からの使者ですわ。

コンウォール 争いの原因は何なのか？

オズワルド 今しばらくお待ちください、息切れで…。

ケント 笑ってやるぞ。あるだけの勇気をみんな使い果たした臆病
者め。そうではないか⁈ 自然はきっとおまえなど造った覚えは
ないと言うだろう。おまえなど仕立屋づくりだ。

コンウォール おかしなことを言う奴だ。仕立屋が人間を造るの

か？

ケント　造りますとも、石工さえ、画家さえも。だが、徒弟期間が
２年あってもこれほどの出来損ないは造れませんな。

コンウォール　そんなことより、喧嘩のもとは何なのだ？

オズワルド　この老いぼれの無頼漢を白髪に免じて容赦してやって
いたのが…。

ケント　おいＺ[16]！ 文字なし野郎！ コンウォールさま、お許しが頂
けるなら、この軟弱なごろつきをモルタルにして、トイレの壁に
塗り込めさせてもらいたい。「白髪に免じて容赦して」と、申し
たな！

コンウォール　黙れ！ 無法者。礼を知らぬか！

ケント　心得ておりますが、怒り心頭に発していては…。

コンウォール　なぜ、それほども怒っておるのか!?

ケント　身に誠実さを付けぬ者が、剣を身に付けているのは許せな
い。ニタニタ笑う、モグラ男はネズミに似ている。神聖に絡み合
う絆さえ食い荒らす。主人の心に反逆の火が灯るなら、感情に油
を注ぎ、冷酷な態度には雪を掛ける。ご主人の心の風を身に受け
て、逆らうも従うもカワセミ[17]の口ばしのように考えもなく付き
従っている。まるで犬のようだ。青白いその顔に呪いあれ！ わ
しの話にニタニタ笑っておるな。わしを道化と思っているのか！
このガチョウ野郎め、サラム原野で見つけたらガアガア鳴かせて
キャメロット[18]まで追い立ててやる！

コンウォール　何だって？ 気が狂ったか!?

16　当時、"z" の文字は "s" で書かれていた。
17　ギリシャ神話。夫を亡くした王女ハルシオンは、身投げをしてカワセミの姿に
なった。
18　伝説のアーサー王の城があった場所。

リア王

グロスター　喧嘩の理由は何なのだ?!

ケント　この悪党とわしとの間には深すぎて埋められぬ溝があるのです。

コンウォール　なぜこの男を悪党と言えるのか？ 何をした？

ケント　顔付きが気に入らん。

コンウォール　それなら、俺のもグロスターのも、俺の妻の顔さえ気に入らないのだろう。

ケント　率直に言うことが私の生き方で、人生ここに至るまで、今ここに見る顔よりは、まだましな顔を見て生きてきた。

コンウォール　こういう輩が世にいるものだ。大胆な言いぐさで、誉められたなら味を占め、本来の性格を隠し、辛辣な発言を続けて生きる。お世辞は言わぬ。正直者で率直で、真実だけを語るので人々が認めるのならそれで良い。認められなかったとしても実直な男としては通用致す。しかし、率直さの裏に巧妙に偽善の意図を隠し持っているのだ。このことは、愚かなアヒルさながらに、やるべきことを黙々と務める者と比べるとはるかに危険だ。

ケント　公爵殿よ、誠心誠意、信義に懸けてそのご栄光、太陽の神フィーバス[19]の燦然と輝き放つ光の花輪を浴す機会を賜わりたくて…。

コンウォール　一体おまえは何が言いたい？

ケント　私の言い方がお気に召さないようなので、普通の言葉を使うのを控えただけです。私はお世辞など言いません。公爵さまを明確な言葉を使い、騙した者がいるのなら、明らかにごろつきですな。私はそんな者ではありません。ご不興を買ってしまい、申し訳ありません。だが、言っておきますが、公爵さまに頼まれよ

19　ギリシャ神話の太陽神であるアポロンの別名。

うと…。

コンウォール　この男を怒らせたわけを言ってみろ。

オズワルド　心当たりはありません。王さまが誤解をなされ、暴力を振るわれて、この男が王さまのご機嫌を取ろうとし、共謀して私の足を払って倒して、嘲り毒づき罵ったのです。威張りかえって、英雄気取りで、王さまから誉め言葉をもらって得意顔になっていました。それも皆、私が自分を抑えて闘わず我慢していたお陰なのです。そのことで味を占め、またここで私に向かって斬りつけてきたのです。

ケント　臆病者のごろつきにかかったならば、英雄のアイアス[20]さえも馬鹿に見えるな。

コンウォール　足枷を持って来い！　大ほら吹きで堅物の老人だ。そんな態度でいたのなら、どうなるか教えてやろう。

ケント　もう学ぶには高齢すぎる。足枷などはご無用に願いたい。王に仕えるこの私は命令によりここに参った次第です。その使者に足枷を掛けるのは王のご威光を踏みにじり、王に対する明らかな敵対行為です。

コンウォール　足枷を持って来い！　俺の命と名誉に懸け、正午まで足枷の刑を与えるぞ！

リーガン　正午ですって?!　夜までよ！　一晩中よ！

ケント　どういう意図で？　王の飼犬でさえ、そのような扱いはなさるべきではありません。

リーガン　王に仕える悪党だからするのです。

コンウォール　姉上の知らせにあった悪党の片割れだな。さあ、足枷を掛けるんだ！（足枷が運び込まれる）

20　トロイ戦争のとき、サラミス人を率いて参戦。アキレスに次ぐ英雄。

154

リア王

グロスター　差し出がましいお願いですが、足枷だけはご容赦をお
　願いします。この男の罪は重いものであり、そのことに対しては、
　王ご自身が罰せられると存知ます。今なさろうとされている刑罰
　はコソ泥や下層の者がありふれた罪を犯したときにするものです。
　王の使者になされたならば、王の勘気に触れるはずです。

コンウォール　その責めは俺が負う。

リーガン　姉上ならばもっとご気分を害されるでしょう。ご自分の
　使者が使命を果たすその際に侮られ、襲われたなどと聞かれたら
　…。足枷を掛けなさい。（ケントは足枷を掛けられる）

コンウォール　さあ参ろうぞ。（グロスター伯爵とケント伯爵を残
　し、一同退場）

グロスター　気の毒なことだ… 公爵のご意向ではどうしようもあ
　りません。気質は皆が知っての通り、変えること、止めることな
　どできません。折を見て、私が取りなしてみましょう。

ケント　お気遣いには及びません。夜を徹して強行軍で来た次第で
　す。目覚めたら口笛吹いて過ごします。足の動きが不自由であっ
　ても、善人の運は開け行きます。良い朝をお迎えになられますよ
　うに！

グロスター　このことは公爵に非があります。きっと王のご不興を
　買うでしょう。（グロスター伯爵退場）

ケント　我が王よ、世に言われている諺をお認めになるでしょう。
　「天の恵みを奪われりゃ、熱い日射しが身に刺さる」。燃え盛れ！
　大地を照らす篝火よ。その光を借りて手紙を読もう。奇蹟とは惨
　めな者に起こることだ。筆跡はコーディリアさまだ。この私が身
　をやつし、王にお仕えしていることをご存知なのは幸いだ。この
　世の乱れを正す方策をきっと見つけくださることだろう。疲れ果

てて寝不足だ。重い目が恥ずべき宿を見ずに済むのは幸いだ。運命の女神よ、ここでお休みだ。もう一度、微笑んでくれ、汝の車輪を回し続けて！（ケントは眠りに就く）

第３場

森の中

（エドガー登場）

エドガー　僕を捕えるお触れが出ている。木の洞《ほら》があったので幸い追手は逃れたが、港はみんな閉鎖され、あらゆる所で僕を逮捕しようと厳しい監視がなされている。逃げられるだけ逃げ延びよう。これ以上ない惨めで哀れな姿に身をやつす。貧しさ故に人として持つ尊厳を奪われて、獣《けもの》のように這い回る。顔には泥を塗りたくり、腰にボロ布、髪はボサボサ、天が与える雨風《あめかぜ》に裸身を晒す。この国に立派な手本としてベドラム[21]乞食が存在している。喚き声を上げ、痺れて壊死《えし》した腕を出し、そこには針や茨《いばら》、釘やローズマリーの棘《とげ》を刺し、貧しい農家やちっぽけな集落、それに加えて羊小屋や水車小屋など歩き回る。あるときは、狂気の呪いや祈りの言葉を囁《ささや》いて、「哀れな乞食、哀れなトムでございます」と、施しを求めてさ迷い歩く。これで何とか生きられる。エドガーはもういない。（退場）

21　ロンドンにあった精神病者施設 "St. Mary of Bethlem"「ベドラム・聖メアリー施設」。通称「ベドラム」。

第４場

グロスター伯爵の居城の前

（リア王、道化、紳士登場）

リア王　二人は館を留守にして、送った使者を返して来ない。どうなっておるのか?!

紳士　前夜までこちらを訪問される予定はありませんでした。

ケント　我が王よ、ようこそここへ！

リア王　はあ！ 何だ？ そのぶざまな姿は！ 生き恥を余興にしておるのか？

ケント　いえ、まさか…。

道化　ハハハ！ 残酷なガーターベルトを付けてるな。馬は頭に、犬や熊はその首に、猿は腰、人は足にと繋がれる。人の足でも浮気な足は木の靴下を履かされる。

リア王　一体誰だ！ おまえはわしの使者なのに、足枷を掛けたのは？

ケント　それはあのお二人で、娘さまとご主人です。

リア王　嘘だろう。

ケント　本当です。

リア王　絶対に嘘だ！

ケント　誓って嘘ではありません！

リア王　嘘だ、嘘！ 真実ではない！

ケント　真実です。本当に真実です！

リア王　ジュピターに懸け、嘘だと申す！

ケント　ジューノに懸けて、嘘ではないのです！

リア王　そんなことなどするはずがない。出来ようなどと思えない。人殺しより、なお悪い。敬意を払う代わりに、暴挙に出たと…。わしからの使者に対してこのような措置を取るからには、何か理由があるはずだ。こんな処分に値するほどひどい罪を犯したのか？　手短に言ってみろ。

ケント　公爵さまの館に着いて、王さまからのお手紙を跪き、お渡ししようと立ち上がる直前に、汗にまみれて臭い匂いをプンプンさせて使者がそこへと息せき切って現れて、女主人のゴネリルさまのお手紙だと言い、先着の私を差し置いて手渡したのです。公爵夫妻は直ちにそれをお読みになって、館の者をお集めになり、そのあとすぐに馬に乗ってこちらへと参られました。私には「ただついて来い」と、それだけで、あとで返事はするからと冷たい視線を投げかけられて…。ここに来ますと、その使者とまた出会い、その男のせいで私の役目は台なしになり、そいつは王さまに不遜な態度を示した奴で、もとより私は頭より腕を使うのが得意ですから、剣を抜いたらその男が大声で卑怯な叫び声を上げたので、それを聞いた公爵夫妻が私に罰として辱めをお与えになったのです。

道化　あっちのほうへ雁が渡れば、冬はまだまだ続くよな。

　　　　父ちゃん　ボロ着りゃ

　　　　王っちゃん　見て見ぬ　素振り

　　　　父ちゃん　金持ちゃ

22　ローマ神話。結婚を司る女神。
23　「父（トウ）」と「ト王［オウ］」のYs.の少々無理なギャグ。

〇子ちゃん　親切で

　　　幸運な〜んて「かごの鳥」

　　　貧乏人は　かごの外

それにしたって王っちゃん、数えるほどのわずかな金は娘さんか
らもらえるね。

リア王　ああ女が罹る病が内に込み上げてくる。ヒステリカ・パッ
ショだな！　呼吸困難！　臓器よ下がれ！　上がると苦痛！　もとの
場所に戻らぬか?!　その娘はどこにいる？

ケント　グロスター伯爵と館の中におられます。

リア王　ついて来るな。ここにおれ。(退場)

紳士　お話しされたことの他には何もしてはいないのですか？

ケント　ええ、何も。だが、どういうことだ?!　王のお供がこれだ
けなのは？

道化　そんなこと聞くようじゃ足枷を掛けられたって当たり前だね。

ケント　どうしてだ？

道化　蟻の学校へ入学し、教えてもらえばいいことだ。冬に働くこ
とはない。目が見えりゃ、鼻が行く所へとついて行き、臭い匂い
のする奴を嗅ぎ分けられない者などはいないはず。でっかい車が
転げ落ちりゃ、持った手は離すもの。引っ張られると首の骨が折
れちまう。でも、それが坂を上がりゃ引っ張ってもらいなよ。賢
い人が良いアドバイスしてくれるなら、おいらが与えた忠告を返

24　「王の子」：ゴネリルとリーガン。

25　「シンセツ」は、なぜか「親」を「切（る）」。

26　「売春婦」の意味。

27　"Suffocation of the Mother" [母の窒息] と言われる病気で、子宮と関連してい
　ると考えられていた。呼吸困難になる。

28　「子宮」のあるべき位置の意味。

しておくれ。馬鹿がいなけりゃ忠告なんてできないよ。要するに
道化²⁹がしている忠告なんて馬鹿げているし、こんなものだよ。

カネがめあての ケライなら

したがってるの しゅだんだよ

あめがふりゃ にもつをまとめ

あらしになりゃ おさらばだ

だけど ドウケは ずっとのこって そばにいる

ズルいやつらは にげりゃいい

にげたズルらは アホかドウケに なるんだよ

でも ドウケ ちっとも ズルにならないよ

ケント　そんな歌をどこで覚えたんだ？

道化　ハメられて足枷なんて、はめらることない所だよ

（リア王、グロスター伯爵登場）

リア王　会いたくないと！ 病気だと！ 疲れていると！ 夜通しの旅
　だったと！ 口実だろう。親に背いて逃口上か。少しはましな返
　事をもらえ！

グロスター　王さま、公爵の火にも似た性格をご存知でしょう。一
　旦こうと決めたなら、何があっても変えたりはなさらない。

リア王　復讐と疫病と！ 死と混乱だ！ 火にも似たどんな性格⁉
　おい、グロスター、グロスター！ このわしが、コンウォールと
　彼の妻に話したいと申したのだぞ！

グロスター　はい、その通り、お二人に伝えましたが…。

リア王　「伝えました」と！ わしが誰だか分かっておるのか⁈

29　「道化」は "Fool"［馬鹿］だから歌を仮名（かな）にしてみた。Ys. のギャグ。

グロスター　はい、王さまで…。

リア王　国王がコンウォール公に話すことがあるのだぞ。かけがえのない父親が娘に話があるのだぞ。命令だ。言うことを聞け！ このことを「伝えました」で済むものか！ わしの命や、わしの血を分けた娘が！ 火のような！ 燃えやすい熱っぽい公爵に！ いや、まだ早い。体の具合が悪いかもしれぬから。健康ならできることでも、病気ならどんな義務でも果たせない。病めるとき、自然の理には逆らえず、人は自分を失いがちだ。心はじっと体に委ね、為せるがままでいることだ。わしは今、我慢する。性急な気持ちから、我を忘れてカッとなり、病気の者を健康と思い違えた。（ケントを見て）我が国は死んだのか！ なぜ、この男、ここに座っていなければならぬのか⁉ これを見たなら、公爵夫妻がわしに会わないその裏に、何らかの魂胆があるのは明白だ。わしの家来を解き放せ！ 公爵夫妻に出て来るように言って来い！ さあ、今すぐだ！ わしの話を聞かせてやるぞ！ 出て来なければ、寝室のドアの前で太鼓をドンドン打ち鳴らし、奴らの眠りを殺してやるぞ！

グロスター　穏やかに話が決着してくれるなら良いのですが…。
（退場）

リア王　ああ、心臓が！ 高鳴り揺れる！ 落ち着けよ！

道化　王っちゃん、思い切り叫ぶがいいよ。ロンドンの下町女、ウナギのパイを作るとき、生きたままウナギをパイに詰め込んだ。ウナギの頭がニョキッと出たよ。それを棒で叩きながら、叫んだ言葉が「甘やかされた子よ下に〜！下に〜[30]！」で、その弟がこ

30　徳川家の大名行列のお先払いの掛け声。

れまた変で「馬が好き好き大好きで、死ぬほど好きなお馬には[31]」、乾し草にバター[32]をベターッと塗りつけたとさ。

（コンウォール公爵、リーガン、グロスター伯爵、従者達登場）

リア王　随分と早起きだな。お二人ともに。

コンウォール　ご機嫌よろしく。（ケントの足枷を外すように指示をする）

リーガン　お目にかかれて光栄ですわ。

リア王　そうだろう。理由があって、そう思うはず。「光栄でない」と言うのなら、わしはなあ、墓に入ったおまえの母を不貞の罪で縁を切らねばなるまいて。〈ケント伯爵に〉やっとなれたか、自由の身に。その件は、またあとにする。愛しいリーガン、おまえの姉はろくでなしだぞ。ああ、リーガン、あれはなあ、冷血に尖った歯で禿鷹のようにわしのここを嚙みよった。（心臓を指差す）どう話したらいいのかさえも分からない。あの下劣さは、言ってもおまえなど信じられないはずだ。ああ、リーガン！

リーガン　どうかお心をお鎮めになってください。姉上が子としてのお務めを怠ったわけではなく、父上が姉上の心の内をお知りにならないからだと思います。

リア王　何だって？　どういうことだ?!

リーガン　姉上に落ち度があったことではなく、お供の者の目に余る乱暴や狼藉を抑えようとの意図があってなされたのです。濡れ

31　松尾和子＆和田弘とマヒナスターズの「お座敷小唄」の一節を Ys. がギャグにした。

32　原典 "butter"「バターをつける」と「おべっかを使う」の二重の意味。Sh. のしゃれ。

衣ですよ、お父さま。

リア王　呪ってやるぞ、あの娘。

リーガン　お父さま、ご自分のお年をどうかお考えください。天が与えたお命もその限界がもう見えております。ご自身よりも誰かそのことをよくご存知の方にお任せになってはいかがでしょう？ お分かりならば、姉上のお城に戻り謝罪されてはいかがです？

リア王　謝罪だと？ それが王に相応しい？ そう申すのか？「可愛い娘よ、耄碌したと認めます。老いぼれは不用品です」（跪いて）「跪き、お願いします。寝床や食い物、着る物のお恵みを！」

リーガン　悪ふざけはおやめください。みっともないわ。

リア王　（立ち上がり）いや、戻らんぞ、リーガン。ゴネリルは、わしの従者達を半減させて、嫌な目付きで睨みつけ、マムシのような毒舌で、わしの心臓を突き刺した。天にある復讐のすべてが恩を忘れたゴネリルの頭上に落ちろ！ 生まれくる奴の子供には大気に籠る毒気によって五体満足にさせてはならぬ！

コンウォール　おやおや、これは。何ということを仰るのか！

リア王　凄まじい稲妻よ！ 目もくらむ閃光の火でゴネリルの憎しみの目を焼き焦がせ！ 燃える太陽により吸い上げられた沼地の毒素、霧にまみれてあの娘の自慢の美顔を潰し、ハッシン[33]で腫れ上がらせろ！

リーガン　何とまあ、忌まわしいこと！ 怒りの発作をハッシン[34]すると、私にも呪いの言葉を吐かれるのだわ …。

リア王　いや、リーガン、わしがおまえを呪うなど絶対にあり得ない。女らしくて優しいおまえに辛辣なことを言うわけがない。ゴ

---

[33]　「発疹」。
[34]　「発進」（始まる）の意味。注 33 と合わせて Ys. のしゃれ。

ネリルの目は獰猛で狡猾だ。おまえがくれる眼差しは心地良く穏やかだ。わしの楽しみにケチをつけて供の者を半減し、話すのも喧嘩腰だ。小遣いもカットして、挙句の果ては門をロックし、わしを閉め出すという暴挙に出たぞ。おまえには親子の情や子の務め、礼を尽くして恩に報いる気持ちがある。わしが与えた領地の半分のことは忘れてはいないはずだ。

リーガン　お父さま、「お話がある」ということでしたよね。話とは何ですの？

リア王　わしの家来に一体誰が足枷を掛けたのだ？［奥でトランペットの音］

コンウォール　あの音は？

リーガン　お姉さまです。「そちらに行く」とお手紙にありました。

（オズワルド登場）

あなたのご主人はもうここに着かれたのですね？

リア王　おい、下郎！　実にむら気なゴネリルに付き従って、いい気になってのさばっている悪党め！　目障りだ。消え失せろ！

コンウォール　国王陛下、いかがなされました？

リア王　誰なのだ？　わしの家来に足枷を掛けたのは?!　リーガン、わしはおまえがこれに関係していないと信じておるぞ。そこに来るのは一体誰だ？

（ゴネリル登場）

おお神よ、もし老人を憐れんで恵みの心を統治する世界にて従順

が良きこととお勧めになるのなら、また神様が自らもご高齢なら、その年を理由にして天使を遣わせ、どうか私をお救いください！〈ゴネリルに〉おまえ、このわしの髭を見るだけで、恥ずかしいとは思わぬのか⁈ ああ、リーガン、まさかゴネリルの手を握るのではないだろうな。

ゴネリル どうしてそれがだめなのですか？ この私、何か罪でも犯しましたか？ 耄碌したり分別のない老人は、普通のことでもひどいなどと邪推することがありますね。

リア王 ああ、わしの胸は強靭すぎる。こんなことを言われても持ち堪えている。足枷が家来の足に掛けられたのは、なぜなんだ⁉

コンウォール 掛けたのは私です。しかし、彼の無分別など侮蔑に相応するものです。

リア王 おまえがか？ おまえがしたと言うのだな。

リーガン お父さま、お願いよ。ご自分のことを弱い人だと言うのなら弱者らしく振る舞って！ 約束の最初のひと月が終わるまで、姉上の所へと戻られて、お供の者を半減させて、その後で私の所にお越しください。今は館を留守にしておりますので、お父さまをお迎えする準備がまだ整っておりません。

リア王 姉のもとへと帰れだと⁉ 50人を解雇する？ いや、だめだ。そんなことなどさせないぞ。屋根の下に住むよりは、大気を敵にしてもいい。狼や梟を友として必要性に迫られて生きていく！ ゴネリルのもとへ帰れだと！ ああ、そう言うのなら、感情的なフランス王は持参金なく末娘を娶ったが、彼の城へと赴いて家来のように跪き、つつましく暮らせるだけの給金のお恵みを乞い願う。こんな娘の館になど、絶対に戻りはしない！〈オズワルドを指差して〉戻るより、この悪党の下僕になるか駄馬になるほうが

165

まだましだ。

ゴネリル　どうぞお好きなようになさいませ。

リア王　どうか娘よ、わしを狂気にさせないでくれ。だが、もう良いわ。おまえの世話にはならぬから。もう二度と会うことはない。これが最後だ。絶対に顔など見ない。だが、おまえは我が血肉であり、我が娘だ。その中に巣くう病毒、それも所詮はわしのもの。おまえはわしの腫れ物で吹出物。わしが生んだ皮膚腫瘍だ。そんなことで、おまえを咎めたりはしない。恥ずべきときがいずれはやって来る。雷の神を呼び出して、雷を落とせと命じもしない。気象のことを司るジュピターにお裁きを願ったりもしない。来るべきときが来たなら、自ら改めればいい。いつの日か真面な人になればいい。わしは我慢し、そのときを待つ。リーガンの所にて滞在することに致す。百人の騎士を連れて行く。

リーガン　その通りには参りませんし、いらっしゃるのはまだ先のこと。突然のお越しには準備はまだ整っておりません。姉上の言われることに少しは耳をお貸しになってくださいね。理屈を言うのに激しい言葉をお使いになります。お父さま、どうかご自分がお年であるのをお認めください。お姉さまがなされたことはよく考えた末のことでしょう。

リア王　おまえはそれを本気で言っておるのか？

リーガン　本気です。従者みんなで50人で充分ですわ。それ以上、どうして必要なのですか？　50人でも多すぎますわ。そんな大人数では費用もかかり、危険です。一つの館に指揮系統が二つあったら、そんな人数をどう制御できるのですか?!　困難ですね。不可能ですわ。

ゴネリル　私の館でも、妹の所でも、従者ならお世話するのに充分

な人数がおりますわ。

リーガン　その通りです。彼らに何らかの落ち度があれば、私ども
　が叱ります。今でさえ危険な予兆が見受けられます。私の所に来
　られるのなら、お供の数は25人にして頂くわ。それ以上では部
　屋の確保も、お世話のことも無理ですね。

リア王　わしは、おまえ達にすべてを与えたのだぞ。

リーガン　くださったのは良いタイミングでした。

リア王　娘二人を後見人としてこの身を預けた。だが、百人の供を
　つけるという条件付きだった。25人に削らねば受け入れないと
　でも申すのか？ リーガン！ 確かそう言ったのではないか⁉

リーガン　お父さま、もう一度申します。それ以上では拒否します。

リア王　悪人も、より悪辣な悪人が来たならば、少しはましに見え
　るものだ。最悪でないことが称賛に値する。〈ゴネリルに〉おま
　えのもとに戻ると致す。おまえの50は25の倍だから、おまえの
　愛は次女の2倍だ。

ゴネリル　お聞きください、お父さま。25人もなぜそんな数の供
　の者が必要なのです？ 15人でも多すぎます。同じ館に住んでい
　てお仕えするのに充分な数は揃っています。

リーガン　一人でも必要ないわ。

リア王　よく聞けよ。このことは必要性の問題ではない。いかに卑
　しい乞食でも、貧しい中に不必要だと思える物を持っている。必
　要外の物を持つのを禁じるのなら、人間の生活は野獣同然の惨め
　なものになるだろう。温かさだけが必要なら、おまえはそんな衣
　服でなくてもいいだろう。おまえはレディー、だからゴージャス
　な服が必要なのだ。そんなものは温かさなど与えはしない。だが、
　本当に必要なのは… おお神よ、忍耐力をお与えください。それ

167

こそが私が今、必要とするものなのです。ご覧ください。今こ
こに立つ年の数ほど悲しみに満ちた老人。あなたがもしも娘ら
に、父に歯向かう気持ちなど扇動されているのなら、もうこれ以
上、私にはその屈辱をおめおめと耐え忍ばせることだけはお止め
ください。威厳ある憤りにて、この私を震わせて女の武器の涙な
ど男の頰に流させたりはしないでください。ろくでなしだ、娘ど
も。きっと復讐してやるぞ！ まだそれがいかなるものかは分か
らぬが、この世の皆がアッと驚き、大地も怯えることになる。わ
しが泣くと思うでないぞ。わしは泣かない。［遠くで雷鳴の音］
泣くべきわけは山ほどあるが、泣くまでにこの心は粉々に砕け散
る。おお、道化、わしの心は狂いそうだ！

（リア王、ケント伯爵、グロスター伯爵、紳士、道化退場）

コンウォール　中に入ろう。嵐が来るぞ。

リーガン　この館では手狭です。老人と供の者、みんな入れるなど
　無理なことです。

ゴネリル　自業自得よ。安楽を捨てたのだから、自分の愚かさの結
　果をしっかりと味わうべきよ。

リーガン　一人だけなら構わないけど、供まわりの者などは誰一人
　受け入れないから。

ゴネリル　私もよ。グロスターさまは今どちらです？

コンウォール　王の後に付き従っていた。ほら、そこに戻ってくる
　ぞ。

（グロスター伯爵登場）

グロスター　王さまはひどい剣幕でご立腹です。

コンウォール　どこへ行かれた？

グロスター　馬を命じておられましたが、どこへなのかは分かりません。

コンウォール　好き勝手に、放っておけばそれで良い。人の言うことに耳を貸さぬからな。

ゴネリル　グロスターさま、父をお引き留めなさってはなりません。

グロスター　ああ、何てことを！ 夜が来る。寒々とした風が激しく唸りゆく。この辺りは数マイル、木立など何もありません。

リーガン　でもね、伯爵、頑固な人は自らが招いた痛みを教師と思い、学ばねばなりません。城門を閉めなさい。お供の者はならず者です。老人を唆し、何をするのか不透明です。用心に越したことはありません。

コンウォール　城門を閉ざすのだ！ 大荒れの嵐になるぞ。リーガンの言う通り、嵐を避けるのが賢明だ。（一同退場）

第3幕

第1場

荒野

（ケント伯爵、紳士、左右から登場）

ケント　こんな嵐の中を一体誰だ？

紳士　この天気のように心を乱した人間だ。

ケント　あなたなら知っております。王はどちらに？

紳士　荒れ狂う自然に向かい戦いを挑み、「大地を海に吹き落とせ、そうしないなら、逆まく波で大地を埋め、あらゆるものを変化させ、天の形に戻すのだ」と、悲痛な声で叫んでおられる。目も開けられぬ激烈な風に白髪を引き裂かれても気にもせず、人間の小宇宙である狂気の風雨に負けまいと戦いを挑まれている。こんな夜には攻撃的な子育て中の母熊さえも穴籠りをし、ライオンや飢えた狐は毛が濡れないように隠れているのに、王は帽子も被らずに走り回って、「欲しければ何でも取れ！」と絶叫されておられます。

ケント　お傍にいるのは誰ですか？

紳士　道化がたった一人だけです。王さまの心の傷を癒そうと冗談ばかり言っています。

ケント　存知上げているあなたのことを頼りにし、折り入ってお願

170

リア王

いがあるのです。表立っては冷静を装っているが、オルバニー公
とコンウォール公の間には不和が生じてきています。誰しも同じ
ことではありますが、幸運の星の下、高い地位に昇り詰めたらそ
の者達の情報をフランスに流すスパイが必ずいます。両公爵の口
喧嘩や陰謀、そして、お二人が老いた国王をいかに邪険に扱って
いるのかも、ことごとくフランスに通報されているのです。こう
したことは表面的なことだけだと思われていても、本当は根が深
く、深刻なのかもかもしれません。現実味を帯びてきていること
ですが、フランス軍が分断された我が王国に軍事進攻するかもし
れません。我らの油断を見透かして良港のいくつかに潜入し、彼
らの軍旗が今すぐに翻ることも考えられます。そこであなたに頼
みたいのは— どうか私を信じてくださって— ドーヴァーに急い
で行ってはくれません？ そこにはあなたを迎える方がおられま
す。王が受けた非情な仕打ちや、気も触れるほど悲嘆の底に沈ん
でおられることをその方にお伝えして頂きたいのです。この私は
生まれも地位も見劣りするものではありません。あなたが信頼で
きる人であるのは充分に承知しています。それであなたにこうし
てお願いしているのです。

紳士　もう少し、お伺いしたいのですが…。

ケント　いや、それはご勘弁願いたい。私が実はこの身なり以上の
者であるという証拠とし、この財布を開けて入っている物をお取
りください。コーディリアさまにお会いになれば— そうなるこ
とと信じていますが— そこにある指輪をお見せください。そう
すれば、私が誰なのか今は知らずともそのときにお分かりになる
でしょう。ああ、ひどい嵐だ。王を捜しに出かけましょう。

紳士　握手をしましょう。何か他には言うことは？

171

ケント　たった一言。何よりも大切なことです。あなたはあちら、私はこちらをお捜しし、王さまを見つけ次第、大声でお互いに知らせることに致しましょう。（二人は左右に別れて退場）

第２場

荒野の別の場所

（リア王、道化登場）

リア王　風よ吹け、汝の頬をブチのめせ！　荒れ狂い！　吹け！　洪水となり、竜巻を起こすのだ！　教会の尖塔の先にある風見鶏を溺れさせ、一瞬の硫黄の炎、樫の木を裂く雷の先駆けよ、わしの白髪を焼き焦がせ！　天地を揺るがす雷の神、この世にあって丸々とした腹を打ち破れ！　自然の母胎を砕き割り、恩を忘れる者どもを生み出す種を破壊せよ！

道化　おお、王っちゃん、家の外でこんなにもひどい雨に打たれるよりは、雨が入らぬ家の中で口当たり良いお世辞でも聞いているほうがずっといい。人のいい王っちゃん、中に入って娘さんらに詫びを入れなよ。こんな夜、賢い人も、言いたくないが、道化でも揃いも揃って哀れだよ。

リア王　雷よ、鳴らせる限り大爆音を打ち鳴らせ！　吐けよ、火を！　吹き落とせ、雨を！　雨や風、雷や火は、我が娘ではないはずだ。自然の要素はおまえ達を情け知らずと責めはせぬ。おまえ達に王国は与えておらぬ。我が子と呼んだこともない。わしに従う義理などは何もない。思うがままに恐ろしい快楽に耽るがよいぞ。こ

リア王

の場にわしは立っておる。このわしはおまえ達の奴隷の身、哀れ
で虚弱、体は衰え、誰からも蔑まれてる年寄りだ。だが、わしに
とってはおまえ達は卑劣な輩だ。邪な娘らに加勢して、天上の軍
勢を差し向けて白髪の老人を攻め立てている。ああ、これは卑劣
なことだ！

道化　頭隠せる家持つ人は

　　　良い頭 持っているね

　　　家がないから 空巣の頭

　　　股にできたの Ｆカップ 股ブラだ[35]

　　　家がないのに 女ができりゃ

　　　わくわくしても シラミわく

　　　頭じゃなくて つま先で 考えりゃ

　　　マメじゃなくても 空マメ頭

　　　カラス麦 カーカー ナいて[36] 泣き寝入り

　　　しまいには 麦枯らす

　　　要するに 可愛い娘でも

　　　鏡に映る 自分を見れば

　　　つくり笑いを するってことさ

（ケント伯爵登場）

35　ヘンリー８世以後、エリザベス朝でも、男らしさを誇示するために、貴族男性
のファッションとして、股間に詰め物を入れた袋をつけていた。［古語 股袋］→
［新日本語 股ブラ］Sh. は自分勝手に新英語を作っていた。Ys. も真似た。現在の
女性がブラジャーにパットを入れて、バストを大きく見せて、女らしさ？を強調
しているのと同じ。
36　「泣いて」／「鳴いて」の二重の意味。Ys. のしゃれ。

リア王　このわしは「耐えなば耐えね」[37]のお手本だ。「忍ぶること」に務めるぞ。

ケント　そこにいるのは誰なんだ？

道化　へ～イ、賢人とシャレ男。言い換えますと王と道化で…。

ケント　ああ何と！　こんな所におられたか？　夜を好む生き物も、こんな夜は嫌うはずだ。怒り狂った天空が、闇にうろつく者達を洞穴（ほらあな）に閉じ込める。あれほどの天を覆（おお）った稲妻や、これほどの凄まじい雷の爆音や、風や雨が吠え暴れるのなどは、見たことも聞いた記憶もありません。人間の本性を考えるなら、それほどの苦悩や恐怖に耐えられるとは思えません。

リア王　我々の頭上にて恐怖に満ちた騒動を起こされている神々よ、今ここに神々に背く者らを発見してください。震え、そして恐れよ、悪党達！　正義の鞭をまだ受けないで、心の奥底に罪を抱く者がいるのなら、身を隠し、手を隠すのだ。偽証した者、貞節を装って不貞を働く男と女、悪人ども、みんな恐れてわなわなと震えるがいい。巧みな偽装をし、裏で人の命を狙った輩などの固く封じた罪業（ざいごう）をはじき出せ。恐るべき神々の召喚（しょうかん）の声をよく聞くがいい。わしはなあ、罪などは犯しはせぬ。犯されたのだ。

ケント　ああ、陛下！　雨風に打たれたままのお姿で、痛ましい限りです。このすぐ近くに掘立小屋がございます。嵐を凌（しの）ぐには役に立ちます。そこでしばらくお休みください。その間、私は冷酷な館へと戻ります。石造りの館より冷たい心を持つ人達が巣くっています。たった今、陛下の様子を伺いに行ったのに、門は固く閉ざされたままなのです。すぐに戻り、何があろうと礼節を忘れ

───────────
37　百人一首。式子内親王　「玉の緒よ　絶えなば　絶えね　ながらへば　忍ぶることの　よわりもぞする」のYs.のギャグ。

174

ぬようにと説得を致します。

リア王　気が狂い始めたぞ。〈道化に〉元気を出せ。どうかしたのか？　寒いのか？　わしも寒いぞ！〈ケント伯爵に〉どこなのだ？　その小屋は？　貧困とは不思議なものだ。卑しい者を尊い者に変える力を持っている。さあ行こう、その小屋へ。不憫な道化、わしの心のどこかにはおまえを憐れむ情けがあるぞ。

道化　ちっぽけなオツムしかないお方には

　　　ヤッホホホ　雨と風

　　　運に任せて暮らしてりゃ

　　　毎日　毎日

　　　雨が　降る　降る　雨ばかり

リア王　言う通りだな。さあ。小屋へ。（リア王、ケント伯爵退場）

道化　こんな夜は高級娼婦に上げている熱を冷ますにはもってこいだ。行く前に一つ予言をしておこう。

　　　「歯なしの司教 話はなくて

　　　ビール造りに モルトはなくて

　　　仕立屋の 師匠には 貴族がなって

　　　異端の女 火あぶりに ならなくて

　　　娼婦の客が 泣く泣く 逆に そうなって

　　　裁判すべて 間違いなくて

　　　騎士も従者も 借金なくて

　　　誹謗中傷 する者なくて

　　　スリは人混み 出ては来なくて

　　　高利貸し 野原にて 金勘定して

　　　ポン引き 娼婦 教会を 創ったりして

アルビオンの 王国は 混乱して[38]

そんなときまで 息をして

人は足にて 歩行して」

この予言、マーリン[39]にさせましょう。おいらは彼よりもずっと昔の者だから。（退場）

第3場

グロスター伯爵の居城の一室

（グロスター伯爵、エドマンド登場）

グロスター　大変だ！　大変だ！　こんな非情なやり方は良くないぞ。「王さまに、お情けを」と申したら、公爵夫婦、わしの館を取り上げると言い、「王さまのことに口出しするな、嘆願するな、援助などしたならば、絶対に許しはしない」そう責められた。

エドマンド　なんと残酷で非人情なのでしょう！

グロスター　いや、何も言ってはならぬ。公爵二人、その間には亀裂が入っている。今はそんなことより危険な事態にある。今夜、手紙が送られてきた。口には出せぬ内容だ。クローゼットに手紙は仕舞い、鍵をかけた。王さまが受けた屈辱に対し、相応のリベンジが待っている。フランス軍の先鋒隊がすでに上陸しているということだ。王さまに、急ぎお味方しなければならぬ。王さまを

38　「イギリス」の昔の呼称。「白い国」の意味。ドーヴァー海峡に面する南部海岸に白亜質の断崖が続くことに由来する。

39　アーサー王伝説に登場する予言者。

探し出し、秘密裏にお助けするぞ。おまえのほうは公爵のお相手をし、わしの王への心配りを気付かれぬようにするのだぞ。わしのことを聞かれたら、病床に伏せっていると言っておけ。王さまのためにわしが命を落とすとしても…。実際に、それほど酷く脅迫されたが、ご主人の王さまを助け出さねばならないからな。この先に何が起こるか知れないが、気を付けるのだぞ！　エドマンド。（退場）

エドマンド　王に対する忠義などは禁じられている。今すぐに公爵に知らせよう。手紙の件も付け足せばいい。これは手柄になりそうだ。親父さん、あんたが失くす物はみんな俺がごっそり頂くぜ。年寄りが一人バタッと転んだら、若者が一人スクッと立ち上がる。（退場）

第4場

荒野　小屋の前

（リア王、ケント伯爵、道化登場）

ケント　こちらです。さあ、陛下、お入りを。荒れ狂う嵐の中の荒野など、人にはとても耐えられません。（嵐は続く）

リア王　放っておいてくれないか？

ケント　陛下、さあ、お入りを。

リア王　わしの胸を切り裂くのか?!

ケント　切り裂くのなら、私の胸を。とにかく中へ、さあ、陛下。

リア王　激しい嵐が我々をずぶ濡れにする。皆は思うだろう、大変

なことが起こったと。きっとおまえもそうだろう。重い病に罹ったならば、軽い病は気にならぬ。熊に遭ったら、逃げるだろう。だが、逃げる先が荒れ狂う海しかないのなら、立ち向かうのは熊のはずだ。心が自由であるのなら、体は敏感になるはずだ。心に嵐が吹きすさぶなら、他の感覚は消え失せるだろう。ただ一つあるものは、この胸を打つ… 親不孝のこと。あの口が手に載せた食べ物を食べるのに、手までガリッと噛みついたのと同じことだ。徹底的に罰してやるぞ。もう泣かないぞ。こんな夜に、わしを閉め出すとは⁈ 雨よ、降れ！ もっと降れ！ 耐えてやる！ こんな夜？ おお、リーガン！ ゴネリル！ 老いた優しい父親は、惜しみなく愛のすべてを与えたはずなのに…。ああ、そう思うと気が狂う。それは避けよう。もう考えたりするのはやめておく。

ケント さあ、陛下、どうぞこちらへ。

リア王 いや、頼む。おまえが入って休めばよいぞ。嵐の中に身を置くと、辛（つら）いことなど考える暇（いとま）がないわ。だが、わしも入るとしよう。〈道化に〉おい、道化、おまえが先だ。家を失くした貧しき者よ、さあ早く、中に入るのだ。わしはなあ、貧しき者に祈りを捧げ、それから休むとしよう。（道化は中に入る）素肌を出す哀れな者よ、どこにいて無情な嵐や雨や風などを耐え忍ぶのか。家もなく、食べ物もなく、穴が開いたボロ布を纏（まと）うだけでこんな嵐をいかにして凌ぐのか？ ああ、わしは今の今までおまえらのことを気遣ったことはなかった。驕（おご）れる者よ、心せよ。汝自身も身を晒し、貧しさを感じ取り、余分な物は分け与え、神々の正しきことを示すのだ。

エドガー （小屋の奥で）両手を広げて、その半分で、両手広げて、

―――――――――――――――――
40 エドガーは水夫のふりをして、水深を測っている。

また半分だ！ 哀れなトムだ！（道化は小屋から飛び出す）

道化 入っちゃだめだ、王っちゃん。お化けがいるよ。助けてェ〜！ 助けてェ〜！

ケント 助けてやるが、誰がいるのだ？

道化 お化けだ、お化け！ 哀れなトムって言うらしい。

ケント 藁の中でブツクサと、誰なんだ？ 姿を見せろ！

（狂人の振りをして、エドガー登場）

エドガー どっかへ行きな！ 汚れちまった悪魔が俺についてくる！ 冷たい風がサンザシの棘の隙間を吹き抜ける。ウヒェ〜！ 寒いぞ！ 寝床に入り、温まれ！

リア王 何もかも娘にやってしまったか？ そのためにそんな姿になり果てたのか？

エドガー 哀れなトムにお恵みを。邪な悪魔が俺を、火や炎、浅瀬、渦巻き、沼地や湿地を引き回し、枕の下にナイフを隠し、椅子の下には首吊り縄を用意して、猫いらずはオートミールのそばに置く。自慢げに幅４インチの狭い橋を鹿毛の馬に跨って早足で渡ったり、自分の影を敵に見立てて追いかける。幸いあれよ、おまえの「五力」。トムは寒いよ〜。ああ凍えるよ〜。凍死するほど凍てつくし、つむじ風に巻き込まれたり、星の祟りや疫病に罹らぬように哀れなトムにお恵みを！ 邪な悪魔が俺を苛めるんだよ。ほら、捕まえた。ああ、そこだ。ほら、あそこ。（嵐は続く）

41　１インチ＝約2.54 cm。
42　馬の毛色の種類　鹿の毛のように茶褐色。
43　知力、構想力、空想力、判断力、記憶力の五つ。

リア王　何だって！　娘のせいで、そこまで落ちた？　何も取っては おかなかったのか？　何もかも、くれてやったか？

道化　いいや、毛布は取っておいたよ。そうじゃないなら、こっち のほうが恥ずかしい。

リア王　罪を犯した者の定めとし、漂う大気の中にある毒気のすべ てがおまえの娘の上に降り落ちろ！

ケント　この男には娘はいない。

リア王　死罪だぞ、反逆者！　不実な娘もいないのに、これほどま でに人間が落ちぶれるなどあり得ない。捨てられた父親が自分の 体を苛まれるのが流行っているのか？　当然受ける罪なのだ！　わ しからこのようなペリカン娘[44]が生まれたのだから。

エドガー　ダンコン[45]がピリコシの丘を上[46]ったら、ウァ〜ウァ〜ヤ 〜ヤ〜！

道化　こんなに寒い夜なのに、おいら達みんな馬鹿みたいに狂って いる。

エドガー　気を付けろよ、邪悪な悪魔に。約束は守るんだ。親の言 うことに従って、罵声はやめろ。人妻には手を出すな。リッチな 服に惑わされるな。トムは寒いよ〜。

リア王　おまえは昔、何をしておった？

エドガー　使用人だよ。胸にはプライド、髪はカールで、帽子には 手袋かざし、暗闇で奥さまの欲望を満たし、ありとあらゆる誓い を立てて、ハレンチに片っ端から破るんだ。寝るときに情欲起こ

44　"Pelican"「ペリカン」は雛が死んでも蘇生させようとせず、それを食べてしま うとされていた。

45　原典 "Pillicock" Sh. 特有のペリカンをもじった新語であり、"darling" 夫婦や恋 人に語りかける［あなた、おまえ］の意味もあり、男性性器の俗語 "cock" という 裏の意味もある。

46　Ys. の作った新語で、「クライマックス」の意味。

リア王

し、起きたときにそれをヤル。深酒好きで、賭博漬け。ペルシャ
の王も顔負けの愛人の数。心には裏切りがあり、耳よりな噂話に
聞き耳を立て、手は血まみれで、だらしないこと豚のよう、狡猾
なこと狐のよう、貪欲なこと狼のよう、狂気なことは犬のよう、
獰猛なことライオンのよう、かすかに響く靴音も衣擦れの音[47]が
聞こえても、浮かれ心は起こさずに、売春宿に足は運ばずに、ス
カートの隠しポケットに手を入れず、金貸しに金借りず、邪な悪
魔など寄せつけず、サンザシの隙間から冷たい風が吹きすさぶか
ら、ヒューヒューヒューと。悪魔の野郎、さあ、この人を通して
やれと…。（嵐は続く）

リア王　この極限の寒空の下、素肌にて耐え忍ぶより、墓で静か
に眠るのが順当だとは思わぬか？　人間などはただこれだけのも
のなのか⁈　この男をよく見るがいい。蚕から絹を、動物からは
毛皮を、羊から羊毛を、猫から麝香[48]をもらってはおらぬのか？
ハァ！　ここにいる三人は偽物だ。おまえだけが本物だ。虚飾な
き人間はこのように素肌で哀れな二本足の動物なのだ。こんな借
り物は脱ぎ捨てる。さあ、この服のボタンを外せ。（服を引き破
ろうともがく）

道化　頼むから、王っちゃん、落ち着いて。泳ぐにはひどい夜だよ。
あれっ、見てごらん女好きの爺さまのハートに灯る残り火みたい
に色気づく荒野に一つちっちゃな火。体の残り全体は冷え冷えな
のに、ほらあそこ！　火が歩いている。

（松明を持ったグロスター伯爵登場）

47　シルクのロングドレスを着た貴婦人の足音。
48　アフリカのジャコウネコから得られる香料。

181

エドガー　これは悪逆な悪魔だぞ。晩鐘の後にうろつき出して、一番鶏が鳴き出すまでは、人の目を白内障や斜視にしたり、唇を公唇裂[49]にして、麦に白カビを生やしたりして地中に生きる虫たちを傷つける。聖者さまが魔除けに野原を三度歩いて、ついに出会った夢魔[50]と小悪魔の 3×3 が 9 匹に聖者さまは叱って言った言葉は、「人に憑いてはならぬ。悪夢は見せるな。すぐに立ち去れ、消え失せろ」。

ケント　陛下、どうなされましたか？

リア王　あれは何者なのだ？

ケント　そこにいるのは誰なのだ？　何の用事か？

グロスター　おまえこそ、何者だ？　名前は何だ？

エドガー　哀れなトムだ。アカガエル、ヒキガエル、オタマジャクシにヤモリやイモリに食らいつき、水を飲み、吐き気がし、悪魔が腹でゴロつくと、サラダ代わりに牛の糞を食べ、ドブネズミや犬の死骸にかぶりつき、アオミドロでぬるぬるした溜り水を飲む。村から村へ追い立てられて、鞭打たれ、足枷を掛けられて、牢獄に入れられる。昔はスーツ 3 着とシャツ 6 枚も持っていた。馬に乗り、剣を腰に下げていた。でも、7 年もトムの食べ物はネズミや小鹿。俺の追っかけ悪魔には気を付けろよな。静かにしろよ、スマルキン[51]。静かにしろよ、小悪魔達。

グロスター　何てことだ！　こんな者達がお供とは…。

エドガー　闇の王は紳士だぞ。その名はモウドー、別名はマフーだ。

49　原典 "harelip": (野兎の唇) 先天的に唇が裂けている人。
50　原典 "night-mare": night（夜）＋ mare（メスのロバ）［眠っている女を犯す悪魔］。
51　小悪魔の名前。

グロスター　我が血肉を分けた子が、下劣な者になり下がり、自らの親を憎むのですよ。

エドガー　哀れなトムは寒いよ〜。

グロスター　我が館へお越しください。娘さまらの冷酷な命令に従うならば私の責務は果たせない。お二人の命令は門を閉じ、荒れ狂う嵐の夜は風雨の中に陛下を晒せとご命令でした。あえて私は陛下を捜しに参った次第です。火と食事がある所へとご案内致します。

リア王　その前にこの哲学者と共に少し話がしたい。〈エドガーに〉雷の原因は何なのか？

ケント　〈リア王に〉この申し出を受け、館へと参りましょう。

リア王　わしはなあ、テーベの学者と話がしたいのだ。〈エドガーに〉何の研究をしておられるのか？

エドガー　害になる生き物の駆除と魔除けだ。

リア王　一つこっそりご教授を願いたい。

ケント　〈グロスター伯爵に〉もう一度行くように誘っては頂けないか？

グロスター　ああなったとしても仕方がない。（嵐は続く）実の娘に命まで狙われてはな。ああ！　あの誠実なケント候、追放された哀れな人だ。こうなることを予言されていた。「王は気が触れるはず」と仰った。だが、わしも同じほど気が狂いそうだ。わしに息子がいたのだが、勘当したのだ。その理由は、わしは命を狙われた。しかも、つい最近のことだ。目に入れても痛くないほど可愛いがっていた息子だが― どの父親もわしほど息子を大事

52　ギリシャの都市国家の一つ。

53　グロスターにこれから起こることの伏線。

にすると思えない── 悲しさで気が変になりそうだ。何という夜だ！〈リア王に〉どうか王さま、お聞きになってください！

リア王　すまないが、ご立派な学者殿、お供をさせてもらいます。

エドガー　トムは寒いよ〜。

グロスター　さあ中へ。小屋の中は少しはましだ。

リア王　さあ皆で中に入ろう。

ケント　〈リア王に〉こちらです。

リア王　〈エドガーを指差して〉あの人と一緒にな。わしは学者と離れない。

ケント　〈グロスター伯爵に〉王さまをお慰めするために、この男を一緒に連れて行きましょう。

グロスター　おまえが連れて来てくれないか？

ケント　おい、おまえ、我らのあとについて来い。

エドガー　騎士願望のローランド、やって来たのは薄暗い塔。怪物が現れて、言ったことは「おや、変だ。イングランド人の血の匂いがする」。(一同退場)

第５場

グロスター伯爵の居城の一室

（コンウォール公爵、エドマンド登場）

54　恐らく、中世のバラッド［民間伝承の物語詩］。海の怪物にさらわれ、魔法の城に幽閉されていた姉を救うためにローランドはその城に潜入。姉を救う前に怪物が戻ってきて、ローランドの匂いを嗅ぎ分け、異変に気付く。

コンウォール　この館を去る前に思い知らせてやるからな。

エドマンド　親子の情に背いてまでも、まず忠義を重んじました。後の誹りは免れません。そんなことを考えますと、空恐ろしくなってきますが…。

コンウォール　思い返すと、おまえの兄が父親の命を狙ったことでさえ、すべてが兄の邪な性格のせいとは限らない。父親自身に非難されるべき欠点が原因だったとも考えられる。

エドマンド　私の運命は悲惨です。正義を実行したことにより、悔やまねばならないとは…。父が話していた手紙はこれです。フランスのために父がスパイ活動をしていたことは明白です。ああ、神よ、こんな反逆がなかったならば！　ましてや、私がその告発者とは！

コンウォール　妻の所へ付いて来い。

エドマンド　手紙にあった内容が確かなら、緊急事態に備えてご準備を。

コンウォール　真偽とは別に、俺はおまえをグロスター伯爵にすることに決めたからな。父親の居場所は必ず突き止めておけ。今すぐ奴を逮捕する。

エドマンド　〈傍白〉親父が王の世話でもしてりゃ、嫌疑の裏はしっかり取れる。〈声に出し〉親子の情に苛まれても、公爵さまに忠義を尽くす所存です。

コンウォール　俺はおまえを頼りにしている。俺のことを実の父親以上だと思えば良いぞ。（二人退場）

第６場

農家の部屋

（グロスター伯爵、ケント伯爵登場）

グロスター　こんな所でも外よりはましでしょう。どうか神様には感謝の気持ちをお忘れなく。少しでも居心地が良くなるように、身繕いに必要なものを取ってまいります。すぐに戻りますから。

ケント　五つの知力も、もどかしさ故にそう簡単に機能はしない。隠された親切は神様もお認めくださるはずだ。（グロスター退場）

（リア王、エドガー、道化登場）

エドガー　フラタレット[55]が僕を呼んで言うんだよ。「ネロは底なし[56]の湖の水深を測り、そのために釣糸を垂れるんだ」と。おい、無実の者よ、邪な悪魔には気を付けろ。

道化　ねえ、王っちゃん、教えておくれよ。キョウジン[57]な頭を持つ人は紳士なの？　それとも、郷士[58]なの？

リア王　王さまだ！　王さまだ！

道化　息子を紳士に成り上がらせた郷士だよ。自分より先に息子を紳士にするなんて、頭がイカレた郷士だよ。

55　悪魔の名前。
56　ギリシャ神話。ネロは冥界に通じる底なしの湖の水深を測った。そのおかげでディオニソス（ワインの神）は、母親セメレーを冥界から救出できた。
57　「狂人」と「強靭」は Ys. のしゃれ。原典の Sh. のしゃれは "mad"/ "made"。
58　原点 "yeoman"［ヨーマン］：自作農。貴族などに仕える中間の地位の召使いや、ロビンフッドの仲間のような浪人騎士。

リア王 　悪魔が千人、真っ赤に焼けた鉄串をヒューヒューヒューと投げつける。

エドガー 　邪な悪魔がおいらの背中を嚙むんだよ。

道化 　大人しい狼や病気にならぬ馬などや、恋心が続くとか、娼婦が誓いを守るとか、そんなことを信じる奴はイカレてる。

リア王 　さあ、始めよう。娘らを召喚いたす。〈エドガーに〉さあ、ここに着席を。博識の裁判官だ。〈道化に〉賢者はこちらにお座りください。さあ、おまえ達、女狐どもめ。

エドガー 　悪魔が立って睨んでいる。法廷で目立ちたい？

　（歌う）　小川を渡り　こっちにおいで

　　　　　可愛い　ベスィー

道化 　（歌う）　ベスィーの舟に　穴がある

　　　　言っちゃあ　なんねえ　来れない理由

エドガー 　邪な悪魔がおいらをつけ回し、ナイチンゲールに似た[59]声を出し、その悪魔は空っぽのおいらのお腹で泣き叫ぶ。ニシンが二匹欲しいっていうカエルの声も効果なし。だって、おいらには食べ物なんて何もないんだ。

ケント 　陛下、どうなされましたか？　そのように茫然と立ち尽くされて?!　横になり、お休みください。

リア王 　まず裁判が先のことだ。証人を呼び入れよ。〈エドガーに〉法服の裁判官はどうぞこちらへ。〈道化に〉陪審の方は、その[60]そばのベンチ席へと。〈ケント伯爵に〉あなたは委任を受けた方、さあ席に。

エドガー 　公正な裁きをいたす。「寝ているのか？　起きているの

59　通称「ウグイス」。「裏切り者」の裏の意味。Sh. のしゃれ。
60　エドガーが身にまとっていた毛布。

か？ ほろ酔い気分なのか？ 羊飼い」。

「おまえの羊、麦畑を荒らしている。口笛を一吹きすれば、迷える羊[61]は、おとなしくなる」。猫がニャオと鳴く！ その猫は「我が灰は猫[62]」。

リア王 ゴネリルを一番先に召喚いたせ。ご臨席頂だきたい皆を前にして宣誓いたす。この女、自分の父親である哀れな王を足蹴にしたぞ。

道化 ここに来い。その女の名はゴネリルと申すのか?!

リア王 否定などできぬはずだ。

道化 とんでもねえな。おいらはな、あんたと腰掛便所を完全に取り違えていた。

リア王 ほらここにもう一人いるぞ。歪んだ顔で心の底が見え見えだ。捕まえてやる！ 武器だ、武器！ 剣を取れ！ 火あぶりだ！ この法廷も腐敗したのか?! 偽りの裁判官め！ なぜあの女を逃がしたのか？

エドガー あんたの「五力」に祝福を！

ケント 嘆かわしいぞ！ 忍耐力は今どこにある？ 最後まで失わないとご自慢の…。

エドガー 〈傍白〉王の気持ちを推し量ったら、涙が溢れて止まらない。これじゃ仮面が剥がれ落ちるぞ。

リア王 この子犬らが皆揃い── トレイ、ブランチ、スウィートハー

---

61 夏目漱石は『リア王』を意識していたのかもしれない。『三四郎』で、美禰子は恋愛の対象を絞り切れず、自らを「迷える子（ストレイシープ）」と言い、三四郎は口の中でその言葉を繰り返す。物語のキーワードになっている。

62 Ys. のしゃれがキツすぎて、しゃれ好きの Ys. にしか分からない。だから補足する。正式な訳をするなら、「猫がニャオ！ 猫は灰色」（我が猫は灰［色］）である。それで、漱石の『吾輩は猫である』をもじった。

リア王

ト― 見ての通りだ。わしに向かって吠え立てる。

エドガー　このトムがやっつけてやる。どっかへ行きな、野良犬ど
もめ。鼻の色が白や黒、噛まれたら牙に毒があるものや無いもの
や、番犬、猟犬、雑種犬、グレイハウンド、スパニエル、ブラッ
クハウンド、セントハウンド、そうじゃなければ、尾が切れた犬、
巻いた犬、トムが叱れば泣き喚き、垣根を越えて逃げて行く。ほ
ら、さっきのことだ！　さあ行くぞ！　前夜祭や縁日や市場町。哀
れなトムの角笛[64]はもう鳴らないよ。

リア王　では、リーガンを解剖いたせ。あの心臓にいかなるものが
巣くっているのか調べるがいい。あのような硬い心臓を作るには、
自然界の中に原因があるのかもしれぬ。〈エドガーに〉特別にお
まえをわしの百人の供に加えてやるぞ。ただ一つ、おまえの身な
りだけは我慢ができぬ。ペルシャ風ファッション[65]と言うのだろ
うが、それだけは着替えてもらう。

ケント　さあ陛下、ここに寝て、少し休息をお取りください。

リア王　音を立てるな。騒がぬようにして、カーテンを引け。そう、
それでよい。朝になったら夕食とする。

道化　それなら、おいらは昼になったら寝ることにする。

（グロスター伯爵登場）

グロスター　王はどちらにいらっしゃいます？

ケント　こちらです。でも、お起こしにならぬように。すっかり正

63　犬の種類。
64　乞食は人家の前で角笛を吹いて物乞いをした。飲み物をその角笛に注いでも
らったりもした。
65　エドガーが身に着けている毛布。

気を失っておられます。

グロスター　あなたに頼みがあるのです。王を今すぐ抱き起こし、連れ出してくれ。王の暗殺を狙うという陰謀の噂を耳にしたのだ。担い籠[66]を用意してある。それに乗せ、ドーヴァーにお連れしてくれ。そこでなら、王は歓待を受けることができ、保護してもらえる。さあ、早く！　半時間遅れたら、王の命やあなたの命、王をお守りしようとしている皆の命をきっと失うことになる。さあ、早くお連れして、わしの後について来るのだ。もうすでに旅の準備はできている。一刻の猶予もならぬ！

ケント　憔悴し切って眠っておられる。安らぎにより傷ついた神経が癒されることを祈るだけだ。それが無理なら回復は困難だ。〈道化に〉さあ、手を貸してくれないか?!　ご主人を抱き上げるのだから。おまえもついて来るのだぞ。

グロスター　さあ早く、こちらへと。

（ケント伯爵、グロスター伯爵、道化、リア王を抱えて退場）

エドガー　僕らより身分の高い方々が同じ苦しみ味わわれている。それを見て、我らの不幸は敵などと思えない。自由を忘れ、幸福な出来事を置き去りにして、苦しさを一人で耐える。その者が最大の苦行者だ。だが、悲しみのときに友があり、悩めるときに連れがあれば、心の痛みは軽くなる。僕の上に伸し掛かる重圧が、王の上にも伸し掛かっている。王は子により、僕は父により！　さあ、トムよ、逃げるのだ！　非常なる出来事を見定めて、偽りの中傷により恥辱を受けた正しさを証明し、汚名を晴らし、父上のもとに戻るのだ。今夜、これからいかなることが起ころうと、王がご無事で落ち延びられることを祈る。隠れるぞ！　隠れ

66　高貴な人物、権力者が乗った屋根やカーテン付きの輿（こし）。

よう！（退場）

第7場

グロスター伯爵の居城の一室

（コンウォール公爵、ゴネリル、リーガン、エドマンド、従者達
　登場）

コンウォール　〈ゴネリルに〉ご主人のもとに急いで戻り、この手
　紙をお見せください。フランス軍の上陸だ。裏切り者のグロス
　ターを今すぐに捜し出せ！（従者数人が退場）

リーガン　縛り首だわ、今すぐに！

ゴネリル　目を抉り出してやる。

コンウォール　処刑のことは俺に任せろ。エドマンド、姉上のお供
　をしてオルバニー公の所に行き、迅速に戦闘態勢に入るように進
　言いたせ。こちらも同じ態勢に入る。お互いに、すみやかに連絡
　を取り合って、情報を共有しよう。裏切り者のおまえの父親への
　報復措置は見ないほうが良さそうだ。では、さようなら、お姉さ
　ま。さらばだ、若きグロスター伯。

（オズワルド登場）

さあ、どうなんだ！ 王はどこだ？

オズワルド　グロスターさまが、ここから王を連れ出され、王のお
　供の騎士が総勢35、6人、王の後を追い、城門で結集し、ご自分

の家臣と共にドーヴァーを目指してご出立なさいました。そこに
はフル装備をした友軍がいると豪語されておられました。

コンウォール　ゴネリルさまに馬の用意を致せ。（オズワルド退場）

ゴネリル　さようなら、公爵さま、妹のリーガン。

コンウォール　エドマンド、ではまたな。

（ゴネリル、エドマンド退場）

〈従者に〉謀叛人のグロスターを捜し出すのだ！　泥棒と同じよう
に縛り上げ、わしの前へと引っ立てろ。（他の従者退場）法の形
式取らずには、死刑にするわけにはいかぬ。だが、処罰しないな
らこの怒りは収まりそうにない。非難されるのは覚悟の上だ！
そこにいるのは誰なんだ？　謀叛人か？

（従者がグロスター伯爵を引き連れて登場）

リーガン　恩知らずの狐だわ。

コンウォール　萎びた腕を縛ってしまえ！

グロスター　どういう意図です？　お分かりでしょう、お二人は私
の客人です。わけの分からぬ振る舞いはおやめください。

コンウォール　こいつを縛れ！　命令だ！（従者はグロスター伯を
縛る）

リーガン　きつく縛って、雁字搦めにしてやりなさい！　忌まわし
い裏切り者よ。

グロスター　何と無情な人なのだ。私はそんな人間ではありません。

コンウォール　この椅子にこいつを括りつけるのだ！　悪党め、思
い知らせてやるからな。（リーガンがグロスター伯爵の髭をむし
り取る）

グロスター　慈悲深き、神々よ！ 髭を引き抜く非道な所業…。

リーガン　白を切っている、大嘘つきよ！

グロスター　残忍な女だな。わしの顎から引き抜いた一つひとつの毛に血が通い、汝を責めることになるだろう。あなた達は私の客だ。主人とし、温かくお二人を迎え入れている。それなのに、暴力を振るったりして、どうなさるおつもりなのか？

コンウォール　潔く白状いたせ。フランスから受け取った手紙には何が書かれておったのか？！

リーガン　正直に答えなさい。内実は知れているのですから。

コンウォール　この王国に近頃足を踏み入れた謀叛人らと、どのような陰謀を企んでいたのか？！

リーガン　狂った王を誰の手に委ねたのか？ 正直に告白しなさい。

グロスター　憶測により書かれたもので、中立の立場の者が書いた手紙で、敵からのものではありません。

コンウォール　巧妙な言い逃れだな。

リーガン　真っ赤な嘘よ。

コンウォール　王をどこへ送ったのか？

グロスター　ドーヴァーです。

リーガン　なぜ、ドーヴァーへ？ 命令に背いたなら、命はないと知っているわね。

コンウォール　何のためにドーヴァーなのか言ってみろ！

グロスター　〈傍白〉杭に括られ、犬責めに遭う熊同然だ。責めに耐えねばなるまいて。

67　グロスターの「白い髭」との二重の意味。Ys. のギャグ。
68　エリザベス朝に人気があった見世物「熊いじめ［bear-baiting］」。杭に括った熊に犬をけしかけて闘わせた。19 世紀前半まで続いた。

リーガン　何のためなの、ドーヴァーは?!

グロスター　理由はな、見るに耐えないことだからだ。残忍なおまえの爪が王さまの目を抉り出し、姉に生えたイノシシの牙が清い王さまを突き刺すなどは言語道断だ。地獄のような闇の夜に嵐の中をずぶ濡れになり、王さまは、さ迷って歩いておられた。大海さえも波を吹き上げ、星の灯りを消すかのようだった。それなのに、哀れな王さまは降る雨を助けんばかりに目から涙を流しておられた。あの恐ろしい夜なら、戸口で狼が助けを求めて吠えたなら、「門番よ、戸を開けてあげなさい」と、どんなに非情な人でさえ、そう言っただろう。それさえしない娘達には、翼をつけた復讐の神々がどうなさるのか見せて頂く。

コンウォール　見せるわけには参らぬからな。おまえ達、椅子をしっかり押さえていろよ。貴様の目を抉り出し、踏んづけてやる!

グロスター　長生きしたいと思う者がいるのなら、助けておくれ! ああ、ひどい! おお、神よ!

リーガン　残った目が、無くなったほうを嘲笑っている。

コンウォール　復讐の神々なんて、見たくてもこのザマだ。

従者1　おやめください、公爵さま! 幼い頃にお仕えを始めて、今ほどのお仕えはしたことはありません。おやめください。心を込めてのお仕えです。

リーガン　何を言うのよ! この犬が!

従者1　その顎に髭があるなら、切り取ってやるのだが!

リーガン　どういうことよ!

コンウォール　この下郎!（二人は剣を抜き、決闘の身構えになる）

従者1　では、しかたがない。さあ、やるぞ。怒りの剣を受けてみ

194

よ！

リーガン 〈別の従者に〉その剣を渡しなさい。百姓の分際で生意気なこと！（その剣で背後から刺す）

従者1 ああ、やられましたが、まだその片目で見えたはずです。奴に深手を負わせましたぞ。ああ！（死ぬ）

コンウォール もう二度と見られぬようにしてやるぞ！ 腐ったゼリー！ おまえにはもう光はないぞ！

グロスター すべてが暗闇だ。安らかなものは何もない。息子のエドマンドはどこにいるのだ？ エドマンド、子としての情の炎に火をつけて、悍ましいこの悪行に鉄槌を下しておくれ。

リーガン 目も見えぬ裏切り者の悪党！ あんたが助けを求める人は、あんたのことを嫌っているのよ。あんたの裏切りを教えてくれたのはエドマンドなんだから。あの人は善良すぎて、あんたなんかに同情を寄せるわけがない。

グロスター ああ、このわしは何と愚かなことをしてしまったのか！ エドガーは濡れ衣を着せられたのだ。ああ、神よ！ 赦し給え、このわしを！ エドガーに幸いを！

リーガン 門からすぐに放り出し、ドーヴァーへ匂いを頼りに行かせるがいい。（従者の一人がグロスター伯爵を連れて退場）どうなさったの？ 真っ青な顔色よ。

コンウォール 傷を負ったのだ。ついて来てくれ。〈従者に〉目なし爺は放り出せ！（従者1を指差し）この男は糞の山にでも捨てておけ。リーガン、俺の出血が止まらない。戦が迫る今、この傷とはな…。手を貸してくれ。（コンウォール公爵、リーガン退場）

従者2 こんな男が成功すると言うのなら、どんな悪事を私がしても悔いることなどないだろう。

従者3　あの女が長生きし、大往生を遂げるなら女は皆モンスターだ。

従者2　老伯爵に付き従うぞ。あの乞食を見つけ出し、伯爵さまの行きたい所へ案内させよう。あの男は徘徊している狂人なので、見咎められることはないだろう。

従者3　そうしよう。麻布と卵の白身を持って来る。血だらけのあのお顔に塗ってあげよう。伯爵さまに神のご加護を待つだけだ。

（従者達退場）

第4幕

第1場

荒野

（エドガー登場）

エドガー　最悪なのは裏で軽蔑されているのに、表面だけは諂われ
ている状態だ。軽蔑されるだけならまだ耐えられる。幸運に見放
されて最低値まで落ちたなら、そこにあるのは希望だけ。恐れる
ことは何もない。最上を極めれば、変化があるなら落下の悲嘆
けど。最悪ならば、必ず先は良いほうへ向かうのだ。実態のない
風が僕には受け入れやすい。最悪を味わった僕だから、吹きすさ
ぶどんな強風にも倒れはしない。あれっ⁉　ここにやって来るの
は誰なのだ？

（老人に手を引かれてグロスター伯爵登場）

父上だ！　目が見えなくて、手を引かれている？　ああ、どうなっ
たのだ⁉　今の世の有為転変は予期できないな。これこそが世の
果てだ！　僕達に世を嫌わせて、人生を全うする気を失くさせる。
老人　旦那さま、先代の大旦那さまから引き継いでお仕えし、これ
でもう80年です。

グロスター もうここでいいから行ってくれ。長くここまでよく仕えてくれた。頼むから、行ってくれ。充分に尽くしてもらった。感謝しておる。一緒にいては、おまえに危害が及ぶかもしれぬから…。

老人 目が見えないのでは、道などはお分かりにならぬはずです。

グロスター このわしにもう道はない。それゆえに目は要らぬ。目が見えたときには躓いた。こうした例はよくあることだ。財力あれば知力をなくし、窮乏すれば価値ある物が何かが分かる。ああ、我が息子、大切なエドガー！ 騙された父の怒りの生贄になってしまったおまえだが、もしもわしが生き長らえて、おまえと触れ合うことがあるのなら、わしはきっと言うだろう、「見る目を得た」と。

老人 おや、これは！ 一体誰だ⁉

エドガー 〈傍白〉ああ、神よ！ 最低値にまで落ちたなど、どうして言えた⁉ こんな不幸が待ち構えて潜んでいたなんて…。

老人 狂った乞食のトムがいます。

エドガー 〈傍白〉いや、この先でまだまだ落ちるかもしれない。最悪だなどと言っているうちはまだ最悪ではないんだな。

老人 おまえさん、どこへ行くのか？

グロスター 乞食男か？

老人 気が狂っている乞食です。

グロスター いくらか理性は残っているはずだ。そうでないなら、物乞いなどはできぬから。昨夜の嵐の中でそんな男と出会ったが、そのときに思ったことは「人間は虫けら」なんだと。そうしたら、息子のことが心を過った。まだそのときは、エドガーに対して偏見を抱いておった。それから事情を聞き知ったのだ。神々は腕白

小僧がトンボを取るのと同じように戯れに人の命を取って行かれる。

エドガー 〈傍白〉なぜこんなことが起こったのだろう？　悲しみに打ちひしがれて、道化を演じることになり、自分も相手も傷つけてしまう。〈声に出し〉神様のお恵みが旦那にもありますように。

グロスター ここにいるのは裸の男か？

老人 その通りです。

グロスター それならおまえはどうかここで去ってくれんか。昔のよしみで頼みがあるのだが…。ドーヴァーの方向に1、2マイルほど追いかけて来て、裸姿のこの男に着る物を持って来てはくれまいか。この男には道案内を頼もうと思うから。

老人 でも、旦那さま、この男は気が触れておりますが…。

グロスター 狂った者が盲人の手を引いて歩くのは病める世の象徴なのだ。頼んだ通りにしてくれるのか？　だめならば、諦める。もう充分尽くしてもらった。感謝しておる。

老人 家にある一番いい服を持参致します。そのことで、お咎めがあっても構いはしない。（老人退場）

グロスター そこにいる裸の人よ。

エドガー 哀れなトムは寒いよ〜。〈傍白〉もうこれ以上ごまかしきれない。

グロスター ここへ来なさい。

エドガー 〈傍白〉でもやらないと…。可哀想に、目から血が流れている。

グロスター ドーヴァーへ行く道は分かるのか？

エドガー 牧場の木戸や町の門、馬の道、歩く道、哀れなトムは悪魔に憑かれて気が狂ったよ。邪な悪魔から救われるようにお祈

りを！５人の悪魔が一挙にトムに取り憑いたことがあるんだよ。欲望悪魔、窃盗悪魔、殺人悪魔、おだまり悪魔、おしゃべり悪魔だ。昔のことだが、小間使いや侍女などがかしずいていたときもあったんだけど、いろいろあって、どうかよろしく。

グロスター　ほら、ここにある財布をあげる。天が下した災いにけなげにおまえは耐え忍んでいる。わしがこんなに惨めになってしまって、おまえのほうが幸せに思えるぞ。天の配剤はそうあるべきだ。贅沢に身をやつし、欲望に飢えた者らは貧しき者を意のままにへつらわせ、不用となればさっさと捨てる。痛みなど感じずに、苦しさも見ようともしない。そういう者に速やかに天の威力を知らしめよ。そうなれば配剤が均等になり、それぞれが過不足なく生きられる。おまえはドーヴァーを知っておるか？

エドガー　知っているよ。

グロスター　狭くて深い海峡に高々と頭を突き出している恐ろしげな断崖がある。その端にわしを連れて行ってはくれまいか？　そうしてくれれば、身に着けている高価な物を授けよう。おまえはそれで貧しさからは逃れられるぞ。その場所からはもう案内は要らぬから。

エドガー　腕を貸しなよ。哀れなトムが連れて行ってあげるから。

（二人退場）

第２場

オルバニー公爵の館の前

（ゴネリル、エドマンド登場）

ゴネリル　私の館までよく来てくれたわね。優しい夫が出迎えさえ
　もしないのは変なことだわ。

（オズワルド登場）

ねえ、ご主人はどこなのよ?!
オズワルド　奥に控えておられます。でも、まるで別人のようです。
　フランス軍の上陸のことをお伝えしても、お顔に笑みを浮かべら
　れるだけで、奥さまがお戻りになると申しましたら、「余計にま
　ずい」の一言です。グロスター伯の裏切りや、エドマンドさまの
　ご忠勤など告げますと、私のことを間抜け呼ばわりなさり、言わ
　れたことは「正と邪を取り違えている」です。それに嫌いだった
　ものがお好きになり、好きだったものも毛嫌いされる始末です。
ゴネリル　〈エドマンドに〉それでは、あなたは会わないほうがい
　いわ。あの人は牝牛のように臆病で、思い切っては何もできない
　人なのよ。屈辱を受けたとしても報復などはできないの。ここに
　来る道すがら、語り合っていた二人の夢は実を結ぶかもしれない
　わ。エドマンド、すぐに戻ってコンウォール公の館へと行き、兵
　を招集したあとで、その指揮を執るのです。こちらでは私が武器
　を持ちますからね。夫には糸巻棒を持たせます。（オズワルドを
　指差し）これからはこの腹心の従僕がお互いの連絡係です。もし
　もあなたが愛する女性の指示に従い、勇気ある行動を取ると誓う
　のなら、さあこれを身に付けて。（エドマンドの首に　ネックレス
　を掛けようとする）頭を下げて！（キスをする）この口づけに込
　めた思いを言葉にすれば、あなたの心は大空にまで舞い上がるで

201

しょう。言っている意味は分かるわよね。では、さようなら。

エドマンド　この命はあなたのために捧げます。

ゴネリル　最愛のエドマンド！（エドマンド退場）ああ、同じ男でありながら、どうしてこうも違うのかしら。あなたこそ、女が惚れて尽くす人。間抜けな亭主に抱かれるなんてこりごりだわ。

オズワルド　奥方さま、あちらから公爵さまがいらっしゃいます。（退場）

（オルバニー公爵登場）

ゴネリル　もうお出迎え頂くほどの価値もなくなったの？

オルバニー　おお、ゴネリル。おまえはな、その顔に吹きつける無礼な風がまき散らす埃にも劣る人間だ。おまえの気質は、そら恐ろしい。自分の命の源である父親をないがしろにするなど人の道に外れている。木を見るがいい。養分をくれる大木の幹を離れ、枝だけが育つことなどあり得ない。時を経ずして枯れ果てて薪となる。

ゴネリル　そんな話は聞きたくないわ、くどい説教。

オルバニー　道徳心や賢明さでも、邪悪な者に邪と見えるのだ。汚れた者にはどんなものでも汚れ味となる。何ということをしでかしたのだ！　おまえ達は娘とは思えない。虎そのものだ。父親で心優しい老人に！　首輪に鎖を繋がれた熊でさえ、うやうやしく手を舐めたはずだ。おまえ達のしていることは、野蛮であって変質者的で、人の気を狂わせるものだ。コンウォール公はよくそんなことをおまえ達にさせたものだな。人であり、公爵としてあれほども恩義を受けていたはずなのに…。もし、天が今すぐに目に

見える精霊を地上に送り、ひどい罪人を罰しなければ、人が人など食らって生きる暗黒の世界がすぐにやって来るだろう。そこは深海の怪物が生きる世界だ。

ゴネリル　軟弱で臆病な人ですね。あなたの頬は打たれるために、その頭は軽蔑されるためにあるのです？　栄光と敗北の違いも知らず、悪人は悪人なのに、罪を為す前に罰したら可哀想だと気の毒がるのは馬鹿な証拠よ。軍の太鼓はどこにあるのよ。フランス軍は平和な土地に侵攻し、すでに軍旗をはためかせ、兜には羽根飾りを付け、この国土を奪い取ろうとしています。それなのにあなたはなんと平和ボケをしているのです？「ああ、あのフランス王がどうしてこんな非道なことを！」と、そう言ってじっと座って嘆くだけじゃありません⁉

オルバニー　自分の姿をよく見るがいい、この悪魔！　悪魔の真の醜さは女の中に宿るときが最悪だ。

ゴネリル　頭が空の大馬鹿よ！

オルバニー　本性隠し、おまえは化けているだけだ。恥を知れ！　女の顔はやめにして、悪魔に戻れ！　もし、この両手が怒りのままに振る舞うならば、おまえの骨や肉などはもうすでにバラバラに引き裂かれているはずだ。だが、おまえが悪魔であっても、女の姿をしているうちは手は出さぬ。

ゴネリル　まあ、男だわ！　勇ましいこと。

（使者登場）

オルバニー　何の知らせだ⁈

使者　大事件です。コンウォール公がお隠れになりました。グロス

ター伯の残る片目を潰そうとなさったときに、従者の剣に倒れられて…。

オルバニー　伯爵の目を！

使者　長く仕えた従者です。見るに見かねてお諫めし、ご主君に剣を抜き立ち合いました。公爵は怒りに狂い、その者を討ち取られたが、その際に深手を負って、その後すぐにご逝去されました。

オルバニー　ああ、そのことは、天に正義の守護神がいて、下界の罪はたちまちにして裁かれるという証拠だな。だが、何という酷（むご）いことを。グロスター伯は残る片目も失くされたのか…？

使者　はい両目ともです。この手紙は奥方さま宛です。大至急お返事をリーガンさまに頂きたいのですが…。（手紙を差し出す）

ゴネリル　〈傍白〉ある意味では、これは朗報だわ。でも、リーガンは一人身となり、彼女のそばには私のグロスターが控えている。夢に描いた構想が脆くも崩れ、忌まわしい日々が後で来るかもしれないわ。だから、良い知らせとは限らない。〈声に出し〉すぐ読んで、返事を書きますから。（退場）

オルバニー　グロスター伯が彼の目を奪われたときに息子はどこにいたのだな？

使者　奥方さまとこちらへと…。

オルバニー　ここにはおらん。

使者　帰られましたか。帰り道で出会ったものですから…。

オルバニー　残虐なことを為されたのは知っておるのか？

使者　はい、ご存知です。伯爵のことを密告したのは実は彼なのです。公爵ご夫妻が思いのままに処罰するために、故意にその場を遠ざけられていたのです。

オルバニー　グロスター伯は、国王に忠誠を尽くしてくれた方だ。

リア王

私は命に懸けて報復すると、ここに誓うぞ。奥に来てくれ。知っ
ていることのすべてを聞かせてくれないか。(二人退場)

第３場

ドーヴァー近くのフランス軍の陣営

(ケント伯爵、紳士登場)

ケント　フランス王がなぜ急にご帰国されたのだ？　その理由をご
　存知ですか？

紳士　故国に何か問題を残しご出陣され、その問題が危険なものに
　なりそうなので、王ご自身のご帰還が急務となったと聞いており
　ます。

ケント　あとの指揮は一体誰が執るのですか？

紳士　元帥のラ・ファー将軍です。

ケント　嵐の中で託した手紙をコーディリアさまがお読みになって、
　さぞかし嘆き悲しみが胸から溢れ出たことでしょう。

紳士　はい、手に取ってすぐにお読みになり、頬を伝う大粒の涙を
　流しておられました。その姿はご自身の心をくじけさせる感情を
　じっと堪えていらっしゃる女王のようでした。

ケント　ああ、それほどにお心を動かされたのか…。

紳士　激怒ではなく、忍耐と悲しみのどちらのほうが王妃には相応
　しいのか葛藤されているかのようでした。陽が射しているのに雨
　が降るという光景はご覧になったことがあるでしょう。微笑みと
　流れる涙は調和して美しく、口元に溢れるしとやかな微笑みは、

205

目に宿る涙がダイヤから滴り落ちて、真珠になるのを知らないのと同じです。すべてに調和が見られたならば、悲しみも慈しみにとなるのです。

ケント　何か言葉を口になさいましたか？

紳士　一度か二度、息苦しそうに切なげに、「お父さま」と呟かれ、「お姉さま、お姉さま、女とし、姉として恥ずかしくないのです?! ケント伯！ お父さま、お姉さま達！ 何てこと！ 嵐の中を真夜中に！ 信じられない！ 信じたくない！」と、そう叫ばれていました。そして、澄んだ目からは、はらはらと涙を流され、声を詰まらせ、悲しみに一人で耐えるおつもりなのか席を外してどこかに行かれました。

ケント　我々の性格を支配するのは天上にある星たちだ。星座が支配しないなら、同じ親からこれほど違う子供など生まれるはずがない。あのとき以来、コーディリアさまとはお会いされてはいなかったのですか？

紳士　はい、お会いしてはおりません。

ケント　フランス王がご帰国される前のことですか？

紳士　後のことです。

ケント　ここだけの話だが、苦しみに苛まれているリア王はこの町にいらっしゃるのだ。ご気分の良いときに、どうやってこの場所に辿り着かれたのかを思い出されることもある。だが、頑なにコーディリアさまには会おうとはなされないのだ。

紳士　それはどうしてですか？

ケント　あまりにも羞恥心が強すぎて、その気持ちに縛られて身動きが取れないのです。冷たい所業をなされたことで、コーディリアさまが受けられるべき父が与える祝福をなされなく、異国の地

へと追いやって、コーディリアさまの受けるべき権利をすべて冷
血な姉どもに与えてしまったことが王の心を苛み続け、激しい後
悔の念があるので、お会いになるのを避けられています。

紳士　痛ましいことですね。

ケント　オルバニー公とコンウォール公の両軍のことは、お聞きで
はありません？

紳士　出陣したのは聞いています。

ケント　今からすぐにリア王のもとにご案内いたします。しばらく
王のお世話をお願いしたい。いずれは名乗ることになるでしょう
が、まだ今は私の身分は理由があって言えません。ご迷惑をおか
けすることなどは絶対にありませんから、ご同行のほどよろしく
お願いします。（二人退場）

第4場

ドーヴァー近くのフランス軍の陣営

（軍鼓や軍旗とともにコーディリア、医者、兵士達登場）

コーディリア　ああ、きっとお父さまだわ！ たった今、見かけた
という人がいる。荒海のように猛り狂って、畑を荒らす雑草を冠
にして、大声で歌っておられる。百人の兵を出し、生い茂る麦畑
を隈なく捜し、私の所にお連れしてください。（兵士達退場）人
間の知識を使い、神経の障害は治せないものなの？ 父を治して
くれた者には、惜しみなくお礼はするわ。

医者　一つ手立てがございます。自然の治療は眠りです。欠けてい

るのはそれですね。眠りを誘うハーブが多くございます。その効
能で苦しみの瞼(まぶた)もきっと閉じるはずです。

コーディリア　恵みあるすべての秘薬、大地に潜む知られざるその
効能よ、私の涙で芽を吹いて力を出して、善き人の苦しみを減ら
して癒しておくれ。王を今すぐ捜し出すのよ。自制心を失くして
おられる。万一のことが起こらぬうちに…。

（使者登場）

使者　お知らせに参りました、王妃さま。イングランドの軍勢が進
軍を始めたようです。

コーディリア　予測通りです。迎え撃つ準備は万端(ばんたん)整っています。
大切なお父さま、私が軍を率いてきたのもお父さま故です。涙を
流してせがむ私を憐れんで、フランス王はお力添えをくださいま
した。思い上がった野心から戦を起こしたわけではありません。
子としての自然の情(じょう)や親を思う気持ちとし、お年を召されたお父
さまの復権が私の願いなのです。今すぐお会いしてお声をお聞き
したいものです。（三人退場）

第５場

グロスター伯爵の居城の一室

（リーガン、オズワルド登場）

リーガン　兄の軍勢は出陣したの？

オズワルド　はい、もうすでに。

リーガン　義理の兄、自らも？

オズワルド　はい、奥方に無理強いされて。お姉さまは男勝りの軍人ですね。

リーガン　エドマンドは公爵と出会わなかったの？

オズワルド　はい、お会いにはならずじまいで。

リーガン　エドマンド宛の姉の手紙は何だったの？

オズワルド　存知上げてはおりません。

リーガン　重大な任務があって、エドマンドはここを出ました。グロスターの目を取り去って、生かしておいて大失策よ。あの人がどこに行っても、反感買うのは私達よ。ひょっとしたら、エドマンド、父親を哀れにと思ってか、暗闇の生涯に方をつけると決めてのことか、出て行ってしまったの。その上に、敵の兵力を探るためかもしれないわ。

オズワルド　エドマンドさまの後を追い、私は手紙を届けなければなりません。

リーガン　私達は明日には出陣よ。それまでここにいればいいわ。道中は危険だから。

オズワルド　そういうわけにはいかないのです。奥さまに急ぐようにと厳しく言われましたので。

リーガン　どうして姉がエドマンド宛に手紙を出すの？　用があるなら、おまえが口伝てすればいいだけじゃない!?　ひょっとして…　あのことかしら。あなたのことは目をかけてあげるから、その手紙を読ませなさい。

オズワルド　それだけは…。

リーガン　姉上がご主人を愛していないのは明らかね。確実なこと

よ。この前にここに来たときに、姉上はエドマンドには色っぽく物言いたげな目つきをしていたし、おまえが姉上の腹心なのは分かっているわ。

オズワルド　いえ、私など。

リーガン　分かっていて話しているのよ。おまえ、それだと知っている。だから忠告しておくわ。私の主人はもういない。エドマンドとは話し合っている。ゴネリルよりは私のほうがお似合いのカップルなのよ。これ以上言わなくたって分かるわね。エドマンドに出会ったら、これ[69]を渡しておくのだよ。どうせこのことは姉上にあなたから言うに決まっているけれど、そのときは付け足して言うんだよ。「妻である身の分別を忘れずに」って。では、行きなさい。盲目の裏切り者の消息を知ることになるかもね。誰であれ、あの老人の首を刎ねれば出世ができるのよ。

オズワルド　奴に出会えば儲けもの。そうなれば私が誰の味方なのかは証明できます。

リーガン　では、気を付けて行くのだよ。（二人退場）

第6場

ドーヴァー近くの田舎

（グロスター伯爵、百姓姿のエドガー登場）

グロスター　丘の上まであとどれくらいなのだ？

エドガー　もうあと少し。なかなか急な上り坂です。

───────────────
69　ペンダントか、何らかのプレゼント。

グロスター 　道は平らに思えるが…。

エドガー 　急勾配です。聞こえるでしょう、潮騒の音。

グロスター 　いや何も。

エドガー 　目の痛みのせいで他の感覚が麻痺したのです。

グロスター 　そうかもしれん。おまえの声もそのせいか変わったように聞こえるのだが。言葉遣いやその内容も…。

エドガー 　感覚がずれています。何も変わっておりません。変わったのは衣服だけです。

グロスター 　いや、話し方が確かに変わり、良くなった。

エドガー 　さあ、着きました。ここがその場所です。じっとして！断崖から見下ろすと、恐ろしい。目がくらむ。断崖の中間辺りを飛ぶカラスやコクマルガラス[70]はカブト虫ほどの大きさに見えます。そこの岩場で食用の草[71]を取っている人が見えますが、恐ろしい大仕事です。見たところ、体全部が頭ほどのサイズです。浜辺を歩く漁師はネズミほどで、錨を下ろした大きな船も、艀[72]ほど小さくて、艀は浮標程度で見えないほどの小さなサイズです。無数の小石にざわめく波も、こんなに高くてはその音が響いてこない。もう見ていられません。眩暈が起こり、真っ逆さまに落ちそうです。

グロスター 　そこにこのわしを立たせてくれないか。

エドガー 　それではお手を。絶壁の縁まであと1フィート[73]しかありません。地上のものを何でもやると言われても、垂直跳びもできないですね。恐ろしいですよ。

70　小さくて鳴き声がうるさいカラスで、光るものを盗む。
71　原典 "samphire"「セリ科の多肉草；葉は酢漬けにして食べる」。
72　停泊中の本船と陸地の間、乗客や貨物を運ぶ小型輸送船。
73　約30 cm。

グロスター　手はもうここで離してよいぞ。別の財布をあげましょう。中の宝石だけで、貧しい者にはひと財産になるはずだ。妖精と神々のご加護がおまえにあるようにな。もうわしだけにしてくれんか。別れの言葉を言った後、足音を立てて去っておくれ。

エドガー　では、お達者で。

グロスター　お幸せにな。

エドガー　〈傍白〉こうして父を欺くわけは、絶望の淵、そこから父を救い出すためなのだ。

グロスター　（跪いて）ああ、万能の神々よ。今、この世から去る私は、神々の目の前でこの大いなる苦しみを静々と捨て去るのです。苦しみに耐える力が残っていて、神々のご意思のもとで生きるとしても、燃え滓のこの命はすぐに燃え尽き、消え果てるでしょう。もし、エドガーが生きているなら何とぞ彼にお恵みをお与えください！ おまえにも神のご加護があるように！

エドガー　では、行きますよ。さようなら！（グロスター伯爵は前方に跳び、倒れる）命自身が消え去りたいと願うなら、願いが叶って本当に死ぬこともある。これが断崖だったなら、今頃はすべてが消えていただろう。生きているのか、死んだのか。ねえ、そこの人、聞こえます？ 話せます？ 本当に死んだりしたら… ああ、気がついた。どこの誰です？

グロスター　近よるな。死なせてくれ。

エドガー　蜘蛛の糸？ 羽根か空気か、何なのだ？ あんなに高い所から真っ逆さまに落ちたなら、普通なら卵のように潰れてしまう。それなのに、あなたは息をしています。体はそのままで、出血も

74　伝説では、隠された財宝は妖精に守られていて、発見者が現れると、その者のために妖精は奇蹟を起こし、財宝の価値を増やすとされている。

せずに話もできるし、五体満足だ。帆柱を 10 本繋いでも届かぬ距離をあなたは真っすぐ落ちてきた。生きているなんて奇跡です。もう一度だけ話してみてはくれません？

グロスター　わしは落ちたのか？　本当か？

エドガー　あの白い崖の恐ろしい頂上からですよ。ご覧ください、あの高さ。甲高く鳴く雲雀さえ声は届かず、姿は見えない所ですから。見上げれば一目瞭然ですから。

グロスター　見たくても目が見えぬ。惨めなわしは死によってさえ、その惨めさを断ち切ることは許されぬのか。惨めでも暴君の怒りを逸らし、高慢な意志を打ち砕くことができたときには、慰めも少しはあったのだが…。

エドガー　さあ、腕をお貸しください。そう、立ってみられて大丈夫です？　足に感覚はありますか？　しっかりとお立ちになった！

グロスター　大丈夫だ。何ともないぞ。

エドガー　不思議なことがあるものです。断崖の頂きであなたのそばに誰かいた様子ですが…。

グロスター　その者は哀れな乞食だ。

エドガー　ここに立って見ていたら、その男の目は二つとも満月のように見え、千ほども鼻があり、角は渦巻き、荒れ狂う海のようでした。きっとあれは悪魔でしょうね。あなたはとても幸運な方です。神様は人間にできないことをなさいます。あなたが死なずにいたことも神様の思し召しです。

グロスター　そう言われて、思い出したぞ。今からは苦悩に耐えて、苦悩のほうが叫び声を上げ、「参った」と言わせてみせる。死にゆく日までわしは生きるぞ！　今、話された男だが、わしは人間だと思っておった。何度もそいつは言っていた。「悪魔だ、悪魔」

と。その悪魔がわしをあそこへ連れていったのだ。

エドガー　病める心を解き放ち、自由に生きてください。おや、誰かがここにやって来ます。

（野草の花冠を被り、リア王登場）

正気ならあんなことなどしないだろう。

リア王　いや、違う。わしが金を鋳造しても、誰もわしを逮捕はできぬ。わしは国王なのだから。

エドガー　〈傍白〉ああ、胸が張り裂けるような光景だ！

リア王　そのことについてだが、王と生まれし者ならばその権利は生涯続く。これは入隊のための手つけ金だ。何だ、あいつの弓の引き方は！ 脳なしの案山子だな。矢の長さ、いっぱいに引き絞れ！ ほらほら、あそこ、ネズミだぞ。シィー、静かに！ 焦げたチーズがここにある。それで難なく捕まるからな。さあ決闘だ。手袋を投げる巨人にだって立ち向かう。茶色の槍の一隊を前進させろ。おお、よく飛んだ。狙い定めてヒューヒューヒューと。当たったぞ。合言葉を言え！

エドガー　スウィート・マジョラム。

リア王　ここを通ってよいぞ。

グロスター　その声に聞き覚えがある。

リア王　はあ！ ゴネリルめ、白い髭など生やしおって。みんなはわしに犬にでもなったようにへつらっておる。「黒い髭が生える前から白い髭が生え始め、賢者のようだ」と言いおった。「イエ

75　決闘の意志を示すためにヨーロッパ中世の騎士は皮の手袋を地面に投げつけた。
76　シソ科のハーブ：脳の病気の治療薬。

ス」と言えば、「イエス」で答え、「ノー」ならば「ノー」と言う。「イエス」でも「神様」とは無関係で、「ノー」にしても「能天気」だ。雨に濡れ、風に震えて、雷に静まれと命令しても静まらぬとき、わしは気付いたのだ。奴らのことを見破った。奴らの言葉には誠意がないのだ。「お父さまがすべてです」と言ったのは大嘘だ。わしだって悪寒が走る。

グロスター　声の調子をよく覚えています。王さまでいらっしゃるのでは…？

リア王　ああ、そうだ。どこを取っても王さまだ。わしが睨めば、家臣は震える。そこの者の命は取らぬ。罪状は何？　不倫だと？　死刑ではない。不倫で死刑？　それはない。ミソサザイでもしていることだ。小さな蠅も目の前でまぐわうぞ。セックス万歳！グロスター伯の婚外子は正式な夫婦が産んだ娘らよりも父親に親切だった。欲望に任せて皆が乱交すれば、わしの兵士の欠員が埋まることになる。作り笑いの婦人を見るがよい。澄まし顔をして、脚の付け根も雪のように純潔で、貞節を装って、浮いた話に恥じらって首を傾げる。ところがだ、盛りのついた猫や種馬もあの女ほど放逸な性欲は持ってはおらぬ。腰から上は女でも、下半身はケンタウロスだ。神がお造りなったのは上半身だけ。腰から下は悪魔の造り損ないで、地獄であって暗黒だ。そこにある硫黄の穴は熱く燃え、悪臭放ち、肺病を起こさせる。おやおや、これはパーピープー。薬屋よ、麝香の香水を１オンスだけ分けてくれ。金をやるから頭の中をスカッとしたいのだ。

77　ギリシャ神話の半人半獣の種族。ギリシャ人が騎馬民族のスキタイ人と戦ったとき、これを怪物だと見間違ったことによるという説と、その語の語源は「牛を集める者」（牧人）にあるという説がある。

グロスター　ああ、その手には口づけをさせてください。

リア王　その前に拭かないと、死の臭いがするぞ。

グロスター　大自然が廃墟と化したこの偉大なる世界もついに無に帰してしまうのか。私のことがお分かりですか？

リア王　その目はよく覚えておるぞ。流し目をいたすのか？　やめろよな、最悪のこと。盲目のキューピッドめ、恋をしたりなどせぬからな。挑戦状を読んでみろ。文字に気を付けて、よく見るのだぞ。

グロスター　その文字の一つひとつが太陽であっても、私には読めません。

エドガー　誰かから伝え聞いても、これなどは信じられなかっただろう。だが、これが現実だ。僕の心は折れそうだ。

リア王　すぐに読め！

グロスター　目のない者に見ろと仰るのです？

リア王　なるほどおまえはそういうことが言いたかったのか。顔に目がなく、財布にも金がなく、目は重傷で財布はケイショウ[78]。それでも、この世は見えているはず。

グロスター　感覚で少しばかりは…。

リア王　何だって？　気でも触れたのか？　この世を見るのに目は要らぬ、耳で見ろ！

グロスター　ほら、あそこ、裁判官がこそ泥に毒づいている。

リア王　耳で聞け！　ごちゃごちゃにして、さあどっち？　右の手か、左の手[79]？　どっちが判事？　どっちが泥棒？　百姓の犬が乞食に吠

78　「軽少」／「軽症」の Ys. のギャグ。
79　原典 "handy-dandy" こぶしを握り、左右のどちらの手の中に「物」が入っているのかを相手に当てさせるゲーム。

えかかるのを見たことがあるだろう。

グロスター　はい、ございます。

リア王　乞食は逃げて行ったはず。それが権威というものだ。権力を持てば、犬でさえ人間を支配する。おい、そこのヤクザ警官、その手を止めろ。なぜ、その娼婦を鞭打つのか⁉　服を脱ぎ、自分の背中に鞭を当てろ。その娼婦を抱きたいくせに、抱けぬから鞭を打つとはな…。高利貸しなどしている判事やペテン師を処刑台へ送りつけろ。ボロの服を着た者ならば小さな罪も大きくなって、法衣や毛皮を身に着けていたならば罪も隠せる。罪を金[80]にてメッキする。正義の槍もあえなく折れる。ボロくず製の鎧（よろい）では小人の藁（つみびと）で突き刺され、罪人はいなくなるぞ、誰一人。わしが請け合う。おまえなんかはガラスの目玉入れるがよいぞ。狡猾な政治家のように見えないものも見えている振りをすればいいだけだ。さてさてさてと、ブーツを脱がせろ。そう、そうだ。もっと勢いをつけて引いてくれ。

エドガー　〈傍白〉意味と無意味が混じり合い、狂気の内に理性がある。

リア王　おまえがもしも我が不幸に涙するなら、わしの目をやる。おまえのことはよく知っている。名はグロスターだ。わしらは我慢を強いられる。この世に生まれ、わしらは泣いた。教えてやろう、よく聞けよ！

グロスター　ああ、何てことだ！

リア王　馬鹿が演じる舞台に出され、人は皆、生まれ落ちると泣き叫ぶ。（野草の冠（かんむり）を指差し）これはなかなか良い帽子。騎兵の馬の蹄（ひづめ）をみんなフェルトにしてはどうだろう。試してみよう。義理

80　「カネ / キン」両方の意味。Ys. のしゃれ。

の息子の寝込みを襲い、さあ殺れよ、殺せよ殺せ、殺し尽くせよ！

（紳士、従者達登場）

紳士　ああ、ここにいらっしゃったぞ。お連れしろ。最愛の娘さまから指示を受けております。

リア王　助けは来ないのか？　ああ、何と！　生け捕りか？　わしは運命に弄ばれた道化だな。丁重に扱うのだぞ、身代金は払うから。外科医を呼んでくれないか？　傷は脳まで達しておるぞ。

グロスター　何事も仰せのままに。

リア王　介添えはいないのか？　ただ、わし一人なのか？　これではわしも男泣きをせざるを得ない。わしの目を庭のじょうろ[81]にするつもりなのか？　なるほど、秋の埃を抑える役目だな。こざっぱりした花婿のように、雄々しく死んでゆくからな。何だって?!　そうだ、陽気にな。さあ、ついて来い。わしは王だぞ、分かっておるな。

紳士　あなたさまは国王陛下です。我々はその臣下です。

リア王　それならばまだ命はあるのだな。わしの命が欲しければ取ってみよ！　さあ駆けくらべだ！　サッサッサ、エサホイサ！
（リア王は走って退場　従者達は後を追う）

紳士　身分が卑しい者でさえ見るも哀れな光景だ。ましてや王位に就かれていた方が…。筆舌に尽くせぬ思いが身を過ります。姉の二人がもたらした呪いを妹が一人で身に受け、子としての情をお

81　ポルトガル語の"jorro"［噴出する／流し込む］が語源とする説がある。草木などに均等に水をかける容器。

示しできることになる。

エドガー　失礼ですが…。

紳士　ご機嫌よう。どうしたのです？

エドガー　戦いのことで何かお耳に入ったことはありますか？

紳士　入っていますし、悍ましいことです。誰もが聞いて知っている。

エドガー　どうか教えてください。敵の軍勢はどの辺りにいるのです？

紳士　早足で接近しています。主力部隊はもうすぐ近くに見えるはずです。

エドガー　ありがとうございます。聞きたいことはそれだけです。

紳士　王妃さまは事情があってここにおられます。だが、軍勢は前線へ向かって進軍中です。

エドガー　ありがとうございます。（紳士退場）

グロスター　慈しみある神々よ、私の命をお召し取りください。また、悪霊に唆されて自ら命を絶とうなど、邪心を起こさぬようにするために…。

エドガー　親父さま、その祈りはなかなかのものです。

グロスター　さて、あなたはどなたです？

エドガー　運命の波にさらわれて、耐え忍びつつ悲しみを体験し、人に心を寄せることを学び始めた貧しき者でございます。さあ、お手を私にお貸しください。どこか休める所へご案内致します。

グロスター　感謝しますぞ。天の恩恵や祝福が、あなたの上に幾重にも与えられますように。

（オズワルド登場）

オズワルド　懸賞金がついているお尋ね者だな。これはツイてる！　おまえが付けている目のない頭が、俺の財産を増やしてくれるんだ。手っ取り早く懺悔するんだ。おまえの命を取るために剣は抜いたぞ。

グロスター　さあ、その慈悲の手に力を込めて斬ってくれ。（エドガーが二人の間に割って入る）

オズワルド　何をする！　どん百姓め！　お触れの出ている謀叛人を庇うのか⁉　おまえなんかは消え失せろ！　そうしなきゃ巻き添えを食らっちまうぞ！

エドガー　おら、どかねえよ。そんな脅しは怖かねえ。

オズワルド　どけと言うのに！　この下郎！　命がないぞ！

エドガー　旦那はん、あんさんがおどきやす。うちらみたいな貧乏人をどうぞ通しておくれやす。あんさんの安っぽいこけ威しの言葉なんかで引き下がるくれえなら、百年前にあの世ゆきでぇ！[82]　このお年寄りの近くには来るんじゃねえぞ。本気だからな。てめえの付けた腐っちまったリンゴ頭とこの棍棒のどっちが堅えか試してみるか？　さあやるぞ！

オズワルド　死にやがれ！　できそこないのキョウ言野郎[83]

エドガー　歯をボロボロにしてやるぞ、さあ勝負だ！　なんだ、その突き！　ケンもホロロのいきじ[84]ねえ剣さばき！　（二人は闘いエドガーがオズワルドを倒す）

オズワルド　どん百姓め、やりやがったな。クソッたれ！　この財

82　話す途中で気が立ってきて、京都弁から急に江戸っ子っぽくなるのである。

83　「狂／京（言）」という Ys. のかなり無理なギャグ。

84　キジは「ケン」や「ホロロ」と鳴く。「意気地」は「いきじ」とも読む。

布をやるから俺を葬ってくれ。この金がありゃあ、いい人生が待っているだろう。それから俺の懐に手紙があるが、グロスター伯エドマンドさま宛のものだ。イングランド軍の中にいらっしゃるから、これを手渡してくれ。ああ、何てことだ！　これで終わりか… 死んでいく。死ぬう〜ぅ〜。（息が途絶える）

エドガー　おまえのことはよく知っている。悪党ながら一筋だった。悪を企む女主人によく仕え、悪党としては無類の者だ。

グロスター　なに ?!　死んだのか？

エドガー　お座りなさい、親父さま、どうかしばらくお休みを。ポケットを探ってみます。言っていた手紙の中身がこちらの有利になるものかもしれません。死にましたが、他の首切り人に殺されなかっただけのことです。見てみましょう。マナーに悖る行為だが、封を切ります。見逃して頂こう。敵の心を知るために、心臓までも切り裂く事例もあることだ。手紙なら、それよりましだ。（手紙を読む）「お互いに交わした愛の誓いのことは忘れないでね。あの人を始末するチャンスには事欠かないわ。殺る気さえあるのなら、時間も場所も余りあります。あの人が無事に凱旋したのならもうおしまいよ。私はずっと囚われの身のまま、ベッドは嫌な牢獄になるのよ。その忌まわしい生温かい地獄からどうか私を救い出し、夫の代わりとなってくださいね。あなたの妻と呼ばれたい私です。心より愛を込め、恋の奴隷のゴネリルより」。ああ、女の欲望は底なしだ。ご立派なご主人の命を狙い、僕の弟をその地位に就けようなどと！　この砂の中、情欲に狂った者の汚れた飛脚が消えていく。時期が来たなら邪悪な手紙、命まで狙われた公爵さまにサプライズとし、ご覧に入れよう。おまえの死や、手紙の使いなど、すべてのことを公爵さまに伝えよう。

グロスター　王さまは気が触れられた。それなのにこのわしなどは気は確かだ。無量の悲しみを内に秘め、打ち負かされずに立っている。気が触れたなら、楽だろう。そうなれば、わしは悲しみからは解き放たれて苦痛の種はバラバラに飛び散るだろう。［遠くで軍鼓の音］

エドガー　さあ、お手を。遠くから軍鼓の音が聞こえます。親父さま、こちらのほうへお越しください。しばらくの間、知り合いの所に預かってもらいます。（二人退場）

第7場

フランス軍の陣営

（コーディリア、ケント伯爵、医者、紳士登場）

コーディリア　ああ、善良なケント伯、その善良さに報いるためにどのように生き、働けばいいのでしょうか? 私の命は短すぎます。どんなに努力してみてもあなたに及ぶものではありません。

ケント　過分の評価、痛み入ります。王に関する報告のすべては本当のことです。付け加えたり、カットしたものはありません。

コーディリア　まともな服にお着替えをなさってください。その衣服ではこれまでの辛い日々など思い出されることでしょう。お召し替えくださいね。

ケント　もう少し、お時間を頂けますか? コーディリアさま。私が誰かを知られると、我が計画に支障が出ます。どうかしばらくは、知らぬ素振りをしていてください。お願いします。

リア王

コーディリア　では、そうしましょう。〈医者に〉お父さまはいかがです？

医者　まだお休みになっておられます。

コーディリア　ああ、慈しみ深き神々よ、虐待を受けて大きな傷を受けられて子供になったお父さま、その傷をお治しになり、調子外れの狂った弦を調えて昔の調べを奏でて頂きたいの。

医者　もう充分にお休みになられた様子です。お起こししてはいかがでしょう？

コーディリア　判断はお任せします。父に良いようにお願いします。もう着替えなど済みました？

（リア王は椅子に座り、従者達に運ばれて登場）

紳士　ぐっすりとお休み中に、新しい服に着替えて頂きました。

医者　お起こしする際には、どうか近くにおいでください。もう落ち着いていらっしゃるはずです。

コーディリア　それは良かったわ。［音楽の演奏］

医者　もっとお傍で、その音楽を。もう少し大きな音で。

コーディリア　ああ、お父さま。この私の唇に回復へ導く力が宿っていて、二人の姉が加えた傷を癒すことができますように！

ケント　なんというお優しい心根か！

コーディリア　実の父ではない人でさえ、この白髪を見たならば誰しも心を動かされますわ。このお顔を吹きすさぶ嵐の中に晒してよいの?! 恐ろしい高速の稲妻が走り、凄まじい落雷の中に立たせておいていいのです？ こんなに薄い兜を被り、見張りに立つ哀れな歩哨のようだわ。私の手を噛んだ犬でも、あんな夜なら炉

端に入れてあげたはずよ。それなのにお父さまは可哀想。寄る辺なき浮浪者や豚などと一緒に、かび臭い貧しい小屋の藁の上でやむなく一夜を過ごされたとは…。ああ、ひどい！ ひどいこと！ お命と思考力を共に失くされなかった、それこそ奇跡だわ。ああ、お目覚めよ。どうか言葉をかけてあげてみてください。

医者　コーディリアさまがなさるのがベストです。

コーディリア　国王陛下、お目覚めですね。ご気分はいかがです？

リア王　墓からわしを取り出すなんて、ひどいことをする奴だ。おまえはきっと天国に住む精霊だろう。だが、わしは燃え盛る炎の車輪に縛られて、流す涙は溶け落ちる鉛となって熱くなり、わしの頬を焼け焦がすのだ。

コーディリア　私が誰か分かります？

リア王　精霊だろう。いつ死んだのじゃ？

コーディリア　〈医者に〉まだ、心がふらふらと道をさ迷い、取りとめがつきません。

医者　まだ、しっかりとお目覚めではない。しばらく、そっとしておきましょう。

リア王　わしは今までどこにいたのだ？ ここはどこなのじゃ？ 明るい陽射しの中で、ひどいまやかしがなされているようだ。誰かがそんなことをされているのを見るだけで、わしは哀れになり果てて死んでしまうに違いない。言葉ではうまくは言えん。これがわしの手？ それさえも確かではない。ちょっと待て。ああ、針で突いたら、痛みを感じている。一体わしはどうなっておるのか⁉

コーディリア　私をご覧になってください。（跪く）そのお手で私に祝福を！ いえ、王さまは跪いたりなさってはだめですわ。

リア王　わしなどは耄碌爺、80の歳をちょうど過ぎ、正直言って正常ではないらしい。どことなくあなたには見覚えがある。この男にもあるが、自信がない。まず、ここがどこなのか見当がつかない。この服もどこで着たのか覚えがないし、昨日どこで宿泊したのかその記憶さえない。憐れんでくれ。だが、はっきりと、そここの婦人は我が娘のコーディリアだと思えるのだが…。

コーディリア　そうです、私、私です、コーディリアです！

リア王　泣いておるのか？　やはりそうだな。泣かないでくれ。毒を飲めと言うのなら、飲みましょう。おまえはわしを恨んでいるはずだ。姉達にひどいことをされたのだけは覚えている。おまえにはそうする理由があるはずだ。姉達にはそれがない。

コーディリア　私にはそんな理由はありません、何一つ。

リア王　わしは今、フランスに来ておるのか？

ケント　ご自分の王国ですよ…。

リア王　冗談だろう。

医者　激怒の渦は消え去りました。もう心配は要りません。ただ一つ、失われた時を今すぐ取り戻そうとするのは危険です。どうか奥にお連れになってください。もう少し落ち着きを取り戻し、しっかりなさるときまでは、そっとしておいてあげればいいでしょう。

コーディリア　お歩きになれますか？

リア王　我慢してくれ。頼むから過去を忘れて許しておくれ。わしは老いぼれで馬鹿なのだ。（リア王、コーディリア、医者、従者達退場）

紳士　コンウォール公が殺されたというのは本当ですか？

ケント　間違いはない。

紳士　彼の軍隊の指揮官は誰ですか？

ケント　グロスター伯の庶子であるエドマンドだと聞いている。

紳士　噂では追放された実子のエドガーとケント伯の二人は共に、ドイツにいるということですね。

ケント　噂など当てにはなりません。油断してなどいられない。イングランド軍はスピードを上げて迫ってきています。

紳士　血みどろの決戦になりそうですね。では、さようなら。（退場）

ケント　入念に作ったわしの人生の目的と条件を満たすのか、吉と出るのか凶と出るのか分からないが、すべては今日の決戦次第だな。（退場）

第5幕

第1場

ドーヴァー近くのイングランド軍の陣営

（軍鼓、軍旗、エドマンド、リーガン、将官達、兵士達、その他
登場）

エドマンド　この前の作戦がそのままなのか、それともその後、何
　らかの理由で変更されるのか公爵に聞いてこい！　変更ばかり、
　悔やんでばかりで、馬鹿じゃないか。最終決着は一体何なんだ⁉
　（将官退場）

リーガン　姉の送った使いの者にきっと何かがあったのよ。

エドマンド　その恐れはありますね。

リーガン　ねえ、エドマンド、私があなたのためにしようと思って
　いる良いことを、あなたは知っているのでしょう。どうなのよ、
　ホントの気持ちを言ってみて。姉なんか愛してはいないわよね。

エドマンド　あなたへの一途な愛に決まっています。

リーガン　一度たりとも兄だけに許されている禁断の場へ入ったこ
　とはないのでしょうね。

エドマンド　邪推にもほどがあります。

リーガン　気になるのよ。心ばかりか、体まで繋がって、もう姉の
　ものになっているのかと…。

227

エドマンド　名誉にかけてそのようなことはありません。

リーガン　姉だって容赦しないわ。姉なんかといちゃつかないでよ。

エドマンド　そんな心配は要りません。ああ、ゴネリルさまと公爵
　　さまだ。

（軍鼓、軍旗の後、オルバニー公爵、ゴネリル登場）

ゴネリル　〈傍白〉妹が彼と私を裂くのなら、戦いに敗れたほうが
　　まだましよ。

オルバニー　リーガンよ、久しぶりだな。エドマンド、今聞いた知
　　らせだが、コーディリアがいる陣営にリア王は入られた。厳格な
　　我らの支配に不平を抱く者共も合流したということだ。正義なき
　　戦では勇敢に戦えない。だが、今回は当方に正当な理由がある。
　　フランス軍が我が領土を侵略するというからには放置はできない。
　　かと言って、リア王や同胞の者を相手にして戦うことが正義だと
　　も思えない。

エドマンド　ご立派なお言葉ですね。

リーガン　なぜこんなときに理由付けなど要るのです？

ゴネリル　結束し、戦うことが先決よ。内輪揉めなどするときじゃ
　　ないわ。

オルバニー　経験を積んだ将官を集めて作戦を決定しよう。

エドマンド　本陣にすぐに参ります。

リーガン　お姉さま、どうか私とご一緒に。

ゴネリル　いいえ、結構よ。

リーガン　まあ、そう言わず、ご一緒に参りましょう。

ゴネリル　〈傍白〉ほほう、嫌味な当てつけだこと。〈声に出し〉で

228

は、行きましょう。

（一同が退場しようとすると、変装姿のエドガー登場）

エドガー　〈オルバニー公爵に〉貧しき者ではありますが、お耳を
　拝借頂けるなら、一言申し上げたいことがございます。

オルバニー　〈一同に〉すぐに行くから。（エドマンド、リーガン、
　ゴネリル、将官達、兵士達、従者達退場）言いたいことは何なの
　だ？

エドガー　戦の前にこの手紙をお開けください。勝利ならトラン
　ペットを吹き鳴らし、これを持参した私をここにお呼びください。
　惨めな姿をしておりますが、書かれてあることが正しいと剣によ
　り証明致します。もし戦にて敗北となられたら、この世における
　閣下の仕事は終えられたことになります。そのときは暗殺の企て
　は自然消滅致します。ご武運をお祈り致します。

オルバニー　すぐに読むから待っておれ。

エドガー　待つゆとりがないのです。時が来たならトランペットを
　吹き鳴らし、お呼びください。そうなれば再びここに参ります。

オルバニー　承知した。さあ、行くがよい。（エドガー退場）

（エドマンド登場）

エドマンド　敵の軍が現れました。今すぐに我が軍の隊列を整えま
　しょう。この報告は敵軍の兵力装備に関しての情報を斥候がもた
　らしたものです。お急ぎを！　緊急を要します！

オルバニー　よし、出陣だ！（退場）

エドマンド　姉と妹の両方に愛の誓いを交わしておいた。お互いに嫉妬し合っている。毒蛇に噛まれた者が、毒蛇を見る目をして睨み合っている。どちらの女を取ろうかな？　二人とも？　どちらか一人？　両方とも捨て去るか？　二人が共に生きている間は、どちらを取ろうが楽しめないな。後家のリーガンを取ったなら、激怒したゴネリルは発狂するに決まっている。しかしだな、亭主が生きている限り、姉のほうを取るわけにはいかないし、今のうち亭主の権力を利用してやろう。戦が済めば、亭主の始末を付けようとうずうずしている女がいるぞ。あの亭主はリア王やコーディリアに情けをかける気持ちがある。戦に我らが勝ったなら、二人はこちらの手中に入る。その場合、オルバニーの思惑通りに恩赦など与えたりするものか！　目下のところ、やるべきことは自分の身を守ることだ。理屈などクソ食らえ！　（退場）

第2場

英仏両軍の間の戦場

（[トランペットの音]　軍鼓と軍旗と共にリア王、コーディリア、フランス兵士達が舞台を通過する）

（エドガー、グロスター伯爵登場）

エドガー　親父さま、この木陰にてお休みください。正義が勝つとお祈りをお願いします。あなたのもとへまた戻れたら、良い知らせをお届けします。

リア王

グロスター　神のご加護がありますように！（エドガー退場）

[激しい軍鼓の音、そのあと、退散を命じるトランペットの音]

（エドガー登場）

エドガー　逃げるのですよ！ 親父さま。さあ、お手を！ 逃げましょう！ リア王は敗戦です。コーディリアさまも王さまも、連行されてしまいました。さあ、お手を！ 今すぐに！

グロスター　もうここでよい。野垂れ死になら、ここでもできるから。

エドガー　何ですか?! また忌わしい考えをお起こしになって！ 人は我慢をしなければなりません。生まれたときと同じように、死ぬときも同じです。

グロスター　その通りだな。（二人退場）

第3場

ドーヴァー近くのイングランド軍の陣営

（軍鼓、軍旗と共に勝利を挙げたエドマンド、捕虜としてリア王とコーディリア、将官達、兵士達登場）

エドマンド　この二人を連れて行け。監視は厳しくするんだぞ。処分が決定された後、上官からの指示があるまで留めおけ。

コーディリア　最善を願い、最悪の結果を招いた私達ですね。でも、初めての例だとは思えないわ。お父さまは国王なのにひどい扱い

方ですね。私の心は挫けます。私一人であるのなら、ずるい女神が渋い顔をして睨みつけても、睨み返してやりますわ。姉上達にお会いにはならないのです？

リア王　会いはせぬ、絶対に！　絶対に会わぬ！　さあ、牢獄に行くとしようか…。二人っきりで、籠の鳥だ。歌でも歌って暮らすとしよう。おまえがわしの祝福を願ったら、わしはまず跪き、おまえの許しを乞うだろう。そのようにして生きてゆき、祈って暮らし、そしてまた歌うのだ。昔話に花を咲かせて、色とりどりの蝶を愛でて微笑もう。その他に、貧しい者が宮廷の噂をするのを聞いて楽しむ。その者達と話をして、宮廷の誰が勝ったか負けたかや、誰が盛りで誰が落ち目かなど、神様のスパイのように有為転変の不思議さを教える振りをして過ごすのだ。牢獄の壁に囲まれ、月の満ち欠けを真似るかのような有力者の浮き沈みなど眺めるだけで、穏やかに生きてゆくのだ。

エドマンド　さあ、連れて行け！

リア王　コーディリア、おまえのような生贄ならば神々が自ら香を焚いてくださるだろう。（コーディリアを抱きしめて）もう離さない！　我ら二人を引き離そうとするのなら、天上の松明を盗んで来なければならないだろう。そして、狐を燻し出すように松明の火で追い立てるのだ。さあ、涙を拭っておくれ。奴らの肉や肌などが、疫病に取り憑かれて滅び去るまで泣きはせぬ。奴らが飢えて死にゆく姿を見届けてやる。さあ、行こう！（リア王、コーディリア、兵士に連れられて退場）

エドマンド　隊長、ここへ！　よく聞くのだぞ。これがその命令書だ。（紙片を手渡す）二人の後を追い、牢獄へ行くのだ。もうすでに一階級は昇進させてやったぞ。命令通りにこれをやったら、更な

る昇進を保証する。覚えておけよ、人とはな、時に準じて生きるのだ。憐みの感情などは、戦場にては不必要だ。重大なおまえの任務の是非を論じるものではない。やると言うのが嫌ならば、他の出世の道を探せばいいぞ。

隊長 絶対にやってみせます。

エドマンド では、取り掛かれ。やり終えて、幸せを勝ち取ればいい。よいな、今すぐ俺が計画した通りに実行しろよ。分かったな。

隊長 荷馬車を引いたり、オートミールを食べたりするのは苦手です。人として価値ある仕事なら、喜んでする所存です。

([トランペットの音] オルバニー公爵、ゴネリル、リーガン、兵士達登場)

オルバニー グロスター伯、今日の戦いでは勇ましい活躍だった。幸運の女神も我らに味方してくれた。この戦いの敵となられたお二人は捕縛したのだな。お二人のこと、申しておくが、その処遇には落ち度なく接するように、そしてまた、我らのほうの安全にも気を付けるのだぞ。

エドマンド 老齢の哀れな王は監禁し、しっかりと監視は付けました。高齢であることや、国王であったことなどで、民衆の同情を引き寄せて、兵士まで心が揺れて、指揮を執る我らにも矛先を向けるかもしれません。国王とご一緒に、フランス王妃も同様の理由にて監禁し、同様に扱いました。両名共に明日かそれ以後、開廷の場が決まったなら、その場所に連れて行きます。今、我々は汗と血にまみれています。友は友を失って、まだ興奮が冷めやらず、その激烈さを味わった者にとっては正義の戦だと分かってい

ても、目下のところは呪うべきもの。コーディリアと父親のこと、またあとで適当な場に移せばいいだろう。

オルバニー　言っておくが、この戦ではおまえの立場は家臣の一人だ。兄弟ぶった話しぶりは不愉快だ。

リーガン　兄弟の資格なら、喜んでこの私が差し上げましょう。今のお言葉を言われる前に、私の気持ちをお聞きになるのが順当ですよ。伯爵は、私の地位と権威とを私によって委ねられ、私の軍を統率し、戦ってくださいました。私達はもうそこまでの深い結び付きとなっております。だから、彼はあなたの弟ですわ！

ゴネリル　何でそんなにブチ切れているの！　伯爵はご自身の中に光るものをお持ちです。あなたの地位や権威など、そんなものなど必要ないわ！

リーガン　私の権威という後ろ盾あってこそ、伯爵は最高の地位にまで昇り詰めることになるのです。

オルバニー　エドマンドをもう夫にでもしたのかい？

リーガン　道化のジョークは時として事の予言となりますね。冗談として話される言葉の中に、真意が含まれるなどよくあることです。

ゴネリル　おやおや、これには呆れ果てるわ！　あなたには人を見る目があるのかしらね。

リーガン　どうしてか、胸が苦しい…。そうでなきゃ、怒りの言葉を投げつけてやれるのに…。〈エドマンドに〉私の兵士、捕虜、財産をみんな差し上げます。ご自由にお使いください。それに私も。私を守る心の壁も皆あなたのものよ。世に広く認めてもらいます。今日からあなたは私の夫、私の主人です。

ゴネリル　この人を自分のものにしようなど！

234

リア王

オルバニー　おまえにそれを止めさせる権利でもあるのかい？

エドマンド　あなたにもないはずだ！

オルバニー　それがあるんだ、ハーフ殿[85]。

リーガン　〈エドマンドに〉太鼓を打って、皆を集めて私の称号があなたのものになったことを告知しましょう。

オルバニー　それはならぬ。その理由を聞かせてやろう。エドマンド、貴様を大逆罪で逮捕する。（ゴネリルを指差し）この上辺だけ金粉を塗り込めた毒蛇の女も同罪だ！〈リーガンに〉妹のおまえの主張に意義を申し立てる。なぜなら、ゴネリルはそこの男と再婚の誓約を交わしているぞ。そういうわけでこの女にとって夫の私が、おまえがしたい結婚予告[86]の儀式には反対だ。おまえがもしも結婚する気があるのなら、この私に申し込みをすればいい。ゴネリルとエドマンドは婚約している証拠があるぞ。

ゴネリル　止めにして！　そんな茶番劇など！

オルバニー　闘う用意はできているんだろうな、エドマンド。トランペットを吹き鳴らせ。もしその合図に誰も応ぜず、数々の憎むべき反逆行為をしたおまえの本性を証明できる男がここに来なければ、私が相手になってやる。（手袋を投げる）[87]　悪行を思い知らせてやるまでは食事は摂らぬ。貴様はまさしく私がここで言った通りの悪党だ。

リーガン　ああ、胸が苦しくて息ができない。

ゴネリル　〈傍白〉そうでなきゃ、毒薬の意味がないわ。

85　原典 "half-blooded fellow"：「混血児／私生児」の意味。今の日本語では誹謗語なので使いにくい。原義そのままに訳した。これも誹謗語と非難されたらお手上げだ。オルバニーは誹謗しようとして言っているのだから。

86　原典 "banes" 今の英語の "banns"「挙式予告」。通例、教会で挙式の予告を公表し、その結婚に異議があるものは出頭し、理由を述べる権利がある。

87　決闘の意志表示。

235

エドマンド　これが返事だ。（手袋を投げる）どこのどいつだ！　この俺を謀叛人だと言う奴は！　大嘘つきの悪党だ。トランペットを吹き鳴らし、呼び出すがいい。向かってくると言うのなら、そいつでもおまえでも、誰であろうと、俺の誠意と名誉を守るぞ。

オルバニー　おい、伝令を呼べ！〈エドマンドに〉頼れるのは自分一人だぞ。貴様の兵士はもとはと言えば私が集めたものだ。だから、私の名において解散させた。

リーガン　ますますひどくなってくる！

オルバニー　具合がとても悪そうだ。私のテントに連れて行け。

（連れられて、リーガン退場）

（伝令登場）

トランペットを吹き鳴らせ！［トランペットの音］声高くこれを読め！

将官　トランペットを吹き鳴らせ！

伝令　（読み上げる）「我が軍にての地位や階級は問うものでない。グロスター伯を名乗っているエドマンドに対して大逆罪を犯したと告訴する者、三度目のトランペットの音に応えて出頭いたせ。エドマンドがその挑戦を受ける」。

オルバニー　トランペットを吹き鳴らせ！

　　［一度目の音］もう一度！

　　［二度目の音］もう一度！

　　［三度目の音］［これに応じるトランペットの音］

（トランペットを手に　武装したエドガー登場）

その者に尋ねてみよ。トランペットの音に応えて現れた理由を。

伝令　名前と身分を言ってみろ！　なぜ呼び出しに応じたのか⁉

エドガー　実は、名は無くなりました。謀叛人が隠した牙に嚙まれて食われ、跡形もないのです。だが、身分では対等だ。決闘でその男には天罰を与える。

オルバニー　その男というのは誰なのだ⁉

エドガー　グロスター伯爵と名乗る者はどこにいるのだ⁉

エドマンド　ここにいる。俺に何が言いたいのか⁉

エドガー　剣を抜け！　僕の言葉が貴族たる貴様の名誉を傷つけたと言うのなら、その剣で正義を証明するがいい。僕も剣を抜く。見るがいい、名誉や誓いを盾として、騎士である特権を！　貴様に、力や地位、若さ、名声があり、軍の勝利や新たなる幸運はあるが、貴様は正真正銘の謀叛人だ。神に背いて兄を欺き、父親を裏切って、ここにおられる公爵さまの命まで狙う極悪人だ。頭から足の先まで、その足の先に付いた埃まで悪党で、毒を持つヒキガエルも顔負けの謀叛人だ。「いや違う」などと言ってみろ、この剣で、この腕で、この絶大な勇気を結集して、おまえの心臓を突き刺して、大声でおまえを詐欺師と言ってやる！

エドマンド　決闘のルールによれば、おまえは名を名乗るのが前提だ。だが、立派な武装をして、話しぶりからも身分がある者だと分かる。騎士道の掟からは外れるが、まあそれはいい。謀叛人だという誹（そし）りはおまえの顔に投げ返し、おまえの言った下劣な嘘を塗りこめて、おまえの心臓を止めてやる。言葉などでは通り過ぎ、かすり傷さえ与えない。俺の剣はおまえの体に風穴を開け、俺に与えた汚名をみんなおまえの体の中に放り込んでやる。（剣を抜

く）トランペットを吹き鳴らせ！

（［決闘開始のトランペットの音］二人は闘う。エドマンドは倒れる）

オルバニー　〈エドガーに〉殺すな！　手を引け！　少し待て！

ゴネリル　謀られたのよ、エドマンド。騎士道の掟では名前を告げない相手とはあなたは闘う必要なんてなかったのに。負けたんじゃない。欺かれたのよ、騙されたのよ。

オルバニー　黙れ！　それともこの手紙で口に栓をして黙らせてやろうか⁉　〈エドマンドに〉じっとしておれ！　〈ゴネリルに〉おまえはどんな悪党よりもなお悪い。自分の悪事を読むがいい！（ゴネリルは手紙を奪い取ろうとする）破るつもりか！　覚えがあるということだな。

ゴネリル　それがどうだと言うのです⁉　法律は私のものよ。あなたのじゃないわ。誰が私を裁けるのです⁈

オルバニー　このモンスター！　この手紙に覚えはあるのだな！

ゴネリル　どうでもいいわ、そんなこと！（ゴネリル退場）

オルバニー　〈将官に〉あとを追え！　絶望している。監視するのだ。

（将官退場）

エドマンド　俺の罪だと責められたことのすべてを認めるぞ。いや、他にも数多くある。それは時が明かしてくれるだろう。もうすべては過去のこと。俺自身も過去になる。だが、一体おまえは何者だ⁉　俺をどん底に突き落としたな！　もし、貴族なら許してやるぞ。

エドガー　もう、お互いに許し合おう。血筋なら劣りはしない、エドマンド。この僕が優（まさ）っているなら、貴様の罪は重くなる。僕の名前はエドガーだ。同じ父親を持つ身だが、神は正義だ。悪徳の

リア王

快楽が我々を懲らしめる。暗い堕落のベッドの中でおまえを作ったその結果、光なき世界へと父は転落していった。

エドマンド　その通りだな。運命の車輪はここで一回り回った先がこのざまだ。

オルバニー　〈エドガーに〉立ち居振る舞いを見ただけで、由緒ある貴族の出だと察しておった。ハグさせてくれ。私が仮に君や父上を嫌ったことがあったなら、悲しみで心は裂けて砕けるだろう。

エドガー　お心はかねがね知っておりました。

オルバニー　どこに潜んでいたのだな？　父親の苦しみはどのようにして知ったのだ？

エドガー　実は私が面倒を見ていたのです。手短に申します。話すだけでも胸が張り裂け苦しいのですが、私は身に迫る死刑宣告を逃れるために── 生きてることは素晴らしい、刻一刻と死に近づいていようとも、今すぐに死ぬよりはましですね── ボロを纏って狂人の振りをして、犬にさえ軽蔑されてさ迷ううちに、失った両目から血を流している父に出会って、父の手を引いて物乞いをして、絶望の崖っぷちから父を救い出し── 悔いたとしても遅いのですが── 今までずっと名乗らずにいたのですが、半時間ほど前のことです。鎧をこの身に着けたとき、勝つと思ったのですが、一抹の不安があって父からの祝福を求め、私の遍歴の一部始終を話したのです。そうしたら、弱りきっていた父の心臓が喜びと悲しみの激しい気持ちの鬩ぎ合いで、とうとうそれに耐えきれず、父は微笑みを浮かべながら事切れました。

エドマンド　感動的な今の話で俺は胸を打たれたぞ。何か善行ができるかもしれないからな。先を続けてくれないか。話はまだあるはずだ。

239

オルバニー　もし、あるのなら、さらに悲しいことだろう。胸に留めておいてくれ。今の話を聞くだけで涙の海に溺れそうだ。

エドガー　悲しい話がお好きではない方々にはもう充分と思われますが、どうしてももう一つお話しせねばなりません。でも、これを話したなら、悲しさの極限を超えてしまわれるかもしれません。亡くなった父のそばで大声を上げて嘆いていると、男の人が現れました。私が乞食姿であった頃、あまりにも忌わしい姿をしていたために、近寄ろうともしなかった人ですが、嘆き悲しむ私が誰だか気が付くと、その太い腕でしっかりと私を抱きしめて、天を貫く喚き声を上げ、父の亡骸（なきがら）の上に身を投げて、語り始めた王と彼との物語。誰しも未（いま）だ耳にしたことがない逸話です。語るうちにその思いが激しく胸を突き上げて、語り手の命の糸も切れんばかりになったとき、トランペットの二度目の音が鳴り響き、私は気を失ったその人を残してここまで駆けつけたのです。

オルバニー　で？　その人とは？

エドガー　ケントさんです。追放されたケント伯爵です。変装し、いわば敵（かたき）の王を慕って奴隷でさ・・・しないに・・身を粉にして王にお仕えなさっていました。

（血まみれの短剣を持ち、紳士登場）

紳士　大変です！　大変なことです！

エドガー　何が大変なのですか？

オルバニー　言ってみろ！

エドガー　血まみれの剣はどうしたのです？

紳士　まだ熱い蒸気が出ています。刺さっていた胸からすぐに抜き

取って来たのです。ああ、お亡くなりになりました。

オルバニー　誰なのだ⁉　死んだのは。早く言え！

紳士　公爵夫人、奥さまでして、リーガンさまを毒殺したと告白なさって…。

エドマンド　俺は二人と婚約していた。これで三人が死で結ばれる。

エドガー　あそこにはケント伯のお姿が…。

（変装を解いたケント伯爵登場）

オルバニー　生死は厭わないから、とりあえず二人をここへ運び込め。（紳士退場）天の裁きだ。恐れ戦くが、憐みの情は起ってこない。〈ケント伯爵に〉　おお、ケント伯、こんなときだから、本来ならばあるべき挨拶を省かせてもらいます。

ケント　私がここへ来たわけは我が主君リア王に永のお暇を告げるためです。王はここにはいらっしゃらないのですか？

オルバニー　大事なことを忘れていた。言え！　エドマンド、王さまはどこだ⁉　コーディリアさまはどこなのだ⁈　ケント伯、ご覧ください、この有様を。（ゴネリルとリーガンの死体が搬入される）

ケント　何てことだ！　これはどうして⁉

エドマンド　俺は確かに愛されていた。俺のために姉は妹を毒殺し、その後に自殺した。

オルバニー　その通りだ。二人の顔に打ち覆いを掛けておけ。[88]

エドマンド　ああ、息が苦しい。生まれつき歪んだ気質は治らぬが、良いことをしてみたい。今すぐ城に急使を出せ、今すぐだ。俺が

88　遺体の顔の上に掛ける白布。

先ほど自分で書いた命令書は、リア王とコーディリアさまの命に
関わることだから。さあ、早く。早くしないと間に合わない。

オルバニー　走るのだ！　今すぐ走れ！

エドガー　誰のもとへと？　権限は誰の手に？　救済の印はないか？

エドマンド　よく気がついた。この剣を持って行け！　隊長に！

エドガー　さあ、急げ！　命懸けで走るのだぞ。（将官退場）

エドマンド　奥方と私とが命令を出した。コーディリアさま、牢獄
で絞め殺し、絶望で自ら首を括ったように偽装しろと命じておい
た。

オルバニー　コーディリアさまに神のご加護が！　しばらく、この
男はここからは出しておけ。（エドマンドは運び出される）

（コーディリアの遺体を抱いたリア王、将官登場）

リア王　泣け！　泣け！　喚け！　貴様らは石なのか⁈　声や目はど
うかしたのか？　天上が割れ響くまで　わしは泣き喚いてやるぞ。
死んでしまった。二度と帰らぬ。わしだって死んだ者と生きた者
との区別はできる。土塊のように死んでいる。鏡をわしに貸し
てくれ。コーディリアの息で曇れば生きている。

ケント　予言通りのこの世の終わり？

エドガー　恐怖の日の幻影か⁈

オルバニー　天も落ち、時間も止まれ！

リア王　羽根が動いた。生きている！　もしそうなら、今までの悲
しみのすべてを埋め合わす機会となるぞ。

ケント　（跪き）我がご主人よ！

89　「墓」の意味もある。

リア王　頼むから、消えてくれ。

エドガー　こちらはご立派なケント伯爵です。お味方ですよ。

リア王　おまえらみんな、疫病に取り憑かれたらそれでいい。暗殺者や謀叛人ども！　娘を助けることができたかもしれぬのに。もう無理だ。コーディリア！　コーディリア！　待ってくれ！　はあ？　何か？　何か言ったか？　この娘の声は、いつもソフトで、優しくて小声だったし、女らしくて、慎ましやかだった。おまえをさっき殺した奴は、わしの手で叩き殺してやったからな。

将官　その通りです。王自らが実行されました。

リア王　当たり前だぞ、若い頃なら切っ先曲がる偃月刀^{えんげつとう}を振りかざし、雑兵どもを踊らせてやったものだ。だが、年を取り、もうそれもできぬ。それに加えて、辛いことの連続でガックリと力が衰えた。おまえは一体誰だ？　目もよく見えん。まあ、いずれ分かるだろうが…。

ケント　運命の神を心から愛し、憎んだ二人がいるとするのなら、王と私は今お互いに相手を見ている。

リア王　ぼんやり見える。ケントではないのか？

ケント　はい、その通りです。お仕えしているケントです。では、カイアスは？

リア王　いい奴だった。保証できるぞ。腕も確かで、抜く手も見せぬ早業⁹⁰の持ち主だ。だが、もう死んで土の中だ。

ケント　いえ、私がケントであってカイアスなのです。

リア王　しばらくしたら、それさえも分かるだろう。

ケント　王の境遇が悪化した当初より、道中ずっと付き従っておりました。

90　素早く刀を抜くこと。剣の達人。

リア王　よくここまでも来てくれた。

ケント　私一人ここまでやっと来ることができたのです。でも、この世での喜びは消え、光は射さず、死そのものです。上の二人の娘さまは絶望の中でお亡くなりになられました。

リア王　そうだろう。

オルバニー　ご自分で言われたことも分からぬようだ。名前など申されても虚（むな）しいことだ。

エドガー　無駄なようです。

（将官登場）

将官　エドマンドさまがお亡くなりです。

オルバニー　この際に瑣末なことだ。諸侯や諸君一同に我が意向を述べておく。私は失意の底にある王の復権のために尽くす所存だ。老王がご存命である限り、大権はお返しし、〈エドガーとケント伯爵に〉お二人には諸権利の回復と、この度の功労に報いるように栄誉を授ける。我が軍の将兵には勲功に見合った恩賞を与え、敵方には罪に応じた処罰を与える。ああ、あれを、あれを見ろ！（リア王を指差す）

リア王　哀れなわしの道化は首を括られた！（コーディリアに対して）もう終わりだ。これで終わりだ。命の火は消えてしまった。どうしてだ？　なぜ犬に、馬に、ネズミに命があって、おまえにはもう息がないのだ?!　おまえは二度と帰らない。もう二度と！　絶対に！　絶対に戻りはしない！　頼むから、このボタンを外しておくれ。ありがとう。これが見えるか？　コーディリアの唇が、ほら、その唇が見えるだろ。ほら、そこだ。そこに見えるだ

244

ろう！（息が途絶える）

エドガー　気を失ってしまわれた?!　どうか王さま！　リア王さま！

ケント　裂けろ、この胸裂けてくれ！

エドガー　しっかりと！　陛下！　王さま！

ケント　昇りゆく魂をこれ以上苦しませないようにして、静かに王をお送りしよう。酷いこの世の拷問台にこれ以上引き留めるなら、お怒りを被るでしょう。

エドガー　ついにこの世を去られましたね。

ケント　これほど長く耐えられたことが奇蹟と言える。断崖の果て、落下しそうなお命を失くさぬように、からくもじっと踏みとどまっておられたのだ。

オルバニー　ご遺体を運びましょう。今、我々のすべきことは国を挙げて喪に服すことだ。〈エドガーとケント伯爵に〉心の友よ、お二人のお力を借りて共に統治を行って、傷ついた国を立ち直らせましょう。

ケント　私は旅路に出ることにします、それも間もなく。主君が私をお召しです。従うことが臣下の務めですから。

エドガー　悲劇が起こるこの時代、我々は重荷を背負って生きてゆく。語らねばならぬことがあるのにも、それを語らず生きてゆく。感じることを口にして、ただ生きてゆく。年老いた方々は、最たる苦悩に耐え忍ばれた。若人の我々は、これほどの苦悩には耐えられず、長生きなどは望めない。

（葬送の調べとともに、コーディリアの遺体を運ぶ兵士達、一同
退場）

『ハムレット』

　1599年から1602年の間に書かれたとされる。作中で語られる「人生論」に共感し、感動し、学び、生きる指針を見出す読者や観客も多く、シェイクスピア劇の中でも特に傑出した作品と言われている。時代を映し、私達の内面を映し出す「鏡」によって、知らなかった自分に出会えるかもしれない。

ヴィクトリア時代最高のハムレット役
（ジョンソン・フォーブス＝ロバートソン）

登場人物

ハムレット	デンマーク王子
国王クローディアス	ハムレットの叔父
ガートルード	ハムレットの母親
ホレイショ	ハムレットの親友
ポローニアス	宮内大臣
レアティーズ	ポローニアスの息子
オフィーリア	ポローニアスの娘
フォーティンブラス	ノルウェー王子
ローゼンクランツ	ハムレットの学齢期の友
ギルデンスターン	〃
ヴォルティマンド	家臣
コーネリアス	〃
オズリック	〃
マーセラス	将官
バーナード	兵士
フランシスコ	〃
レナルド	ポローニアスの召使い

（ハムレット前国王の）亡霊

牧師、使節、座長、役者達、墓守り達、水夫達、その他

［場所］デンマークのエルシノア

ハムレット

第1幕

第1場　エルシノア城の城壁の上　　　　　250

第2場　城内のホール　　　　　　　　　256

第3場　ポローニアスの館の一室　　　　265

第4場　城壁の上　　　　　　　　　　　270

第5場　城壁の別の場所　　　　　　　　273

第2幕

第1場　　ポローニアスの館の一室　　　280

第2場　城内の一室　　　　　　　　　　284

第3幕

第1場　城内の一室　　　　　　　　　　307

第2場　城内の廊下　　　　　　　　　　315

第3場　城内の一室　　　　　　　　　　332

第4場　王妃の居間　　　　　　　　　　335

第4幕

第1場　城内の一室　　　　　　　　　　344

第2場　城内の別の一室　　　　　　　　346

第3場　城内の別の一室　　　　　　　　347

第4場　デンマークの平野　　　　　　　350

第5場　城内の一室　　　　　　　　　　353

第6場　城内の別の一室　　　　　　　　362

第7場　城内の別の一室　　　　　　　　363

第5幕

第1場　墓地　　　　　　　　　　　　　370

第2場　城内のホール　　　　　　　　　382

249

第1幕

第1場
エルシノア[1]城の城壁の上

（フランシスコが警備兵として巡回している。バーナード登場）

バーナード　誰なのだ?!

フランシスコ　それはこちらが言うことだ。その場を動かずに名を名乗れ！

バーナード　陛下、万歳！

フランシスコ　バーナードだな。

バーナード　ああ、そうだ。

フランシスコ　時間通りに来てくれて、ありがとう。

バーナード　今、深夜の鐘が鳴ったところだ。さあ、交代だ。帰って休め、フランシスコ。

フランシスコ　ありがたい。気が滅入るほど寒さが骨身に堪えるよ。

バーナード　何事もなかったか？

フランシスコ　ネズミ一匹出なかった

バーナード　じゃあ、これで。お休み。見張りの仲間のホレイショとマーセラスに出会ったら、すぐ来るように言ってくれ。

1　コペンハーゲン北西の港町 Helsingor の "H" を発音せず「エルシノア」。『ハムレット』の舞台となったクロンボルグ城がある。

（ホレイショ、マーセラス登場）

フランシスコ　足音がしてくるぞ。おい止まれ！ 何者だ?!

ホレイショ　この国を愛する者だ。

マーセラス　デンマーク国王に忠誠を誓う者だ。

フランシスコ　お休みなさい。

マーセラス　お疲れでした。交代したのは誰なのだ？

フランシスコ　引き継ぎはバーナードです。では、これで。（退場）

マーセラス　おい、バーナード。

バーナード　やあ、何だ！ ホレイショはそこにいるのか？

ホレイショ　（握手のために右手を出して）僕の手はここにある。

バーナード　よく来てくれた、ホレイショ。歓迎するよ、マーセラス。

マーセラス　今夜、例のモノ、もう現れたのか？

バーナード　いや、まだ何も…。

マーセラス　俺達が二度も見た恐ろしい光景を、ホレイショは幻覚だって言うんだからな。それで今夜は俺達と一緒に夜を徹して見張りに立ってもらうんだ。亡霊が現れたなら俺達を信じてくれるだろうし、亡霊に話しかけてもくれるだろう。

ホレイショ　馬鹿馬鹿しいにもほどがある。そんなモノなど現れたりはするものか。

バーナード　まあ、座れ。俺達が二晩も見たという話を信じてはいないようだが、もう一度、君にしっかり聞かせてやるよ。

ホレイショ　じゃあ、座って、君の語る話を聞こうじゃないか。

バーナード　昨夜のことだ。北極星の西に輝くあの星が、今光って

いるあの辺りに夜空を明るく照らそうと巡ってくると、ちょうど
1時の鐘が鳴り、マーセラスと俺とが…。

（亡霊登場）

マーセラス　静かにしろよ！　黙るんだ！　ほら、見ろよ！　また、出
　たぞ。

バーナード　亡くなった国王が昔のままのお姿だ。

マーセラス　君は学者だ。話しかけろよ、ホレイショ。

バーナード　亡くなられた国王そのままのお姿だろう。よく見ろよ、
　ホレイショ。

ホレイショ　そっくりだ。恐怖心や懐疑心、いやが上にも高まるな。

バーナード　話すきっかけを作りたそうに見えないか？

マーセラス　問いかけてみろよ、ホレイショ。

ホレイショ　何者だ⁈　こんな夜更けに、今は亡きデンマーク王が
　出陣の際に身に着けられていた立派な甲冑で現れるとは…。天に
　代わって命令だ。返事をしなさい！

マーセラス　気分を損ねた様子だぞ。

バーナード　見ろよ！　ほら、行ってしまうぞ。

ホレイショ　待て！　話せ！　言う通りにしろ！　話すのだ！（亡霊退
　場）

マーセラス　答えずに行ってしまった…。

バーナード　どうしたんだ？　ホレイショ。顔色が蒼ざめて、震え
　ているな。これは幻覚なんかじゃないだろう。どう思う？

ホレイショ　この目で実際に見ていなければ、絶対にこんなモノな
　ど信じなかった。

マーセラス 　国王だろう？　そうだろう？

ホレイショ 　君が君であるように、本当にそのままだ。あの甲冑は野望に燃えたノルウェー王と一騎討ちされたとき、身に着けられていたものだ。険しく見えたあの表情は、交渉が決裂し、ソリに乗り、氷上を攻め寄せたポーランド軍を撃破したときと同じものだよ。不思議なことだ。

マーセラス 　過去に二度もこんな真夜中に出陣の行進のように、俺達の見張りのすぐ横を通られたのだ。

ホレイショ 　どう考えていいのか分からないが、その意図や目的は、僕が思うに我が国に何らかの奇怪な事件が勃発するという予兆では…。

マーセラス 　まあ座れ。誰か知っているなら教えてくれないか。どうしてこれほども厳戒態勢を整えて、夜毎警備にあたるのか？!日中は大砲造りや、戦備品の買いつけをして、週七日七晩、昼夜を問わず船大工をかき集め、働かせるのはどういうことかを知っている者はいないのか？

ホレイショ 　それには僕が答えよう。今は亡きデンマーク王ハムレット、そのお姿を見たことはあるが、知っての通り、高慢なノルウェー王のフォーティンブラスが一騎討ちを挑んできたんだ。西側諸国の中でも勇猛果敢で名を馳せたハムレット王はそれを受け、敵を討ち取り勝利を挙げた。法と契約の定めによって、ノルウェー王は命も領土も失った、それ相応の領土をこちらも賭けており、敵方が勝てば我らの領土はノルウェーの所属になっていた。同じ条件だったのだ。ところが、同名の息子であるフォーティンブラスはまだ成熟に至っておらず、血気にはやってノルウェーの辺境のあちらこちらで食料を餌にして不法者など集め出した。そ

の理由とは父親が失くした領土の奪還だ。僕が思うに、この軍備増強や、緊急な警備体制はこれに対抗するためで、それで国内は騒然となっているのだ。

バーナード　理由はきっとそれだろう。不吉な姿をした者が武装して、警備をしていた我らのそばを通り過ぎた。それが王そっくりだったのだから、ハムレット王が敵の攻撃を警告なさっているのに違いない。

ホレイショ　塵一つさえ、心の眼には気になるものだ。ローマ帝国の繁栄の絶頂期、強大なシーザーが倒される前には、墓が空となって、さ迷い歩く亡霊がローマの路傍を埋め尽くし、泣き喚いたと言われている。流れ星は火の導火線を引きずって、血の雫を滴り落とし、湿った星の影響で、海の神ネプチューンが支配する世界でも、光りの喪失により、最後の審判の日のように病んでいた。あの大事件が起こる前、前兆があったように、運命の先駆けとして、天地異変が我が国や国民に警告を与えてくれている。

（亡霊登場）

あっ！　シィーッ！　見ろ！　あそこ！　また、やって来た！　行く手を塞いでやってみる。呪われるかもしれないが。止まれ! 亡霊！（亡霊は両腕を広げる）声があり、口が利けるなら話してくれ。そうすれば、おまえの魂が鎮まり、僕にとって幸いとなるのなら話してほしい。もしもおまえが我が国の命運を握る鍵を持っているのなら、その鍵で不運など閉じ込めるのだ、さあ話すのだ！それとも、生前に奪い取った財宝を、大地の中に埋めて隠したのか?!　未練残した亡霊は、死後も徘徊すると言われている。（鶏

が鳴く声がする）話すのだ！　止まって話せ！　制止させろ、マーセラス！

マーセラス　この槍で斬りかかろうか？

ホレイショ　止まらないなら、やってくれ。

バーナード　ここに来た！

ホレイショ　ここだ、ここ！（亡霊退場）

マーセラス　消え失せた！　王の姿をした者に、手荒な真似はまずかった。あれは空気と同じもの。斬ったりしても斬れぬはず。攻撃しても虚しいだけだ。

バーナード　亡霊が話し出そうとしたときに、鶏が鳴き出した。

ホレイショ　そのときに、恐ろしい呼び出しを受けた罪人のように驚愕したな。鶏は朝を告げる鳥だ。高らかな鋭い声が太陽神を目覚めさせると、さ迷っていた魔物が火の中や海の中、地中や空中に逃げ戻ると言われている。今のモノ、この話が実話だと教えてくれた。

マーセラス　鶏が鳴いたときに消え去った。ある者の話では、キリストの生誕を祝うときが来ると、夜明けを告げる鶏は夜もすがら鳴くとのことだ。そうなると、亡霊などは現れず、安らかな夜が訪れて、星はキラキラ輝いて、妖精は眠りにつき、魔女さえも魔法を使えず、神聖な時が流れるということだ。

ホレイショ　僕もその話、どこかで聞いた覚えがあるし、半ば信じているからな。ほらあそこ、見てみろよ。朱色に染まるマントを纏った朝の日が、露に濡れている東方の小高い丘に昇ってくる。夜警はこれで終わりにし、若きハムレット殿下に今夜見たことを伝えよう。この亡霊は口を閉ざしはしていたが、殿下になら、きっと話しはするだろう。このことを知らせるのは友情であり、

臣下としての務めじゃないか？

マーセラス　是非、そうしよう。都合良く、殿下が今朝どこにおいでか知っている。（一同退場）

第２場

城内のホール

（国王、王妃、ハムレット、ポローニアス、レアティーズ、ヴォルティマンド、コーネリアス、貴族達、従者達登場）

国王　敬愛すべき兄であるハムレット王の崩御の記憶は、生々しいもので、悲しみを心に抱きつつ、国を挙げて、眉をひそめて嘆くのは当たり前のこと。だが、わしは理性に基づいて、肉親であるという感情と闘っている。この節度ある悲哀の情を心に秘めて、兄を偲びつつ、わしに課された大切な務めを心に刻み、かつての姉を我が王妃としたのである。それは戦争の危機にある我が国の存亡に関わることで、国の安泰の為、二人して国位を預かることにしたのであるぞ。言ってみれば、挫折の喜びとも言えるもので，片方の目に笑みを浮かべて、もう一方では涙するのだ。葬儀には歓喜の歌を歌い、婚礼に挽歌を唱えて、喜びと悲しみを等分にして妻を迎えたのだ。この件に関しては、賢明な諸侯の意見をじっくりと拝聴し、事を進めた。皆の者には感謝しておる。さて、次に来る問題であるが、あの若造のフォーティンブラスが、わしの力を見くびったのか、あるいは、兄の死で我が国の関節が外れ、国全体が瓦解したかと思ってのことか、あるいは、優越感の夢に絆されたのかは知らないが、しつこく使者を送りつけ、武勇に優

れた兄が合意した決闘の条約で決められた土地、即ち、若造の
フォーティンブラスの父親が失くした土地のことだが、その領土
の返還を迫ってきておる。彼の話はこれまでとし、では次の議題
に入る。フォーティンブラスの叔父であるノルウェー王に、わし
は親書を書いて送り届ける。王は老衰で寝たきりだから、恐らく
甥の計画など知らぬはずだ。その趣旨は、この策動を食い止める
ためのものだ。兵員も兵站もすべては民の税金だから、無駄に使
うことは許されない。コーネリアスとヴォルティマンドに、この
親書をノルウェー王に届ける任務を与えることにする。注意すべ
き点は、王に対する折衝は、そこに記した条項のみとし、その範
囲を逸脱せぬように。では、急いで出発し、しっかり使命を果た
してくるのだ。

コーネリアス & ヴォルティマンド　我ら、任務を全うします。

国王　任せたからな。無事を祈るぞ。(コーネリアス、ヴォルティ
　マンド退場) さて、レアティーズ。どうしたというのだな？ 願
　いごとは何なのだ？ 言ってみなさい。理に適う事柄ならば、こ
　のわしがおまえの願いを叶えてやろう。おまえの父と、このわし
　は、結び合う頭脳と心臓のような関係だ。あるいは、口を補佐す
　る手の動きほど密接な関係で、いや、それ以上かもしれないな。
　願いは何か？ レアティーズ、言ってみなさい。

レアティーズ　陛下、フランスに戻る許可を頂きたく存知ます。戴
　冠式に列席のために帰国しましたが、もうその務めは終えました。
　実を申せば、思いはすでにフランスに向かっています。どうかフ
　ランスに戻るお許しをお願いします。

国王　父親からはもう許しはもらったのか？ ポローニアス、どう
　なのだ？

ポローニアス あまりしぶとくせがむので承諾を与えました。陛下からも是非お許しを…。

国王 青春を謳歌しなさい、レアティーズ、今がそのとき。思うがままに持つ才能を発揮しなさい。さて、甥のハムレット。今は息子の…。

ハムレット 〈傍白〉血族的に近くなり、心情的に遠くなっている。

国王 まだ、垂れ込める雲の中？

ハムレット いや陛下、お門違いで、過度に太陽浴びすぎて、二本のマッチ[2]をすり間違えて、火傷《やけど》をして、おやじ《親父》に蒸す《息子》ことなってみたなら、ああ味気ない、おじや《叔父》だな…。

王妃 ねえ、ハムレット。わけの分からぬ話をし、憂鬱そうな顔はやめて、国王に情愛込めて接してね。いつまでも伏し目がちになり、気高い父を土の下まで追い求めてはなりません。命あるもの、すべてがすべて、死んでゆきます。浮世を通り、永遠の世界へと渡りゆくのです。そのことは、自然の理《ことわり》だと知っているでしょう。

ハムレット はい、知っております。自然の中の理ですね。

王妃 そうならば、なぜあなたには特別に見えるのかしら…。

ハムレット 見えるって？ とんでもない、真実なのですから。「見える」ってこと、僕にはありません。インキ臭い[3]と見えるマントや慣例通り黒い服、わざとらしくて大げさな溜め息や、溢れく

---

2 原典 "I'm too much in the sun." "sun"（太陽）と "son"（息子）はシェイクスピア（Sh.）のしゃれ。これを訳者（Ys.）は「（太陽熱で）蒸すこと／息子と」にし、"too much" は「過度」と「お門違い」とし、さらに和風のシャレとして、「マッチ」は火を点す用具の「マッチ」と "much" は日本風には同じ発音であり、"too" も「トゥー」ではなくて「ツー」（これは "two" と同じ）なので、「二本のマッチ」としてみた。オヤジ（親父）とオジヤ（雑炊）はアナグラム［文字並び替えゲーム］である。

3 原典 "inky"（インキの／インクの）を「陰気臭い」とした。Ys. のしゃれ。

る涙の雫とか、憂いに沈む顔付きや、それに加えて、哀悼の形式や様式、外面が全く僕に真実とは見えないのです。そんなもの、見掛け倒しの芝居です。僕の中には、演劇を超えた真実があるのです。目に見えるものなんか、悲哀の衣服の装飾にしかすぎません。

国王　亡き父親に哀悼の意を捧げることは、称賛に値する行いだ、ハムレット。そのことに、おまえの優しさが滲み出ている。弁（わきま）えていてほしいのは、おまえの父親もその父親を亡くし、その父親もさらにまたその父親を亡くしているという事実だ。残された子が、しばらくの間は喪に服すのは当然の務めである。だが、頑なにいつまでも哀悼の意に浸っているのは不敬の至りであり、女々しい嘆きで、天の意に逆らうものだ。そんなことに固執しているのは未熟な心の表れで、我儘な性格を示し、理解力が乏しく、自己統制の力に欠けると言われても仕方があるまい。我らにはどうすることもできないことだ。日常に頻繁にあることなのに、なぜそんなに長く機嫌を損ね、自然の理に逆らって心を痛めているのだな？　それはいかんぞ！　明らかにその行為、神や死者には冒涜行為であって、自然の摂理に叛（そむ）くものだ。最初の死者に始まって、今日の死者まで本来「そうあるべき」だと賢人は説いてこられた。無益な苦悩など捨て去って、頼むからわしを父だと思っておくれ。そこで今、この場で公言いたす。我が国位を受け継ぐ者はおまえだぞ。実の父親が息子にかけた愛情と、おまえへのわしの愛情を比較して、わしのものに何ら遜色はないはずだ。ウィッテンバーグ大学へ戻る予定らしいが、わしはそれには反対だ。どうか、この地に留まって、わしの目の届く所にいて、わしの重臣であり、甥であり、また息子として、わしの励みとなってはくれないか？

王妃　母の祈りも聞き届けてね、ハムレット。ここにいて、ウィッテンバーグには行かないで…。

ハムレット　できるだけ、ご希望に添うようにしてみます。

国王　おや、好ましい立派な返事だ。デンマークでは、王にでもなった気持ちでいれば良い。さあ、行こう、ガートルード。ハムレットが快く承諾してくれたので、肩の荷が下りた気分だ。これを祝って国王が盃を上げる度、祝砲を雲にまで響かせてやれ。天もまた、地上が起こす雷鳴に応えるだろう。さあ、奥へ参ろう。

（ハムレットを残し、一同退場）

ハムレット　この有形の我が肉体が溶け崩れ、無形の露となり果ててしまうなら…。永遠の神が禁じる自殺さえ許されるなら…。ああ神よ！ 神よ！ この世のすべてがうとましく、淀んでいて、味気なく、無益なものに思えてしまう。何てことだ！ 悍ましい！ この世とは雑草除去がおざなりな庭だ。だから、雑草などが伸び放題で、下品で下衆な者達が我が物顔でのさばっている。これほどまでになろうとは！ 亡くなってまだ二ヵ月だ。いや、それほどは経ってはいない。高潔な王だった。今の不潔な王とは大違い。ハイペリオンとサタほど違う。父上は母上をこよなく愛し、空からの風が母上の顔に強く当たるのさえもお許しにならなかった。それなのに、何てことだ！ 忘れられたらいいのだが…。父上が与える愛で育った愛が、更なる愛を乞い求め、縋りついていた母上なのに、それがたったのひと月足らず…。こんなことなど、考えないでおくことだ。「弱き者汝の名は女なり」。まだそれが、ほ

4　ギリシャ神話。太陽神 天体の運行と季節を人々に教えた。
5　ギリシャ神話。森林に棲む好色で酔いどれの神。

んのひと月で…。ニオベ[6]のように泣き暮らし、父上の亡骸に縋りつき、歩んだ靴も古びぬうちに、人もあろうに母上が…。ああ、神よ！ 理性など持ち合わせていない獣でさえ、もう少し慎むだろう。ところが、叔父と結婚なんて[7]！ 兄弟とはいえ、似ても似つかぬ弟。ヘラクレス[8]対、僕のようだ。二人には大差がある。ひと月足らず、泣き濡れた赤い目尻から偽りの涙の跡が消えぬ間に、結婚などと！ 極めつけの不道徳。目にも止まらぬスピードだ。なぜこれほども巧妙に、不義のベッドに急ぐのか！ これは良くない。良い結果など生むはずがない。だが、この胸が張り裂けようと、僕は黙するだけで語りはしない。

（ホレイショ、マーセラス、バーナード登場）

ホレイショ　お久しぶりです、殿下。

ハムレット　ホレイショ、元気そうだね、ホレイショ？ 人違いかな？

ホレイショ　見ての通りで、忠実な殿下の下僕。

ハムレット　親友だろう。下僕と言うなら、僕だって君の下僕さ。ウィッテンバーグを離れてここに、なぜ来たのだね？ やあ、マーセラス。

マーセラス　殿下。

ハムレット　ようこそここへ。〈バーナードに〉やあ、今晩は。で

6　ギリシャ神話。14人の子を生んだニオベに対し、二人しか子供がいない女神レートが侮辱されたと憤慨する。その息子のアポロンはニオベの子供全員を殺害。ニオベは嘆き続けて石と化した。

7　エリザベス朝のイングランドでは近親相姦に値した。

8　ギリシャ神話の最強の英雄。

も、本当はどうしてなんだ？ ウィッテンバーグを出てきたわけ
は？

ホレイショ　さぼり癖が出たまでで…。

ハムレット　そんなことは君の敵が言ったとしても信じない。自分
で自分を貶（けな）しても、僕の耳はそんなことは受けつけないよ。さぼ
り癖などあり得ない。それでだな、エルシノアには何の用事だ？
ここを去る頃には大酒飲みになっているかもな…。

ホレイショ　今は亡き、お父上の葬儀のために参りました。

ハムレット　からかったりするのはやめてくれ。母上の結婚式だろ
う。

ホレイショ　本当に立て続けです。

ハムレット　倹約なんだ。節約なんだよ、ホレイショ。葬式用に焼
いた肉が、結婚披露のテーブルに冷たい肉として出されたまでだ。
あんな嫌な日を経験するのなら、天国で得難い敵に出会うほうが
まだましだ。父上の姿が僕の目には見えるようなんだ。

ホレイショ　それは一体どうしてですか？

ハムレット　心の目だよ、ホレイショ。

ホレイショ　一度だけお目にかかった覚えがあります。ご立派な国
王でした。

ハムレット　どこを取っても男の中の男だし、父上ほどの人物を再
現するのは不可能だ。

ホレイショ　昨夜、私は見かけたような気がします。

ハムレット　見かけたと？ 誰のこと？

ホレイショ　国王ですよ。お父さま！

ハムレット　国王で、父上と？

ホレイショ　驚きのお気持ちを鎮めて、しっかりとお聞きください。

ここにいる二人が証人です。今から不思議なことをお話しします。

ハムレット　しっかりと聞かせてもらおう。

ホレイショ　この二人、マーセラスとバーナードが二晩続けて警備中のことです。死んだように静まり返る真夜中に、頭から足先までもお父さまにそっくりの人物が、甲冑を着て完全防備の姿で二人の前に現れたのです。ゆっくりとした足取りで、威風堂々、静々と、恐れ戦く二人の前を通り過ぎたのです。三度に渡り、王が手に持つ指揮杖が届かんばかりの至近距離を。その間、この二人は恐怖感で日干しにされたゼリーのように金縛り状態になり、話しかけることすらできなかったとか。その恐ろしい秘密を知らされて、僕も加わり、三人で夜警に立つと、二人の予告したその時刻に、姿形も全く同じ国王の亡霊が現れました。僕の知る限り、お父さまそっくりでした。この僕の両手が、左右そっくりである以上に、瓜二つで…。

ハムレット　場所はどこだ？

マーセラス　見張り台のある城壁の上です。

ハムレット　君はそれには話しかけたりしなかったのか？

ホレイショ　もちろんしました。でも、何の返事ももらえずじまい。一度だけ、頭を上げて話したそうな素振りをしただけです。ちょうどそのとき一番鶏が鳴いたので、その声にたじろいで急いで立ち去り、視界から消え去りました。

ハムレット　不思議なことだ。

ホレイショ　命に懸けて、このことは真実なのです。それにまた、お知らせするのが責務だと考えました。

ハムレット　そうだとも、その通りだ。でも、落ち着いてはいられない。今夜も警備に当たるのか？

マーセラス & バーナード　はい、当たります。

ハムレット　武装してと言ったよな。

マーセラス & バーナード　はい、武装して。

ハムレット　頭から足の先まで？

マーセラス & バーナード　その通りです。頭から足の先まで。

ハムレット　では、顔は見えなかったのか？

ホレイショ　いえ、見えました。顎当ては上げていたので…。

ハムレット　何だって！ では、表情は?! 険しかったか？

ホレイショ　怒りより、悲しみの表情で…。

ハムレット　蒼ざめて？ 紅みを帯びて？

ホレイショ　真っ蒼でした。

ハムレット　目は君を見据えていたか?!

ホレイショ　はい、瞬きもせず。

ハムレット　何とかその場にいたかった。

ホレイショ　ご一緒だったら、驚愕されていたことでしょう。

ハムレット　そうだよな。きっとそうだよ。長くいたのか？

ホレイショ　普通に数えて、百数える間です。

マーセラス & バーナード　いや、もっと長かった。

ホレイショ　僕が見たときは、そんなに長くはなかったぞ。

ハムレット　髭には白髭が混じってはいなかったか？

ホレイショ　混じっていました。生前にお会いしたときと全く同じ、白髪混じりの黒い髭でした。

ハムレット　今宵は僕も見張りに立つからな。恐らく、今日も現れるはず。

ホレイショ　必ず今日も現れますよ。

ハムレット　気高い父の姿をしていれば、たとえ地獄が口を開いて

ハムレット

黙るようにと命じても、僕は話すぞ。みんなには頼みたいことが
ある。今までこれを隠してくれていたんだろう。これからもその
沈黙を守り続けてくれないか。今から起こることが何であっても、
心に留めてそれを口に出さずにいてほしい。君達の厚意には必ず
礼はするからな。では、また会おう。11 時から 2 時の間に必ず
城壁の上に行くからな。

ホレイショ、マーセラス & バーナード 　殿下への義務として、沈
黙を守ります。

ハムレット 　義務じゃなく、お互いの友情としてだ。では、また
後で…。(三人退場) 父上の亡霊が武装して?! ただごとではない。
良からぬ何かが潜んでいるな。早く夜になればいいのに…。それ
までは心を落ち着けて沈着冷静でいなければ…。悪事は必ず露見
する。たとえ大地が覆い尽くして、人の目からは隠したりしよう
とも…。(退場)

第 3 場

ポローニアスの館の一室

(レアティーズ、オフィーリア登場)

レアティーズ 　必要なものはみんな船に積んだよ。これでお別れだ。
オフィーリア、風向きが良くて船の便があるときは、居眠りなん
かするんじゃなくて、便りを寄こせよ。

オフィーリア 　疑い深いお兄さまね。分かっているわ。

レアティーズ 　ハムレットさまのことだけど、彼の好意は取るに足

らないものだからな。ただの気まぐれで、若き血が騒いでるだけ
だ。おまえは今、人生の最高の春、スミレの花が咲く頃だ。咲く
は早いが、枯れるのさえもまた早いから、甘い香りも続かない。
ただそれだけだ。

オフィーリア　それだけのこと？

レアティーズ　それだけだと思っていれば間違いはない。人が成長
するときは、向上するのは筋力や体力だけじゃないからな。心や
魂のように内なるものも育つのだ。恐らく今は、ハムレットさま
はおまえ一途の思いだろう。その純粋な愛に汚れや偽りはない。
だが、心得ておくんだよ。彼の身は高貴な血筋に囚われて、彼の
意志さえ自由にならず、庶民のように勝手なことはできないから
な。お生まれという縄に縛られているんだ。結婚相手を選ぶとき
は、国の安寧を考慮しなければならないからな。即ち、それは選
考に制約があるということだ。譬えて言うと彼は頭だ。声や体を
無視しては動けない。殿下から愛していると言われても、そのこ
とをよく弁えて対応するように。特別な立場に立たれているので、
殿下の思いを実行するのは容易なことではないんだからな。デン
マークの主要な声を聞かねばならない。おまえに必要なのは、自
分の名誉に傷がつかないように振る舞うことだ。甘い歌声に魅せ
られて、我を忘れて、心奪われ、抑制などが利かない殿下の求め
に応じて、乙女の鍵を渡してはいけないよ。怖いことだと恐れる
んだ、オフィーリア。恋愛の戦では後陣に控えて、欲望の矢面に
立たないようにして、危険は避けるんだ。慎み深い女性には、美
しさを月に盗み見されるのさえも不謹慎なこと。貞節の鑑でも、
世間の中傷は免れない。春の花も蕾のうちに蝕まれて枯れ果てる
ことがあるからな。汚れを知らぬ朝霧にも、胴枯れ病の毒気が忍

び寄ることがある。だから用心が大切なんだ。恐れる心に安全が宿るんだ。若い血は、誰一人そばになどいなくとも、騒ぎ立つものなんだ。

オフィーリア　お兄さまの今の良い教訓は私の胸の見張り番にしておきますわ。でも、お兄さまも邪な牧師さまがなさるように、天国への茨の道を差し示しはするものの、ご自分は得意気にむやみやたらに放蕩三昧、サクラソウ咲く戯れの道を、のらりくらりと浮かれ歩いたりなさらないでね。ご自分が今話された教訓をお忘れなく。

レアティーズ　心配はいらないよ。少し話しすぎたな。ああ、父上がやって来られる。

（ポローニアス登場）

二度のお別れで、祝福も二倍となって、その光栄に浴することができるようだ。

ポローニアス　まだここにいたのか?!　レアティーズ！　乗船だ。船に乗れ。ぐずぐずするな！　帆は一杯に風を受け、おまえが乗るのを待っている。さあ、祝福を！　だが、ここで二言三言、教訓を垂れるから、胸に刻んでおくがよい。口は慎め。考えもなく行動するな。親しい仲でも礼儀を正せ。信用に足る友を見つけたら、鋼鉄の輪で絆を結べ。一人前になってはいない連中に迎合し、勝利を逸してはならぬ。喧嘩には巻き込まれるな。巻き込まれたら、相手が引くまで絶対に引き下がるなよ。人の話はよく聞いて、自らは口を慎め。人からの批判は素直に受け入れ、人の批判はしないこと。金銭にゆとりがあれば、衣服に使え。流行などは追って

はならぬ。派手はいかんぞ。リッチなものを選ぶのだ。服装は人格を表すからな。その点で、フランスの上流貴族は趣味とセンスは抜群だ。金に関しては借りてもいかん。貸してもいかん。貸したなら金はもとより友まで失くす。借りたなら節約する気を失くしてしまう。特に注意すべきは、自らに忠実であれ。そうすれば、昼の次に夜が来るように、他人(ひと)に対しても忠実になる。さあ、もう行くがいい。この教えを忘れてはならないぞ！

レアティーズ　では、出かけます。さようなら。

ポローニアス　時間がないぞ。召使いが待っている。さあ、早く行きなさい。

レアティーズ　元気でな、オフィーリア。僕の話を覚えておけよ。

オフィーリア　私の胸に鍵をかけます。お兄さまがその鍵の持ち主よ。

レアティーズ　さようなら。（退場）

ポローニアス　レアティーズが言ったのは何のことだな？

オフィーリア　ハムレットさまに関わることで…。

ポローニアス　よくそのことに気付いたな。殿下はこの頃、頻繁におまえに会いにいらっしゃる。それは、わしの耳にも入っておった。気安くおまえがお相手をしている様子なので、注意するようにと知らされていた。おまえは自分自身が分かっておらん。わしの娘で、嫁入り前だ。二人の仲はどうなのだ？　正直に言いなさい。

オフィーリア　最近は、愛のこもった優しい言葉を頂いております。

ポローニアス　愛のこもった？　何ということだ?!　危険な目には遭ったことがなく、あどけない娘の台詞だな。「愛のこもった優しい言葉」、おまえはそれを信じているのか？

オフィーリア　信じていいのか、よく分かりませんが…。

ポローニアス　そうだろう。では、教えよう。自分のことを赤ん坊だと思うことだ。そんな言葉を真に受けるのは間違いだ。自分をもっと大切にしなさい。さもないと、まずいジョークと思うだろうが、「愛想つかした易しい言葉で言うのなら、親バカのわしはバカを見る」。

オフィーリア　愛を告白されたとき、ハムレットさまは真顔でしたが…。

ポローニアス　そんなもの表面だけだ。ただそれだけのこと。

オフィーリア　そのお言葉は、神に誓うと思えるほどの真心を込めて話されていました。

ポローニアス　それは、要するに、カモを捕らえる罠なのだ。血が燃え立てば心は口に気前よく誓いの言葉を語らせる。わしにはそのことがよく分かっておる。燃え盛る炎には熱はない。誓いを立てているその最中に、炎も熱も消え始めている。それを本物の火と思ってはならないのだ。たった今から嫁入り前の身と心得て、軽い気持ちの取り扱いなど受けないように気位高く構えるのだぞ。ハムレットさまはまだ若くても、おまえとは全く違い、どこに行くのも勝手気ままだ。はっきり言って、オフィーリア、殿下の誓いなど信じてはいかん。彼の言葉は実質を飾りつけて話を大きくする仲介人に似たもので、神聖で敬虔な表面と裏腹で、無垢なおまえを欺くものだ。ただそれだけなのだ。はっきり言おう。今後一切、ほんの少しもハムレットさまと言葉など交わしてはならないから。分かったな。命令だ。さあ、行こう。

オフィーリア　お言葉通りにいたします、お父さま。（二人退場）

9　原典 "fool"。裏の意味「婚外子」。

第４場

城壁の上

（ハムレット、ホレイショ、マーセラス登場）

ハムレット　風が身を切る寒さだな。

ホレイショ　肌を刺す激烈な風だ。

ハムレット　今は何時だ？

ホレイショ　12時の少し前では？

マーセラス　鐘は鳴ったぞ。

ホレイショ　本当か?! 気が付かなかった。そうすると、亡霊が徘徊してもいい時間帯だな。[華やかなトランペットの音 祝砲が轟く] 殿下、これは何事ですか？

ハムレット　夜を徹しての国王の祝宴だ。飲んで踊って、大騒ぎ。国王がワインを飲み干す度に、笛や太鼓で囃し立て、国王の健康を祝うのだ。

ホレイショ　そういった習慣ですか？

ハムレット　ああそうなのだ。この国に生まれた僕も、この習慣は守るより破ったほうが名誉だと思っている。東西に知れ渡るこんな愚劣な酒宴のために、我々は酔いどれと侮られ、蔑みの言葉にて穢されている。稀に見る活躍をしても、その業績の特質は骨抜きにされるのだ。個人にしても、同じこと。生まれ持っての欠点は― 本人には何の落度もないのだが、生まれなど選んだりできぬから― ある特性がはびこって、理性の塀や砦など崩してしまう例もある。潜在的な気質によって、分別のあるやり方を壊す

ことさえあるからな。生まれ持っての特質なのか、運勢の星のせいなのか、多くの美徳を備えていても、それが純粋で高徳であっても、その特定の欠点のため他人からは堕落だと責め立てられる。疑惑混じりの少量の酒が、それ全体の銘柄をスキャンダルにて腐らせるのと同じことだ。

（亡霊登場）

ホレイショ　ほら殿下、あそこに来ます。

ハムレット　神の使いの天使達よ、我々を守り給え。汝は善霊なのか？ それとも、悪霊なのか？ 天の霊気を送るのか？ 地獄の邪気を送るのか？ その意図が邪悪なものか、善良なのか分からないが、話したげにと来たからは、僕は汝に話しかけよう。汝のことをハムレット王、そう呼ぶべきか？ 国王か？ 父上か？ デンマーク王？ 無知のまま、この僕を置き去りにするのではなく、返事が欲しい。死んで棺に納められた聖なる遺体、死装束を引き裂いたのか？ 安らかに安置されたのを我らは目にした。それなのに、重く大きな大理石を持ち上げて、死者が出てきた理由は何なのだ？ 死者の汝が甲冑を着て、かすかに光る月を背に恐怖の色に夜を染めるのか！ 人知及ばぬ意図があり、何も分からぬ愚かな我らを驚愕させるつもりなのか？ 言ってくれ！ どうしてだ？ どうしろと言うのだ?!（亡霊はハムレットに手招きをする）

ホレイショ　一緒に来いと手招きをしている。殿下だけに伝えたいことがあるかのようだ。

マーセラス　礼儀正しい仕草をし、遠くへと殿下を連れて行こうとしている。一緒に行くのは危険です。

ホレイショ　絶対について行ってはなりません。

ハムレット　ここにいたなら、口を利かない。だから僕はついて行く！

ホレイショ　殿下、おやめください。

ハムレット　どうしてだ⁉　何を恐れる必要がある⁈　命など一本の針にしかすぎない。価値などはそれぐらいだ。でも、僕の魂は不滅のものだ。亡霊と同じだよ。だから、それには手出しなんかはできないんだよ。また手招きをしているから、ついて行く。

ホレイショ　満ち潮の海を目の前にして、海に突き出た恐ろしい絶壁に、誘い出す魂胆なのか分からない。そこで、恐ろしい魔物に変わり、殿下の理性を奪い取り、狂気の世界に引きずり込むかもしれません。しっかりとお考えください！　そんな場所に行くだけで、動機など何もなくても、はるか遠くに海を見下ろし、轟く怒涛の音を聞けば絶望感に苛まれ、自分自身を忘れてしまうかもしれません。

ハムレット　まだ手招きを続けている。お先にどうぞ。ついて行くから。

マーセラス　行ってはなりません！　殿下。

ハムレット　手を放せ！

ホレイショ　聞いてください！　放せません！

ハムレット　僕の運命が叫んでいるのだ。この体内の動脈すべてがネメアの獅子の筋肉のように精悍になっている。（亡霊が手招きする）また、呼んでいるぞ。さあ、みんな手を放すのだ！　（彼らを振り払う）止める者に容赦はしないぞ！　さあ離れてろ！〈亡

───────────

10　ギリシャ神話。古代ギリシャの南東部の谷ネメアに棲んでいた猛獣で、ヘラクレスによって退治された。

272

霊に〉ついて行くから…。(亡霊、ハムレット退場)

ホレイショ　妄想に駆られたようで、殿下の様子は絶望的だ。

マーセラス　後を追って行こう。命令に従うのが必ずしも良いとは言えないから。

ホレイショ　さあ、行こう。この次に何が起こるか分からないから。

マーセラス　デンマークのどこかが腐っている。

ホレイショ　天がお導きくださるだろう。

マーセラス　さあ、後を追っていくのだ！（一同退場）

第５場

城壁の別の場所

(亡霊、ハムレット登場)

ハムレット　僕をどこへ連れて行くのだ⁈　さあ、話してほしい。もうこれ以上どこにも行かないぞ。

亡霊　よく聞くのだぞ。

ハムレット　はい、聞きましょう。

亡霊　もう時は迫っている。硫黄が燃える拷問の火に戻らねばならぬから。

ハムレット　ああ何と！　痛ましい亡霊だ。

亡霊　哀れみなどはいらぬから。今から語るわしの話を聞き漏らしてはならないぞ。

ハムレット　話されるのなら聞きましょう。

亡霊　聞いたなら、復讐せねばならなくなるぞ。

ハムレット　なぜですか？

亡霊　わしはおまえの父親の亡霊だ。定めの期間は夜にさ迷い、日中は業火の中に閉じ込められて、生前の罪業が燃え尽くし、清められるのを待っている。煉獄の獄舎の秘密を語るのは、禁じられている。たとえ一言でも打ち明けたなら、おまえの中の魂は震え上がって、若い血潮は凍てついてしまい、おまえの両眼は星のように飛び出して、結んだ髪も解散り、髪の毛のそれぞれ１本がヤマアラシの針のように逆立つだろう。永遠の世界のことは、地上の者に聞かせてならぬ掟だからな。だが、これだけは耳を傾け、しっかりと聞きなさい。亡き父をおまえは敬愛していたのなら…。

ハムレット　ああ、神よ！

亡霊　邪で人の道に外れた殺害に復讐の手を下すのだ。

ハムレット　殺害に⁈

亡霊　どう見ても、悪質な殺害だ。殺人の中でも最も悪質で異常なもので、暴虐非道と言わざるを得ない。

ハムレット　今すぐそれを言ってください。空想や恋の思いの翼より速く、一気呵成に仇を一掃してみせましょう！

亡霊　望ましい反応だ。このことを知って、奮起しないなら、レーテ川の岸辺に根付く、ねちっこい肥満型の雑草よりもまだ劣る。さあ、ハムレット、よく聞きなさい。庭園で昼寝の際に毒蛇に噛まれ、わしは死んだと公表された。その偽りの知らせがデンマーク中に流された。だが忘れるな！　おまえの父を噛んだ蛇が王冠を頂いておる。

ハムレット　ああ、僕の疑念がズバリ的中した！　やっぱり叔父だ！

───────────
11　ギリシャ神話。死者の霊は黄泉の国にあるレーテ川の水を飲むと、地上でのことをすべて忘れるとされている。

ハムレット

亡霊 そうだ、あの不義で姦通罪の獣が、魔法の知恵と裏切りの才能を生かし― 邪悪な知恵と才能だ。誘惑のパワーがある！― 自ら恥ずべき情欲を満たすため、貞淑と見える王妃を誘惑し、やり遂げた。ああ、ハムレット！ そこにあるのは、何たる堕落か！わしの愛の気高さは婚礼の誓いの言葉を述べたときから変わりはしない。それなのに、天性劣る卑しい奴に身を任すとは…。天使の姿を偽って淫らな奴が誘っても、美徳ある者は微動だにしないだろう。ところが、官能の欲望はそれとは逆で、輝ける天使と契りを結んでも、天上のベッドに飽きて、ゴミ溜めの肉を漁るのだ。いや、待てよ。朝の空気の匂いがするぞ。手短に話すから。いつものように午後の一時、庭園で眠っていると、その隙を狙い、おまえの叔父は、忌まわしい劇薬を小瓶に入れて忍び寄り、その液体を耳の中へと注ぎ入れたのだ。劇薬は血管の中に水銀のように入り込み、血と混わらぬその特性で、ミルクの中に落とした凝固剤のように五体を巡る健全なわしの血を固まらせ、見る見るうちに滑らかな肌をかさぶたが覆い尽くしたのだ。このわしは眠っている間に、命、王冠、それに妻を一気に全部奪われたのだ。我が罪の償いも済まぬのに、命取られて、聖餐受けず、懺悔はないし、臨終の聖油もなしで、現世の罪を背負ったままの死の旅路だ。その末に、神の前にと立たされた。恐ろしい！ ああ恐ろしい！ そら恐ろしい！ おまえに情があるのなら、これは決して許してはならないぞ。デンマーク王の寝室を近親者らの情欲が渦巻く悍ましい性的な交わりの場としてはならぬ。だが、事を起こすときには理性を忘れず、おまえの母に危害など加えてはならぬから、心せよ。母のことは、その罪は天に預けるのだぞ。胸の内なる茨の棘が苛むのに任せるがよい。もうこれで行かねばならぬ。薄れゆ

275

くその光のもとで、朝が近いとホタルが告げている。さらばだ、さらば！　ハムレット、わしのことを忘れるな！（退場）

ハムレット　ああ、天の星たちよ！　おお、大地よ！　他に何？　地獄にも呼びかけるのか？　ああ何てことだ⁈　しっかりしろよ、ハムレット！　筋肉も老いぼれないで、しっかり自分を支えるのだぞ。亡霊のことは忘れない！　混乱しているこの頭の中に、記憶の力が残っていれば、亡霊よ、覚えていよう！　僕の記憶のノートから瑣末な書き込みなどは消してやる。若い頃に書き込んだ本からの格言や、いろんなことや過去の印象などは一切まとめて拭い去る。亡霊が語った掟はただ一つ。脳という記憶のノートにしっかりと書き留める。他のくだらぬ物事と混じり合うことがないように、天に誓ってそうするぞ！　何というふしだらな女であるか、ああ悪党だ！　作り笑いの忌わしい悪党だ！　そのことはノートに書いておくからな。笑っている人も悪党になるんだな。他の国ではどうなのか知らないが、デンマークではそうなのだ。叔父などはその一人。さて、僕の誓いの言葉は、「さらばだ、さらば！　わしのこと忘れるな！」だ。これでもう天に誓ったぞ。

ホレイショ　（奥で）殿下！　殿下！

マーセラス　（奥で）ハムレットさま！

ホレイショ　（奥で）天よ、殿下をお守りください！

マーセラス　（奥で）そうお願いします！

ホレイショ　（奥で）やあ、おーい、おい！　ハムレットさま！

ハムレット　おーい、おい。おい、ここだ、ここにいる！

（ホレイショ、マーセラス登場）

マーセラス　どうでした、殿下？

ホレイショ　何か変わったことでも？

ハムレット　ああ、あった。驚くべきだ、今あったこと。

ホレイショ　では、どうかそれをお聞かせください。

ハムレット　いや、だめだ。漏らすだろう。

ホレイショ　いえ、絶対に！　天に誓って！

マーセラス　僕も絶対に！

ハムレット　それでは、ちょっと聞いてみる。こんなことなどありうるのか、どうなのかを…。でも、秘密厳守は忘れないように。

ホレイショ & マーセラス　守ります。天に懸け、殿下。

ハムレット　デンマークにごろつきがいれば、そいつは名うての悪党だ。

ホレイショ　そんなこと言うために、亡霊がわざわざ墓から出てきます？

ハムレット　いや、ごもっとも、その通りだな。では、詳細は抜きにして、もうこのあたりで握手をして別れよう。人は誰しも用事があるし、したいことなどあるからな。君達も同じこと。そういうことで僕のほう、これからはお祈りに行ってくる。

ホレイショ　ねえ、殿下、今のお話は意味不明です。

ハムレット　気に障ったのなら申し訳ない。謝るよ。悪かった。

ホレイショ　気に障ったりはしていません。

ハムレット　いや実は、差し障るところがあるんだよ。ありすぎるほど…。亡霊のことだけど、あの亡霊は正直者だ。それだけは言っておく。でも、お願いだから、亡霊と僕の間に何があったのか知りたいと思うだろうが、それだけは差し障りがあるから聞かないでくれ。さて、君達は僕の親友で、学者であるし軍人だ。僕

の頼みを聞いてくれないか。

ホレイショ　殿下、それは何でしょう。どんなことでも聞きますよ。

ハムレット　今夜見たモノのことは絶対に言わないでくれないか。

ホレイショ & マーセラス　絶対に言いません！

ハムレット　誓ってほしい。

ホレイショ　誓います。絶対に誰にも言いません、殿下。

マーセラス　僕もです。誓います。

ハムレット　この剣に懸けて誓ってくれ！

マーセラス　殿下、もう誓いましたが…。

ハムレット　そうだった。だが、この剣に懸けてはっきりと！

亡霊　（地下から）誓うのだ！

ハムレット　ハハッ、そうか！ そう言うか?! そこにおいでで？ 正直な方。聞いただろう、地下からの声。「誓うのだ！」と、さあ早く！

ホレイショ　では、殿下。誓いのお言葉は？

ハムレット　「見たことは、絶対に話さない」と、剣に懸けて誓うのだ！

亡霊　（地下から）誓うのだ！

ハムレット　普遍的存在なのか？ 場所を変えてやってみる。みんなこっちへ…。また剣の上に手を置いて。「聞いたことは、どんなことでも他言はしない」と誓うのだ！

亡霊　（地下から）誓うのだ！

ハムレット　地下の方、よくぞ言われた。そんなに早く動くなんて、尊敬に値するパイオニアだ。君達も、もう一度動いてくれる？

ホレイショ　何てこと！ 奇妙で不思議！

ハムレット　不思議な客として歓迎しないと。なあ、ホレイショ、

278

天と地の間には、君の哲学が及ばないことが山ほどあるということだ。今度はこちらで先ほどと同じ誓いをしてほしい。僕がどんなに奇妙なことをしていても、気が触れたように振る舞う必要が出てくるかもしれないが、そんなとき、僕を見て腕組みをしたり、首を振り、譬（たと）えて言葉で言うのなら、「さてさて、それは知っている」とか、「言おうとすれば、言えることだが」とか、そのような謎めいたことを口に出し、僕のことを知っている素振りをしないでほしい。神のご加護を得るために、後押しを頼みたい。さあ、剣に誓ってくれよ。

亡霊　（地下から）誓うのだ！（二人は誓う）

ハムレット　もうこれを最後に、慎しむべきだ、心迷った亡霊よ！どうか君達、よろしく頼む。今は無力なハムレットだが、神のお導きがあるのなら、君達の友情と思いやりには、きっと報いるつもりだからな。秘密を守り、手に手を取って邁進だ。よろしく頼む。今の世は関節が外れてガタガタだ。祟（たた）られた何かの因果としか思えない。それを正すのが、僕の使命なのか?! さあ共に行くとしよう。（一同退場）

第2幕

第1場

ポローニアスの館の一室

（ポローニアス、レナルド登場）

ポローニアス　レナルド、この金と手紙を届けておくれ。

レナルド　はい、畏まりました。

ポローニアス　息子に会う前に、彼の行状を調べる際のことだが、勘づかれたりせぬように注意してくれ。

レナルド　もちろん、そのつもりでおりました。

ポローニアス　よくぞ申した。さすがだな。どのようなデンマーク人がパリにいるのかをまず調査しなさい。誰がどれほどの財力を持っていて、誰と誰がどこにいて、どんな仲間と付き合って、どれほどの支出をしているかなどを聞き合わせ、そうする中で、遠回しに息子のことに触れてみるんだ。相手がおまえのことを息子の知人だと気付いたならば、もう少し探りを入れて、息子のことをうすうす知っている素振りをした上で、「父親も友達も知っているし、本人も少しばかりは…」と言ってみるように。分かったな。

レナルド　承知しました。

ポローニアス　「少しばかり」とそれに加えて、「それほどは親しくないとか、人違いかも分かりませんが、乱暴で、道楽者で」とか、

280

どんなことでもいいから付け加えて、好き勝手に息子を貶すのだ。だが、名誉を穢すような下品なことは言ってはならぬ。それだけは気を付けるように。放逸な若者にありがちないたずらや、乱れた暮らし、よく起こる過ちだけにしておくことだ。

レナルド　賭事などは？

ポローニアス　飲酒、剣術、悪口雑言、口喧嘩、女遊びには目をつむる。

レナルド　閣下、それでは名誉に傷がつくのでは？

ポローニアス　いや、それはない。問題は言い方次第だ。女との遊興のスキャンダルなど言ってはならぬ。それはわしの意図とは違う。彼の欠点の若さ故の自由奔放、激情のほとばしり、抑制が利かぬ狂暴さなど、一般的な問題として話しておけばそれで良い。

レナルド　でも、閣下…。

ポローニアス　なぜそんなことまでする必要があるのかと、聞きたいのだな。

レナルド　はい、閣下、その通りです。宜しければ、お教えを…。

ポローニアス　では、わしの意図を教えてやろう。巧妙な手法だと、わしには自信があるからな。作品の制作途中に汚れがつくことがあるように、わしの息子にちょっと傷をつけるのだ。よく聞けよ、話し相手に話題の男が、今述べた罪などを犯したことが分かれば、相手はこれに同意して、きっとこう言うだろう。「友よ」とか「旦那」とか、「そうだ、ご主人」とか、その言い方は出身地や身分によって異なるが…。

レナルド　ごもっともです。

ポローニアス　すると、その何が…この…。ええっと、わしは何を言おうとしておった？　一体わしは何の話をしていたのだ？

レナルド 話す言葉が「身分によって異なる」と。

ポローニアス 思い出したぞ、きっとこう言う。「あの人ならば知っている」とか、「昨日見ました。いや先日に… ずっと前… いつだったのか、不確かですが、仰る通り賭事をして、酔い潰れ、テニスのときに喧嘩となって」とか。それだけでなく、「売り買いの店、要するに、売春宿に入るのを見た」とか…。分かっただろう。偽りのルアーを使って真（まこと）の鯉を釣り上げるのだ。広い知識と先見の明を兼ね備えている我々は、間接的なアプローチにて直接目当てに辿り着く。前もってしたこの説教とアドバイスを参考にして息子の様子を探って参れ。分かったな。

レナルド はい、しっかりと。

ポローニアス では、気を付けて行ってくるのだぞ。

レナルド 承知しました。

ポローニアス 彼の行状を自分の目で観察致せ。

レナルド 仰せの通り、して参ります。

ポローニアス 思いのままに息子を行動させてみるんだ。

レナルド はい、閣下。

ポローニアス では、頼んだぞ！（レナルド退場）

（オフィーリア登場）

おや、どうかしたのか？ オフィーリア、何かあったのか？

オフィーリア お父さま、すごいことです。私、怖くてなりません。

ポローニアス 一体それは、何なのだ？

オフィーリア 私が部屋で縫い物をしていると、ハムレットさまが上着の胸をはだけて、帽子を被らず、ストッキングは汚れたまま

282

で、ガーターベルトを着けないで、足枷のように足首にまでずり
下ろし、お顔はお召しになったシャツほど白く、両膝をガクガク
と震わせて、地獄の悍ましさを告げるかのような哀れな眼差しを
して、私の前に現れたのです。

ポローニアス　おまえを求めて、その愛に狂われたのか？

オフィーリア　どうなのか分かりませんが、お父さま、もしそうだ
としたら、どうすればいいのです？

ポローニアス　何と言われた？

オフィーリア　私の手首を固く握って、腕を伸ばして、後ずさりし
て、もう一方のお手を額にかざしつつ、肖像画でも描くかのよう
に、私の顔をまじまじとご覧になりました。かなりの時間、その
ままのお姿で動かれず、しばらく経ったその後で、私の腕を軽く
振り、このように頭を三度上下させて哀れを誘う深い溜め息をお
つきになり、あたかも体が瓦解して消え入るような素振りをなさ
いました。その後で私の手をお離しになり、肩越しに私を見つめ、
目などなくても行く道は分かると言いたげに、最後まで私をずっ
と見つめたままで出て行かれました。

ポローニアス　さあ、オフィーリア、わしについて来るがいい。陛
下を探しに行かねばならぬ。その兆候は、まさしく愛のエクスタ
シーだ。激情にかられると、取り返しがつかなくなって、とんで
もないことをしでかす場合があるからな。欲情が人格を蝕むこと
はよくあることだ。残念だが、困ったことだ。最近、おまえはハ
ムレットさまに直接、無情なことを言ったのか？

オフィーリア　いえ、お父さまの言いつけに従って、お手紙などは
受け取らず、伝えましたわ。「もう会えない」と。

ポローニアス　狂気の沙汰の原因はきっとそれに違いない。殿下の

様子をもっと詳しく見ておけば、こんなことにはならなかったな。戯れのお気持ちで、おまえのことを穢されると早まったのだ。わしの老婆心によって起こったことだ。いやはやこれは用心過剰。若者に思慮分別が欠けるが如く、老人は取り越し苦労をするものだ。さあ王のもとへ急いで行こう。恋愛沙汰は語りたくないのだが、お伝えせねばならぬから。隠しておけば更なる悲痛を生じるだろう。さあ、行くぞ。（二人退場）

第２場

城内の一室

（国王、王妃、R&G[12]、従者達登場）

国王　やあ、よく来てくれた。ローゼンクランツ、ギルデンスターン。以前から会いたい気持ちはあったのだが、君らの力を借りる必要に迫られて、急いで使いを出した次第だ。ハムレットの外面と内面の変質のことは聞き及んでいるとは思うが、以前とは全く違う。自己統制を失った理由としては、父親の逝去、それ以外にわしには見当がつかぬのだ。そこで二人に頼みだが、君達は幼馴染で、10代の頃には共に過ごして気心は分かっているはずだ。そこで、頼みたいのは宮廷にしばらく滞在して、ハムレットがつれづれ[13]となったとき、気晴らしをしてやってはくれないか？

12　「ローゼンクランツとギルデンスターン」は、以下、二人セットで登場する場合、原則は、R&Gで表記する。
13　「徒然」（物思いに耽ること）と「連れ連れ」（連れの二人）の Ys. のギャグ。

284

そして折りを見て、誰も知らない苦悩の理由を解き明かしてはくれないか。それが分かれば対処の仕方も分かるはず。

王妃 ようこそここへ。お二人のことは、殿下からよく聞いておりますわ。お二人ほど仲のいい友達は他にはいないということですね。しばらくここにご滞在されて、私達に希望の光を灯すため、礼節と好意のほどをお頼みします。お礼として国王からはそれ相応の報奨がくだされるはずです。

ローゼンクランツ 頼むなどとは仰らず、ご威光により命令を発してください。

ギルデンスターン もちろん我ら両名は、我が身を足下に投げ打って、命令通り行う所存でおりますから。

国王 礼を申すぞ、両名の者。

王妃 感謝しますわ、お二人に。お願いですから、今すぐに少しおかしな息子に会いに行ってみて、様子を聞いてくださいね。さあ、誰かお二人をお連れして…。

ギルデンスターン 我々が殿下のそばにいることで、お力になれるのならば望外の幸せですね。

王妃 そのように願っています。（R&G、従者達退場）

（ポローニアス登場）

ポローニアス 陛下、ノルウェーに出した使者が、今、良い知らせを携えて戻りましたぞ。

国王 今もまだ、おまえは朗報の生みの親だな。

ポローニアス そのお言葉、ありがたき幸せですな。考えますところ、小生は神と国王に仕えることを第一に思っております。その

ことよりも、小生はハムレットさまの狂気の原因を見つけました
ぞ。もしこれが思い違いであるのなら、この頭ではかつてのよう
に知恵の小道を追い求めたりはできなくなったという証明ですな。

国王　おお、それを是非とも話してくれんか。

ポローニアス　まず、使者にご面会されまして、我が知らせはこの
使者の盛大な正餐を頂かれた後に出されますデザートとしてお召
し上がりを…。

国王　その者達を歓迎し、ここへ案内いたすのだ。（ポローニアス
退場）ガートルード、ポローニアスの話によると、ハムレットが
狂ってしまった理由が分かったらしいのだ。

王妃　原因なら、父親の死と私達の早すぎた結婚以外にはないので
は？

国王　まあ、後で問い質そう。

（ポローニアス、ヴォルティマンド、コーネリアス登場）

任務、ご苦労であった。感謝いたすぞ。さあ、ヴォルティマンド、
ノルウェー王の返事はどうであった？

ヴォルティマンド　丁重なご挨拶と、ご誓約を頂きました。まず、
第一に、老王はすぐさま甥のフォーティンブラスに使者を出され、
彼がしている徴兵に対し、差し止めの命令を出されました。老王
はその徴兵はポーランドへの侵攻の準備だと認識されておられま
した。しかし詳しい調査の結果、我が陛下への敵対行為と判明し、
ご自分の病弱や老齢や非力のために欺かれていた事実を知って嘆
かれて、フォーティンブラスを召喚されました。老王からの叱責
を受け、フォーティンブラスは直ちに命令に従って、陛下に対し

286

て軍事行動はしないことを誓約されました。老王は殊の外喜ばれ、年額で約３千クラウンを下賜されて、召集した兵全員にポーランドへの作戦に向かわせる任命辞令を出されました。詳細はこの書面に記されています。（書類を手渡す）出兵のため我が領土内を通過する際の容認と安全に関してのことです。

国王　それならば満足である。この件に関しては熟読し、じっくりと考えて返答いたす。喫緊の難題に対処してくれて礼を言う。しばらくは休むがよいぞ。今宵は祝いの宴を催すからな。（ヴォルティマンド、コーネリアス退場）

ポローニアス　この件はうまく決着しましたな。両陛下への忠告などは王たる者はどうあるべきか、臣下の義務は何であるのか、なぜ昼は昼、夜は夜、時は時かを詮議したとて、昼や夜、時などの浪費であるのは間違いはない。従って、簡潔さこそ知恵の真髄。冗長さには枝葉末節が多すぎます。それ故に、小生は簡潔に申します。殿下は気が触れています。狂気です。狂気の定義は、気が触れていること。それ以外には考えられないことでして…。それはさておき…。

王妃　もったいぶらずに、本題を！

ポローニアス　王妃さま、もったいぶってはおりません。殿下はひどく狂っておられる。これは紛れもない事実です。本当で哀れなことで、哀れなことに本当ですね。馬鹿げたことを申しました。もうそれはやめにして、もったいぶらずに申しますなら、殿下は気が触れています。その気狂いの結果の原因は、平たく言えば、欠陥の欠点を突き止めることですが、欠陥的な欠点はその原因により起こるもの。そういうわけで問題が残り、残った問題がこれなのですよ。よくお考え頂いて、小生に娘が一人おりまして、嫁

に行くまでは小生のもの。親孝行で従順で、お聞きください。娘が小生にこれを見せました。内容を知り、ご推察をお願いします。「僕の心の天使であって、マジでアイドル、賛美を与える最高のオフィーリア」。これなどは不適切だし、恥ずべき言葉です。「マジでアイドル」などは俗悪な表現ですな。もう少し、その先をお聞きください。「その素晴らしい白い胸に、この言葉を捧げつつ…」。

王妃 ハムレットがオフィーリアに？

ポローニアス 王妃さま、しばらくはお静かに。書かれたままに、読みましょう。

　「星が火なのを 疑おうとも
　　太陽が天 巡るのを 疑おうとも
　　真を嘘と疑おうとも
　　我が愛を 疑うなかれ
　　いとしい貴女 オフィーリア
　　詩を書くなどは 苦手です
　　心のあえぎ その声を
　　数えることは できないが
　　君を一途に 愛している
　　ああ誰よりも… 嘘じゃない さようなら
　　この体 己のもので ある限り 永遠に 君のもの
　　夢に描いて 君に恋して…
　　ハムレットより」

言いつけを守り、娘はこれを小生に見せたのです。殿下が愛を囁いた場所や時、手段など、みんなこの耳に入っています。

国王 では、娘はその告白をどう受け止めたのだ？

ポローニアス　小生を何と考えて、そう仰るのです?

国王　忠実で高潔な男だと考えて…。

ポローニアス　そうありたいと念じています。ところで一つ、どうお思いになるでしょう? 前もって言いますが、このことは娘が告白する前に気付いてはいたのですが、もし小生が机やノートのように、黙して動かず、「見ザル、聞かザル、言わザル」と、熱い炎の恋愛沙汰を見過ごしていたならば、両陛下はどうお思いになるでしょう? 小生はすぐに手を打ち、娘にはこう言いました。「ハムレット殿下は、おまえの手には届かぬ星のような存在だ。関係などは結んではならぬ。自分の行動を制限し、殿下の訪問は受けてはならぬ。使者は断われ。プレゼントなど拒否すること」。娘はよく言いつけを守り、それを実行したのです。その結果、手短に申しますなら、殿下は肘鉄をくらわされ、悲しみに打ちひしがれて食欲不振、不眠で衰弱、目眩を起こして容態は悪化の一途を辿り、挙句の果ては取りとめのないことばかり話し出し、発狂するという始末です。

国王　おまえはこれをどう思う?

王妃　そうなのかしら? ありうる話ではありますが…。

ポローニアス　小生がはっきりと「そうです」と言ったことで、そうでなかったことなどがありましたか?

国王　知っている限り、なかったな。

ポローニアス　違っていたなら、これとこれを(頭と肩を指差して)切り離して頂いて結構です。状況が許すなら、真実を探り当てます。奥深く、地球の底に隠されていても…。

国王　どのようにして探り当てるのか?

ポローニアス　殿下はよく長時間に渡り、この廊下を歩き回ってお

られます。

王妃　確かにそうね。

ポローニアス　タイミングを見定めて、娘を殿下へと向かわせる手筈を整えて、陛下と私が二人でタペストリーの後ろに隠れて、出会いの様子を窺ってみるのです。もしも、殿下が娘を愛されてなく、狂気の理由が失恋でないのなら、国務の地位を解いて頂き、農夫になるか車夫にでもなりましょう。

国王　では、やってみよう。

王妃　ほら、ハムレットが本を読みながら、やつれた顔をしてあそこにやって来るわ。

ポローニアス　さあ、どうぞお二人共に、あちらへと…。今すぐ彼に当たってみます。(国王、王妃、従者達退場)

(本を読みながらハムレット登場)

　ハムレットさま、ご機嫌はいかがです？

ハムレット　いいよ、とっても。絶好調だ。

ポローニアス　小生のことを、ご存知ですか？

ハムレット　知りすぎるほど知っている。魚屋だろう。

ポローニアス　いえ、殿下、違います。

ハムレット　そうなら、魚屋ほど正直者でいてほしい。

ポローニアス　正直ですよ。

ハムレット　なるほどな。今の世で正直な者、一万人に一人ぐらいだ。

ポローニアス　殿下、それは仰る通りです。

ハムレット　もし、太陽が犬の屍骸にウジを湧かすなら、腐った肉

に甘いキスなどするのと同じ。── 娘はいるのか？

ポローニアス　はい、おりますが…。

ハムレット　燦々と光り輝く太陽の下、娘をサンポさせるなよ。おまえの娘、妊娠するかもしれないぞ。用心しろよ。

ポローニアス　〈傍白〉何ということを?! 娘のことをまだ話しているとは！ 最初はわしのことを識別できず、わしを魚屋と見間違えた。頭がかなりイカれている。イカれ過ぎだな。若い頃、わしでさえ恋煩いになったものだ。これほどではなかったが…もう一度話しかけてみよう。〈ハムレットに〉さて、殿下、何をお読みになっているのです？

ハムレット　言葉、言葉だ、言葉だよ。

ポローニアス　中には何が書かれているのです？

ハムレット　誰と誰との仲のこと？

ポローニアス　読まれてる本の中身のことです。

ハムレット　中傷だ。嫌みな奴が書いている。老人というのは、髭は白くて、顔は皺くちゃ、目から出るのはねっとりとした黄色い脂で、知能は劣化し、筋力は低下してしまっている。これらすべてのことは事実であるが、こんなことを書き連ねるのは誠意があるとは思えない。特殊な蟹のようにあなたが後ろ向きに歩けるのなら、僕とは年が同じほどになるはずだ。

ポローニアス　〈傍白〉気が触れているにしては、割合真面な返事だ。殿下、中へとお入りになってください。

ハムレット　墓の中へか？

ポローニアス　実際、それも入れば中ですな。〈傍白〉この返事も

14　ここでもまた原典 "sun/son" の Sh. のしゃれ。「さんさん／サンポ」は Ys. のしゃれ。

また、含蓄のある言葉だな。気が触れた者は、時として幸運を射止めることがあると言われている。正気の者や真面な者には、運良く与えられたりしないもの。今、ここでお別れし、すぐにでも殿下と娘を出会わせる手筈を整えよう。〈ハムレットに〉殿下、しばらくお暇を頂戴します。

ハムレット　もう上げるものなんて何もない。命以外は！　命以外は‼　命以外は‼！

ポローニアス　では、これで失礼します。

ハムレット　年老いた愚か者にはうんざりだ。

（R&G 登場）

ポローニアス　ハムレットさまをお探しですな。ほら、あそこです。

ローゼンクランツ　恐れ入ります。（ポローニアス退場）

ギルデンスターン　誉れ高き我が殿下！

ローゼンクランツ　ああ、殿下、お久しぶりです。

ハムレット　やあ、友よ。久しぶりだね。元気かい？　ギルデンスターン、ローゼンクランツ、二人とも調子はどうだい？

ローゼンクランツ　良くもなく、悪くもなくて、まあまあですね。

ギルデンスターン　幸せ過ぎでないことが、本当の幸せで、幸運の女神の帽子で言うなら、ひさしのあたりでしょうか。

ハムレット　靴底のあたりでなくてよかったな。

ローゼンクランツ　確かにそうです。

ハムレット　それじゃ、女神の腰のあたりはどうなのだ？　女の色香のド真ん中だよ。

ギルデンスターン　それならば、プライベートゾーンでしょう。

ハムレット　女神の陰の部分だな。そうだろう?! あの女はあばず
　れだから…。ところで、何か知らせでも？

ローゼンクランツ　いえ別に、この世には正直な人が増えてきまし
　た。

ハムレット　それなんか、この世の終わりが近いという証拠だな。
　だが、言っておく。君の知らせは本当とは思えないな。一つだけ
　特に質問があるんだが、どうして女神は君達をこんな牢獄に送り
　込んだのだ？

ギルデンスターン　殿下、ここは牢獄ですか？

ハムレット　デンマークなどは牢獄だ。

ローゼンクランツ　もしそうなら、世界中みんな牢獄ですね。

ハムレット　相当な数の牢獄だよ。独房や監房や地下牢などがある
　けれど、デンマークのは最低だ。

ローゼンクランツ　そうとはとても思えませんが…。

ハムレット　おや、そうならば、君にとっては牢獄ではない。ただ
　それだけのこと。この世には絶対的な善や悪など存在しない。主
　観がそれを作るんだ。僕にとっては牢獄なんだ。

ローゼンクランツ　それ、きっと、殿下は大志を抱かれている証拠
　です。そのせいで、デンマークなど小さ過ぎて牢獄に思えるので
　すよ。

ハムレット　何を言う！ クルミの殻に閉じ込められていようとも、
　僕自身、無限の宇宙の王者だと思うだろう。悪い夢など見なけれ
　ば…。

ギルデンスターン　その夢こそが実際は理想なのです。理想という
　ものの実体は、単なる夢の影にしかすぎません。

ハムレット　夢それ自体が影なのだ。

ローゼンクランツ　仰る通り。僕が思うに、理想とは空気のように軽いもの。そんなものは影の影です。

ハムレット　その論理を貫くのなら乞食が実体であり、王や英雄など乞食の影ということになる。宮廷にでも出かけるか？　理屈をこねるのはここまでにする。

R＆G　仰せのままに…。

ハムレット　やめてくれ。君達を召使い並みに扱いたくはないからね。正直言って、召使いには困り果てている。分け隔てない旧友として、正直に答えてくれないか。君達はなぜエルシノアに来たんだい？

ローゼンクランツ　殿下にお会いしたいからで、他に理由などありません。

ハムレット　目下のところ乞食の身だから、ろくに礼さえできないが、でも「ありがとう」。僕からの感謝など何の価値もないけれど…。君達は呼びつけられていないのか？　自分達の意志なのか？　来たくて来たのか？　さあ、正直に言ってくれ。さあ、早く！

ギルデンスターン　何と申せばいいものか…。

ハムレット　何とでも言えばいい。正直に答えるのなら…。呼び出されたな。君達は正直すぎる。顔にしっかり書かれているよ。立派な王と王妃の二人に呼ばれたんだろう。

ローゼンクランツ　何の目的で？

ハムレット　それはこっちが聞きたいことだ。友達として、幼馴染として、友情の証として…。他にも付け加えたいことはあるが、頼むから本当のことを言ってくれ。呼び出されたのか？　そうでないかを！

ローゼンクランツ　〈ギルデンスターンに傍白〉さあ、どう言おう？

294

ハムレット　〈傍白〉ああ、そうなんだ。それなら、これからはこの二人に気を付けないといけないな。〈声に出し〉僕のことを思ってくれるのなら、隠し立てなどしないでくれよ…。

ギルデンスターン　殿下、我らはここへ呼び出されたから来たのです。

ハムレット　そのわけを教えよう。僕が先に打ち明けたなら、君達が答を探す手間が省ける。それにまた、両陛下との密約も破ることなく済ますことができるだろう。僕は最近何をしても楽しくないし、日頃していた運動もやめてしまった。この素晴らしい大地さえ、不毛の岬のように思えてくる。この麗しい大空の大気を見てごらん、この雄大な天空を！　黄金の火で飾られた壮麗な天井も、僕にとっては邪気や毒気の集合体に見えるのだ。人間は神が造った何という傑作だ！　高貴な理性、無限の素質、姿や形、その動きなど天使のようで、表現力も粋なものだし、理解力など神のようだ。この世の美だし、模範的な生き物だ。だが、僕にとっては塵にまみれた第5元素[15]。ところが、僕は人間を見て楽しむことができないんだ。女にしても同じこと。君のそのニヤけた顔が、女は別だと言っているようだが…。

ローゼンクランツ　いえ、殿下。私にはそんな考えは全くありません。

ハムレット　では、僕が「人間を見て楽しまず」と言ったとき、どうして君は笑ったのだ？

ローゼンクランツ　人間を見て楽しまれないなら、殿下から役者などきっと微々たるお手当しかもらえないなと危惧したまでです。ここへ来る途中に、殿下に芝居をお観せする役者連中を追い越し

15　「気・火・地・水」の4元素の他に、もう一つあると考えられていた謎の元素。

ましたので…。

ハムレット　王の役を演ずる者は大歓迎だし、賛辞を与える。勇敢
な騎士の役者は剣や楯など振り回させて、恋人役の役者には、溜
め息をつけば祝儀をはずむ。気まぐれな男の役をするのなら、無
事にそれを終えればいい。道化役ならゲラゲラと客を笑わせ、女
役なら好き勝手にとしゃべらせる。そうしないなら、リズム感が
なくなって、台詞の流れが止まってしまう。その役者達はどこの
者だ？

ローゼンクランツ　都で演じている殿下のご贔屓（ひいき）の悲劇役者達です。

ハムレット　どうしてなんだ？　旅回りなどしているのは…？　都で
は評判があり、収益も上がっているのに、そこにいるほうが得で
はないのか？!

ローゼンクランツ　最近の情勢悪化の煽（あお）り受けて、上演禁止命令[16]
が下ったためでしょう。

ハムレット　僕が都にいたときと同じ人気を博しているのか？　贔
屓（ひいき）の客もまだ多いのか？

ローゼンクランツ　いえ、残念ですが、今はそれほどまでは…。

ハムレット　どうしてなんだ？　時代遅れにでもなったのか？

ローゼンクランツ　いえ、引き続き、彼らの努力は続いています。
ところがですね、近頃は子供一座が現れて大人気を博しています。
これが今は流行し、彼らが「大人芝居」と呼んでいる大衆の演劇
を撃破する勢いで、剣を身に付けた貴族連中も作者のペンに恐れ
をなして、大衆劇を見に行かない。

ハムレット　何だって？　子供劇団？　誰のお抱えなのだ？　報酬は誰

16　1601 年に起こったエセックス伯爵（エリザベス 1 世の寵臣ロバート・デヴァー
ル）のクーデターによる社会不安。

が払っているのだね？　声変わりして歌えなくなり、大人芝居を
している役者の世代になればどうする気なんだ？　大人芝居をす
るのかい？　他に仕事がないのならしかたがないが、とりもなお
さず自分の未来を否定したから、台詞を書いた作家らを恨むのだ
けが関の山になるだろう。

ローゼンクランツ　実際にお互いの反目は目を覆うほど激烈で、世
　間がそれを面白がってけしかけるので、双方が大喧嘩する場面を
　劇に入れないと観客が入らない時期もありました。

ハムレット　その話は本当か？

ギルデンスターン　お互いに相手方をけなしたりしていました。

ハムレット　子供役者が勝ったのか？

ローゼンクランツ　はい、殿下、その通りです。彼らの勝利で、ヘ
　ラクレスも彼が担いだ荷物をみんなごっそり奪われました。

ハムレット　それなども何も不思議ではないな。父が王座に就いて
　いた頃は、僕の叔父、現在のデンマーク王に対して、しかめっ面
　をしていたような輩が、叔父の小さな肖像画を手に入れようと、
　20、40、50、いや、100ダカットも支払って買い漁っているんだ。
　哲学では解明できない自然を超えた何物かが、そこにはきっと存
　在するんだ。［トランペットの音］

ギルデンスターン　役者らが来たようですね。

ハムレット　二人とも、エルシノアまでよく来てくれた。まずは握
　手だ。さあ手を出して。歓迎の意を示すため、儀式ばるのが流儀
　だからな。この様式で君達を迎えたい。役者らも歓迎せねばなら
　ないから。君達よりも役者らをより盛大に迎えているような印象

17　シェイクスピアの劇場であるグローブ座の表象は地球を担いだヘラクレスだっ
　　たと言われている。

を与えたくないからな。よく来てくれた！　叔父である父上や叔
　　母であるの母上は勘違いをしているんだ。

ギルデンスターン　殿下、それは何のことです？

ハムレット　北北西の風が吹くなら、僕は発狂するんだよ。南風なら鷹の子と手引きのことの違いは分かる。

（ポローニアス登場）

ポローニアス　お二方とも、ご機嫌よう。

ハムレット　ギルデンスターン、君もまた耳を傾けて集中して、聞いてくれ。そこにいる体のデカい赤ん坊はまだオムツが取れていないんだ。

ローゼンクランツ　きっと二度目のことでしょう。年を取ったら、二度目の子供と言われていますね。

ハムレット　予言できるよ、きっと役者のことを告げに来たんだ。見ていてごらん。〈ポローニアスに〉言われた通り！　月曜日の朝だ。確かにそうだ。

ポローニアス　お知らせしたいことがあるのです。

ハムレット　「お知らせしたいことがあるのです？」。ルシャスがローマで役者のときに…。

ポローニアス　殿下、たった今、役者連中が到着いたし…。

ハムレット　それがどうした?!

ポローニアス　最高ですよ。勝ち馬に賭け！

ハムレット　そうなら、役者達。ロバで来たのか？

ポローニアス　名優が揃い組で、その豪華さは天下一だ。悲劇や喜

18　原典 "hawk"（鷹）/ "handsaw"（［手引き］のこぎり）真意不明の Sh. のギャグ。

劇、歴史劇、牧歌劇、牧歌的喜劇とか、歴史劇的牧歌劇、悲劇的
歴史劇、悲劇的喜劇的歴史劇的牧歌劇など、場面や台詞が途切れ
ずに続いても、セネカ[19]の劇も重すぎず、プロータス[20]でも軽すぎ
ず、形式ばった劇もこなすし、自由形式でもやりおおせるし、比
類なき役者達だ。

ハムレット　イスラエルの名判官エフタ殿[21]、稀に見る宝物をお持
ちだったな。

ポローニアス　どんな宝をお持ちだったのです？

ハムレット　おや、知らなかったのか⁈　それは美人の娘だ。目に
入れたって痛くないほど可愛い娘だ。

ポローニアス　〈傍白〉また始まった、娘のことが…。

ハムレット　図星だろう、老人エフタ！

ポローニアス　もし、小生をエフタ呼ばわりなさるなら、可愛がっ
ている娘がいると言いましょう。

ハムレット　いや違う、続きはそうは来ないんだ。

ポローニアス　それならば、どんな続きが来るのです？

ハムレット　「運命なるは神の定めで」と来て、その後は「物事は
なるようにしかならぬもの」だ。讃美歌の第一節を読んだなら分
かるだろうよ。ほら、僕の気晴らしをしてくれる一座の者達が
やって来た。

（4、5 人の役者達登場）

19　古代ローマの悲劇作家。
20　古代ローマの喜劇作家。
21　旧約聖書。神に戦勝させてもらい、凱旋できたときには、自分の家から最初に
出迎えに来るものをお礼として生贄にすると誓った。勝利して帰国すると、最愛
の娘が最初に出迎えたので、断腸の思いで、自分の娘を神に捧げた。人を生贄に
してはならないという教え。

ようこそみんなよく来てくれた。元気そうで何よりだ。歓迎する
よ、みんな。久しぶりだな。懐かしいな、特に君のことは。この
前に会ったときには髭_{ひげ}なんかなかったよな。デンマークにてその
髭で僕に卑下させるつもりなのか？　おや、これは若き女性で奥
方さま₂₂の役者だな。背丈はグッと伸びている。この前のソール
の高い厚底靴の高さの分は充分に背が伸びたよな。君の声、ニセ
金のようにひび割れないように願っている。みんな、大歓迎だ。
君達はフランスの鷹匠のように素早く事を成し遂げる。何でもい
いから、一つ台詞を言ってみて、その質の良さをまた見せてくれ
ないか。さあ、頼む。情熱がこもった台詞を一つ。

座長　どんな台詞がお望みでしょう？

ハムレット　ずっと前のことだが、一度だけ聞かせてくれた台詞が
ある。上演されたかどうか知らないのだが、されたとしても恐ら
く一回限りもので、大衆が喜ぶような類_{たぐい}じゃなくて、彼らには
キャビアのように無縁のものだ。でも、僕よりも見識のある人
達がその劇を高く評価していた。場面、場面に要点が溶け入っ
て、巧みな抑制が効いていた。そのうちの一人が言っていたのだ
が、芝居の味を良くするために、台詞の中に「添加物」など混入
はなく、さらに作家の気取りを匂わす言葉もないし、誠意ある書
きぶりで、「整形」でなく真の美を兼ね備え、喜ばしくて理に適_{かな}
うものだった。その中で僕がことさら気に入ったのは、アイネア

22　当時、女性の役者はいなかったので、少年が女役であった。しばらく見ないう
　ちに、背が高くなっていた。

スがダイドーに語る台詞の一節だ。特筆すると、プライアムの惨殺シーンが優れている。記憶の中に残っていたら、その台詞から始めてくれないか。「ヒルカニアに棲む猛虎の如く豪傑ピュラス」ああ、そうじゃなかった。ピュラスから始まって、

　　「豪傑ピュラス 黒い鎧に身を固め

　　夜に似た 黒装束に 黒の紋

　　暗い顔して 不吉な馬に 潜むとき

　　頭から 足までみんな 炎の色に 染めたのは

　　恐ろしい 計略により 父母娘 息子らの 血が流れ

　　血潮の絵 刻まれた 焼け焦げた路

　　狂暴な 殺人に 非道な光　投げかける

　　血糊べっとり 体につけて

　　怒りの炎 身を焦がし 目は爛々と ざくろ石

　　魔性のピュラス 求む相手は 老い果てた プライアム」

ここから先は続けてくれないか。

ポローニアス　いやはや、殿下、お見事ですな。発声法や節回しなど…。

座長　「プライアム 時を移さず ピュラスと対峙

　　ピュラスに向かい 打って出る

　　だが 切っ先は 届かずに 老いの腕には 重すぎて

23　ギリシャ・ローマ神話。トロイの武将 トロイ戦争に敗れ、イタリアに逃れ、ローマ建国の祖となる。
24　ギリシャ・ローマ神話。カルタゴを建国した女王。アイネアスを熱愛したが、捨てられて自殺した。
25　トロイ最後の王。
26　カスピ海の南東部の海岸沿い、古代ペルシャの一地方。
27　アキレウスの息子。トロイの木馬の腹に隠れてトロイに潜入し、トロイを滅亡させた。

剣は あえなく 地に落ちる

無敵のピュラス ここぞとばかり

プライアムにと 斬りかかる

力余って 狂った剣は 空を斬る

打ち下ろされた 剣の勢い

その風に 煽られて 気弱に王は 倒れたり

感覚持たぬ トロイの城も 一撃を 受けたかのよう

燃え盛る 櫓もろとも 崩れ落ち

その轟音で ピュラスの体 呪縛され

今まさに 白髪の 尊き頭上

その剣が 振り下ろされし その瞬間に

凍りつき 静止画ピュラス

意志を失くした 像のように 立ち尽くす

天は静寂 雲動き止め 狂風 静止

地は死の如く 黙すだけ

しかし それ 嵐の前の静けさで

アッという間に 恐怖の雷鳴 周囲切り裂き

ハッとピュラスは 己に返り 復讐心を 再燃させて

サイクロップスが 手にしたハンマーは

不滅の鎧を 身につけた

軍神マルスに 振り下ろされた

血を呼ぶピュラス その剣は

呵責なく プライアムの 頭上に向かい

その首を 地上に落とす

---

28 ギリシャ神話。鍛冶技術を持つ単眼の巨人。
29 ローマ神話。戦と農耕の神。

消えろよ　消えろ！　あばずれの　女神ども
　　　ああ　神々よ　その総意にて　女神の力　剥ぎ取って
　　　その糸車　天の丘から　投げ下ろし
　　　地獄の底に　落とし込め！」

ポローニアス　長過ぎますな。

ハムレット　あなたの髭と一緒にカットしてもらおうか？　どうか続けてやってくれ。あの男、歌や踊りか、みだらなものでないのなら、すぐに寝入ってしまうのだ。さあ、先を！　ヘキュバ[30]の場面を！

座長　ああ、しかし、一体誰が　深々と「フード被った女王さま」を見たという…？

ハムレット　「フード被った女王さま」？

ポローニアス　それはいい！「フード被った女王さま」はとてもいい。

座長　「襲い来る　炎のために　裸足になって　逃げ惑い
　　　盲目に　なるほどに　涙を流し
　　　王冠を　戴いた　頭上には　ボロ頭巾　ただ一つ
　　　着ているものも　優雅な服と　大違い
　　　多くの子を　宿した腰は　痩せ衰えて
　　　今それを　覆うのは　恐怖のあまり　掴んだ毛布　ただ一枚で
　　　これを見て　毒を含んだ　言葉にて
　　　運命の　女神にも　呪わぬ者が　いるであろうか！
　　　もし　神々が　ピュラスが為した
　　　気晴らしで　見せしめの　残虐行為

30　ギリシャ神話。トロイの王プライアムの妻。19人の子供を生んだ。その中に絶世の美女ヘレナを奪い去り、トロイ戦争の原因を作ったパリスもいる。

── プライアムの　その手足　すべて切り裂き ──
　　その姿　目にした妻の　慟哭(どうこく)と　血の叫び
　　もし　神々が　ご覧になれば
　　いつもなら　人の世のこと　動揺されぬ　神々も
　　このことに　心乱され　激情に　駆られたならば
　　天の星には　涙流させ　給うはず」

ポローニアス　ご覧ください！　顔は蒼ざめて目には涙を浮かべて
　います。頼みますからもうこの辺で！

ハムレット　じゃあ、そこまででいい。続きのところはまたの機会
　にやってもらおう。ポローニアス、役者らの寝泊りの件は、よろ
　しく頼む。手厚くもてなすのを忘れずにな。役者というのは、そ
　もそも時代を映す鏡だ。言い換えるなら、彼らの存在は年代記と
　同じだ。生きているうちにこの連中に悪評を立てられるよりは、
　死んだ後にまずい墓碑銘を書かれるほうがまだましだろう。

ポローニアス　ではこの者らは相応の扱いをいたしましょう。

ハムレット　何だって！　相応以上でやってくれ。誰であろうと分
　相応に扱われたなら、鞭打ちの刑は免れぬ。もてなしは自分自身
　の名誉と品位に応じてするのがいい。もてなしが過ぎるのならば、
　それだけホストの世評は上がるだろう。さあ、お連れしてくれ。

ポローニアス　では、こちらへと。

ハムレット　じゃあ、みんなついて行ってくれ。明日にでも、芝居
　を見せてくれるのを楽しみにしているからな。（座長以外の役者
　達、ポローニアス退場）ちょっと頼みがあるんだけれど。「ゴン
　ザーゴの暗殺」を演じてはくれないか。

座長　いいですよ、殿下。

ハムレット　明日の晩にやってくれ。12行から16行ほど付け足す

304

が、それを覚えてやってくれるね。

座長　お安いご用です。

ハムレット　安心したよ。あの老人に付き合って、からかったりするのは良くないからな。（座長退場）〈R&G に〉本当に、エルシノアまで来てくれてありがとう。今宵までしばらくお別れだ。

ローゼンクランツ　では、その折に。（R&G 退場）

ハムレット　じゃあ、またな。やっと一人になれた。僕は何とごろつきで情けない人間なんだ。この役者は虚構の世界に入り込み、情熱の夢に浸って、魂を込めて想像力を掻き立てている。そのことにより、顔面は蒼白となり、目には涙を溜めて、表情は乱心の相になる。声は枯れ、体全体が想像上の人物に乗り移るのだ。「無」のために「すべて」を捧げて！ ヘキュバのためにと！ ヘキュバは彼に何なのだ？ いや、彼はヘキュバにとって何なのだ？ ヘキュバのために涙まで流している。もし、彼に僕と全く同じ動機が潜んでいて、行動を起こすきっかけを得たならば、どう出るのかな？ 舞台を涙で溢れさせ、恐怖に満ちた台詞回しで、観客の耳をつんざくだろう。罪ある者を狂わせて、罪なき者を震わせる。無知なる者をうろたえさせて、目と耳の能力を奪い取る。ところが僕は、愚鈍で腑抜け状態。夢遊病者がうろうろと歩くのと全く同じだ。王権も父の命も残酷に奪われたのに…。行動しなく、何も言わない。この僕は卑怯者？ 悪党と呼び、顔を殴って髭をむしり取り、僕の顔に吹き付けて、鼻をねじって、嘘つき、ゴロつき、そんな非難をする奴は一体誰だ！ ハァ！ 何てこと?! 耐えねばならん。だって、僕は気弱だし、鳩のようだ。屈辱を受けても、それを勇気の糧にする気力がないんだからな。そうでないなら、とっくの昔、上空高く飛ぶ鳶に下司な男の腸を与えて、肥ら

せるのをやり終えているはずだ。残虐で好色な悪党め！ 淫乱で
卑劣で、人でなし！ それなのにこの僕は何という馬鹿者だ。見
上げたものだ。大事な父を殺されて、天国も地獄も共に復讐を迫
るのに、娼婦のように心に淀む憂さを晴らすのは、ただ言葉でだ
け。呪いの言葉を安っぽく吐き捨てるだけ？ 情けない人間だ！
どうなっている⁉ この頭！ 話に聞いたことだけど、罪ある者が
芝居を観て真に迫った場面によって魂を揺さぶられ、罪を自白し
たことがあったとか…。殺人の罪、それ自身には口はない。そ
れなのに不思議なことだ。口はないのに自白する。あの役者ら
に、叔父の面前で父上の殺害現場に似た芝居を仕組み、叔父にそ
れを見せ、叔父の顔色を窺ってみて、すぐに真相を突き止めてや
る。たじろぐようなら、やるべきことはすぐに実行する。僕が見
た亡霊は悪魔かもしれないからな。魔性の者は相手が喜ぶ姿にて
現れる。そうなのだ。もしかして、僕の弱気と憂鬱につけ込んで
― 悪霊のやりそうなこと ― 僕を地獄に落とし込む魂胆なのか！
もっと確かな証拠が欲しい。それには芝居が最適だ。芝居を使っ
て、王の良心をあぶり出してみせるから。（退場）

ハムレット

第3幕

第1場

城内の一室

（国王、王妃、ポローニアス、オフィーリア、R＆G登場）

国王　では、君達は探りを入れてみたが、穏やかな日々、荒れ狂う
　危険な狂気を振りかざして、混乱を装っているのかは分からずじ
　まいなのだな。

ローゼンクランツ　ご自分で頭が混乱しているとお認めになったの
　ですが、その原因は何なのかは話されません。

ギルデンスターン　正直に打ち明けるように誘っても、探られてい
　るのを警戒し、巧みにも狂人のよそよそしさで、掴まえ所があり
　ません。

王妃　快くあなた達を迎えましたの？

ローゼンクランツ　ご丁重にお迎えを頂きました。

ギルデンスターン　無理に気分を高揚させていらっしゃるようにも
　お見受けしました。

ローゼンクランツ　お話はあまりしたくはないようですが、こちら
　が出した質問には快くお答えくださいました。

王妃　何かあの子の気晴らしを、勧めてはくれました？

ローゼンクランツ　ここに来る途中、殿下ご贔屓の芝居一座の連中

を追い越したので、彼らのことを申し上げると殊の外お喜びなされた様子でした。すでに彼らも到着し、今宵は殿下の臨席を賜って、芝居が上演される手筈が整っているようです。

ポローニアス　その通りです。両陛下にもご覧頂くように、殿下から申し次ぐように伺っております。

国王　喜んで観せてもらおう。ハムレットが積極的になったと聞いて誠にもって嬉しいことだ。両名共にこれからも彼の気持ちを引き立てて、そのような楽しみに誘ってやってくれ給え。

ローゼンクランツ　はい、そういたします。（R&G 退場）

国王　ガートルード、しばらく席を外しておいてくれないか。ハムレットを内密に呼びつけてある。偶然と見せかけてオフィーリアとの出会いの場を設け、ポローニアスとわしの二人は物陰に隠れて様子を窺って、彼の振る舞いが恋の悩みが原因かそうでないかを見極めることになっている。

王妃　仰せの通りにいたします。私としては、オフィーリア、あなたの美貌がハムレットの乱心のもとだと願っています。そうと分かれば、あなたの美徳できっと息子は昔のように戻ると思います。それが、あなた達二人のためにもなることですから。

オフィーリア　そうであるように願っています。（王妃退場）

ポローニアス　オフィーリア、この辺りを歩いていなさい。陛下、我らは隠れ場所へと参りましょう。オフィーリア、この祈祷書を読んでいなさい。この本ならば一人でいても納得できる。信心の顔や敬虔な振る舞いの奥に、密められた悪魔の砂糖が混入されていることなどはよくあることだ。

国王　〈傍白〉その通りだ。今の言葉がわしの心に鞭を打つ。しっくいを塗る技巧のように、厚化粧をする安っぽい女どものごまか

しの醜さ以上、わしの行為は蔑みに値する。ああ、何という罪の
重荷だ！

ポローニアス　ハムレットさまがこちらへ来られる足音がします。
さあ、陛下、隠れましょう。(国王、ポローニアス退場)

(ハムレット登場)

ハムレット　「生きるか死ぬか 問題はそれ！
　　　どちらが気高い 生き方だろう?!
　　　非道なる 運命の 波状攻撃 耐え忍ぶのか
　　　武器を手に 困難の海に 討って出て
　　　敵を圧倒 するべきなのか？
　　　死ぬことは 眠ること ただそれだけだ
　　　言うならば 眠りによって 心の痛み
　　　肉体受ける 数限りない 衝撃を終わらせる
　　　そういった死が 我々の 切なる望み
　　　死ぬことは 眠ること 眠るなら 夢を見る
　　　障害が そこに潜んで いるのだからな
　　　現世の 巻物 閉じたのに
　　　死の床で どんな夢に 出くわすか 分からない
　　　それでたじろぐ これがあるから 苦難は続く
　　　だが そう簡単に 長い人生 終われない
　　　そうでなければ 人の世の鞭 嘲笑や
　　　抑圧者為す 不正をはじめ 傲慢で 無礼な行為
　　　失恋の 心の痛み 裁判の 判決遅延 役人の 横柄さ
　　　下司な輩に 優れた者が 足蹴にされて 苦しんでいる

こんなこと　一体誰が　耐えられる?!
　自らの　短剣の一突きで　すべてを始末　できるのに
　つらい人生　その重荷　耐えているのは
　死後の世界が　怖いから
　誰一人　足を踏み入れ　戻ったことが　ない　未知の国
　だから躊躇し　一歩が出ない
　知らぬ所へ　飛び込むよりは
　慣れ親しんだ　憂き世の苦痛　耐え忍び　生きようとする
　こうした意識　我々を　臆病にする
　決意を示す　血の赤色も　病弱な　思いによって　蒼ざめて
　進取の気概　あったとしても　はずみ失い
　潮には乗れず　行動に　移れなくなる
　いや　ちょっと待て　麗しの　オフィーリア!
　君の姿は　川に棲む　妖精だ
　君の祈りに　僕の罪の　お赦しを　入れてくれ」

オフィーリア　あら、殿下。お久しぶりでございます。ご機嫌はいかがですか?

ハムレット　ありがとう、元気だよ。元気、元気だ。

オフィーリア　殿下、私は頂いた品をお返しせねばならないと、長い間、思いあぐねておりました。

ハムレット　いや、人違いだろう。君に何かをあげた覚えは何もないから。

オフィーリア　殿下、まだ覚えておられるはずですわ。優しい言葉を添えられて、プレゼントにはお心が込められておりました。心の香りが失せた今、お返しせねばなりません。贈り主に込めた心がなくなれば、その品の豊かさも不毛になりますわ。さあ、これ

ハムレット

を、ハムレットさま。

ハムレット　ははぁ?!　いや、君は今まで貞節でいたのか?

オフィーリア　ええっ?　何ですって?　殿下!

ハムレット　君は美人か?

オフィーリア　何が仰りたいのですか?

ハムレット　もし君が貞節で美人であれば、君の貞節と君の美貌と
は関係を持たせてはならないぞ。

オフィーリア　殿下、美と貞節の交わりほど崇高なものは、他には
ないとお思いになりません?

ハムレット　確かにそうだ。貞節は美を友にしようとするが、美は
貞節が貞節でいる姿から離れ、俗悪へ変わろうとする。これはか
つては逆だった。だが今は、こうした例は数限りない。僕もかつ
ては君をこよなく愛していた。

オフィーリア　本当に、殿下は私にそう思わせてくださいました。

ハムレット　信じるべきじゃなかったね。美徳など接ぎ木をしたっ
て、元の根の性情などは変わりはしない。愛してなんかいなかっ
た、そういうことだ。

オフィーリア　私のことを欺いたの?　そうなのですね。

ハムレット　修道院に行けばいい。罪人をなぜ生むのだい?　僕は
こう見えても結構正直なんだ。母親が僕を生んだりしなければ良
かったのにと思うんだ。僕は高慢で報復主義で野心に燃えている。
それに、数限りなく罪を犯す可能性がある。だが、それを考えて

31　原典 "discourse"「交際」裏の意味「肉体関係」。Sh. のしゃれ。

32　原典 "Nunnery"(=bawdy-house) 裏の意味「女郎屋／娼楼」。昔の訳は「尼寺
に行け!」となっていたが、イングランドにもデンマークにも「尼寺」はなかっ
ただろう。だから、「修道院」にした。「尼寺」と聞くと猫を虐待して遊ぶ山寺の
和尚を思い出す Ys. である…。

311

いる暇や、その計画を立てる暇、実行している暇がない。僕やみんなが天地の間を這いずり回る、そんなことに何の意味があるのだろうか？　僕達みんな悪人だ。誰一人、信じられない。修道院に行けばいい。君の父上はどこにいる？

オフィーリア　家におります。

ハムレット　家に閉じ込めておいて、外には出さぬことだ。外に出たなら馬鹿な真似をするかもしれないから。では、またの日に…。

オフィーリア　ああ 神よ！ この方をお助けに！

ハムレット　もし、君が結婚するなら、呪いの言葉を持参金にあげよう。氷みたいに貞節で雪のように純潔であっても、君は中傷を免れることはない。修道院に行けばいい。では、さようなら。どうしても結婚を迫られたなら、馬鹿と結婚することだ。賢明な男なら、君達女性はいつの日かモンスターに変貌するのを充分に心得ている。修道院に行けばいい！ 善は急げだ、さようなら。

オフィーリア　ああ、天のご威光で彼の病をお治しください。

ハムレット　僕は女どもがしているフェイス・ペイントのこと、聞いてよく知っている。神様が一つの顔をお与えになったのに、女どもは別の顔を作っている。浮かれ歩くし、気取って散歩だ。甘えた声で話はするし、何にでも渾名をつけてふざけるし、自分勝手な振る舞いをして、他人に迷惑をかけても知らぬ振りだ。もう僕は我慢ができなくて、気が狂いそうだ。だから、結婚なんか許さない。結婚している者達は、一組だけは別として生かせておくが、結婚してはいない者は独身を続けるのだぞ。修道院に行けばいい！ それも早い目にな。（退場）

オフィーリア　気高い心がこれほどまでに打ちのめされてしまうとは！ 宮廷人で武人、学者と名を馳せて、眼光鋭く、言葉使いや

312

剣術にても我が国の期待の星と仰がれて、流行の先端を行き、礼節の模範だと注目を浴びた方なのに、今は見るも無残な凋落のお姿になってしまわれて…。そして、私は女性の中で最も惨めで誰よりも哀れだわ。心地良い甘い調べの誓いの言葉を味わった後に、涼やかな鐘の音を思わせる気高くて崇高な理性的精神は、調子外れの雑音を出して、類い稀なる若きお姿は狂気の中で吹き飛んでしまったのね。「悲哀」とは私の名前。かつて私が見たものを、今見ているのも同じ目なのに、見えるものは同じでも、それは全く違うもの。

（国王、ポローニアス登場）

国王　恋のせいだと！　わしには、ハムレットの揺れる情緒はそうとは取れん。話すことは少しズレているが、とても狂人などとは思えない。胸の奥底に彼を悩ます爆薬が潜んでいる。それに火がついたなら危険が生じる。それを防ぐために、今ここで決意をした。ハムレットをイングランドに派遣する。滞納された貢ぎ物を取り立てるため、海を渡り異国に着けば、運が良ければ、珍しい物を見るうちに心に潜むわだかまりも解け、思い悩んだ精神ももとに戻ると願ってのこと。ポローニアス、どう思う？

ポローニアス　それはきっとうまくいくでしょう。でも、小生はハムレットさまのお悩みの元凶は、失恋と断定します。おや、どうかしたのか？　オフィーリア。ハムレットさまが仰ったことは、言う必要はないからな。すべて聞いたぞ。陛下、お心のままに。それに従いますから。最後の手段ですが、芝居の後で、王妃さまお一人で殿下が抱える悩みを打ち明けるようにお願いされてみる

313

のはいかがでしょうか？ お許しがあれば小生は身を隠し、お二人のお話をこっそりとお聞きしましょう。王妃さまでも分からぬ場合、イングランドへハムレットさまをお送りなさった後で、陛下が良いと思われるところにて、監禁なされば問題は解決致します。

国王　では、そうしよう。身分が高い者ならば、狂気になれば放置などしておけぬから。（一同退場）

オフィーリア役
（モード・フィアリー。アメリカの20世紀前半の女優）

ハムレット

第2場

城内の廊下

（ハムレット、座長、役者達登場）

ハムレット　頼むから、僕が今やったみたいに、台詞回しはさりげなく滑らかにやってくれ。並みの役者がするように大仰にやるのなら、東西屋[33]でも雇うから。こんな風に手のジェスチャーを大げさにやらないで、穏やかにやってくれ。言うならば、感情が高まって奔流となり、嵐となって情熱の旋風が巻き起ころうと、そのときにこそ抑制を利かせてスムーズに演じてくれよ。鬘をつけた粗野な連中は激情に身を委ね、わけの分からぬパントマイムをしたりするし、更にまた、どたばた芝居を好んで観てる平土間の客達が耳をつんざく大声を上げ、劇の良さをズタズタに引き裂いてしまうのだから。ターマガント[34]や暴君のヘロデ王をも凌ぐ輩は鞭打たれればいいんだよ。どうかそれだけは避けてくれ。

座長　仰せの通りにいたします。

ハムレット　だからと言って、おとなしすぎるのも問題だ。それぞれの思慮分別に任せよう。言葉に演技を合わせるように、演技に言葉を合わせるのだぞ。特に重要なことは、自然の節度を超えないようにやってくれ。過度になるなら、本来の劇の目的を逸れるから。本来の目的は、昔も今も自然を映す鏡の役目。美徳なら美や徳を映し出し、嘲笑ならば嘲り笑う対象を映し出す。芝居とは

33　原典 "town-crier"「街頭や店頭で町の告示や広告の口上を述べる人」。
34　中世ヨーロッパにおいて、イスラム教徒が崇拝すると考えられていた神。

315

時の様相の実体を刻み込む刻印となる。過度な演技やおざなりの演技なら、物見の客は満足しても玄人筋を落胆させる。鑑賞眼を備えた一人、その人の評価こそ、劇場を埋めた烏合の衆に勝るもの。ああ、そういえば思い出したぞ。拙い役者を見たことがある。評判はとてもよかった。神を冒涜する気はないが、話し方や歩き方はクリスチャンとは思えない、異教徒だとも思えない。気取って歩き、喚き声を上げ、神に仕える下働きが作り上げたような出来損ないの人間が人間を模倣して行った悍ましい演技だった。

座長　その点ならば、かなり改善を加えています。問題はありません。

ハムレット　ああ、そうなら徹底的に改善してくれ。道化の役を演ずる者に、決められた台詞以外は語らせるなよ。道化の中に低俗な客を笑わせようと、自ら先に笑う輩がいるけれど、そんな行為は劇の筋をないがしろにし、肝心の中身のほうも台無しにしてしまう。これは劇そのものに対しての冒涜行為だ。道化のそんな受け狙いなど、浅ましいにもほどがある。さあ、いよいよだ。準備整え、本番だ。（役者達退場）

（ポローニアス、R&G 登場）

さあどうだった？ 陛下は劇を鑑賞されるのか？

ポローニアス　王妃さまもご一緒に、今すぐここに来られます。

ハムレット　役者らに急ぐようにと言ってくれ。（ポローニアス退場）君ら二人も手伝ってやってくれ。

R & G　では、すぐに。（退場）

ハムレット　やあ、ホレイショ！ 待っていたんだ、君のこと。

ハムレット

（ホレイショ登場）

ホレイショ　お呼びでしょうか？

ハムレット　ホレイショ、話が合うのは君が一番だ。

ホレイショ　これはまたどうしたことです？

ハムレット　お世辞とは取らないでくれ。衣食にも事欠く君に、財産というのなら善良な心だけ。貧しき者にお世辞などを言ったとしても、何の得にもなりはしない。甘い言葉はまやかしの外面だ。低姿勢にて事を運べば、おべっかで儲けも上がる。まあ聞いてくれ。僕の心に自由裁量の権限を得てからは、君だけを心の友に決めたのだ。何しろ君は、苦しさの中にいても、その苦しさを見せないし、運命の風が北風であっても、それを南風と等しい風と受け止めている。感情と理性とが見事に調和している君は幸いだ。運命の言いなりになって笛など吹かなくていいからな。感情の下僕とならない男がいたら、僕にくれ。心の芯に据え置いて、君と同じように僕の心の奥の奥、心の底に安置しておく。少し言い過ぎだったかな…。今夜は国王を迎えて芝居をする。場面の一つに、君に話した父上の最期のシーンが入れてあるんだ。頼むから、そのシーンが始まれば、意識をしっかり集中させて、叔父の様子を窺ってくれ。隠された彼の罪が台詞によって表面に浮き出てこないのなら、僕らが見たのは地獄の亡霊ということだ。僕の想像はヴァルカンの鉄床のように汚れちまったことになる。叔父の反応を監視してくれないか?!　僕はこの目を叔父の顔から離さない。芝居のあと、叔父の様子を見透かして、お互いの判断を突き合わ

35　ローマ神話。火と鍛冶の神。

せて結論を出そう。

ホレイショ　殿下、王が私の監視を潜って、芝居の最中に私の目から心の動きを隠し果せるのなら、神に誓って私はその代償を払いましょう。

ハムレット　みんなが芝居を観にやって来た。気が狂っている振りをしなければならないから、君は席に着いていてくれ。

（［デンマークの行進曲　ファンファーレの音］国王、王妃、ポローニアス、オフィーリア、R&G、その他登場）

国王　ハムレット、気分はどうだ？

ハムレット　最高ですね、実際に。カメレオン達の好物である空気[36]をいっぱい食べているから、満腹です。鶏なら、それだけでは太らないが。[37]

国王　ハムレット、それなどは返事にはなってないぞ。おまえの言葉は何も分からん。

ハムレット　私にも分かりませんね。〈ポローニアスに〉大学時代に芝居に出たことがあるんだと言っていましたね。

ポローニアス　はい、殿下。素晴らしい役者だと噂の種に…。

ハムレット　何の役を演じたのかい？

ポローニアス　小生の役はジュリアス・シーザーでした。神殿でブルータスらに殺されました。

36　カメレオンは空気を食べて生きると信じられていた。
37　原典 "air"（空気）と "heir"（跡継ぎ）は同音異義語。跡継ぎのハムレットを「食い尽くし」王位を奪取したという辛辣なギャグ。Sh. のしゃれ。

ハムレット　子牛ほど、大事なものを殺すとは！ 残酷な仕打ちだ
な。役者らの準備はできたか？

ローゼンクランツ　はい、殿下。みんなは殿下の指示を待って、控
えております。

王妃　さあ、ここへ。ハムレット、私のそばにお座りなさい。

ハムレット　いいえ、母上。こちらにもっと強い磁石が…。

ポローニアス　〈国王に〉ほらね、これ、今お耳に届きましたか？

ハムレット　お嬢さま、膝の所で横になっても構わない？（オ
フィーリアの足もとに横になる）

オフィーリア　殿下、それはいけません。

ハムレット　頭を膝に載せるだけでは？

オフィーリア　それなら、どうぞ。

ハムレット　はしたないことを、僕が言ったと思ったのか？

オフィーリア　いえ、何も。

ハムレット　女性の脚に挟まれて横になるって、魅力ある思い付き
だな。

オフィーリア　何ですって？

ハムレット　何でもないよ。

オフィーリア　陽気ですこと。

ハムレット　誰が？ 僕がか？

オフィーリア　ええ、殿下がよ。

ハムレット　なるほどね、君には僕はお抱えの道化だな。生きてい
るなら、人は陽気でいないとね…。ほら、見てごらん。僕の母親
は陽気だろう。夫が死んで、たった2時間経っただけなのに…。

38　愚かさの象徴。
39　原典 "brute" 裏の意味の「動物」。Sh. のしゃれ。

オフィーリア　いえ殿下、もう二ヶ月の2倍です。

ハムレット　もう、そんなにも？ それならいっそ喪服を悪魔に払い下げて、僕は黒貂の豪華毛皮を着ることにする。ああ、神よ、亡くなってもう二月以上も経っているのにまだ忘れられない？ そうなると、偉大な人の思い出は、その人の死後半年は続くかも…。でも、その後は、教会などを建てておかないと、「子馬お馬」と同様にすっかり忘れ去られることだろう。その墓碑銘は「ウーマ！ウーマ！ 子馬お馬は ・ボ・ウ・キ・ャ・クの果て」だ。

(オーボエの演奏、パントマイムの劇が始まる)

　[愛し合った王と王妃が仲良く登場。二人は抱き合う。彼女は跪き彼に愛の誓いを立てる。彼は彼女を立ち上がらせ、彼女の首に頭をもたせかける。彼は花咲く高台に身を横たえる。彼女は彼が寝入ったのを確かめて立ち去る。そのあとすぐに、一人の男が現れて眠っている彼の王冠を取り上げ、それにキスをし、彼の耳に毒を流し込んで退場する。彼女は戻ってきて彼が死んでいるのを発見し、激しく動揺する。毒殺者が2・3人の者を連れて再び現れ、彼女と共に悲しむ様子である。死体が運び去られる。毒殺者は贈り物を差し出し、彼女に求婚する。彼女はしばらく嫌悪感を示して応じようとしない。ところが、最後にその愛を受け入れて退場する。]

40　原典 "hobby-horse"「張り子の馬」イングランドの夏祭りに上半身は張り子の馬、下半身には人間の両足のようなものがついている人形を体の前に抱いて、人が馬に乗っているような姿で踊った。"hobby" の原義が「子馬」なので、"horse" を「お馬」とホビーホースという語の頭韻に合わせて「子馬お馬」と「脚韻」にした。

41　Hobby-horse には、下半身の脚は簡略化され、上半身の馬とそれを支える棒だけの物も使われた。(両脚の間に棒を差し込む。ハリーポッターのクイデッチ・ゲーム［空中サッカー・ゲーム］の箒の柄に馬の顔があるというイメージ)「棒脚／忘却」は Ys. のしゃれ。

オフィーリア　殿下、これ何か意味でもあるのです？

ハムレット　言うならば、隠れた悪事、いたずらさ。

オフィーリア　このお芝居の粗筋なのね。

（劇中劇の序幕の語り部登場）

ハムレット　この男は知らせるよ、役者など秘密を守れないし、何でも彼（か）でもしゃべってしまう。

オフィーリア　パントマイムのこの意味さえも、同じこと？

ハムレット　もちろんさ。人が正真正銘（ショウしんしょうめい）、正直ならば、どんな「ショー」[42]でもそのことを知らせるでしょう。

オフィーリア　しょうがない殿下だわ。私はお芝居を見ますから…。

劇中劇の序幕の語り部　東西東西（とうざいとうざい）、我ら演じるこの悲劇、ご寛容頂きまして、ご静聴お願い申し上げます。（退場）

ハムレット　一体これは前口上？　いや、指輪にと刻まれた銘なのか？

オフィーリア　短いですね。

ハムレット　女性の恋もその長さだな。

（劇中劇の国王、王妃登場）

劇中劇の国王　太陽神の フィーバスが乗る 馬車走る

　30回も 海の神 ネプチューン 司る

　潮路を越えて 地の神の テラスの大地 踏み渡り

42　原典 "show"（正しい発音は「ショー」ではなくて、「ショウ」）。

結びの神の ハイメンが 我ら二人の 愛を育み

聖なる儀式 行って 契りを結び

光を借りた 月さえも 12重ねて 大地を巡る 30年

劇中劇の王妃　これから先の 数十年も 日や月よ

二人の愛の 旅路続けと お守りを！

でも 思うこと 近頃の あなたの体

元気がなくて 昔のあなたと 大違い 気がかりですわ

私の抱く 心配などは 気にとめず

女心の 気がかりと 愛する心 同じもの

ないときはなく あるときは 溢れくるほど

私の愛が どれほどなのか ご存知のはず

私の愛が 高まれば 些細な疑念 気遣いとなり

わずかばかりの 気遣いが 大きくなって

偉大な愛が 育つもの

劇中劇の国王　実際に わしはそなたを 後に残して

去らねばならぬ しかもほどなく

体の力 衰えて その機能 ままならぬ

そなたは尚も この麗しの 世に生きて

慕われて 愛されて できればわしに 似た者を夫とし…

劇中劇の王妃　ああ そのあとは 聞きたくは ありません

そのような愛 心の内の 反逆ですわ

二度目の夫 そんな考え 呪われるべき ものですよ

再婚するは 最初の夫 殺すこと

43　ギリシャ神話。結婚の神。

ハムレット　〈傍白〉苦悩の種だ　樟脳[44]が 必要だ

劇中劇の王妃　再婚に 傾くは 利得の心 愛などで ありません

　　寝室で 次の夫の キス受けるなど 亡き夫 また殺すこと

劇中劇の国王　そなたが 今 語ったことを 信じよう

　　だが人は こうと決めても よくそれを破る

　　志さえ 記憶の奴隷 最初の頃は 熱（いき）り立っても

　　継続性は 乏しいものだ

　　今は未熟の 果実であって 木にしがみつく

　　熟すれば 揺すらなくても 実は落ちる

　　自分に出した 負債など 支払いを 忘れるなどは 当たり前

　　情熱が 冷めたなら 目標は 消え失せる

　　喜びも 悲しみも 激しすぎると

　　自らを 見失い 喜びは 嘆くべき 悲しみとなり

　　悲しみが 喜びへ また喜びが 悲しみへ

　　ふとしたことで 変わるもの この世のことは 永遠でない

　　我らの愛も 運次第にて 変化する

　　愛が運を 導くか 運が愛かは 未だ解けない 問題だ

　　偉大な人が 没落すると 彼の下臣は 逃げて行く

　　貧しき者が 出世するなら 敵さえも 味方に変わる

　　このように 愛というもの 運に従う

　　富める者 友を欠くこと ないけれど

　　貧しき者が 不実な友を 試すなら たちまち友は 敵となる

　　さてここで 最初に戻り 秩序立て 結論を言う

　　我らの意志と 運命は 食い違う 我らの思い 叶わぬものだ

44　原典 "wormwood"［植］ヨモギ（特に、ニガヨモギ）防虫剤、呼吸器疾患の治療に用いられた。花言葉「不在」。

思いだけ 我らのもので 結果など

我らのものに ならぬもの

二人の夫 持たぬそなたの 思いはあれど

最初の夫 死んだとき その思いさえ 死に絶える

劇中劇の王妃　たとえ大地が 食を与えず 天が光を 与えずに

昼夜分かたず 私から 気晴らしや 休息を 奪おうと

信頼や 望みなど 絶望に 変わっても

世捨て人 与えられた 空間が 牢獄であれ

喜びの 笑顔の色を 蒼白にする 逆境が

私の上に 振りかかり 大切なもの 破壊しようと

この世でも あの世でも 永劫の 苦しみが 続こうと

未亡人にと なった私が 妻になること ありません

ハムレット　もしも今 その誓い 破ったならば?

劇中劇の国王　しっかりと 誓ったな 愛しいそなた

しばらくは ここで一人に しておいてくれ

精神的に 疲れたようだ 物憂げな午後 ひと眠りする

劇中劇の王妃　眠りにて お心が 安らぐことを 願っています

私達 二人の仲を 裂くような

災いが 起こること なきように…（退場）

ハムレット　母上、この劇はいかがです?

王妃　あの王妃、誓うのがしつこすぎない?

ハムレット　ああ、でもね、誓いはきっと守ります。

国王　言い合うところ、聞いたのか? 差し障りなどないんだろうな。

ハムレット　いえ、何も。ただの戯れ。戯れの中に少しの毒を…。

差し障りなど何もありません。

ハムレット

国王 劇の名前は何なのだ？

ハムレット 『ネズミ捕り』です。どうしてかって？ 比喩ですよ。この劇はウィーンであった殺人事件を下敷きにしています。大公の名前はゴンザーゴ、その妻の名はバプティスタです。見ればすぐに分かるでしょうが、悪辣な劇です。でも、それがどうしたというのでしょうね。陛下や我ら、疚（やま）しい心のない者には何の差し障りもありません。脛に傷がある者達はたじろぐでしょうが、我らには痛くも痒くもないでしょう。

（ルシエイナス役の役者登場）

ハムレット この男は王の甥のルシエイナス[45]です。

オフィーリア 殿下は、まるで語り部ですね。

ハムレット 人形劇の人形たちが、いちゃつくのを見たならば、君と恋人の間に何があったのか語ることさえできるから。

オフィーリア また辛辣なお言葉ですね、殿下。

ハムレット 僕の言葉の切れ味が悪くなったら、きっと君は不満の声を上げるだろう。

オフィーリア いいようで、悪いようね。

ハムレット そろそろ君も結婚すべき年なんだから、始めたらいい、人殺しなど。何だよ、そんなしかめっ面はやめにして、さっさと始めたらいい。「しわがれ声の大ガラス、復讐を！」そう叫んでいる。

---

45 甥のルシエイナスが叔父である王を殺すという場面は、ハムレットの意志を示し、クローディアスに脅威を与える。

劇中劇のルシエイナス　思いは暗く　腕は冴え　毒薬揃い　時は良し

　折り良く　辺りに　人影はなし

　真夜中に　集めた草を　選りすぐり

　ヘカテの呪い　三度受け　毒気三度　盛られたあとで

　恐ろしい　天然の　汝の魔力

　今すぐに　健全な　命の根　奪い去れ

　（眠っている劇中劇の王の耳に　毒薬を注ぐ）

ハムレット　王位を奪う目的で、奴は庭で王を毒殺するのです。王の名前はゴンザーゴ。この物語は現存し、訛のないイタリア語で書かれています。もうすぐ奴が王の妻を口説き落とします。その見物をしてみましょう。

オフィーリア　王さまがお立ちになって…。

ハムレット　なんだって?! 空砲に怯えたのか？

王妃　どうなさったの？

ポローニアス　芝居は中止に！

国王　灯りを持って来い！ 退出いたす！

ポローニアス　灯り、灯りだ。灯りを早く！

　（ハムレットとホレイショ以外、一同退場）

ハムレット　ほら、ほらね、射られた鹿は鳴いて寝る。無傷の鹿は楽しく跳ねて、遊ぶのさ。起きている鹿がいるのなら、寝ている鹿もいるということ。浮き世の流れ、これしかないのさ。この世でしか味わえぬ運不運、ほら、ほらね、しかたないのさ。僕の運勢が傾いて、金に困ってしまったら、帽子には山ほどの羽根飾り付け、メッシュの靴に薔薇の形にリボンを結べば悲劇役者になれ

46　古代ギリシャ語で、太陽神アポロンの別名であるヘカトス（陽光）の女性名詞。

ないか？

ホレイショ　半人前の給料でならなれるかも…。

ハムレット　一人前だ。無二の親友、デイモン君よ。知っている
だろう、ジュピターのように偉大なる父上は、国を剥ぎ取られ、
今この国を支配するのは虚栄、見え坊、孔雀[49]だよ。

ホレイショ　「ジャク」の韻が踏めていません。

ハムレット　ああ、ホレイショ、あの亡霊の言った言葉は千ポンド
でも買ってやる。気付いたか？

ホレイショ　もちろん、殿下。

ハムレット　毒殺の台詞の段になったとき…。

ホレイショ　しっかりと見届けました。

ハムレット　してやったりだ！　さあ、音楽だ。さあ、リコーダー
だ！　劇が嫌いと国王が言うのなら、それならきっと好きじゃな
い。さあ、音楽を！

（R&G 登場）

ギルデンスターン　殿下、一言お話がございます。

ハムレット　どんなことでも聞くからな。

ギルデンスターン　陛下が実は…。

ハムレット　実は何だね？

ギルデンスターン　ご機嫌を損ねられ、引き籠られて…。

47　ギリシャ神話。死を宣告されたピュティアスが、死刑執行前に家にどうしても
帰りたいというので、親友のデイモンは身代わりとして自ら進んで牢獄に入った。
「デイモンとピュティアス」は「無二の親友」という意味。

48　ローマ神話。神々の王で天の支配者。

49　孔雀は好色と虚栄の象徴。

ハムレット　飲み過ぎか？

ギルデンスターン　いえ、殿下、ご立腹なされています。

ハムレット　君は賢明なんだから、腹の調子が悪いなら、医者に見せればいいだけだと分かるはず。ジョウザイ[50]の薬を僕が処方したなら、胆汁[51]のバランスが崩れ、怒り狂うよ。

ギルデンスターン　殿下、少しは真面目になってください。肝心なことを逸脱されず、お話しを！

ハムレット　柔順になるから、言ってくれ。

ギルデンスターン　母君である王妃さまがご心配されています。それで、我らにハムレットさまとお会いするように命じられて…。

ハムレット　それはわざわざご苦労さまだ。

ギルデンスターン　殿下、お願いです。真摯な態度をお見せください。まともな対応を頂けるなら、母君の伝言をお知らせします。そうでないなら、用件はこれまでにして失礼します。

ハムレット　それは無理だね。

ギルデンスターン　何がです？

ハムレット　紳士の態度をとることだ。気が狂っているのだから、それは無理。できる返事はこんなものだが、君の命令に従うよ。いや、むしろ君の言う母上に従おう。だからもうこのことはやめにして、本題に入ってくれよ。

ローゼンクランツ　母君は殿下の態度に驚かれ、動揺されておられます。

ハムレット　母親を驚かせるとは、それはなかなか見上げた息子だ。

50　「錠剤／浄罪」は Ys. のしゃれ。

51　古代ギリシャのヒポクラテス学派は体にある体液の血液、粘液、黄胆汁と黒胆のバランスが保たれることによって健康は維持できると考えていた。胆汁が不足すると神経過敏で怒りやすくなるとされていた。

　　　　　　　　　　　　　　　　　　　　　　　　ハムレット

この母上の驚きの後、何か続きはないのかい？　あるのなら、知
らせろよ。

ローゼンクランツ　殿下がお休みなる前に、母君がご自分のお部屋
にてお話をされたいと仰っておられます。

ハムレット　母上の仰せのままに従おう。母上が今の10倍母親ら
しくあろうとも、今のままでも従うからな。まだ何か、他に用事
はあるのかい？

ローゼンクランツ　殿下、かつては親しくして頂き、昵懇の間柄で
した。

ハムレット　それは今でも同じだ。この手に懸けて誓えるぞ、手癖
の悪い手であるが…。

ローゼンクランツ　ご不興の理由は一体、何なのですか？　その悩
みを友に隠すというのなら、ご自分の自由を閉ざすことになりま
す。

ハムレット　王の座に就けないからだ。

ローゼンクランツ　どうしてですか？　国王ご自身、殿下が跡継ぎ
だと宣言されておられます。

ハムレット　ああ、しかし「牧草が育たぬうちに…」。まあこれは
カビ臭い諺だけれど…。

（リコーダーを手に持った役者登場）

ああ、リコーダーだな！　ちょっと見せてくれないか？　〈R&G に〉
少しこちらへ来てくれないか。どうして君ら、僕の風上に立とう
としているんだ?!　獲物を罠へと追い込むような手法だな。

─────────
52　「馬飢える」と続く諺。

　　　　　　　　　　　　　　　　　　　　　　　　　　　　329

ギルデンスターン　いえ、殿下、差し出がましいとお思いならば、殿下への思いが強くあるからなので…。

ハムレット　言っていることがよく分からない。このリコーダーを吹いてくれ。

ギルデンスターン　吹けません。

ハムレット　頼むから。

ギルデンスターン　本当に吹けないのです。

ハムレット　お願いだから。

ギルデンスターン　吹き方を知らないのです。

ハムレット　そんなこと、嘘をつくほど簡単だ。指でこの穴を押さえ込み、口から息を吹き込めば、素晴らしい音楽を奏で出す。ほら、ここを押さえればいい。

ギルデンスターン　いい音色を出す才能などはありません。その技能が全く私にはないのです。

ハムレット　何だって⁈　随分軽く見られたものだ。僕ならば気軽に吹いて、僕にある押さえどころを知っていて、心の謎を解き明かし、低い音から高音までも僕のすべての音にまで探りを入れていたではないか⁉　君達がこんなに小さくて素敵な音色を奏でる楽器が吹けぬとは！　おい、僕はリコーダーより扱いやすい、そういうことか！　僕はなあ、どんな楽器に喩えても、思い通りの音なんか出さないからな。

（ポローニアス登場）

ご機嫌よう。

ポローニアス　殿下、すぐに王妃さまがお話があるとのことです。

ハムレット　あの雲が見えるかい？　ラクダの形にそっくりだ。

ポローニアス　全体的にラクダのようです、本当に。

ハムレット　イタチのように見えもするな。

ポローニアス　背中のあたりがイタチそっくり。

ハムレット　鯨かな？

ポローニアス　まさに鯨で…。

ハムレット　では、すぐに母上のもとに行きましょう。〈傍白〉みんなで僕を馬鹿扱いだ。〈声に出し〉今すぐに行くからな。

ポローニアス　そのようにお伝えします。（退場）

ハムレット　「今すぐに」。言うだけならば簡単だ。君達みんな、僕を一人にしておいてくれ。（ハムレット以外、一同退場）夜も更けて今は魔女どもがうろつく時刻だ。墓地が口を開け、地獄からこの世を毒す邪気が吹き出る。今なら熱い生き血も吸える。昼間なら、見るのさえ恐れ戦く残忍な所業でもやってのけよう。だが待てよ、まずは母上の所へと行くことにしよう。ああ、我が心、親子であることを忘れるな！　ネロの魂など我が胸に入れてはならない。冷酷であっても、肉親の情は忘れてはならないからな。言葉の刃は使おうと、本物は使ってはならない。口と心が欺き合えばそれでいい。言葉でいかに責め立てようと、その実行を心が固く許さなければそれでいい。（退場）

53　16歳でローマ皇帝になり、30歳で自害。キリスト教徒を迫害し、母親のアグリッピナや哲学者のセネカを死に追いやった。

第３場

城内の一室

（国王、R&G 登場）

国王　あの男は気に入らん。あの狂気など放っておくとこちらの身が危うくなるぞ。よいか、君達、支度にかかれ。任命書をすぐに書き終え、あの男をイングランドに派遣する。君達に同行願う。狂気がどんどん悪化して、ますます危険が差し迫ってくる。これではわしの王位の期間が危ぶまれる。

ギルデンスターン　すぐさま準備を致します。国王にすがって生きる人々が安全に暮らせるためのご配慮は、神聖で宗教心に満ちています。

ローゼンクランツ　たった一人の命でさえも、危害が迫れば精一杯の努力と知力でそれを防がなければなりません。多くの人の命を預かる陛下の命がなくなれば、庶民の幸福などは維持できなくなります。万が一、陛下がお隠れになるのなら、それは一人の死ではなく、渦巻きのように周りの者をすべて飲み込んで大惨事となります。別の言い方をするのなら、山頂に据えつけられた巨大な車輪のスポークに数えきれない人々が纏わりついているために、それが転がり落ちたなら、庶民のみんなは全滅となり果てます。陛下が一つ溜め息をつかれたら、庶民の呻きを引き起こします。

国王　準備万端整えて、早く船出を！　野放しの状態のこの危険には、今すぐに足枷をはめねばならぬ。

R&G　直ちに準備を致します。（退場）

332

（ポローニアス登場）

ポローニアス　陛下、今すぐハムレットさまは母君のお部屋へと参られますぞ。小生はタペストリーの後ろに隠れ、成り行きを静観します。きっと厳しいお叱りがあるはずですが、陛下がお仰せになられたように、肉親では冷静になれないので、母親以外の第三者がしっかりと聞くことが必要でしょう。では、しばらくお待ちのほどを。陛下がお休みになる前に参上し、聞いたことのすべてを報告致します。

国王　手間をかけてすまないな。（ポローニアス退場）ああ、わしの罪は猛毒でその悪臭は天にまで届く。その罪に兄殺害の最初の罪の呪いが重なり、ついてくる。祈ることさえできないのだ。祈りたいし、祈る意思はあるのだが、それより強い罪の意識で押し戻される。二つの仕事をしようとして、どちらにも手をつけられず立ち尽くし、二つともおろそかになる。呪われた手に兄の血がべっとりとついている。天は恵みの雨を降らせて、わしの手を雪のように白く浄めてはくれないのか？ 罪にしっかりと向かい合い、そのあとで赦しは得られるものか？ 祈りには二つの力があるという。犯す前に食い止める力、そしてもう一つは犯した罪を赦す力だ。だから、天を仰ごう。わしの罪は過去のもの。わしの罪を償うための祈りとはどんなものなのか？「汚れちまった殺人の罪を赦し給え」か？ それは無理だな。人殺しから得たものを手放していない。王冠、野心、あの王妃、それらの罪を背負っているのに、赦しなど得られるものか？ 堕落したこの世では金

54　旧約聖書の「創世記」。カインによる兄アベルの殺害。

色の罪の手が正義の裁きを押しのける。悪事の儲けが時として法を買収することもある。だが、天国はごまかし利かぬ。犯した行為の真実を糾弾されて、罪を認める結果に至る。では、どうするか？ どうしたらいいのだ？ 懺悔したならどうにかなるか、ならぬのか？ だが、心の底からの懺悔でないのなら、どうにもならぬ。ああ、とても惨めなことだ。心の底は死の世界のように真っ黒なんだ。もがけばもがくほど、がんじがらめだ。天使達、このわしを助け給え！ やってみよう！ 片意地な膝を曲げるのだ！ 鋼で張った心の糸よ、新生児のように柔らかくなれ！ すべてがうまく行きますように…。

（ハムレット登場）

ハムレット　今ならやれる。祈っている最中だ。さあ、やるぞ！死への旅路に就かせてやろう。いよいよこれで復讐は遂げられる。いや、待てよ。よく考えたなら、悪党が父上を殺し、その返礼に一人息子のこの僕が、その悪党を天国に送り届ける?! そんなもの復讐でなく、お手当てをもらう送り人だ。父上の死は、まだ世俗の欲にかられていた頃で、罪業が５月の春の花のように咲き誇る真っ最中だった。神の裁きはどうなるのかな？ この世の常と常識からは重い刑罰が課されるのは避けられない。それなのに、奴が祈りで魂を清め、死への旅路の備えができているときに命を奪う？ それはだめだ。剣よ、待て！ 時を待て！ 酔い潰れているときや、怒り狂っているときや、ベッドにて淫乱な快楽に耽っているときや、賭け事に現を抜かす、博打を打つ、暴言を吐く、神を冒涜するときならいつでもいいぞ。そのときなら、奴は自ら天

国を蹴って地獄落ちだ。悍ましい闇の世界へ真っ逆さまだ。奴の魂と同じ色の自分本来の世界、地獄絵図の中で、もがく鬼になる定めなのだ。母上が待っている、この「時」の猶予さえ、病んだ貴様の余命を延ばすだけのことだ。(退場)

国王　わしの言葉は天に向かうが、わしの心は地に留まっているようだ。心が込もらぬ言葉など天になど届くわけがないからな。(退場)

第４場

王妃の居間

(王妃、ポローニアス登場)

ポローニアス　殿下はすぐに来られます。どうか厳しくお叱りのほどをお願いします。悪ふざけが過ぎていて、我慢の限度を超えています。王妃さまは、お怒りの王さまと殿下の仲をとりなして大変なのはお察し致します。もうこれ以上は申しませんが、くれぐれも厳しく殿下をお叱りください。

ハムレット　(奥で) 母上、母上、母上さま！

王妃　大丈夫です。心配は要りません。さあ、陰に隠れて！　あの子が来ます。(ポローニアスはタペストリーの陰に隠れる)

(ハムレット登場)

ハムレット　母上、何かご用ですか？

王妃　ハムレット、あなたのことで父上は今までになくご立腹です。

ハムレット　母上、あなたのことで父上は今までになくご立腹です。

王妃　あらあら、あなた、ふざけた返事はよしなさい。

ハムレット　まあまあ、母上、変な質問おやめください。

王妃　ねえ、どうしたの？ ハムレット。

ハムレット　何がどうだと言われるのです？

王妃　私のことを誰だか忘れたの？

ハムレット　いえ、まさか！ 知っていますよ。王妃であって、あなたの夫の弟の妻であり、そしてまた、残念ながら僕の母親です。

王妃　困った人ね。それなら誰か話せる人を連れてくるわよ。

ハムレット　さあここに来て、じっと座ってください。鏡を出しますから、どこにも行かず、動かずに、どうかご自分の心の底を見るのです！

王妃　何をする気よ！ 私を殺す気じゃないでしょうね。助けてー！ 誰か、助けて！

ポローニアス　（タペストリーの陰で）おい、誰か！ 助けを寄こせ！

ハムレット　（剣を抜いて）何だ、こいつは！ 野ネズミか?! 死んじまえ！（剣でタペストリーを突き通す）

ポローニアス　（タペストリーの陰で）アアッ、やられた！

王妃　まあ、恐ろしい！ 何をしたのよ！

ハムレット　何をしたのか…？ 王ですか、これ？

王妃　ああ何と！ むごたらしくて、早まったことをしたのです！

ハムレット　むごたらしいと！ それなら王を殺してその弟と結婚するのも同じほどむごいことじゃないのです⁉

王妃　王を殺して？

336

ハムレット はい、その通り。そう言いました。(タペストリーを上げ、ポローニアスを発見し、彼に) おまえだな、そそっかしくて、でしゃばりで、浅ましい道化役者。これでおまえとお別れだ。おまえの主人と勘違いした。これもまた運命だ。でしゃばりすぎは危険だと思い知ったか。〈王妃に〉そんなに固く手を握りしめ、身を絞るのをやめ、じっと黙ってお座りください! 母上の心を絞ってみせましょう。お心に浸透性が残っていて、忌わしい悪習があまり図太く根を張らず、判断力がまだあるのならやってみましょう。

王妃 私が何をしたというのよ?! ぶしつけにそんな言い方をするなんて!

ハムレット 母上のなされたことは、品性を汚し、しとやかさを欠き、貞節を欺くもので、純真無垢な愛を秘めたる美しい額からバラの冠を取り去って、娼婦であると烙印を押すようなものです。結婚の聖なる誓いを賭博師の口約束ほどに、価値のないものにしたのです。その行為は結婚という約束事の魂を抜き去って神への誓いを戯言にしてしまうようなもの。天はそのことに心を痛め、怒りに顔を染め、堅い大地も最後の審判を仰いだように、悲しさを募る顔になるのです。

王妃 まあ、何てこと?! いきなり議論を吹っかけてきて、大声を上げて怒鳴りつけてくるなんて!

ハムレット ご覧ください、この絵とこの絵! 兄弟二人の肖像画です。こちらの顔に備わる気品、ハイペリオンのカールの巻き毛、ジュピターにあるその額は、敵を威嚇し、軍を指揮する軍神マルスの眼差しで、天にも届くその丘に降り立つマーキュリーにも似た姿。調和のとれたその性格は、すべての神がお認めになっ

たことです。男の中の真の男です。それがあなたの夫であった人ですよ。次にこれ、ご覧ください。これ、今の夫です。カビに冒された麦の穂のように健全な兄を殺した奴だ。母上に目はあるのです？ 麗しの山を降りてゆき、沼地で食べて太るのですか？ 本当に目はあるのです？ そのお年では愛とは言えません。情欲の血も穏やかに慎ましやかになってきて、分別に従うものだ。それなのにどの分別が、これからこれへ移行しろとなど言ったのですか？ 確かな感覚をお持ちのはずだ。それがなければ、欲望などもないはずだ。きっと感覚が麻痺しているのです。狂気であっても違いは分かるはず。感覚がエクスタシーに達しても、選択の能力を失ったりはしないだろう。どんな悪魔が母上に目隠しをして、視力を奪ってしまったのです!? 感覚を失くした目、視力を失くした感覚や、手を失くした耳、目を失くした耳、すべてを失くして嗅覚だけが残っていたり、病んだ感覚のうちのひとかけらにでも良い感覚が残っていれば、これほどの暗い世界に迷い込んだりしないはずです。ああ恥ずべきだ！ 羞恥心などどこにあるのです?! 情欲地獄！ 情欲が中年女性を唆すなら、燃え盛る若者にとり貞節などは溶けるロウソク。抑えきれない情熱が発露を求めてさ迷うことも恥とは言えなくなる。霜ですら熱く溶け、理性さえ情欲に屈することがあるのですから。

王妃　ああ、ハムレット、もう言わないで！ あなたの言葉が私の目を心の底に向けさせるの。そこに見えるのは黒く染まったシミの跡。絶対に色褪せないものだわ。

ハムレット　色褪せなんかするものか！ 脂で汚れたベッドの中で、堕落の汗にまみれながら、淫らな小屋でヤレばいい。

王妃　お願い！ やめて！ その言葉は鋭い刃となって私の耳に突き

刺さってくるから。もうよして！ ハムレット。

ハムレット　殺人鬼で悪党だ！ 以前の王と比較したなら、その価値はゼロに等しい卑しい男。悪徳の王だ。王座、王国を掠め取り、棚の上から大切な王冠を奪い取って懐に仕舞い込んだんだ！

王妃　もう沢山よ！

ハムレット　継ぎ接ぎだらけのまだらの服を着た道化の王だ。

（亡霊登場）

翼広げて天翔る天使達、助け給え。その偉大なるお姿でこの私に何をするようにお望みですか？

王妃　ああひどい！ 気が狂っている！

ハムレット　時と情熱を浪費して、命令を実行しないぐうたら息子をお叱りに来られたのです？ どうかご指示を！

亡霊　忘れてはならぬ！ この訪れは鈍化したおまえの決意を促すためだ。だが、しっかりと見るがよい。恐れ戦く母親を見るがよい。心の中で葛藤しているおまえ、母を助けるのだぞ！ 弱き体を持つ者ほどに、動揺は激しいものになるからな。優しい言葉をかけてやれ。

ハムレット　お母さま、大丈夫です？

王妃　まあ、あなたこそ、大丈夫です？ 何もない空間に目をやって、実体のない空気などに話しかけ、あなたの目には驚愕の心の内が映っています。警報で眠りを破られて、慌てふためく兵士のように髪の毛が逆立っています。大事な息子のハムレット、乱調の心の熱と炎には寛大な聖なる水の洗礼をしてあげて… あなたは何を見つめているのです⁉

ハムレット　ほら、あの姿！　あちらです！　あんなにも蒼ざめて…あのお姿で。あのわけを聞いたなら石でさえ情を動かすことでしょう。見詰められては困ります。そんなにも哀れな顔をなさったら、堅い決意も鈍（にぶ）ります。やらねばならない行為でさえも、真実の色を失って血が涙にも変わりそうです。

王妃　誰に向かって話しているの？

ハムレット　何もそこには見えないのです？

王妃　ちっとも何も…。でもそこにあるものは、みんな見えています。

ハムレット　何も耳には入らずに？

王妃　ええ、私達二人の声が聞こえただけよ。

ハムレット　ほら、あそこ！　こっそりと出て行かれます。父上が生前のお姿で…。あそこです！　ほら戸口から出て行かれます。
（亡霊退場）

王妃　あなたの脳が作り出す幻影ですね。実体のないモノを狂気が巧みに作り出すのよ。

ハムレット　狂気ですって！　僕の脈拍は母上と同じように健やかな音の調べをリズム正しく奏でています。僕の言葉は狂気から出たものじゃない。試してくれても構わない。同じことを繰り返して言えるから。気が触れているのなら、話はきっと逸脱するはずだ。お願いだから、ご自分の魂に見せかけの軟膏を塗り込めて、自分の罪を僕の狂気のせいになどしないでください。潰瘍（かいよう）に罹った箇所に薄い膜を覆うだけでは、悪臭放つ膿（うみ）は奥まで広がって、見えないところを蝕んでゆく。天に向かってご自分の罪を懺悔（ざんげ）して、悔い改めて将来に罪を犯さぬ誓いを立てるのです。雑草に肥やしを撒（ま）いて、繁殖させたりしないように…。この僕が美徳など

もったいぶって話してごめんなさい。この脆弱で堕落の時代、美徳がなぜか悪徳に許しを乞わねばなりません。正しいことをするときも、低姿勢で許可をもらう必要があります。

王妃　ああ ハムレット！ 私の心は真っ二つに引き裂かれたわ。

ハムレット　それなら、悪いほうの半分を捨て去って、残りの半分を大切にして清らかに生きてください。では、お休みなさい。でも、どうか叔父のベッドに行かないで。美徳なんかなくても、ある振りをするのです。習慣というモンスターは極悪非道で正しい感覚を食い尽くします。でも、時として、習慣は制服のように着慣れてくれば、良い行いを自然に身につけさせてくれる天使ともなります。とにかく、今宵はお控えください。そうすれば、次には節制はしやすくなり、その次には楽になります。習慣は人間の天性さえも変えるものです。習慣は不思議な力を発揮して、悪魔を抑え込んだり、放逐することもできるのです。もう一度お休みなさい。母上からの祝福を頂くのは、母上が神の祝福を受けられたいと思われたときにお願いします。（ポローニアスを指差し）この人にしたことは、とても後悔しています。でも、これも神の采配で、この人のため神は僕を罰せられ、僕によりこの人は罰せられたのです。この身は神の鞭であり、神の使者なのです。死体を片づけ、その責任は取りましょう。では、本当にお休みなさい。冷酷なことを言ったのも、母上のためを思ってのことです。悪いことから始まって、後にはもっと悪いことが控えています。母上、最後に一言だけを付け足すと…。

王妃　どうしたらいいのです？

ハムレット　僕が今、母上に言ったことなどお忘れを！ 太鼓腹した王に、また誘われてベッドに行って、浮気な指で頬をつねられ、

「子ネズミちゃん」と呼んでもらって、口臭で匂うキスをされて、卑猥な指で首筋を撫で回されて、事のすべてをぶちまければいい。実は僕は気など狂っていなくて、その振りをしているだけだと知らせればいい。美人で真面目で賢明な王妃のあなたが、カエルやコウモリ、雄ネコ王からこんな大事な秘密情報を隠しおおせるはずがない。そんなこと誰にできよう?! 分別も秘密も何もあるものか！ 屋根に上がって鳥カゴの留め金を開けて、鳥を自由に羽ばたかせると、猿真似の猿が鳥カゴに入り込み、飛ぼうと真似をしてサルスベリ。首の骨折り、死んじゃって、それでオシマイ。

王妃 約束するわ。言葉は息から生まれ出て、息が命の根元から育つなら、あなたが言った今のことを漏らす息吹は私にはありません。

ハムレット イングランドへ僕は行かねばなりません。ご存知でしょう。

王妃 ああ、そのことはすっかり忘れていましたわ。そう決まったと聞きました。

ハムレット 勅書の封印を済まされて、学友の二人とです。信頼度はマムシのようにクネクネと、何のためかは知らないが委任状を託されています。彼らが僕の行く道に罠をかけたりするでしょう。勝手にやればいいことだ。相手が仕掛けた爆薬で吹っ飛ばしてやるのは面白い。こちらは相手の裏をかき、爆薬は１ヤード彼らのものより深く掘り、爆薬を埋めて彼らを月にまで吹っ飛ばす。ああ、これは楽しみだ。お互いの計略の真っ向勝負！ 忙しくなったのは、この人のせいだ。隣の部屋にこれは引きずって運びます。今度こそ、母上、これでお休みなさい。この大臣もやっと静かに口を閉ざして厳粛な顔付きだ。生前は愚かな無駄口爺やだったの

に…。さあ行こう、おまえと共にエンディングへと！ お休みな
さい、母上さま。（［ハムレットはポローニアスの死体を引きずっ
て］母親とは別々に退場）

第4幕

第1場

城内の一室

（国王、王妃、R&G 登場）

国王　おまえの溜め息、その吐息には何かわけがありそうだな。言ってくれ。わしも理由を知っておかねばならぬから。おまえの息子はどこにいる？

王妃　〈R&G に〉しばらく席を外しておいて…。（R&G 退場）ああ、陛下、今宵は何ということに！

国王　何があったのだ？　ガートルード、ハムレットはどうしているのだ？

王妃　海と風がどちらが強いのか競い合うかのように、抑えられない狂気の発作に駆られたのです。タペストリーの後ろに物音を聞き、剣を抜き「ネズミだ、ネズミ！」と叫んで、自分勝手な思い込みで、陰にいたポローニアスを刺し殺したのです。

国王　悍ましい振る舞いだ！　わしがそこにいたのなら、わしが殺られていたはずだ。放っておけば危険だな。おまえにも、わしにも、そしてみんなにも。とんでもないぞ！　この血の所業を何とする！　責任はわしにある。先見の明があったなら、狂った者の行動を制限し、監禁でもして勝手気ままに歩かせたりしてはなら

344

なかったな。息子を思う気持ちが強すぎて、適切な対策が取れなかった。奇病を恐れた患者のように、そのことを隠そうとするために命の髄まで冒された。ハムレットは今どこにいる？

王妃　手に掛けた遺体を一人で引きずって行きました。狂っていても、価値のない鉱石の中に金（きん）が入っているように、あの子にも純粋な心があって自分がしたことを反省し、涙を流しておりました。

国王　ガートルード、さあ行こう。山の端（は）に朝日がかかれば、すぐにでもハムレットを出航させよう。この悪行に対しては、王の権威と策を用いて平静を装って対処せねばならないからな。おお、ギルデンスターン！

（R&G 登場）

君達二人、加勢の者を呼び集めろ。気が狂っているハムレットがポローニアスを殺害し、母親の部屋から遺体を引きずり出した。ハムレットを探し出し、言葉を選んで説得し、遺体はすぐに礼拝堂へ運ぶのだ。どうか急いでくれないか。（R&G 退場）ガートルード、わしは重臣を召集し、不慮の事件やその善後策を伝えよう。大砲が標的に毒の弾を飛ばすように悪い噂は世の果てまでも届くかもしれぬから。わしの名という標的を外して空中に飛び去ることを願うだけだ。わしの魂は不和と不安で満ち溢れている。
（二人退場）

第２場

城内の別の一室

（ハムレット登場）

ハムレット　片づけは終わったぞ。

Ｒ＆Ｇ　（奥から）ハムレットさま！ ハムレットさま！

ハムレット　何だ、あの声？「ハムレットさま」と呼んでいる。誰
　だろう？ ああ、やって来た。

（R&G 登場）

ローゼンクランツ　殿下、遺体はどうされました？

ハムレット　土くれと混ぜ合わせたぞ、同類だから。

ローゼンクランツ　どこなのかお教えを！ 我らがそこから礼拝堂
　へ運びます。

ハムレット　信じてなんていないから。

ローゼンクランツ　何をです？

ハムレット　君達の秘密を僕は守るが、僕の秘密は君達が守らな
　いってことだ。それに加えて、スポンジなどに命令される筋合いは
　ない。王の息子の僕からの返事なんかは期待しないことだね。

ローゼンクランツ　スポンジですって？

ハムレット　その通り。王の恩顧や恩賞や、権威などを吸い取って
　いるね。結局、そんな家臣が王にとり一番なのだ。猿が餌など口
　の中に頬張るように、王は君らを咥え込み、最後には飲み込むだ

346

けだ。君らが集めた物を必要ならばみんな絞り取り、君らはあえなく干からびるだけ。

ローゼンクランツ　殿下、仰る意味が分かりません。

ハムレット　それでいいんだ。貶す言葉は愚かな耳に届かない。

ローゼンクランツ　遺体の場所をお教え頂き、そのあと共に陛下の所へお越しください。

ハムレット　遺体はすでに王のもとだよ。でも、王は「遺体の元」じゃないからな。王はモノだな。

ギルデンスターン　モノですか⁈

ハムレット　何もないモノ。さあ、僕を王のもとへ連れて行け。キツネ隠れて、後を追う鬼ごっこ…。（一同退場）

第３場

城内の別の一室

（国王、従者達登場）

国王　わしはすでにハムレットの捜索と、遺体を発見するように指示しておいた。あの男を放置しているのは危険である。だが、問題は厳しい罰則は適応できぬ。何しろあれは低俗な民衆に受け入れられているからな。民衆などは分別もなく、外見で判断いたす。そういうことで、罪のことは軽視され、罪人の罰だけが厳しすぎると糾弾される。あれをすぐさま国外に出すのさえ、それをスムーズに運ぶためには熟慮の末と思わせるのが大切だ。危険な病気を治すには危険を伴う荒治療が必要だ。

（ローゼンクランツ登場）

さて、どうなった？

ローゼンクランツ　遺体をどこに隠したのか、殿下は全く教えてはくださいません。聞き出すのは無理でした。

国王　では、ハムレットはどこにいる？

ローゼンクランツ　この部屋の外に護衛をつけて、陛下のご指示を仰ごうと…。

国王　今すぐここに連れて来い。

ローゼンクランツ　おい、殿下をここに！

（ハムレット、ギルデンスターン登場）

国王　さて、ハムレット、ポローニアスはどこなのだ？

ハムレット　夕食の真っ最中で…。

国王　夕食だって！何のことだ?!

ハムレット　食べている途中ではなくて、食べられている途中です。政治屋の寄生虫らが集まって、ガツガツと食いついています。食事なら寄生虫らが大王さまだ。我々は他の動物を太らせて自ら太る。我々が太るのは、ウジ虫のため。太った王も痩せた乞食も同じメニューのリストに載っている。料理はそれぞれ違っていても、食卓のテーブルはただ一つ。食べられてオシマイだ。

国王　何を言う！

ハムレット　王を食べた虫をエサに、魚を釣ると、その虫を食べた魚を人が食べるのだ。

348

国王　一体おまえは何が言いたいのか?!

ハムレット　いえ、何も。王さまも乞食の胃腸を時として通過されるとお示ししたく言ったまでで…。

国王　ポローニアスはどこなのだ?!

ハムレット　天国ですね。使いをやれば分かること。もしそこにいなければ、ご自分で別の場所へ捜しに行くといいでしょう。でも、実際に今月中に見つからないと、ロビーの階段を上がるときに臭いを嗅げば分かるはずです。

国王　〈従者達に〉そこを捜しに行ってこい、今すぐに！

ハムレット　急がなくても逃げはしない。(従者達退場)

国王　ハムレット、この度のおまえの所業を遺憾に思う。だが、特に気掛かりなのはおまえ自身の身の安全だ。だから、今すぐこの地を去ることが必要だ。急いで準備をするように。船の用意は整っている。それに、順風だし、供の者も揃っている。準備万端、イングランドへ！

ハムレット　イングランドへ?!

国王　ああ、そうだ、ハムレット。

ハムレット　いいでしょう。

国王　いいだろう。わしの気持ちが分かるはず…。

ハムレット　その気持ちを見抜く天使が僕には見える。まあ、いいさ。さあ、行くぞ、イングランドへ。さようなら、母上。

国王　父上だろう、ハムレット。

ハムレット　母上ですね。父と母とは夫と妻で、夫と妻は情欲で結ばれた肉体一つ。だから、母上。さあ、行くぞ、イングランドへ。(退場)

国王　遅れずについて行き、急ぎ乗船させるのだ。ぐずぐずせずに、

今夜にはここを連れ出せ。出航だ！ 万事準備は整っている。さあ、急ぐのだ！（R&G 退場）イングランドよ、我が恩情を覚えているだろう。我が絶大な戦力に参ったはずだ。我が国による武力攻撃の傷跡も血に染まり、生々しくて、我々に忠誠の意を示すだろう。親書に記したハムレットの即刻処刑を執り行うように。我が王権に忠実であるはずだ。殺るのだぞ、イングランド。ハムレットはわしの血をたぎらせて、わしの血の正しい流れを狂わせる。イングランド、その治療ができるのは、おまえだけだ。この件が片づくまで、わしの運がどうであれ、満足の種は開花せぬ。（退場）

第４場

デンマークの平野

（フォーティンブラス、隊長、兵士達登場）

フォーティンブラス　隊長、僕からのデンマーク王への伝言だ。「許可証にあるように、このフォーティンブラスは取り決め通りにご領地を通過させて頂く」と申すのだ。集結の場所など分かっているな。陛下から何かお話があるのなら、ご挨拶に伺うと伝えるように。

隊長　かしこまりました。

フォーティンブラス　ゆっくりと前進だ。（フォーティンブラス、兵士達退場）

ハムレット

（ハムレット、R&G、その他登場）

ハムレット　お尋ねします。あれは一体どこの軍隊です？

隊長　ノルウェー軍です。

ハムレット　目的は何なのだ？

隊長　ポーランド侵攻です。

ハムレット　指揮官は誰？

隊長　老ノルウェー王の甥であるフォーティンブラスさまです。

ハムレット　侵攻はポーランド主要部か？　国境沿いか？

隊長　ありのままを申すなら、出陣は名誉のためです。価値のない
わずかな土地を取り返すため、地代などたった5ダカットでも耕
す気にもならない所で、ポーランドでもノルウェーでも価値はゼ
ロ。売りに出しても値段がつくかどうかは分からない土地です。

ハムレット　それならば、ポーランドは防戦などはしないだろう。

隊長　ところが、すでに防戦態勢を整えています。

ハムレット　数千人の人命や数万の金を犠牲にしても、そんな些細
な問題さえも解決できぬ。富と安泰の陰に潜む膿瘍[注55]は外面的に
分からずに、内部組織は破壊されて人は死ぬ。いや、こんなこと、
とにかくどうもありがとう。

隊長　失礼します。

ローゼンクランツ　さあ行きましょう。

ハムレット　すぐに行くから少し先へと行ってくれ…。（ハムレッ
ト以外は退場）あらゆることが鈍った僕の復讐心を急き立て
る。人間なんて何だろう？　持ち時間は、ほとんど寝て食べるだ

55　組織の中に膿（うみ）が溜まった状態のこと。虫歯や歯周病などが原因で炎症
を起こし、放置すると敗血症や全身の疾患に繋がる。

351

け。それならば野獣と何も変わらない。そもそも神は我々に過去を見て、将来を見極める思考力を授けられた。その能力と神にも似た理性を備わり、それを使わずに朽ち果てさせるのは以ての外だ。ところがどうだ、この僕は忘却症の獣か?!　物事の些細な点に拘りすぎて、小心になり、ためらっている。思考力の中で知恵などはその 1/4 だけで、残りの3/4 は臆病風だ。「これはやるべき」、そう言いながらやらずに生きる。やるための大義や意志や力、方法など充分に整っていて、この世にあった明白な実例が実行せよと僕を促している。見るがいい、あの軍備、あの兵士らの軍隊を！　率いているのは優しげで華奢な王子だ。だが、彼の胸の中には崇高な大望が膨らんでいる。予測できない戦いのために死の危険を顧みず、卵の殻ほど些細なことに命を懸けているではないか。偉大であるということは大儀なしでは動かないことではなく、名誉に関する事柄ならば、命を懸けて果敢に攻めることだ。それなのに、この僕は父を殺され母を穢され、理性や感情が沸き立つべきときに、それを眠らせている。恥ずべきことだ。二万の兵士が死に直面し、名声という淡い幻を夢に見て、寝床に向かうように死の床に向かっている。大勢の兵士らが戦う余地もない狭い土地で、死者さえも葬る広さもないというのに…。ああ、僕は今からこの思いを血で染めよう。それができないとなったなら生きている意味は何もない。（退場）

ハムレット

第5場

城内の一室

（王妃、ホレイショ、紳士登場）

王妃　あの娘とは話などありません。

紳士　しつこくせがみ、精神に異常をきたしているのです。とても不憫でなりません。

王妃　どうしろと仰るの？

紳士　話すことのほとんどすべては父親のことだけで、「世の中はごまかしばかり」と言って、口ごもって胸を叩いて些細なことに苛立って、わけの分からない話をし、その話には一貫性がありません。思うことを言おうとして言葉など取り繕って、目くばせをしたり頷いてジェスチャーを交えて表現しようとします。それで聞き手は確かなことは分からなくても、彼女の不幸に心を寄せます。

ホレイショ　お会いされるのをお勧めします。このままなら、彼女のことで良からぬ心を持つ者が危険な噂を広げるでしょう。

王妃　今ここへオフィーリアを呼びなさい。（紳士退場）〈傍白〉私の病んだ心には罪の本質そのままに、わずかな憂いも甚大な災いの渦を巻き起こす前触れのように思えるわ。罪ある者はその罪を他人から隠せないもの。隠そうとすればするほどボロが出るのよ。

（紳士、オフィーリア登場）

オフィーリア　ここデンマークの麗しの王妃はどこにいらっしゃる

の？

王妃　どうしたの？ オフィーリア。

オフィーリア　（歌う）本当の 愛などは どうして分かるの？

　　　　巡礼が 身に着けている 貝殻を付けた 帽子と

　　　　手に持っている 杖だけで？

王妃　ねえ、あなた、その歌はどんな意味なの？

オフィーリア　何ですって？ いえいえ、どうか、聞いてください。

　　　　（歌う）あの人は 遠い国 あの人は もういない

　　　　あの人は 遠い国 あの人は もういない

　　　　頭上には 青い草 生い茂り

　　　　足もとに 墓石が立って ああ 悲しみが…

王妃　ねえ、オフィーリア。

オフィーリア　聞いてください、お願いだから

　　　　（歌う）雪の白ほど 白い色

　　　　死装束は 雪の色

（国王登場）

王妃　ご覧になって、この姿、陛下。

オフィーリア　（歌う）香しい 花に飾られ

　　　　愛の雫に 濡れつつ 墓へ

国王　どうしているのか？ オフィーリア。

オフィーリア　私は元気に過ごしています。フクロウは、その昔に
　　はパン屋の娘[56]だったのよ。陛下、私達など今はこうでも、これ

56　キリストがパンを求めたときに、パン屋の娘はごまかしたので、フクロウにさ
　れたという逸話がある。

から先はどうなるのか分かりませんね。さあどうぞ、召し上がれ。

国王　父親のことを考えているな。

オフィーリア　お願いだから、もうそのことは言わないで。でも、聞かれれたら、こう言えばいいわ。

　　（歌う）明日という日 待ちに待ってた

　　バレンタインの 聖なる日

　　朝早くから そわそわと

　　彼氏の家の 窓辺に立って

　　彼氏一人の バレンタインに[57] なるために

　　私の彼氏 目を醒まし 服を着て

　　部屋のドアを開け 生娘（きむすめ）を 部屋の中へと 誘（いざな）った

　　出てくるときに 生娘は 女となって…

国王　哀れなことだ！

オフィーリア　（歌う）本当にそう 誓いの言葉 なかったし

　　もうこの話 やめにする

　　ああ むごいこと 恥ずべきよ！

　　そんなことなら 若い男は 誰でもするわ

　　女は言うわ 責任は 実は男に あるのだと

　　「約束でしょう 私との結婚は！」

　　男が言うの「僕のベッドに 来てなけりゃ

　　君と僕 結婚していた はずだがな…」

国王　いつからこんな調子なんだね？

オフィーリア　すべてのことが、うまくいくよう願っているわ。でも、ずっと我慢しなくちゃいけないの。冷たい土の中で静かに眠

57　セント・バレンタインの日（2月14日）に、未婚の男性はその日の最初に出会った娘を恋人にするという風習があった。

る父上のことを考えたなら、私の涙は止まらない。兄にこのことを知らせるわ。良いアドバイス、感謝しています。さあ、馬車を！ お休みなさい、優しい貴女（あなた）。お休みなさい、優しい貴女。お休みなさい。お休みなさい。（退場）

国王 あとを追うのだ。目を離してはならないぞ。頼んだぞ。（ホレイショ、紳士退場） ああ、これは深い悲しみが災いのもとだ。父親の死が元凶となっている。ああ、ガートルード、ガートルード。悲しみが人を襲うときは単独でなどやっては来ない。来るときは、大挙して攻め寄せる。まず最初、父親の殺害だ。その次にハムレットが国外へ。その原因は自らの行いだ。ポローニアスの死のことで人々は混乱し、疑念に駆られ、憶測が憶測を呼んでいる。そそくさと秘密裏に埋葬したのがまずかった。哀れにも、オフィーリアは自らを見失い、健全な判断力を失くしている。判断力が無くなれば、我々は主体性を失い、野獣同然だ。それにも増して気にかかるのが、彼女の兄が秘かに一人でフランスから戻っているのに、疑念を抱いていて、まだ雲隠れをしていることだ。父親の死に関することで彼の耳に情報を流す奴らがいる限り、わしを糾弾する声が人づてに伝わっていく。なあ、ガートルード、こんなことでは非難の矢玉を身に受けて、命が幾つあろうとも足るはずがない。（舞台奥で騒音）

王妃 まあ、何の音でしょう？

（紳士登場）

国王 スイスの衛兵はどこにいる？ しっかりとドアをガードさせろ！ 何があったのか?!

紳士　陛下、すぐにもこの場からご退出を！　海の荒波が堰を切り、一気に大地を飲み干すように、レアティーズが暴徒を率いて衛兵を圧倒し、押し寄せて来ています。暴徒は彼を王だと叫び、新しい世が今ここに始まるかのように、あらゆるものの礎である習わしや慣習を壊そうとして、「我々の力にて、レアティーズを王にする」と、口々に叫び、手を打ちならし、帽子を投げて、天にも届けと声を上げ、「レアティーズ国王に！　レアティーズ国王に！」と囃し立て、騒いでいます。

王妃　大騒ぎをして、お門違いに吠え立てて、民衆なんてデンマークの愚かな犬よ！

国王　ドアが今壊された。（舞台奥で騒音）

（レアティーズが武装して登場。民衆が後に続く）

レアティーズ　王はどこだ?!　皆の者、外で待っていてくれ！

民衆　いや、俺達も入らせろ！

レアティーズ　頼むから、ここは一人でやらせてくれ。

民衆　やらせよう！　任せよう！（ドアの外に出る）

レアティーズ　ありがとう。ドアの外を守っておいてくれ。おい、下劣な王め！　父上を返すのだ！

王妃　ねえ、落ち着いて！　レアティーズ。

レアティーズ　落ち着いている血が僕の体の中に一滴でもあるのなら、父の子などではないはずだ。そうなれば、貞節で清らかな母の額に娼婦の烙印を押すことになる。

国王　何が理由だ?!　レアティーズ。なぜ大それた反乱などを起こしたのか?!　邪魔立てするな、ガートルード。わしのことなら案

ずるな。王には神のご加護がある。叛逆が芽吹こうと、花開くことなどありはせぬ。さあ、レアティーズ、話してみなさい。どうしておまえは激怒している？ 手を離すのだ、ガートルード。さあ、言ってみなさい。

レアティーズ 父上はどこなのだ⁉

国王 亡くなってしまわれた。

王妃 陛下のせいじゃありません。

国王 心の底をブチまけさせてやればいい。

レアティーズ どうして死んだ⁉ 騙そうたってそうはいかんぞ！ 忠誠心などクソ食らえ！ 臣下の誓いはもう悪魔に売った。良心も神の恵みも奈落の底へ落ちていけ！ 地獄落ちなど覚悟の上だ。一歩たりとも譲歩はしない。この世もあの世も知るものか。どうにでもなればいい。やることは父上の仇を討つ、ただそれだけだ。

国王 誰が止める⁉

レアティーズ 誰にもそれは止められない。止められるのは僕の意志、それだけだ。僕の力は限られているが、使いきってもやり遂げる。

国王 なあ、レアティーズ、父親の死の真相を知りたい気持ちはよく分かる。だが、復讐のその一撃で敵も味方も、勝者も敗者もみんな共に倒れてしまう。

レアティーズ 倒すのは父上の敵だけだ。

国王 そう言うのなら、敵は誰で味方は誰なのか分かるのか？

レアティーズ 父上の味方なら両腕を広げてハグをして、命を削って雛を育てるペリカンのように我が血さえ与えよう。

---

58 ペリカンは胸に穴を開けて自分の血を与えて子を育てるという伝説がある。動物の中で最も子孫への強い愛を持つとされている。

国王 それでこそ孝行息子で立派な紳士だ。おまえの父親の死に関しては、わしには罪は何もない。そのことでわしの心は悲しみに打ちひしがれているのだぞ。おまえの目が日の光を映すように、おまえには備わっている判断力にそれが直接映るはずだ。

民衆 （舞台奥で）この人は入れてやれ。

レアティーズ 何があったのか！ 何の騒ぎだ？

（オフィーリア登場）

ああ、熱で僕の頭脳が干からびたらいい。僕の目の感覚も識別力も涙の塩で焼き尽くせ！ 神に懸け、おまえを狂気にした奴に倍返しにして、仇は取ってやるからな。５月のバラの可愛い乙女！ 優しい妹、美しいオフィーリア！ おお、神よ、若い娘の精神が老人の命ほど、こんなに脆く壊れるのはどうしてなのか?! 人というもの、愛の気持ちが起こったときに心は最も清くなる。愛の対象を失うと、自分の命でさえもまた価値のないものに思えてくる。

オフィーリア （歌う）父上の 顔も覆わず 棺に入れて

　　　ああ あのあれよ そう そのそれよ[59]

　　　父上の 墓地に降るのは 涙雨

　　　さようなら 清らかな人

レアティーズ もしもおまえが正気であって僕に復讐を促そうとも、これほども心を動かされたりはしなかっただろう。

オフィーリア しとしとしとと降る雨は、あの人慕う心雨。ああ、

---

59 原典 "Hey non nonny nonny, hey nonny" 古いバラード（素朴で感傷的なラブソング）の繰り返しの音。

どうなっているのか分からない。ご主人の娘を盗んでいったのは、嘘つきの番頭よ。

レアティーズ　不思議なことに無意味の中に意味がある。

オフィーリア　ローズマリー[60]って思い出の印しなのよ。お願いよ、「愛」を忘れないで。パンジーの花言葉は「もの思い」よ。

レアティーズ　狂気の中に教訓がある。「もの思い」は記憶に関連しているからな。

オフィーリア　あなたにはウイキョウ[61]とオダマキ[62]ね。あなたにはヘンルーダ[63]。私にも少しだけお裾分けしてくださいね。これは日曜日の神の恵みの薬草と言われているものよ。ヘンルーダは特別な意味を込めて身につけるのよ。ヒナギク[64]もあるスミレの花[65]も差し上げたいわ。でも、お父さまお亡くなりになったとき、みんな萎れてしまったの。人の話を信じるのなら、父上は立派な最期を遂げられたようだから。

（歌う）だって素敵で ハンサムなロビン

　　　大切な 喜びの種

レアティーズ　憂鬱や苦痛、心痛も、地獄の責め苦も妹は魅力や美点に変えるのだ。

オフィーリア　（歌う）父上は もう二度と 帰ってこない⁈

　　　父上は もう二度と 帰ってこない？

　　　そう そうなのよ 亡くなられたの

60　低木の常緑樹。花言葉「記憶、貞節」。
61　別名 フェンネル。９月に果実が熟す前に採取され、日干しにされて、食用、医療用（食欲不振、腹痛）として用いられる。花言葉「強い意志 / 背伸びした恋」。
62　キンポウゲ科の多年草。花言葉「愚か」。
63　ミカン科の常緑植物。麻酔に用いられた。花言葉「悔恨 / 悲嘆」。
64　花言葉「平和 / 希望」。
65　花言葉「小さな幸せ / 誠実 / 素朴」。

死の床に　訪ねても　もう帰らない

　　　髭白く　雪のよう　髪は銀色　亜麻のよう

　　　亡くなられたの　亡くなられたの

　　　私たち　歎きの海に　捨てられたのよ

　　　どうか神様　父上の　魂を　お救いください

　皆さまに救いの御手を！　神様にお祈りします。では、さような
ら。(退場)

レアティーズ　今の姿をどう思います?!　ああ神よ！

国王　レアティーズ、君の悲しみをわしの悲しみだと受け止めなさ
　い。そうできぬなら、わしの権利はどうなることか。今ここを出
　て、君が選んだ最高の賢人達を連れて来なさい。君とわしとの両
　方の意見を聞いて、このわしが直接であれ間接であれ、この件に
　関わっているという判定が下されれば、わしは王国、王座、この
　命、わしのすべてのものを君に償いとして与えよう。だが、わし
　に関わりがないと判明すれば、今しばらくは辛抱して、わしに力
　を貸してくれんか。協力し合い、君が復讐できるように取り計っ
　てやるからな。

レアティーズ　では、それでいいでしょう。父の死の経緯や埋葬の
　不明瞭さだけでなく、追悼の記念の品や遺体を飾る剣や紋章、儀
　礼的行事もなく、喪に服す形式も何もなかった。そのことで疑惑
　の声が天と地に響き渡っているのです。これでは問題を究明せず
　にいられません。

国王　それならば、思う通りにするがいい。罪ある者の頭上には正
　義の斧が振り下ろされることを願うばかりだ。では、共に奥に来
　てくれ。(一同退場)

66　アマ科の一年草。茎の繊維で高級織物が作られた。

第6場

城内の別の一室

（ホレイショ、召使い登場）

ホレイショ　僕に会って話したいという者は誰なんだ？

召使い　水夫達です。手紙を預かっており、手渡すためと申しております。

ホレイショ　では、会ってみよう。ここに通してくれないか。（召使い退場）手紙などもらう当てなどないのだが…。ひょっとして、ハムレットさま？

（水夫達登場）

水夫1　ご機嫌よろしゅう、旦那。

ホレイショ　こちらこそ、ご機嫌よう。

水夫2　神様のご機嫌は、気まぐれで。イングランドへ向かわれる使者の方から、言付かった手紙です。旦那の名前がホレイショさまなら、これをお渡しいたします。（手紙を渡す）

ホレイショ　「ホレイショ、この手紙読み終えたなら、水夫らを国王のところへ連れていってはくれないか？　国王宛の手紙を持っている。海に出て二日と経たぬときに、重装備をした海賊船に追撃を受けた。我らの船は船足が遅く、戦わざるを得なかった。奮闘中に、僕は彼らの船の中へと跳び込んだ。その途端、彼らの船が離れたために、僕一人だけ捕虜となったが、僕は手厚くもてな

された。もちろん、そこに交換条件があってのことだ。返礼が必要だ。国王に僕の手紙を渡したらすぐ、死の追手から逃げるため大至急僕の所へ来てくれないか。君に話せば、君は口さえ利けぬほど驚く話があるんだ。そこにいる連中が、僕の所に君を案内するからな。ローゼンクランツとギルデンスターンの二人は、イングランドへ旅を続けているはずだ。二人のことで積もる話が君にある。では、そのときに。無二の親友ハムレットより」

さあ、そちらの手紙も手渡せるように計らってやる。それを手早く終わらせて、手紙を出したその本人の所へ案内してくれ。(一同退場)

第7場

城内の別の一室

(国王、レアティーズ登場)

国王 さあ、これでわしの身の潔白は証明できた。もうこれで、わしのことは心の友と思ってくれよ。知的な耳ですでに聞いているはずだ。君の立派な父親を殺した奴はわしの命も狙っておる。

レアティーズ 仰る通りです。でも、どんな理由で死刑にも値する犯行を放置して、処罰をされないのですか?! 陛下の知恵や安全や、その他のことを考慮しても、厳しい処分が適当と思うのですが…。

国王 それには理由が二つある。一つ目は、取るに足らぬと思うだろうが、わしにとっては大切な理由なのだ。王妃はハムレットの

母親だ。彼の顔を見ることを楽しみにしておるからな。それに、わしには強みなのか弱みなのかは別として、王妃とわしは命と魂が深く結び合っている。星たちは自分の軌道を外れては運行できぬ。わしも王妃なしでは生きられぬ。残る理由は、あのハムレットは公の裁きの場に連れ出せぬのだ。民衆に好かれておって、奴は自分の欠点を民衆の好みの水に浸して染めるのだ。まさにそれ、木を石に変質させる泉[67]のように、自分の罪を美徳に変える。わしの矢も軽すぎて強風に煽られて、わしの弓にと逆戻りする。目標に命中するとは考えられん。

レアティーズ ハムレットのせいで僕は立派な父を失い、妹を絶望的な狂気の底へ投げ落とされた。元の姿の妹を褒めていいなら、女性としての完璧さなど当代随一で、比類なき女らしさだ。何があっても復讐はする！

国王 このことで眠れぬほどに思いつめるな。わしだって浅はかで鈍重な人間ではない。危機迫る中で、髭を揺すって呑気に構え、悠長にしているわけではないからな。いずれそのうちに、これからのことを聞かせよう。わしは実際、我が身のことを大切にするように、君の父親を大切にしておった。これで察しがつくだろう。

（使者登場）

どうかしたのか？ 何の知らせだ！

使者 ハムレットさまが出された手紙です。こちらが陛下宛で、こちらは王妃宛です。

国王 ハムレットから?! 持ってきたのは誰なのだ？

───────────────

67 石化泉 木の表面を石灰質の幕で覆う。

使者　水夫だということですが、私は直接会っておりません。受け取ったのはクローディオ。彼から手紙を手渡されたのです。

国王　レアティーズ、読んでみるから聞くがいい。下がってよいぞ。

（使者退場）

（読む）「国王陛下この私、我が身一つで故国に戻ったことをご報告致します。明日、拝謁の機会など頂くために、手紙をここに認めました。その際に、突然の帰国となった奇妙な経緯を詳しく説明致します。ハムレットより」一体これはどういうことだ⁉　他の連中もみんな揃って戻ったのか⁉　あるいは、詐欺か作り話か？

レアティーズ　筆跡はご存知ですか？

国王　筆跡はハムレットのものだ。「この身一つで？」追伸に「一人で」とある。どういうことか、君に分かるか？

レアティーズ　いえ、ちっとも分かりません。だが、来るがいい！心の底のわだかまりが一気に解ける。誓って奴にこう言ってやる。「ハムレット、おまえもこうして殺したんだ」と！

国王　こんなはずではないのだが、どうなっているのか分からない──いざとなればわしの指図に従うか？

レアティーズ　はい、陛下、お指図のままに従います。「和解しろ」というのでなければ、何なりと…。

国王　それなら復讐心と和解をさせてやるからな。もし、ハムレットが航海を中断し、もう行かないと戻ったのなら、絶妙な罠を仕掛けて、わしの企みで手際よく奴を誘導して、罠の中に落とし込めて見せしめにしてやろう。奴の死に関しては疑いはかからぬように、母親でさえ誰かを責めることもなく、不慮の事故だと思うように仕組んでやる。

レアティーズ 仰せの通りに致します。策をお教え頂けるなら、手足となって働きましょう。

国王 それは何よりだ。君が遊学して以来、技を磨いた修行のことは噂の種となっている。ハムレットさえそのことは聞き知っている。君の才能をみんなまとめたよりも、その技一つがハムレットを刺激している。わしにとっては君の優れた才能のうち、それなどは取るに足らないものだがな。

レアティーズ 何の技です？

国王 若者が帽子につける飾りリボンのようなものだ。だが、それも必要だ。若者に似合うのは派手な色や気軽な服だ。年配になったなら、栄光と威厳を示す黒貂の毛皮や衣服を着たがるものだ。二ヶ月前に一人の紳士がノルマンディからやって来た。わし自身フランス人と会ったことも、敵として戦ったことも過去にある。フランス人は馬術にかけては一流だ。この紳士、鞍に根が生えたかのように座ったならば、熟練の手綱さばきは魔術師のように人馬一体で、生まれつき半人半馬かと思えるような姿であった。その技はわしの期待をはるかに超えるものだった。

レアティーズ ノルマンディの人でした？

国王 その通りだ。

レアティーズ きっとラモーです。

国王 まさしくその男だ。

レアティーズ よく知っております。フランスの誇りであって宝です。

国王 そのラモー、君のことを達人と褒めちぎっていた。防御におけるその技と俊敏さ、細身の剣では敵なしで、互角に君と闘える相手がいれば見てみたいなどと言っていた。フランスの剣士でさ

えも、君を相手にしたときは動きや構え、眼光さえも見劣りすると断言していた。この話をハムレットが聞き、嫉妬の毒に冒されて、君との勝負をしたいがために君の帰国を今か今かと待ちわびていた。それでこれを利用して――。

レアティーズ　何を利用するのです？

国王　君の父親は君にとり本当に大切だったか？　悲しみの色を顔に塗り、心は別ではなかったか？

レアティーズ　なぜそんなことを聞かれるのです？

国王　君が父親を大切にしていなかったと言うのではない。わしには分かるのだ。「時」というものは愛を育む。だが、「時」は愛の火花や炎など弱めたりもする。愛が激しく燃え盛る中、愛を消し去る芯がすでにそこには存在するのだよ。良いことなどは永続しない。良ければ、それが過剰になって、良いが故に消え失せる。やろうという意志があるのなら、意志があるときにやるべきだ。人の意見や行動や様々な出来事で、意志は弱くなり、実行を遅らせる。そうなると「やるべきだ」との意志が希薄になる。浪費家の溜め息のように、息を吐く度に身体を痛めつけるぞ。さあ怒りの種の話に戻ろう。ハムレットが帰ってくるぞ。父の息子であることを言葉でなくて、行動で示すため君は一体、何をする気か!?

レアティーズ　教会へ逃げ込もうとも喉元をかき切ってやる！

国王　聖堂で殺人はなされてはならぬものだ。だが、復讐に聖域はない。なあ、レアティーズ、こうしてはくれないか。しばらく家に潜んで待っていてくれ。ハムレットが戻ってきたら、君の帰国を知らせよう。周りの者に君の腕前を吹聴させる。フランス人が君に与えた世評なども。それに上塗りしたあと、二人の試合を持

68　溜め息をつくと、心臓から血が抜け、命が縮まると考えられていた。

ち掛けてみる。双方に掛け金を出す。ハムレットは計略などに無頓着だ。大まかで大らかな性格だ。切っ先などは調べないはず。だから、容易に少しの細工で君は先止めのない剣を選んで、熟練の技を使い、一撃で父親の仇を討つのだ。

レアティーズ　きっと、やります。そのために剣に毒を塗っておきます。怪しげな薬売りから買ったものがあるのです。剣の先にこれを塗っておき、ひと突きし、少しでも血が流れれば猛毒なので致命傷となります。月明りを受け、採取した薬草[69]さえも、効力がありません。かすり傷でも救えない。塗った剣が軽く触れれば死に至ります。

国王　念には念を入れなければならぬ。目的を遂行するのにベストなときと手段を考えるのだ。もし失敗し、目的が露見するなら、そんなことなど最初からやらないほうがまだましだ。それ故に、この計画にバックアップを用意する。ちょっと待て。ああそうだ。君達の剣の技に賭けるのだが、そのときにいい手があるぞ。君達は動き回って汗をかく、できるだけ激しく動き、闘うのだぞ。そうすれば、喉が渇き、飲み物が欲しくなる。わしが奴にと杯を用意しておくからな。一口飲めば、君が刺す剣の毒は逃れても、この計画は成功だ。あれっ、何だ?! あの音は？

（王妃登場）

どうかしたのか？ ガートルード。

王妃　悲しいことが次々に起こります。レアティーズ、あなたの妹のオフィーリアが溺れてしまい、亡くなられたわ。

69　月光の下で採取された薬草は、非常に効力があると信じられていた。

ハムレット

レアティーズ　溺れて死んだ?! 一体どこで？

王妃　小川の土手に柳が斜めに生えている所よ。川の流れが穏やかになり、水面が鏡のようになるところ、白い葉が水面に映る辺りです。あの娘は、そこに素敵な花環を身につけてやって来たのよ。キンポウゲやイラクサやヒナギクの他、羊飼いらが猥褻で下品な名前を付けたりし、清らかな乙女らは「死人の指」と呼んでいる紫蘭の花で作られた花環を手に持ち、それをあの娘が垂れ下がる柳の枝に掛けようと、よじ登ったらその途端、意地悪な柳の枝は折れ曲がり、あの娘は花環もろとも嘆き悲しむ川の中へと落ちてしまったの。そうしたら、あの娘のドレスが広がって、わずかな間は人魚のようにあの娘は浮かんで、切れ切れに讃美歌を口ずさんでおりました。我が身に起こっている不幸が何か分らないのか、水の妖精さながらに水に馴染んで…。でも、それもわずかな間のことで、ドレスに水が浸み込んで重くなり、あの娘の歌を消し去って、哀れにもあの娘を川の泥の底へと引きずり込んでしまったの。

レアティーズ　それは惨めだ！ 溺れてしまい…。

王妃　溺れたのよ。溺れ死んだの。

レアティーズ　可哀想に、オフィーリア、もう水は充分だろう。だから、泣かない。でも、人の情、堪えても止めどなく涙が涙を誘い出す。軟弱と思うなら、女々しいと言えばいい。涙が枯れれば男に戻る。では、これで失礼します。火と燃える言葉は涙で掻き消されて…。（退場）

国王　ガートルード、わしはレアティーズのあとを追う、彼の怒りを鎮めるために。こんなにも骨を折ったのに！ これでまた、ぶり返すかと心配だ。だから、後をつけて行く。（国王、王妃退場）

第５幕

第１場

墓地

（二人の墓守りが鋤と鍬を手に登場）

墓守り１　自分勝手に死んでしまった女だろう。キリスト教の埋葬[70]なんかしていいのかい？

墓守り２　いいんだよ。だからまともな墓作りだぞ。検死の係がそう言ったんだから、それでいいんだ。

墓守り１　何でだよ?!　意図的に川に入って溺れ死んだのが自己防衛になるってことか?!

墓守り２　なるってことだ。

墓守り１　そうなら、それは「自己暴行」か?!　それ以外には考えられねえ。問題の要点を整理する。もし俺が自分の意志で溺れたのなら、これは「それ」だな。「それ」には三つ種類があって、「やる、する、行う」。だから、女は意図的に溺死した。

墓守り２　まあ、聞きな、俺の話を。詮索好きな男だな。

墓守り１　続けさせろよ。ここには水があるとする。分かったな、ここには人がいるとする。分かったな、その人が水の所へ歩い

70　キリスト教は自殺を禁止していたので、自殺した者は教理に反するため、通例、教会内の墓地の埋葬は禁じられていた。

370

ハムレット

て行って溺れたとする。そうなると意図的だろうがなかろうが、行ったことには変わりねえ。そうだろう。ところがだ、水のほうからやって来て、その人を溺れさせたら自分でやったことにはならず、死んだのは自分のせいとならないで、自分の命を自分では縮めたことにはならないんだな。

墓守り2　法律ではそうなるのかい？

墓守り1　そうなるのに決まってる。それが検死人の法律だ。

墓守り2　真実を教えてやろう。この女、身分が高くなかったら、教会内の埋葬などは無かったろうよ。

墓守り1　言うじゃねえかよ。平民のクリスチャンより身分が高いクリスチャン、入水自殺や首吊り自殺するのさえ、自分勝手にできるとはなあ。鋤を渡してくれねえか？　昔はな、庭師か溝掘りか墓掘りで生計を立てる人らが上流階級だったんだ。アダムの仕事を引き継いでいる人達だ。

墓守り2　アダムってのは紳士かい？

墓守り1　家紋を持った最初の人だ。

墓守り2　何だって⁈　そんなもんなかったはずだ。

墓守り1　おまえこそ、それモン句だぞ！　おまえは隠れ異教徒なのか？　一度も聖書を読んだことがねえのかい？　聖書には「アダムが掘った」、そう書いてある。道具なしでは掘れるわけねえ。まだ一つ、質問がある。まっとうな答えができなきゃ、懺悔でもしろよ…。

墓守り2　やってみな。

墓守り1　石工より、大工より、船大工より一番頑丈なモノを作るのは誰なのか？

墓守り2　絞首刑台を作る人だろう。千人の「客」が来ようとも、

371

びくともしない。教会もお呼びじゃないね。

墓守り1　おまえのギャグが気に入った。絞首刑台、そりゃあいい。だが、どういいのか分かるかい？　悪いことを企む奴を処罰する。今、おまえ、変なことを言ったよな。絞首刑台が教会よりも頑丈に作られていると。罰当たりだぞ。そのせいで、おまえは絞首刑台にお呼びがかかるってこと。さあ、もう一度答えてみろよ

墓守り2　石工や大工、船大工より誰が一番頑丈なモノを作るのかって?!

墓守り1　ああそうだ、正解を出したなら休ませてやる。

墓守り2　やったね、それは。じゃあ言うぞ、今、言うぞう。

墓守り1　早く言わねえか！

墓守り2　今、言うぞ…。

（ハムレットとホレイショは離れた場所に登場）

墓守り1　そのことで頭を使うのはやめちまいなよ。そんな頭をいくら叩いても、鈍い頭の回転が速くなることないからな。もう一度この質問を受けたなら、答えはこれだ「墓掘り人」だ。この職人の作る家は最後の審判の日まで頑丈に持つからな。ヨーンのパブに行ってきて、1パイント[71]の黒ビール買ってこい。（墓守り2退場）

墓守り1　（歌いながら掘る）

　　若い頃にゃあ、恋をした

　　そりゃあ、それスイートなときだった

　　婚約するにゃあ オー！ ステキなタイミング！

71　570ml。

ハムレット

　　　そのときが オー！ ステキなタイミング！

ハムレット　この男は自分が何をしているのか分かってやっている
のかな？　墓を掘るのに鼻歌まじりとは…。

ホレイショ　習慣となり、無感覚になっているのです。

ハムレット　確かにそうだ。使ってない手や指なんか、すぐに傷が
つく。

墓守り1　老いというやつ、足音立てずにやって来る。悪魔の手で
俺を引っ掻き、地面の下へ押し込めて、こんな姿にさせられる。
（頭蓋骨を墓から投げ上げる）

ハムレット　あの頭蓋骨、その昔には舌があり、歌うこともできた
のに。人類初の殺人犯のカインの顎の骨のように、あの男は乱暴
に地面に向かい投げ上げた。この骨も政治家の頭だったかもしれ
ないのに、あの馬鹿にいいように扱われている。神さえも欺く知
能があったかもしれないのに…。

ホレイショ　その通りかもしれません。

ハムレット　これがどこかの宮廷人で、「おはようございます、閣
下、ご機嫌はいかがです？」そう言っていたかもしれないし、あ
るいはこれが閣下の骨で、別の閣下の馬が欲しくてご機嫌を取っ
たりしていたかもしれないな。

ホレイショ　仰る通りです。

ハムレット　絶対そうだ。ところが今は、レディー・ウジ虫所有の
モノだ。頬も失くして頭蓋骨を墓掘り人の鋤で撲たれているのだ
からな。もし我々に物事を見る目があれば、これこそが有為転変
の良い見本だ。ここにある骨だってロガッツ・ゲームに使われ

72　原典 "loggats": 地面に立てられた杭に向かって棒切れを投げ、一番近くに投げ
たものが勝ちというゲーム。

373

るとは思ってもみなかったはずだ。それを知るだけで僕の骨はうずき出す。

墓守り1　（歌う）死者のため 白布一枚

　　　バールは一つ 鋤一つ

　　　ああ それに 高貴なお客 お迎えのため

　　　穴一つ ご開帳　（別の頭蓋骨を投げ上げる）

ハムレット　また、別のモノだ。弁護士の頭蓋骨かもしれないぞ。どこへ行ったのか、こいつの詭弁や虚偽証言や、訴訟をはじめ、所有権紛争や法的なごまかしは？ どうしてこいつ、乱暴な男に汚れた鋤で自分の頭を叩かれて黙っているのか？ 暴行罪で訴えないのか?! 抵当証券、負債証書やニセ証書、二重登記や不正取引をし尽くして、土地をいっぱい買い漁り、土地所有で利益を上げて、私腹を肥やし、大忙しであったのに、挙句の果てが頭蓋骨に溜まった土だけがこいつの土地だ。証人達も正当なこいつの土地の大きさは、契約証書の紙ほどのサイズだと言うだろう。証書類など集めると、棺には納まらないはずだ。それなのに、この男には所有地は今これだけだ。

ホレイショ　それだけですね。

ハムレット　証文は羊の皮でできているのかい？

ホレイショ　はい、そうですが、子羊のものもございます。

ハムレット　そんな証文に頼るのは、人間以下の動物という証拠だな。この墓守りに話しかけてみることにしよう。これは誰の墓なのだ？

墓守り1　わしのです。

　（歌う）上品な お客のために

　　　土の寝室 ご用意いたし…

ハムレット　確かにそれはおまえのモノだ。おまえはその中いるの
　　だからな。

墓守り１　旦那は外にいらっしゃる。だから旦那のモノじゃねえ。
　　正直言ってわしがその中に横たわるわけじゃねえが、わしのモノ。

ハムレット　そこにいるから自分のモノだと言うけれど、それは死
　　人のモノで、生きてる者のモノじゃない。だから、おまえは正直
　　者とは言えないな。

墓守り１　人間は生きるからこそ横たわる。気転を利かして、ウソ
　　も言う。しゃれを言うのは旦那の番だよ。

ハムレット　誰のために掘っている？

墓守り１　男のためじゃござんせん。

ハムレット　それではこれは女のためか？

墓守り１　誰のためでもござんせん。

ハムレット　埋葬されるのは誰なんだ？

墓守り１　昔々は「ネエちゃんはキレイ」だった人。哀れなことに
　　死んでしまって、あの世行き。

ハムレット　救世主など現れなかった様子だな。まあいろいろと
　　変なこと言う奴だ！ 気を付けて話をしないと足もとを掬われる。
　　聞いてくれ、ホレイショ、ここ３年間、少し気になっていたこと
　　なんだが、百姓達が口うるさくなってきて、彼らの口先は宮廷人
　　の耳元近くにやって来て、耳鳴りがするほどなんだ。〈墓守りに〉
　　墓守りになって何年になる？

墓守り１　長年これをやっとりますが、やり始めたのは忘れもしね
　　え、先代のハムレットさまが、フォーティンブラスをやっつけた
　　日だよ。

ハムレット　いつ頃のことだ？

墓守り1 そんなこと分からねえのか？ どんな馬鹿でも知っていることだ。ハムレット王子さまが誕生されたその日だぞ。気が変になり、もうイングランドへ送られた。

ハムレット なるほどそうだ、イングランドへ。でも、どうしてそんな所へ送られたのだ？

墓守り1 言っただろう、気が狂って。そこで正気に戻るかもしれねえからな。戻らなくっても、あそこならでいじょうぶ。

ハムレット どうしてだ？

墓守り1 イングランドじゃ気が触れているのに気付かれねえんだ。あそこじゃみんな同じほど狂っているって話だからな。

ハムレット どうして彼は気が狂ったのだ？

墓守り1 それが奇妙な話なんでさあ。

ハムレット さて、どう奇妙なんだ？

墓守り1 気が変になったってこと自体、奇妙なんでさあ。

ハムレット どんな理由で？

墓守り1 そりゃあ、ここがデンマークだってことだから。わたしゃこの地でガキの頃から30年も墓掘りをやっとります。

ハムレット 遺体が埋められてどれほど経てば腐るのか？

墓守り1 生きてるときから腐っている奴なんか、埋める前からですからね。最近は梅毒でイッちまう奴が多いから、せいぜい並で8、9年。なめし皮屋なら9年は保証済みだね。

ハムレット どうして皮屋はそうなのだ？

墓守り1 そりゃあ、旦那、仕事柄自分の皮もなめしているから。それで水はけはバッチリなんだ。死体を壊す解体屋は水ですからな。ほらまた出たぞ、頭蓋骨。こいつは地下に23年も埋まっていた…。

ハムレット　誰のものだね?

墓守り1　結構頭(ドタマ)をやられた奴で、誰のだかお分かりで?

ハムレット　いや、分らない。

墓守り1　イカれた野郎に呪いあれだ!　昔のことだが、こいつは
ワインを一瓶分もこの俺にブッかけたんだ。これはね、旦那、ハ
ムレット王の道化をしていたヨリックっていう奴の頭蓋骨だよ。

ハムレット　これがヨリックの?!

墓守り1　そう、これなんで。

ハムレット　見せてくれ。(頭蓋骨を手に取る)ああ、これは!　哀
れな姿のヨリックか?!　ホレイショ、僕は知っていたんだよ、こ
の男。冗談を言わせれば、留まるところを知らない奴で、想像力
はピカイチだった。数えられないほど何回もヨリックにおんぶし
てもらったな。思っただけでもゾッとして、吐き気が起こる。何
度もキスをした口や唇はこの辺りだな。あの辛辣なジョークはど
こへ行ったのだ?　あのおふざけは?　テーブルに着いた者らを笑
いの渦に巻き込んだ歌や余興は?　もう自分にも嘲けるジョーク
が言えないで、顎を失くしてしょげている?　さあ、ご婦人の部
屋に行って言えばいい。厚化粧してみても結局はこうなるんだと。
そう言って笑わせりゃいい。ねえ、ホレイショ、一つ教えてくれ
ないか。

ホレイショ　何でしょう?

ハムレット　アレクサンダー大王も土の中ではこうだったのか?

ホレイショ　きっとそうです。

ハムレット　こんな臭いで?!　ウワァ〜!(頭蓋骨を置く)

ホレイショ　きっとそうです。

ハムレット　土に戻ればどんな卑しい扱いを受けるかどうか、知れ

たもんじゃないだろう。ホレイショ。アレクサンダー大王の遺骨
も、いずれはワインの樽の栓になるかもしれないな。

ホレイショ　いくらなんでも、そんな奇妙な考えは奇妙すぎです。

ハムレット　いや、何も奇妙じゃないよ。控え目に論理を進めて
いったとしても、帰結はこうに決まっている。アレクサンダー死
亡する。アレクサンダー埋葬される。アレクサンダー塵に還って、
塵は土に、土は粘土に。そう進むなら、粘土がレンガに作られて、
ビールの栓になったとしてもおかしくはない。独裁官のシーザー
でさえ死ねば土になり、風の流入を防ぐための栓になる。世界を
権威で震わせたその土も、北風の邪気を払う壁となる。だが、静
かに。シィー！ わきへ行こう。王が来た！

（牧師、オフィーリアの棺を運ぶ者達、レアティーズ、国王、王
妃、従者達登場）

王妃とそれに宮廷人だ。誰の埋葬なんだろう？ こんな簡素な葬
儀とは、棺の中の人はきっと絶望の淵に立たされて、自ら命を
絶ったのに違いない。身分の高い人なんだ。物陰に隠れて様子を
窺おう。（ホレイショと共に退く）

レアティーズ　葬儀はたったこれだけか?!

ハムレット　レアティーズだぞ。彼は立派な青年だ。注意して見て
おこう。

レアティーズ　儀式はただのこれだけか⁉

牧師　妹さまのご葬儀は教会の許容範囲の最大限まで行いました。
死因には疑念を起こす点があり、陛下自ら慣例を破るご命令を出
されなければ、妹さまは最後の審判が下る日まで不浄なる地に埋

葬されるはずでした。慈しみある祈りではなく、陶器の破片や硬い石、小石など入れられるのが普通です。ところが、妹さまには乙女としての栄誉を与え、墓に花など撒き添えて、鐘を鳴らして弔っております。

レアティーズ　これ以上は無理なのか?!

牧師　無理ですね。亡くなられた妹さまのためにミサ曲などを歌うことは、死を安らかに受け入れた方々の魂を冒涜するに等しい行為です。

レアティーズ　では、妹を埋めてくれ。オフィーリアの美しき穢れなき体からスミレの花が咲くように!　言っておくが、情が薄い牧師、おまえが地獄で泣き喚いているときにはな、妹は天国で天使になっているだろう。

ハムレット　何だって!　あのオフィーリアが?!

王妃　(花を撒きながら)美しい花、美しい乙女に、さようなら。ハムレットの花嫁になってくれれば良かったのにね。あなたの初夜のベッドを飾る花なのに、あなたのお墓に撒くことになってしまって…。

レアティーズ　ああ悲しみが、何倍も何十倍も呪いとなって奴の顔に降りかかれ!　奴の悪行が妹の澄みきった心根を狂わせたのだ。土をかけるのは待ってくれ!　もう一度、妹をこの腕で抱き締めてやる。(墓穴に飛び込む)さあ、生者も死者も共々に埋めりゃいい。土を山にと盛り上げて、ペリオンの頂きを越え、天にも届くオリンポス、その峰も及ばないほどの高さまでこの平地を

73　原典 "flint"(石英の一種)「冷酷の象徴」。

74　ギリシャ神話。神々が棲むという高い山。

75　ギリシャ北部の峻峰。オリンポス12神をはじめとし、ギリシャ神話の神々が棲んでいたとされる山。標高2917m。

山とせよ！

ハムレット　（前に進み出て）何者だ！　悲しみをそれほどまで大げさに論う者は⁉　呪文のような悲しみの声を聞いたなら、夜空を巡る星たちも魔法の呪縛にかかってしまい、運行を止めるだろう。僕の名はデンマーク王子のハムレットだ。（墓の中に飛び込む）

レアティーズ　この野郎！（ハムレットに掴みかかる）

ハムレット　祈り足りない様子だな。喉元にある君の手を放してくれよ。通常、僕は短気でも軽率でもない。でも、言っておく。今、僕の中には衝動的な火が燃えている。だから君、火の用心をするがいい。手を放せ！

国王　二人を離せ！

王妃　ハムレット！　ハムレット！

一同　どうか、お二人とも…。

ホレイショ　殿下、どうか気をお鎮めになってください。（従者達が二人を引き離す。二人は墓から出てくる）

ハムレット　僕の目が永遠に閉じるまで、大切な問題で一歩たりとも譲歩なんてできないからな。

王妃　ねえハムレット！　大切な問題って？

ハムレット　心から僕はオフィーリアを愛していた。何万人の兄がいて、その愛を束ねても、僕の大きな愛には敵うわけがない。彼女のために君は一体、何ができる？

国王　レアティーズ、やはりこいつは気が狂っている！

王妃　お願いだから、ハムレットのことを我慢して。

ハムレット　さあ、どうなんだ⁈　神に誓って、何ができるか言ってみろ！　泣くのか？　闘うのか？　断食か？　身を引き裂くか？　酢を飲むのか？　ワニを食べるのか？　どうなんだ⁈　僕ならやってや

る。ここに来たのは哀れっぽく泣くためか?! オフィーリアの墓に飛び込み、僕に恥をかかせたかったのか? 妹のそばで生き埋めになればいい。僕だってやってやる。山のことをぐだぐだと喚いていたが、そうまで言うなら僕らの上にその山の頂上が太陽に届くまで、そしてその頂上が焼き焦げるまで土を積め! オッサの山[76]がイボかコブに見えるまで、君が大ぼら吹くのなら、僕はそれを吹き返してやる。

王妃 これみんな、狂気によって起こることなの。この発作はほんのしばらく続きますが、我慢強い雌鳩が金色のヒナを生んだときのよう、すぐにうなだれ、おとなしく黙り込むでしょう。

ハムレット レアティーズ、君はどうして僕を罵倒するのだ? ずっと友達だったのに…。だが、もうそんなことなどどうだっていい。ヘラクレスには、したい放題させてやる。猫なんてニャンと鳴き、犬なんてしたい放題、好き勝手に歩き回る。(退場)

国王 ホレイショ、あれの面倒は頼むから。(ホレイショ退場)〈レアティーズに〉昨夜の話を思い出し、少し我慢してくれ。あのことはすぐにでも実行いたす。〈ガートルードに〉君の息子に幾人か監視をつけろ!〈レアティーズに〉この墓に記憶に残る記念碑を建ててやる。一時間の休憩後、すぐにまた会うことにしよう。そのときまでの辛抱だ。(一同退場)

---

76 ギリシャの山。ピロニオス川を挟んでオリンポス山と向かい合っている。ギリシャ神話では巨人がペリオン山とオッサ山二つをオリンポス山に積み重ねて、天に登ろうとしたとされている。

第2場

城内のホール

（ハムレット、ホレイショ登場）

ハムレット　このことに関する話はもう尽きた。では、ここで次の話に入るから。あのときの状況は覚えているな。

ホレイショ　覚えています。

ハムレット　この僕の心の中で葛藤があり、夜もぐっすり眠れなかった。叛逆者らが足枷を掛けられるより悲惨なことだ。無鉄砲さが賞賛される事例があるだろう。緻密な計画が失敗し、手当たり次第やったのに成功することがあるからな。無鉄砲さも時には役に立つんだよ。我々が大まかに始めたことのその結果、決めるのは神様だけだと教えられ…。

ホレイショ　仰る通り。

ハムレット　船室を飛び出して、水夫のコートで身を覆い、暗闇の中を手探りでローゼンクランツとギルデンスターンを見つけ出し、お目当ての書類を盗み、やっとのことで船室に戻ったんだよ。大胆だった。でも、恐怖心で礼儀など構っていられず、親書の中身を知るために封印を切ったのだ。そこで見つけたものが何だか分かるかい？　ホレイショ。国王の陰謀だ！　厳重な命令書で、デンマークやイングランドの繁栄に関わることを並べ立て、その後に僕のことが害虫か犬畜生と書いてあり、「これを一読されたなら斧を研ぐ間も待たずして、ハムレットの首を即刻刎ねよ」と。

ホレイショ　まさか?!　それ本当ですか？

382

ハムレット　その親書はここにある。暇なときに読めばいい。それ
　から僕がどうしたのか話そうか？

ホレイショ　お願いします。

ハムレット　悪辣な企みの筋書きの中にハメられて、プロローグを
　頭の中で作る前に、劇が突然始まったようなもの。それでドッカ
　と腰を据え、新しい親書を考え、きれいな文字で書き上げた。か
　つてこの僕、我が国の政治家のようにきれいな文字を書くなんて、
　仕える者のすることと蔑視して、習った習字を忘れようとしたけ
　れど、今度ばかりは役立った。僕が書いた要点を知りたいか？

ホレイショ　はい、殿下。

ハムレット　国王からの強い要請形式で、「イングランドはデン
　マークの忠実な属国であるからにして、両国の友好がシュロの木
　が立ち並ぶ姿であるからにして、平和は常に豊作の花冠であるか
　らにして、双方の親善を維持することが大切であるからにして」
　と、このように「あるからにして」で体裁を飾り、「この書状を
　読まれたならば、議論など待たずして、これを持参した両名を懺
　悔の機会など与えずに即刻処刑なされたし」と書いたのだ。

ホレイショ　封印はどうされました？

ハムレット　ああ、それも神様の思し召し。財布の中に父上の国王
　印のコピーの指輪が入っていた。その書状を元のものと同じよう
　に折りたたみ、サインをし、判を押し、元通りにして返しておい
　た。すり替えたのは知られていない。ところが、その翌日が例の
　海賊来襲事件となった。この後のことは、もう言ったよな。

ホレイショ　ローゼンクランツとギルデンスターンは死んだのです
　ね。

ハムレット　彼ら二人は喜び勇んでこの仕事を引き受けた。僕の良

心は痛まない。自分で蒔いた種だから。大物二人が斬り合っているとき、その切っ先に小者がうろちょろ出てくるのは危険なんだ。

ホレイショ　それにしたってなんという国王ですか?!

ハムレット　そうだろう。考えてみてもくれないか。どんな立場に僕がいるのかを。あの男は、僕の父上である国王を殺し、母上を娼婦扱いして、僕の命も血祭りに上げようと企んだ。僕にある前途の望みをブチ壊し、それさえも卑劣な手段を使ってのことだ。この腕でこんな男に制裁を加えるのは、正当な行為だと思うだろう。人々の心を蝕むウイルスを放置するなら禍根を残す。

ホレイショ　もうすぐイングランドから国王に問題の決着の報告があるはずですね。

ハムレット　間もなくだろう。それまではこちらのものだ。人生なんてアッと言う間に過ぎてゆく。でも、ホレイショ、我を忘れてレアティーズには悪いことをしたと思っているんだ。僕の立場を彼の立場に当てはめたなら全く同じだ。彼にはすぐに謝らないといけないな。でも、あれほども大げさに嘆いたから、僕までも常軌を逸して…。

ホレイショ　シィー！　誰か来ますよ。

（オズリック登場）

オズリック　殿下、ご帰国を心よりお喜び申し上げます。

ハムレット　いや、ありがとう。〈ホレイショに傍白〉「水上の虫」[77]って知っているかい？

77　原典 "waterfly"「水上の虫」(溜まり水などに生息、ケラ類の昆虫)「空虚、虚栄」の象徴。

ホレイショ 〈ハムレットに傍白〉いえ、知りません。

ハムレット 〈ホレイショに傍白〉それは良かった。知っていれば、不幸なことだ。この男、肥沃な土地の大地主。野獣なら野獣の王になるがいい。リッチになれば飼い葉桶、王さまのテーブルに出してもらえる。しゃべるとガーガーうるさいカラス。だが、見ての通りで、土塊を詰めて体まで肥沃になった肥満体だ。

オズリック 殿下、今お時間が頂けるなら、陛下からの伝言をお伝えします。

ハムレット 心して聞きましょう。その帽子、頭の上に載せて用途にあった使い方をしたらどうです？

オズリック ありがとうございます。それには少し暑過ぎまして…。

ハムレット いや、僕はとても寒いぞ。北風だろう。

オズリック そろそろ冷えてきましたね、本当に。

ハムレット でも体質のせいなのか、蒸し暑い気もするけれど…。

オズリック 異常ですね、これ。殿下、何と申せばいいものか…。とにかく、とても蒸し暑い。でも、陛下の伝言を申しますと、陛下は殿下に賭けられました。これがその伝言の内容でして…。（ハムレットは帽子を被るようなジェスチャーをする）

ハムレット 帽子をどうぞ…。

オズリック いえ、殿下。このほうが落ち着くのです。レアティーズさま、宮廷にお戻りになりました？ 彼こそは正真正銘の紳士です。卓越した才能があり、温厚で容姿も優れ、率直に申しましても、紳士の鑑。どこから見ても紳士です。

ハムレット 彼の描写は完璧だ。彼を在庫の一覧のように、並べ立てても聞く者は記憶の順が混乱し、数あるリストに追いつけず、読み間違いが起こるだけだ。本当に賞賛しても、する価値がある。

僕は彼を立派な男と評価する。彼にある天賦の才は稀なものだ。厳密に言うのなら、彼に比肩できるのは鏡に映る彼だけだ。彼の真似ができるのは彼の影だけなのだ。

オズリック　さすが殿下はお目が高い。

ハムレット　彼を誉める主旨は何だ？　どうして我らは立派な紳士を俗な言葉で包み込むのだ？

オズリック　ハァ？

ホレイショ　別の言い方なさっては？　それなら理解できるでしょう。

ハムレット　なぜこの紳士、話題に上げた？

オズリック　レアティーズさま？

ホレイショ　言葉の財布、もう空で金の言葉は使い尽くしたようですね。

ハムレット　そう、彼のことならもうすべて…。

オズリック　ご存知ないはずはないですが…。

ハムレット　そのことを知ってくれていたらいいのだが… そうだとしてもどうってことはない、それで？

オズリック　レアティーズさま、卓越した技をお持ちなのはご存知でしょう?!

ハムレット　彼にある卓越さを自分のものと比較したくはないからね。「ご存知」と言いたくはない。でも、人をよく知ることは己を知るのに役に立つ。

オズリック　私が申し上げることは、レアティーズさまの剣さばきは噂では群を抜いているようなのですが…。

ハムレット　彼の剣は何なのだ？

オズリック　細身の剣と短剣と…。

ハムレット　両刀使いか？　まあそれもいい。

オズリック　陛下は彼にバーバリー[78]産の馬を6頭お賭けになりました。それに対してレアティーズさまは担保とし、フランス製の6振りの細身の剣と短剣と、付属の品のベルトや剣の吊り装具をお出しになりました。吊り装具など剣の柄とのバランスも良く、精巧な工芸品でデザインも奇抜なものです。

ハムレット　吊り装具とは何なのだ？

ホレイショ　補足説明がないならば、何のことか分かりませんね。

オズリック　吊り装具とは吊り紐の別称ですが…。

ハムレット　その言葉など大砲を吊るして歩くときがくれば、相応しいものになるだろう。それまでは吊り紐で充分だ。まあ、それはいい。バーバリー産の6頭の馬、それに対してフランス製の6振りの剣と付属品、精巧に作られた吊り紐か。デンマーク対フランスの賭けとなっている。だがその担保、何のためだ？

オズリック　陛下の賭けは12本勝負です。ハムレットさまに3勝のハンデ付きです。だから、実質9本勝負。もし、殿下がこの挑戦を受けられるなら、直ちに試合となりますが…。

ハムレット　断ったならどうなるのか？

オズリック　いえ、殿下、ただお相手をしてくだされればいいのです。

ハムレット　では、僕はこの広間にてブラブラしている。陛下の都合がつくのなら、僕にはちょうど運動時間だ。練習用の剣を用意してくれ。レアティーズにやる気であって、陛下がまだその気なら、できることなら陛下のために勝ってやる。負けるとしても恥の上塗り、1、2本余分に打たれるだけのことだ。

オズリック　そのようにお伝えしてもよろしいのでしょうか？

78　アフリカ北部の地域。

ハムレット　ああ、結構だ。どのように飾りつけても構わない。

オズリック　では、そのようにお伝えします。今後とも宜しくお願い致します。

ハムレット　こちらこそ、こちらこそ。（オズリック退場）

あれじゃ、自分で宜しくやるしか手がないな。他には誰も引き立てる者などいないだろう。

ホレイショ　タゲリのヒナが殻を被って走り去ります[79]。

ハムレット　幼い頃は乳を飲む前に母親の乳房にも敬礼していた輩だな。あの男、他の同類の者達が浮薄な時代に社交術だけを身につけて、時流に乗って泡で結んだ社交界など宴遊してはいるけれど、試しに一度でも息を吹っかけてみたなら泡ははじけて消えていくだろう。

（貴族登場）

貴族　殿下、今しがた陛下からオズリックをお遣わしになりました。この広間にて殿下はお待ちだと伺っております。レアティーズとの試合は今で異存はないのか、あるいは延期を望むのか、聞いてくるようにと命令を受けました。

ハムレット　僕の気持ちに変わりなどありません。どうか陛下のお心のままに。陛下さえご都合がいいのなら、僕はいつでもやりますよ、今であろうと後であろうと体調が今のようなら…。

貴族　国王や王妃、それに多くの方々が来られることになっております。

79　原典 "lapwing"。卵から孵るとすぐに殻を頭に載せたまま歩く鳥。帽子を被って走るオズリックを揶揄している。

388

ハムレット　それは良かった。

貴族　試合の前に、ハムレットさま、レアティーズには温かいお言葉を掛けるようにと王妃からの言伝です。

ハムレット　良いアドバイスだ。（貴族退場）

ホレイショ　この賭けに勝てないのではありません？

ハムレット　いや、そうは思わない。レアティーズがフランスに行ってからも僕は練習に励んでいた。3本のハンデなら勝てるだろう。でも、どういうわけか胸のあたりがモヤモヤしている。たいしたことじゃないけれど…。

ホレイショ　いえ、殿下。

ハムレット　馬鹿げたことだ。女なら気にするようなわけの分からない不安感があるだけだから。

ホレイショ　嫌な予感がするのなら、おやめください。体調がすぐれないから、今日は無理だと皆さまをお止めして参ります。

ハムレット　それだけはやめてくれ。予感なんか気にしてはいられない。雀が一羽落ちるのも神の摂理だ。来るべきものが今、来たならばあとには来ない。あとに来ないのなら来るのは今だ。今来なくてもいずれは来るに決まっている。必要なのは心の準備、それがすべてだ。誰しも人は生きていればどんな人生が残っていたか人生のどの段階に置かれても想像はできない。そうならば、早く死んでも同じこと。なるようにしかならないんだから。

（国王、王妃、レアティーズ、貴族達、オズリック、試合用の剣を持った従者達登場）

国王　さあ、ハムレット、今この手を取りなさい。（レアティーズ

の手を取り、ハムレットと握手をさせる)

ハムレット　謝罪する、レアティーズ。済まないことをしてしまった。紳士の名において許してほしい。列席の方々もご存知だし、君もどこかで聞き及んでいることだろう。僕は重度の精神障害を患っていて苦しんでいる。僕のしたことは君の人格や名誉など蔑ろにし、さぞかし君の敵愾心を掻き立てたことだろう。狂気のせいだと分かってほしい。加害者は僕なのか？　いや僕じゃない。正気を失くし僕自身を失ったその僕が君に危害を加えたのなら、それは僕の仕業ではないはずだ。僕は自分がしたと認めない。では、誰がした？　僕の狂気だ。そうなれば僕も被害者だ。僕の狂気は哀れな僕の敵なんだ。レアティーズ、この聴衆の面前で、意図せずに行った悪行の僕の弁明をどうか寛大な気持ちになって受け入れてくれないか？　放った矢が屋根を越えて意図せずに親友を傷つけたのだ。

レアティーズ　この度の件は、父を思う子の情として復讐心を駆り立てられていましたが、今のお言葉を頂いて胸のつかえが下りました。だが、名誉においては別問題です。誉れある長老の方々の声を聞き、和解の先例を伺って僕の名が穢されないと分かるまで気安く和解はできません。しかし、そのときまでも友情は友情としてお受けして、穢す気はありません。

ハムレット　その言葉は文字通り受け取るからな。心置きなく親友として闘おう。さあ、剣を渡せ。

レアティーズ　さあ、僕にも剣を。

ハムレット　レアティーズ、僕は君の引き立て役だ。剣の技で未熟な僕がかすかに見える星ならば、君のすごい剣さばきは夜空に光る一等星だ。

レアティーズ 冗談はやめてください。

ハムレット いや、本当だ。

国王 オズリック、二人に剣を。ハムレット、賭けのことは知っておるな？

ハムレット はい、知っております。弱い私にハンデなどくださったとか。

国王 心配はしておらん。二人の剣はよく見てきたからな。だが、レアティーズは修行を積んだと聞いたので、ハンデをつけたまで…。

レアティーズ この剣は重すぎる。別のものを見せてくれないか？

ハムレット 僕はこれが気に入った。剣の長さは同じだね。

オズリック はい、殿下。（二人は試合の準備に入る）

国王 テーブルの上にワインのカップを置いておけ。もし、ハムレットが１回戦か２回戦にて一本取るか３回戦で雪辱の一本取れば、祝砲を撃ち鳴らせ。ハムレットの健闘を称え、わしは祝杯を上げる。カップには真珠を一つ投げ入れる。デンマーク王、四代の王冠を飾った真珠よりも立派なものだ。カップをよこせ。トランペットに合わせてドラムを打ち鳴らせ。トランペットは外にある大砲に、大砲は天に、天は大地に木霊して、クローディアス国王がハムレットに祝杯を上げると知らせるのだ。さあ開始だ！審判のおまえ達、よく見ておけよ。

ハムレット さあ、来い。

レアティーズ おお、殿下。（二人は闘う）

ハムレット 一本！

レアティーズ いや、まだだ。

ハムレット 判定は?!

オズリック　一本、明らかに、一本です。

レアティーズ　よし、それならば2回戦を！

国王　待て！ ワインを！ ハムレット、この真珠はおまえのものだ。おまえにここで乾杯だ。ハムレットにもカップを渡せ。〔トランペットの音。城内で祝砲の音〕

ハムレット　2回戦をまず先に。しばらくそこに置いていてください。さあ来い！（二人は闘う）また一本！ どうだ？

レアティーズ　かすったな。確かにそれは認めよう。

国王　我が息子が勝ちそうだ。

王妃　すごい汗ね、息も切らして。ねえ、ハムレット、このハンカチで額の汗を拭きなさい。ハムレット、王妃があなたの幸運を祈って乾杯します。

ハムレット　母上！

国王　ガートルード、飲んではならぬ。

王妃　いえ、陛下、少し飲ませて頂きますわ。

国王　〈傍白〉毒入りのカップだぞ。もう手遅れだ。

ハムレット　そのカップ、あとでお受け致します。

王妃　ハムレット、こちらにおいで。顔の汗を拭いてあげます。

レアティーズ　陛下、今度こそ一本取ります。

国王　まあ、それはどうだかな。

レアティーズ　〈傍白〉だが、良心がとがめてならない。

ハムレット　さあ、3回戦だ。手を抜いてるな。頼むから思いっきりやってくれ。僕のことを弄んでいるみたいだぞ。

レアティーズ　そう言うか？ では、ヤルぞ！（二人は闘う）

オズリック　一本なし。引き分けだ。

レアティーズ　さあ、これで！（レアティーズはハムレットを傷つ

ハムレット

けit。それから取っ組み合いとなり、二人は剣を取り違える）

国王　二人をすぐに引き離せ！ 二人とも逆上している。

ハムレット　離せ！ さあ、もう一勝負。（ハムレットがレアティー
ズを傷つける。王妃が倒れる）

オズリック　大変だ！ 王妃さまが、ほら！

ホレイショ　二人とも出血している。殿下、大丈夫です？

オズリック　レアティーズさま、大丈夫です？

レアティーズ　僕が仕掛けた罠なのに、それにまんまとはまってし
まった。ああ、オズリック、僕の企みが僕の命を奪うのだ。

ハムレット　母上はどうされたのか？

国王　二人の血を見て気を失ったのだ。

王妃　いえ、違います。ワインです、ワインです。ああ、ハムレッ
ト、ワイン、ワインに毒が…。

ハムレット　ああ、陰謀だ！ おい、ドアをロックしろ！ 陰謀だ！
犯人を捜し出せ！ （オズリック退場）

レアティーズ　ハムレット、犯人はここにいる。君は死ぬ。どんな
薬でも効き目はない。命が尽きるのはあと半時間。裏切りの凶器
は君の手の中だ。先止めが外されて切っ先に毒を塗られた剣なの
だ。卑劣な企みで我が身に返り、僕はここに倒れて起き上がるこ
とさえできないんだよ。王妃さまは毒殺された。もう口は利けな
いだろう。王、王こそが暗殺者だ！

ハムレット　切っ先に毒?! そうなら、毒よ、体中を駆け巡れ！
（ハムレットが王を刺す）

一同　謀反だ！ 謀反！

国王　ああ、助けてくれ、みなの者！ 怪我をしただけなんだから。

ハムレット　近親相姦、人殺し、呪われたデンマーク王！ この毒

393

杯を飲み干すがいい！ おまえが入れた真珠だぞ！ 母上の後を追え！

レアティーズ　自業自得だ。王自らが入れた毒。気高い王子のハムレットさま、お互いに許し合いましょう。僕と父の死があなたの罪にはならないように。また、あなたの死も僕の罪にとならないように。

ハムレット　天よ！ 君をお赦しに！（レアティーズは死ぬ）僕もすぐに行くからな。僕はもう命運尽きた、ホレイショ。哀れな母上、さようなら。この出来事に蒼ざめて、震えている君達は、この芝居では台詞のない脇役か、観客なのか？ ああ、時間さえあったなら、死神は残酷な警官だ。逮捕したなら逃がさない。ああ、話したいことはまだ多くある。だが、こうなれば「Let It Be！」。なるようになれ！ ホレイショ。もう息が途絶えるぞ、君はまだ生きていて、僕のこと、こうしたことの事情など知らない者に正しく伝えてくれないか?!

ホレイショ　そんなこと、まさか僕にと！ デンマーク人であるより僕は古代ローマの人でありたい。少しワインが残っています。

ハムレット　男ならカップをよこせ！ 手を放せ！ 何があっても放さんぞ。なあ、ホレイショ、事情がはっきりしないままなら、僕の死後に悪い噂が立つかもしれない。少しでも僕のことを考えてくれるなら、あとしばらくは天国に来る至福のときを遅らせてくれ。この世を包む過酷な中で生き長らえて、この物語を伝えてくれないか。[遠くで進軍の音。近くで大砲の音] 何事だ？ あの勇ましい物音は？

オズリック　ポーランドから凱旋途中のフォーティンブラス王子が、イングランドの使節に対し、礼砲で迎えています。

ハムレット　ああ、もうだめだ、ホレイショ。猛毒が僕の体も心さえも征服したぞ。イングランドが寄こした知らせを生きているうちに聞けそうにない。だが、王位を継ぐのはフォーティンブラス。そう予言して、そのように希望する。彼にこのことを伝えてほしい。こうなった原因も経緯も— 後は沈黙。（死ぬ）

ホレイショ　ああ、気高い心が消え去った。お休みなさい、優しい王子ハムレット！ 天使の歌に誘（いざな）われ、永遠の眠りへと…。どうしたのかな？ 太鼓の音が近づいてくる。［行進の音］

（フォーティンブラス、イングランド使節、その他登場）

フォーティンブラス　その場面とはどこのことです？

ホレイショ　何をご覧になりたいのです？ 嘆き悲しみ、その極致なら、ここ以外には見当たりません。

フォーティンブラス　死体の山が壮絶な破局の跡を物語っている。ああ、高慢な死よ！ 一撃で、これほど多くの王侯貴族を惨殺し、永久（とこしえ）の国、その館にてどんな宴（うたげ）を開く気なのか？

使節　陰惨な光景だ。イングランドの使節さえ遅すぎた。報告するのに、聞く人が不在とは。国王の命令通り、ローゼンクランツとギルデンスターンを処刑執行したのに対し、我らは誰から感謝の言葉を頂けるのか？

ホレイショ　感謝の言葉を述べる命があったとしても、王の口からは出なかったはずです。両名の死の命令は王が出されたものではないのです。だが、ちょうどこの惨状に出くわされ、ポーランドとの戦から戻られる方、イングランドから到着された使節の方にお願いします。どうかこれらのご遺体を公にするために、壇上高

く安置するようご指示ください。そのあとで事情を知らない人々に、事の成り行きを語らせて頂きます。淫らで、血まみれ、人の道に外れた行為。偶然による裁きなど、意図しない殺人や、巧妙な策略がもたらした死や、最後には己の策略に嵌まってしまい、己の死を迎えるはめになった方々の顛末をありのままに申し上げます。

フォーティンブラス　今すぐにお聞かせ願おう。主だった貴族の方々もご同席頂こう。私としては悲しみの中に幸運を掴み取ります。過去の経緯を考えるなら、この国の王位継承権は私にもある。そのことを主張するには絶好の機会でもある。

ホレイショ　その件につきまして、私からも申し上げたいお話がございます。ハムレットさまの遺言で、それをお話しすれば多くの方の賛同を得られるでしょう。でも、まず先に申し上げた祭壇のこと、今すぐに執りかかるよう命令をお出しください。人心が乱れていると、陰謀や混乱の渦が巻き起こりかねません。

フォーティンブラス　ハムレット王子、武人らしく、隊長４人に運ばせて壇上に上げ、祀らせる。王位に就いておられたら、誰よりも王らしく輝かれていたはずだ。彼の死を弔うために軍楽を演奏し、高々と礼砲を撃ち、彼のことを讃えよう。ご遺体を運び出せ。このような光景は戦場にこそ相応しい。ここにはこれはそぐわない。行け、兵士らに礼砲を撃てと命令するのだ。（兵士達は遺体を運んで行進し、一同退場。その後に礼砲が響き渡る）

『オセロ』

　1604年頃に書かれたとされる作品。「嫉妬」がテーマになっており、出世を阻まれた男の妬みと復讐、そして夫婦に起こる小さな世界の悲劇が描かれている。自分の最も大切で神聖な「宝」を誰にも奪われないようにするために、オセロが選んだ究極の答えとは……。

オセロ役
(ジョンストン・フォーブス＝ロバートソン)

登場人物

オセロ	ヴェニス政府に仕える将軍／ムーア人
キャシオ	オセロの副官
イアゴ	オセロの旗手
デスデモーナ	オセロの妻
ブラバンショ	議官／デスデモーナの父
エミリア	イアゴの妻／デスデモーナの付き人
グラシアーノ	ブラバンショの弟
ロドヴィーコ	ブラバンショの親族
ロダリーゴ	ヴェニスの男
モンターノ	キプロス島の提督（オセロの前任者）
道化	オセロの従僕
ビアンカ	キャシオの愛人
大公	ヴェニスの大公
紳士1、2、3	
演奏家　その他	

［場面］　ヴェニス　キプロス島の港町

オセロ

第1幕

第1場　ヴェニス　路上　　　　　　　　　　　400

第2場　サジタリー館の前の路上　　　　　　407

第3場　会議室　　　　　　　　　　　　　　411

第2幕

第1場　キプロス島の港　波止場近くの広場　425

第2場　路上　　　　　　　　　　　　　　　437

第3場　要塞の広間　　　　　　　　　　　　437

第3幕

第1場　要塞の前　　　　　　　　　　　　　452

第2場　要塞の一室　　　　　　　　　　　　455

第3場　要塞の前　　　　　　　　　　　　　455

第4場　路上　　　　　　　　　　　　　　　473

第4幕

第1場　要塞の中庭　　　　　　　　　　　　483

第2場　要塞の一室　　　　　　　　　　　　496

第3場　要塞の別の部屋　　　　　　　　　　506

第5幕

第1場　路上　　　　　　　　　　　　　　　512

第2場　要塞の一室　　　　　　　　　　　　519

第1幕

第1場

ヴェニス 路上

（ロダリーゴ、イアゴ登場）

ロダリーゴ　何てことだよ！　もう二度とおまえの言うことなんか聞きたくもない。酷いことだよ、おい、イアゴ。俺の財布を自分の物のように使っているじゃないか。あの大事なことは自分だけ知っていたんだろう。

イアゴ　難癖をつけるなよ。おまえが俺の言うことを聞かないからだ。こんなことなど思ってもみなかった。知っていたのなら非難されても文句は言わん。

ロダリーゴ　おまえは確かに言っていたぞ。あの男が憎いとね。

イアゴ　悍ましいほど嫌いだぜ。この町の有力者が三人揃って俺の副官就任の陳情に出向いてくれた。正直言って、俺は自分の値打ちがよく分かっている。その地位は俺にはちょうど相応しい。だが、奴はプライドが高く、見識を誇示するために戦争用語を散りばめて、自慢話を捲し立て、話題を逸らし、挙句の果てに陳情は却下したんだ。奴が言うには、「副官はもう決めています」だ。その副官は誰だと思う？　いやはや、それがあの数学屋、フィレンツェ出身のマイケル・キャシオ。美人の妻を娶ったら天罰が下る男だ。戦場で戦隊を組んだことさえない上に、前線の指揮の経

験さえもない。職工が知っている程度の知識だけ。要するに、机上の空論。トーガの服を身にまとう古代ローマの執政官が、実戦の経験もなく口先だけで戦術を語るのと同じこと。そんな男が選ばれて、この俺はロードス島やキプロス島や、キリスト教や異教徒の領域で、奴の目の前で活躍を見せつけてある。それなのに計算野郎の下に置かれて、俺のキャリアを奪われた。こんな男が副官になり、俺なんてムーア人の将軍の軍旗の旗手だ。

ロダリーゴ　酷いことだね。俺ならあいつを絞首刑にしてやるだろう。

イアゴ　そうだよな。手の施しようがないからな。宮仕えなどに呪いあれだ。昇進は推薦状とご贔屓（ひいき）次第。一番手がいなくなりゃ、その地位に就く者は二番目と決まっていた。古式ゆかしい年功序列はどこへやら…。さあ、よく考えて言ってみろ。この俺がムーア人が好きだなど、なぜそんなことを言うんだい?!

ロダリーゴ　俺ならそんな奴の部下にはならないね。

イアゴ　なあ、おまえ、思ってもみろ。ムーアにこの俺が従っているのは考えがあってしていることだ。みんながみんな主人になれるわけがない。主人だからと忠実に尽くしてもらえるわけでもないし、媚びへつらって従順に仕えている奴らなんかは甘んじて隷属状態を受け入れて、ご主人のロバのように働いて、自分の命を使い尽くして、食い扶持（ぶち）をもらうだけだ。ところが、年を取ったらポイ捨てだ。馬鹿正直でいることは俺には不向きだ。やり方も見た目にも忠義な風を装って、心の底は自分のことだけ考える連中がいるのだからな。忠節という名目の裏で私腹を肥やし、やることすべて自分のためだ。こういう者らは気骨がある。はっきり

1　古代ローマの人々が用いたゆるやかな外衣。

言おう、この俺はその一人。おまえの名前はロダリーゴ。疑う余地はどこにもないな。もし俺がムーア人なら、俺はイアゴではないはずだ。奴には尽くす振りをして、自分にせっせと尽くしている。神様だけがご存知だ。親愛の情や義務感があるように見えたとしても、その実は俺さまの利益のためにやるだけだ。心の内を外に見せたりしたならば、記章を胸に付けている軍人みたいに馬鹿丸出しだ。俺の本性は外に出したりしないのだ。

ロダリーゴ　分厚い唇を持って生まれたあの男、物事をこんなにうまく運ぶとは。たいした運だ！

イアゴ　問題の女の親を叩き起こそう。ムーアを刺激し、追い立てて、奴の快楽をブチ崩すのだ。奴の名前を町中に触れ回れ。親戚の者達を怒らせろ。幸運に恵まれて奴はここまで上り詰めたが、害虫に侵されろ。奴の喜びが胸一杯となっていようが、苛立たせ、喜びの明るい色を脱色させろ。

ロダリーゴ　ここが彼女の住んでいる家だ。大声で叫んでみよう。

イアゴ　聞く者が怖がるほどの大声で叫ぶんだ。真夜中で警備が手薄になっているときに、密集地帯で火事を見つけたときのように…。

ロダリーゴ　大変だ！　おーい、ブラバンショ、ブラバンショ、おーい！

イアゴ　おーい、起きろ！　ブラバンショ閣下、泥棒だ！　泥棒だ！　家に注意だ！　娘はいるか?!　財布の中身を確かめろ！　泥棒だ！　泥棒だ！

（二階にブラバンショ登場）

オセロ

ブラバンショ　その恐ろしい呼び声の理由は何だ？　何が起こった⁈

ロダリーゴ　閣下、ご家族の皆さま方は全員揃い、ご在宅ですか？

イアゴ　ドアのロックはされていますか？

ブラバンショ　何だって⁈　なぜそんなことを聞くのだな？

イアゴ　大事件です。泥棒にやられていますよ。さあ急ぎ、ガウンを召してお探しを！　心臓が破裂しますよ、魂の半分も失われ、今ですよ、たった今、年配の黒い雄羊があなたの白い雌羊とヤッているんです。さあ、起きて、立ち上がるのです！　鐘を鳴らして、高鼾をかいている市民を呼び起こすのです！　さもないと、悪魔がきっとあなたに孫を作ってくれます。急いで起きてください。今すぐに！

ブラバンショ　どうかしたのか⁉　気でも狂ったか⁈

ロダリーゴ　閣下、私の声に聞き覚えはありませんか？

ブラバンショ　全くないな。おまえは誰だ？

ロダリーゴ　ロダリーゴです。

ブラバンショ　なお悪い！　我が家の近くを徘徊するのは禁じておいた。おまえにはきっぱりと言ってある。わしの娘はおまえなんかにやらぬからな。夕食を食べ過ぎて、酒をたんまり飲み過ぎて、気でも大きくなってきて、それでいたずらを思いつき、わしの眠りを妨げに来たんだな。

ロダリーゴ　いえ、閣下。そんなこと…。

ブラバンショ　これだけは、はっきりと言っておく。わしの気持ちとわしの地位とが黙っておまえを見逃すことはないからな。

ロダリーゴ　お許しを、偉大な閣下。

ブラバンショ　泥棒が入ったと⁈　ここはヴェニスだ。わしの家、

403

人里離れた農家ではないからな。

ロダリーゴ　最も偉大なブラバンショさま。真心込めて駆けつけました。

イアゴ　酷いことを仰いますね。悪魔があなたに命令すれば、神にさえ伝えるのを止めるでしょう。私達はあなたのためを思ってここに来ています。それなのに、私達を悪党呼ばわりなさるのだから。どうもあなたはご自分の娘さまには、バーバリー産[2]の馬を夫にあてがって、お孫さん、ヒヒンと鳴いて生まれ落ち、子孫には牝馬や駿馬を出産し、サルタン[3]に捧げるジェネット[4]が親族になられるでしょう。

ブラバンショ　なんと下劣で口汚い男なんだ！　誰だ！　貴様は！

イアゴ　私はね、ただ娘さんが今、ムーア人と騎上位ごっこをされていると進言に来たまでですよ。

ブラバンショ　この悪党め！

イアゴ　あなたさま…、元老院の議官さまでしょう。

ブラバンショ　こいつのことも責任はおまえにあるぞ。ロダリーゴ、おまえのことはよく分かっている。

ロダリーゴ　この私が責任は取りましょう。でも、少しお聞きください。このことをご存知なのか分かりませんが、閣下自ら同意されたことならばいいのです。美しいお嬢さまが寝静まったこんな夜更けにゴンドラの船頭だけがお供になって、好色で巨漢のムーア人に抱かれています。そのことをご存知で、お認めになっているのなら、私達は大胆で非礼なことをしたことになります。しか

2　北西アフリカの地域。現在はマグレブと呼ばれている。
3　イスラム教国の君主。
4　スペイン産の小型の馬。イスラム教の国家の君主に駿馬を提供していた。

し、もし閣下がこれをご存知でないのなら、道徳観に照らし合わせて、私達は不当なお咎めをもらったことになるでしょう。礼儀作法の観点からも私は閣下を愚弄したり、嘲ったりはしておりません。まだ許可は与えられてはいませんが、もう一度言わせてもらいます。お嬢さまは、お父様に対して酷い叛逆をなさいました。親への義務や、美貌や知性、将来性などを踏みにじり、さ迷い歩く浮浪者の異国人にとご自分を捧げるなどは以ての外です。どうか今すぐお調べを！ お嬢さまがお部屋にか、お屋敷の中にいらっしゃるのかご確認を！ いらっしゃるなら、このようにお騒がせした罪に対して、国家の裁きを潔く受けましょう。

ブラバンショ　おい、灯りをつけろ！ ロウソクを持って来い、家中の者らをみんな起こせ！ この出来事は夢で見たのと全く同じだ。その確信でもうこの胸は張り裂けそうだ。灯りだ！ おい、灯りを早く！（退場）

イアゴ　ここでこうしてはいられない。グズグズここにいたのなら、ムーア人への証人として立たされる。それは立場上、都合が悪い。このことで奴には少し汚点になるが、国は奴を解雇できない。キプロス戦争が始まって、奴の存在感が高まっている。この戦争をやり抜くほどの力量がある人物は他にはいない。そういうわけで、地獄の責苦を受けるほどイヤな奴だが、目下のところ必要に迫られて親愛の印しの旗を振っていなけりゃならないんだよ。それ、ただのお印しだけだ。追手の用意が整ったなら、サジタリー館に向かうのだ。奴はそこにいるからな。俺も一緒だ。じゃあ、またな。（退場）

5　パブか旅館名。ギリシャ神話のケンタウロス（上半身は人間で、下半身は馬の怪獣）に由来している。因みに "Sagittarius" は「射手座」。

（松明を持った召使い達、ナイトガウンを着たブラバンショ登場）

ブラバンショ　悍ましいことだが、本当だ。娘はどこにもいない。わしの未来に残されたものはただ一つ、惨めさだけだ。さて、ロダリーゴ、おまえはどこで娘を見かけたのか？　不幸な子だな！　ムーア人が一緒だと言ったよな。父親になどはならぬものだ。なぜわしの娘だと分かったのだ？　娘がわしを欺くなどとは考えられぬ！　娘はおまえに何と言ったのだ？　もっと灯りを！　親戚の者達をみんな起こすのだ。もう二人は結婚したのか？　そのことについてどう思うのだ？

ロダリーゴ　実際にもうなさったと思われます。

ブラバンショ　何てことだ！　どうやって抜け出した？　家庭内での謀叛だぞ！　世の父親よ！　娘の様子を見るだけで、心が分かるなんて思ってはならぬ。若い娘の心を奪う魔法の薬があるのかもしれないぞ。ロダリーゴ、そんな話を読んだことはないのかね？

ロダリーゴ　はい、実際にございます。

ブラバンショ　わしの弟をすぐに呼び出してくれ。娘をおまえにやっておいたら良かったな。おまえ達はこちらの道へ、別の者はあちらの道へ。ムーア人と娘とを二人して捕まえるには、どこに行ったらいいのかを知っているのか？

ロダリーゴ　信頼できる警護の方について来てもらえれば、見つけられると思います。

ブラバンショ　頼むから先導してくれ。軒並みにみんなを叩き起こして捜索だ。みんなはわしの命令に従うはずだ。おい、武器を持て！　夜警の者も集めるのだぞ。さあ行こう。ロダリーゴ、おま

えには礼はするからな。（一同退場）

第2場

サジタリー館の前の路上

（オセロ、イアゴ、松明を持った従者達登場）

イアゴ　戦争で人を殺しはしましたが、良心というものがありますからね。平時のときに計画的な殺人などはできません。私には邪心などありませんし、自分の得になることと分かっていても、悪いことなどできないのです。あの男など肋骨の下のこのあたりを何度グサッと刺してやろうと思ったことか…。

オセロ　そんなことなどしてはならぬぞ。

イアゴ　でも、奴は将軍に対して下劣で挑発的な言動を繰り返すので、この私は聖人じゃないのですから我慢の限度を超えそうになりました。いや、そんなことよりご結婚式はもうすでに終えられました？　確かめるのは、あの議官は大変な人望があり、二票もの投票権を持つ大公と同等の影響力をお持ちです。彼は将軍を離婚させるか、法の定めの限りを尽くして、将軍に圧力をかけてくるでしょう。

オセロ　好きなようにやらせておけばいいことだ。わしは政府に尽くした功績があるから、彼が発する不満の声を消し去るだろう。まだこれは誰も知らないことだがな、自慢したとて名誉なことだ — 時機を見て公表いたすことである — 実は、このわしは王族の血を引いておる。それ故にこの幸運を得たことも、わしの値打ち

に見合ったものだ。イアゴ、これだけは言っておく。もし、わし
がデスデモーナを心から愛してはいなかったなら、広大な海の幸
やこの自由の身を投げ打って、家に籠って束縛などはされるもの
か。おや、あそこ、あの灯りは何なのだ？

（キャシオ、松明を持った役人達登場）

イアゴ　起きてきた父親と供の者らです。中にすぐ入られるのがい
いでしょう。

オセロ　逃げ隠れなどするものか！ 堂々と立ち向かう。わしの才
能や称号、人格に於いても引けを取ることはないからな。その連
中か？

イアゴ　おや、これは違うようです。

オセロ　大公のご家来とわしの副官だ。こんな夜更けにどうかした
のか？ 何か事件か？

キャシオ　大公が将軍にご面会なさりたいとのご要望です。

オセロ　何の用事か知っておるのか？

キャシオ　キプロス島から何らかの知らせが来たと思われますが、
きっとそれは至急の用事でガレー船が次々と入港し、多くの使者
が夜を徹して報告に来ています。主要な議官が起こされて、もう
すでに大公のもとに参集しておられます。将軍にも大至急に招喚
せよと命令が下っています。お宿にはご不在なので元老院の指令
を受けて、将軍を三方に手分けしてお探ししていたところです。

オセロ　見つけてくれてありがたいことだ。ほんの一言だけ奥で話
があるから、それを済ませてすぐに行くから。（退場）

キャシオ　おい、おまえ。将軍はこんな所で何をなさっているのだ

オセロ

い？

イアゴ それがですね、将軍は陸上で宝船に乗船された[6]。そのお宝が法に照らして正当ならば、将軍は財を成されたことになる。

キャシオ 言っていることがよく分からない。

イアゴ ご結婚なさいましたよ。

キャシオ いったい誰と？

（オセロ登場）

イアゴ 結構なこと― さあ将軍、行かれます？

オセロ 共に参ろう。

キャシオ あそこにも別の一群が将軍をお探しだ。

（ブラバンショ、ロダリーゴ、松明を持った役人達登場）

イアゴ ブラバンショだ。気を付けて！ 悪巧みがあるのに違いない。

オセロ おい、そこで止まるのだ！

ロダリーゴ 閣下、ムーア人です。

ブラバンショ 泥棒だ！ 逮捕する！（剣を抜く）

イアゴ ロダリーゴだな。さあ、来い。俺が相手だ！

オセロ 鋭く光るその剣を鞘に収めろ。夜露が剣を錆びさせる。閣下なら武器などに頼ることなく、年の功にて相手を屈伏させる力をお持ちのはずだ。

---

6 原典 "boarded carack" 裏の意味「男女の契りを結んだ」。シェイクスピア（Sh.）のしゃれ。

ブラバンショ　忌まわしい泥棒め！　わしの娘をどこに隠した⁉　呪ってやるぞ。誑かしたな、我が娘を。この世には常識という理がある。魔術によって娘が心を奪われたのでないのなら、優しくて美しく幸せな我が娘は結婚を嫌い、同族の裕福なカールの髪の貴公子でさえ断わっていたのに、親の庇護から逃げ出して、世間の人の物笑いになってまで、おまえのような煤で汚れた黒い胸に飛び込むわけがない― 恐れたからか！　喜びなどがあるはずがない！　わしの言うことは簡潔明瞭、誰にでも分かることだ。おまえは娘をまやかしの魔術を使って誑かしたな。麻薬か毒かを使用して、繊細な心や体を痺れさせ、レイプしたのに違いない。わしはおまえを糾弾するぞ。おまえならやりそうなことで、簡単な方法だ。だから、わしはおまえを逮捕する。妖術を使って世を腐敗させ、法を犯した罪によるものだ。〈役人に〉奴を捕らえろ！　抵抗したら容赦は要らぬ。

オセロ　こちら側もそちら側も手を出すな。プロンプター[7]などいなくても、戦いの初めなど言われなくてもすぐ分かる。罪の追及に対して弁明するためにはどこに行けばいいのです？

ブラバンショ　牢獄だ。法の裁きが下るまではな。

オセロ　言われる通りにしたのならどうなるのです？　ヴェニス大公から国家の急務を告げるために使者が送られ、すぐに来るように命令を頂いています。

役人　閣下、これは本当のことです。大公は会議中です。閣下にも呼び出しがかかっています。

ブラバンショ　何だって⁉　大公が会議中⁉　真夜中に！― この男を連れて行け。わしの事件もただ事ではない。大公ご自身や議官

7　役者が台詞を忘れた場合、舞台の袖から台詞を教える人。

オセロ

の連中も他人事とは思うまい。こんなことがまかり通れば、奴隷でも異教徒でもこの国の政治家になれるだろう。（一同退場）

第3場

会議室

（大公、元老院、議官達、役人達はテーブルに着いている。従者達は立っている）

大公　これらの知らせはそれぞれ違い、どれを信じていいのか戸惑うな。

議官1　ちぐはぐですな、本当に。私の報告書には敵の船、107隻と書かれています。

大公　私のものは140隻だ。

議官2　私のは200隻と記されている。数字では違いはあるが、このような報告は概算で言ってきます。だが、どれを見ても、トルコ艦隊がキプロス島に向けて攻め寄せてくるという点で、一致しています。

大公　そう考えるのが順当だ。攻撃自体が誤報だと楽観視などしてはならない。非常事態であることに間違いはないぞ。

水兵　（奥で）伝令だ！ 伝令ですぞ！ ご報告です！

役人　ガレー船から伝令です。

（水兵登場）

大公　さて、内容は何なのだ?!

水兵　トルコ艦隊がロードス島に向かっていると報告せよと、アンジェロ閣下のご命令です。

大公　この変化をどう見て取るか？

議官1　理性的に考えて、ロードス島の攻撃はまず考えられません。陽動作戦を取ったのでしょう。トルコにとってキプロス島の重要性は我々が認識している事柄ですが、そこの防備はロードス島と比較するなら軽微なので、トルコには格好のターゲットです。簡単に手に入るものを見過ごして、危険で無益な戦争に打って出て、一番の重要事項を無視するほどトルコ軍が無謀だとは思えません。

大公　その通りだ。ロードス島の攻撃はないと見た。

役人　また、次の知らせです。

（使者登場）

使者　議官の皆さま、ロードス島に向かって航行を継続中のトルコ艦隊は、後続の艦隊を待ち、合流しました。

議官1　予測通りだ。推定で何隻ほどか？

使者　30隻の増加です。合流したあとに向きを変え、元の進路に取って返して、明らかにキプロス島を目指して航行を再開しました。忠節で勇猛なモンターノ閣下より援軍の要請です。

大公　では、やはり敵は確かにキプロス島を攻撃するな。マーカス・ルシコスはもうこの町にいないのか？

議官1　今はフィレンツェにご滞在です。

大公　わしからの書面を作り、大至急、彼に届けるのだぞ。

議官1　ブラバンショと勇敢なムーア将軍が参られました。

オセロ

（ブラバンショ、オセロ、キャシオ、イアゴ、ロダリーゴ、役人
達登場）

大公　勇敢なオセロ将軍、キリスト教国の共通の敵であるトルコ討
伐が急務となった。すぐに出陣を願いたい。〈ブラバンショに〉
姿を見なかったが、よく来てくれた。今夜、あなたの助言と助力
が必要なのだ。

ブラバンショ　私も実は大公のご助言をお願いに参った次第なので
す。このことをまず謝罪しておきます。私がこんな深夜に起きて
きたのは公の立場でも、聞き及ぶ国家の火急の事件でもありませ
ん。私個人の悲しみが堰を切り、激流のように溢れ出し、他の悲
しみを飲み込んで、私の心を沈めたままにしているのです。

大公　どうなさったのだ？

ブラバンショ　娘です。ああ、私の娘！

一同　お亡くなりに？

ブラバンショ　そうなのだ。私にとって、娘は騙されて拉致された
のだ。妖術か、いかさま師から手に入れた麻薬にて、欠点もない
正常な精神が奪われたのだ。

大公　そのような邪な手段を用い、あなたの娘を誘拐し、あなたか
ら奪った者がいるのなら、誰であろうと厳しい法に従って思い通
りの厳しい処分をなされたらいい。たとえそれがわしの息子で
あったとしても同様だ。

ブラバンショ　心からそのお言葉に感謝します。その男を実はここ
へと引っ立てました。国家の急務でたった今、呼び出され、特別
の指令を受けたこのムーア人なのです。

一同　何ということ⁉

大公　〈オセロに〉当人として言うべきことは？

ブラバンショ　あるわけがありません。それは申した通りです。

オセロ　権威があり、有力な皆さま方、高貴であって善良な方々よ、ブラバンショ閣下の屋敷から娘さまを連れ出したのは事実です。私達は結婚を致しました。私の罪は、言われるならば、それだけです。私は話しぶりなどはぶっきらぼうで、穏やかでソフトな言葉を知りません。この腕に力つき出す７歳のときからずっと現在に至るまで、９ヶ月間のブランクはありますが、戦場で生きてきました。小競り合いとか戦争についてなら知っていますが、世間のことで話せることなどありません。そのために自分を弁護する言葉など持ち合わせてはおりません。しかし、もしお許しが頂けるなら、私達二人の愛の道筋を飾ることなく率直にお話しします。薬草や呪文やら妖術などを使ったと嫌疑をかけられておりますが、結婚に到った経緯を隠したりせずに申します。

ブラバンショ　わしの娘は大胆ではない。穏やかな性格で、清純で、衝動的な感情が湧き起こるなら赤面します。性質や年齢、異なった国や評判など、あらゆることで違いがあるのに、見るだけで鳥肌が立つような男に恋をするなどあり得ないこと。それなどは判断力が麻痺してしまい、自然の掟に逆らって、完璧な者が過ちを犯すほど不自然なことです。なぜそんなことが起こるのか、考えてみるのなら、悪魔の所業という答えしか出てこない。だから、わしは断定いたす。情熱を掻き立てる強力な薬草か、同じ効力がある薬を妖術によって作り出し、それを娘に与えたのに相違ない。

大公　一方的な断定は証拠にはならない。表面的な口実や瑣末なことをあげつらうだけで彼を糾弾するのは無理だ。

オセロ

議官1　オセロ将軍、お答えください。間接的か直接的に若い女性の愛情を邪な手段によって自分のものにしたのですか？ それとも二人は語り合い、心と心が打ち解け合ってそうなったのか？

オセロ　お願いです。サジタリー館へどうか彼女を呼びにやっては頂けません？ 父親のいる前で彼女自身に証言させる機会を与えればいいのです。その発言で私に関してやましいことを彼女が言えば、頂いている信頼と地位を剥奪されても、この命を取られようとも厭うことはありません。

大公　デスデモーナを招喚致せ。

オセロ　そこの旗手、案内を任せたぞ。その場所はおまえが一番よく知っておる。（イアゴ、従者達退場）彼女がここに来るまでに、心を込めて天に向かって真実を告白し、皆さまにどのようにしてこの私が彼女の愛を勝ち得たかをお話しします。

大公　話すが良い。

オセロ　デスデモーナの父親は私のことを気に入ってくれ、しばしば私を家に招いてくれたのです。その際に、私の過去の生き様に耳を傾け、年代順に私に起こった野戦や城攻め、その中の運不運などをお聞きになりました。それで、幼少時代を皮切りに、話をしているその時点まですべてのことを語ったのです。そのときに恐ろしい災難や、海上と陸上の心ときめく冒険談や、危機迫る中で城壁の割れ目から間一髪の脱出を試みたことなどを話しました。その他に、非道な敵に捕えられ、奴隷として売られたことや、身代金を支払って自由を得たこと、放浪の旅の体験談では、巨大な洞窟や不毛の砂漠、切り立った断崖、荒れた岩場や天にも届く山のことなどを話しました。その他に、お互いを食い合うという人食い人種のアンスロポファジャイや頭の位置が肩の下の人種の話

415

など、デスデモーナは熱心に聞き入っておりました。でも、いつも家の用事で席を立ち、大急ぎで仕事を片づけて戻ってきては、食い入るように私の話に夢中でした。そのことを知っていた私は折を見て、それまでは切れ切れにしか聞いていなかった私の遍歴の一部始終を、じっくりと聞かせることにしたのです。若い頃に私が被った悲惨な話になりますと、彼女はどっと涙を流してくれました。話し終えると、お礼にと思ってか溜息を大きくついて、誓いを立てる仕草をし、「不思議なことね、とっても不思議、可哀想、とっても哀れ」と言ってくれ、それに続いて「聞かなかったら良かった」とか、「神様が私にそのような男性と誓い合わせてくれたなら」とか言ったあと、彼女は私に感謝をして次のように言ったのです。「あなたの友達で私のことを愛する人がいたのなら、あなたが言った話を教え、それを語って求愛すればいいのです」と。私はその言葉で勇気付けられ、それで私は彼女に愛を告白したのです。私が耐えた艱難辛苦で彼女は私を慈しみ、愛おしく思ってくれました。心優しい彼女を私は愛したのです。魔法ならこれが使ったすべてです。ああ、ここにデスデモーナがやって来ました。彼女が語る証言をどうかお聞きください。

（デスデモーナ、イアゴ、従者達登場）

大公　我が娘でさえ、この話を聞いたなら感動するに違いない。ブラバンショ、ひび割れしたものは取り返しがつかない。善後策を講じたほうがいいのでは？　折れた剣さえ空手などよりいいものだ。

ブラバンショ　娘が申すことを是非お聞きください。娘がもしも自

分から求愛したと申すなら、私の行った中傷を恥ずべきものとして取り下げます。デスデモーナ、ここに来なさい。ここに列席されている方々を含め、誰に対しても誠実でなければならないぞ。分かっておるな。

デスデモーナ　お父さま、ここに至って私の心は二分されております。お父さまには生み育てて頂いたご恩があります。そのこともあり、お慕い申し上げております。お父さまの娘とし、今までは従順の限りを尽くしておりました。ところが、今は夫がおります。お母さまは、お祖父さまよりお父さまに忠実にお仕えされておられましたね。私も主人となったオセロさまに同じようにお仕えしたく思っております。

ブラバンショ　これで終わりだ。もう何も言うことはない。閣下、さあどうぞ、国事のことでご議論を。子供など生むよりはもらったほうがまだましだった。ここへ来給え、ムーア殿。心を込めてこの娘をおまえにと与えよう。おまえのものにまだなっていなかったなら、何がなんでも拒否しただろう。〈デスデモーナに〉おまえのお陰で子供が他にいないのが幸いだと気が付いた。おまえの駆け落ちで、わしは暴虐となり、その者達に足枷を掛けていたはずだ。閣下、私の用事は済みました。

大公　このお二人を助けるために、あなたがいつもされているような格言めいた言い方をさせてもらう。状況が改善するという見込みが無くなれば、淡い期待に決別することだ。そうすると心にあった不安は消え去り、その状況に適応できることになる。過ぎ去った不幸にばかり心を囚われて嘆いていると、次の不幸を呼び込むことになりかねん。我々が保持できないものを運命が奪い去るなら、忍耐するのは容易にとなる。失って笑える者は、失うこ

417

とを無くせる者だ。戻ってこない損失に、嘆き暮らしているのなら、自分を失うことになる。

ブラバンショ　もし、そうならば、キプロス島も奪われて、笑っていればいいのです？　奪われたことを忘れてしまい…。心に重荷を背負わぬ者には、格言などは心地良く心に響くものですが、悲しみの重荷にあえぐ者にとっては、格言などは重荷に重荷を重ねるようで耐えきれません。このような格言は、甘いし苦い。両面があり、どちらとも解釈できる。要するに、言葉は言葉、傷ついた心臓が耳を小突いて治ったなどと、そんな話は聞いたことがありません。何とぞ議事をお進めください。

大公　トルコ軍は強大な艦隊を編成し、キプロス島に向かっている。オセロ将軍、キプロスの兵力のことは、君が一番よく知っているだろう。有能な代理総督を配しているが、世論は君に全軍の指揮を任せるほうに傾いている。新しい幸運の輝きを汚すようで頼みにくいが、我が国の命運を左右するこの困難な遠征に早速ご出発を願いたい。

オセロ　威厳ある議官の方々、習いは性となります。私にとって、戦場の石や鋼の寝床などは柔らかな羽毛のベッドと同じものです。困難にぶつかると自然に体が動きます。今すぐに命令に従ってトルコとの戦争に打って出ます。そのことに関連し、住む所、手当の支給、身の回りのこと、従者など、私の妻としての身分に相応しいものになるよう、妻のために適切なご配慮をお願いします。

大公　父上のもとでならいかんのか？

ブラバンショ　それだけはお断りいたします。

オセロ　私もそれは困ります。

デスデモーナ　私もそこに住みたくはありません。父の目に触れる

度に父の神経を逆撫ですることになります。大公閣下、今からこ
こに申し上げます事柄をお聞きくださり、至らない私のことを助
けるとお思いになり、これを何とぞお聞き届けくださるようにお
願い致します。

大公　デスデモーナ、何が望みだ？

デスデモーナ　オセロを愛し、私は共に暮らしたいと願っておりま
す。私の取った突然の行いはすぐに世間に知れ渡るでしょう。こ
の私、オセロの性質や軍人としての人となりを高く評価しており
ます。私にはオセロの顔に心の内が覗けるのです。オセロの名誉
と彼の武勇に、私の心と運命を捧げたいのです。戦場に夫が赴き、
残された私が安穏とした日々を送っていては愛の誓いも虚しく響
き、彼の不在を重い心で耐えないといけません。どうか私もキプ
ロスへ一緒に行かせてください。

オセロ　その願いを何とぞお聞き届けください。天に誓って申しま
す。欲望を満たすためとか、情熱を求めての願いなどではありま
せん。もう私は若くはありません。結婚し、夫としては当然のこ
とを申しています。それは、妻の願いを叶えたく思ってのことで
す。妻が一緒であるからと、私が職務を怠ることはありません。
羽を生やした恋の神のキューピッドのせいで私が恋で盲目になり、
浮薄にも任務の遂行を忘れたならば私の兜を飯炊き女に鍋として
使用されても、私の名声にいかなる恥辱が加えられても一切苦情
を申し述べたり致しません。

大公　では、そのことは自分で決めてよいからな。残すにしても、
連れて行くにしても、事態は急を要することだ。時間的な余裕は
ないぞ。

議官１　今夜にはご出発願いたい。

オセロ　承知しました。

大公　明朝9時に再びここに集まってくれ。オセロ、誰か士官をここに残して行ってくれ。その者に後で辞令を届けさせる。君の地位や職権に関しても記載しておく。

オセロ　では、閣下、旗手を残して出発します。正直で信頼できる男です。妻も彼に託して島へ護送させます。閣下が後で必要と思われたこと、この男にとお命じください。

大公　その段取りで事を運ぶぞ。では、諸君、とりあえず散会だ。なあ、ブラバンショ、美徳には美が備わっているのなら、あなたの家の娘婿は黒い色だが、美において抜きん出ている。

議官1　では、これで。勇壮なオセロ将軍、奥さまをお大事に。

ブラバンショ　見る目があるというのなら、その女には気を付けなさい、オセロ将軍。父親を騙したからな。次の番はおまえかもしれないぞ。（大公、議官達、役人達退場）

オセロ　妻にある誠実さなら、この命を懸けてもいいぞ。正直なイアゴ、デスデモーナをおまえに託してここを去らねばならぬ。おまえの奥さんにお付きになってもらえぬか？　都合が一番良いときに二人を連れて来てくれぬか？　デスデモーナ、話し合いや用事を済ませて、指示を出すのに持てる時間は一時間だけ。その時刻が来れば、お別れだ。（オセロ、デスデモーナ退場）

ロダリーゴ　イアゴ?!

イアゴ　何の用だ？

ロダリーゴ　この俺が何をするのか分かっているのか？

イアゴ　分かっているさ、簡単なこと。家に帰って寝るんだろう。

ロダリーゴ　俺は今すぐ身投げする。

イアゴ　もし、そんなことをしでかしたなら、俺の手間は省けるが、

420

オセロ

馬鹿だな、おまえって奴は。

ロダリーゴ　生きるのが苦しみなのに、生きているなんて馬鹿丸出しだ。死が我々の内科医ならば、我々が手にするものは死ぬための処方箋だよ。

イアゴ　ああ　何て奴！　この俺は7年間を4回も、早く言うなら28年もこの浮き世をじっくりと眺め回して、損と得とが分かるようになってはきたが、自分のことだけを考える奴などまだお目にかかったことがないんだな。娼婦一人の愛が取れずに身投げすると言うのなら、人間稼業をやめてしまって、ヒヒ[8]にでもなればいい。

ロダリーゴ　この俺はどうしたらいいんだよ?!　こんなにも夢中になって、恥ずべきなのは分かっている。でも、これだけはどうしようもないんだよ。

イアゴ　どうしようもないなんて、くだらない奴だ！　ああだとか、こうだとかは自分で決める事柄だ。我らの体は「庭」なんだ。我らの意志が「庭師」なんだよ。そういうわけで、イラクサを植えようとレタスの種を蒔こうとも、ヒソップ[9]植えて、タイム[10]抜こうと、ハーブはすべて一種類、あるいはみんなばらばらで放っておいて枯らしてしまう。また逆に、丹精込めて実らせる。こうしたことを決める力や対応力はすべて我らの意志にある。人間には官能と釣り合いを取る理性があって、それで初めて人間となる。そのバランスを崩したら、我々の本性が剥き出しになり、悍ましい結果を生じることになる。理性によって燃え立つ激情を冷却させて、官能の牙を削ぎ落とすのだ。おまえが思う愛などは、大木

8　「愚かさ」の象徴。
9　シソ科の半常緑低木で、ハーブの一つ。ミントに似た香り。花言葉「清楚」。
10　シソ科の草状の低木で、ハーブの一つ。古代エジプトでミイラを作る際に防腐剤として用いられた。花言葉「勇気・活動性」。

421

と比べれば枝としか思えない。

ロダリーゴ　そんなことはないと思うが…。

イアゴ　愛なんて官能的な欲望で、意志の欠落を示すもの。なあ、ロダリーゴ、いい加減に男らしくなれないのかい!?　身投げする？　猫か子犬を溺れさせればいいことだ。俺はおまえの友達だって言ったよな。おまえとはしっかり綱で結ばれている。今ほど俺がおまえに尽くしたことはないはずだ。財布に金を一杯に詰め込んでおけ。戦争に付いて来るんだ。付け髭で顔を変えてな…。よく聞けよ、財布に金を一杯に詰め込んでおけ。デスデモーナがいつまでもムーア人などを愛し続けるとは思えない。財布に金を一杯に詰め込んでおけ。ムーア人にさえ同じことだが、彼女には衝撃的な始まりだった。いずれ分かるが、それに見合った別れとなるだろう。財布に金を一杯に詰め込んでおけ。ムーア人など移り気なんだ。金を財布に一杯に詰め込んでおけ。ムーア人にとって目下のところ、デスデモーナは甘美な味のローカスト[11]だが、すぐにあの女はコロシント[12]になるだろう。ムーアの体に飽きてきたなら、あの女はきっと若い男に乗り換える。自分の選択が間違っていたと気付くだろうよ。そのときのために財布に金を一杯に詰め込んでおけ。自殺するなら、溺死よりはましな死に方を考えておくことだ。できる限り金を集めろ。放浪の野蛮人と狡猾なヴェニス女の神聖で脆（もろ）い誓いは、知恵がある俺と地獄の悪魔が寄ってたかってちょっかいを出せば、どうにでもなる。そうなれば、おまえはあの女を楽しめるんだからな。だから金を用意し

11　地中海付近のフルーツ。「イナゴマメ」［植］やスイカズラ［植］に似ている。

12　キプロス島などで栽培される小型のスイカのようなフルーツ。果肉は強烈な酸味があり、薬用として下剤にも用いられる。

ておけ。身投げなんてクソ食らえだ。問題外だ。あの女を知らず
して、溺れ死ぬより、たっぷりと楽しんでから縛り首にでもなる
ほうがまだましだろう。

ロダリーゴ　この件でおまえを頼りにしていたら、俺の望みを叶え
てくれるのか？

イアゴ　任せろよ。さあ、金を集めてこい。これまでも何度も言っ
たことだが、何度でも繰り返す。俺はムーアが大嫌い。その原因
は心の中にグサッと刺さっている。おまえにも俺に劣らずそれな
りのわけがあるはずだ。奴に対するリベンジで手を組もう。おま
えが奴の妻を寝取れば、おまえには快楽となり、俺にとっては気
晴らしになる。「時」という子宮の中で多くのことが起こった後
で、いずれ結果は生まれくる。さあ前進だ。金の用意をしておけ
よ！ このことは、また明日話そうぜ。じゃあ、またな。

ロダリーゴ　朝ならどこで会うんだい？

イアゴ　俺の家で。

ロダリーゴ　朝早く行くからな。

イアゴ　さあ行きな！ 聞こえたか？ ロダリーゴ。

ロダリーゴ　何て言ったんだ？

イアゴ　もう、「身投げはやめろよ」って。

ロダリーゴ　気が変わったよ。俺の土地をみんな売る。（退場）

イアゴ　こうやって俺はいつでも馬鹿の財布を手に入れる。こんな
馬鹿を相手にし、時間を無駄に使うなら、俺の経歴にケチがつく。
だが、俺の気晴らしと利益にもなるのならまあそれもいい。俺は
ムーアを憎んでいる。それに奴は、俺の代わりに俺のベッドで俺
がするべき妻への務めをやっているという噂だ。本当なのかどう
なのか、真偽のほどは分からないが、こうしたことの疑いは信じ

ることにしているからな。奴はこの俺を信用している。目的が達成されたら、それだけ奴にダメージがあるだろう。キャシオなど見かけはハンサムだ。それでだな、キャシオの地位を手に入れて俺の思いを遂げたなら、キャシオとオセロを一挙打倒だ。どうやるか… その仕方… しばらく経って、オセロの耳にキャシオが特に奴の妻には親し過ぎだと言ってやる。キャシオなら風采が良く、人当たりが柔らかだ。そのことで勘違いをされやすい。女をハメるという嫌疑がかかる身のこなしだからな。ムーアときたら率直で大らかな性質だ。見ただけで正直なのはすぐ分かる。ロバのように鼻先を掴み、易々と引き回せるな。分かったぞ！ 悪は生まれた！ 地獄と闇がこの壮大な企てを世に送り出す。（退場）

オセロ

第2幕

第1場

キプロス島の港 波止場近くの広場

（モンターノ、紳士1＆2登場）

モンターノ　岬から海を見ていて、何か見えるか？

紳士1　全く何も見えません。ただ、高波が逆巻いています。空と海との間には帆影は一つも見えません。

モンターノ　陸でも風が激しくなってきた。城壁にあれほど強く吹きつけるのは初めてだ。海でこれほど荒れたなら、硬い竜骨でさえ持ち堪えると思えないな。何か情報は入ってきているか？

紳士2　トルコ艦隊はバラバラになった様子です。波しぶき立つ海辺に行くと、風の鞭を受けて猛り狂った大波が雲を懲罰するかのように、強風に煽（あお）られた波しぶきが輝き渡る小熊座に降りかかり、定位置にある北極星を守っている星たちの光を掻き消してしまっています。これほどの狂暴な海は見たことがありません。

モンターノ　トルコ艦隊が湾にでも待避していないのなら、確実に大破するな。この大嵐を乗り切って持ち堪えるのは不可能だ。

（紳士3登場）

425

紳士3 皆さま、朗報ですぞ。戦争は終わったのです。無敵の嵐が
トルコ艦隊を壊滅させて、遠征の続行はできなくなった模様です。
ヴェニスから来た味方の船が、敵の艦隊の大半は破損して動きが
とれなくなっているのを目撃したと、情報を寄せてきています。

モンターノ 何だって ?! それは本当か !?

紳士3 もうその船は入港を済ませています。ヴェローナ所属の船
であり、勇敢なオセロ将軍の副官であるマイケル・キャシオとい
うお方がご着任されました。将軍は今もって海上ですが、全権を
委任されてキプロス島を目差しつつ航行中です。

モンターノ 歓迎すべき知らせだな。総督として相応しい人物だ。

紳士3 しかし、このキャシオ、トルコ艦隊の損害の件を話すとき、
安堵の様子であったのですが、将軍の話題になると顔色を変え、
その無事を祈られました。お二人の船は激しい嵐が起こる中でお
互いを見失ったというのです。

モンターノ ご無事をここで祈りましょう。実は、私も将軍に仕え
たことがあるのです。あの方は立派な武人です。さあ海辺に行き
ましょう。港に着いた船を見て、海の青さと空の青さが交わるぐ
らい遠くまで、じっと目を凝らしてオセロ将軍を待ちましょう。

紳士3 では、参りましょう。一時（ひととき）も目を離さずに、新たな船の到
着を待つのです。

（キャシオ登場）

キャシオ 要塞の島を守られている勇者の方々、ありがとうござい
ます。また将軍を賞賛して頂き、感謝致します。ああ、天よ、大
自然の猛威から将軍をどうかお守りください！ 危険な海で将軍

と別れ別れになりました。

モンターノ　将軍の船は充分な装備がなされたものですか？

キャシオ　頑丈な船を操縦する者達は経験豊富で、とても評判もいい。だからといって、安心しきるわけではありませんが、絶望でなく、希望をしっかりと持っております。（奥で「船だ船だ、船が見えたぞ！」の声）

（使者登場）

キャシオ　あの声は？

使者　町はもう空っぽですよ。海辺には鈴なりの人だかりです。「船だ！」と叫び、騒いでいます。

キャシオ　総督の船だといいが…。［大砲の音］

紳士2　礼砲ですね。味方の船だ。

キャシオ　どうか港に行ってみて、誰が着いたか確認をお願いします。

紳士2　承知しました。（退場）

モンターノ　お聞きしますが、将軍はご結婚されたのですか？

キャシオ　幸いなこと、噂に上る絶世の美女を娶られました。それはもう筆舌に尽くせぬほどの美しさで、女性としての完全無欠のお姿をなさっています。

（紳士2登場）

どうでした？　着いたのは誰ですか？

紳士2　将軍の旗手、イアゴです。

キャシオ　良い潮に乗り、快速船となったのですね。嵐や高波、う
　なる風、海に潜んだ岩場や浅瀬が、それぞれに美意識を持つかの
　ように、人を死に誘う生まれ持っての気性を抑え、神が造ったデ
　スデモーナを安全に通してくれたようですね。

モンターノ　デスデモーナとは誰のことです？

キャシオ　今、お話しした女性のことです。将軍の奥さまで、大胆
　不敵なイアゴが護衛をして、ここまで来られたのです。予想した
　より７日も早いご到着です。ああ、神よ、将軍をお守りください。
　あなたの息吹が強くなり、将軍の船の帆を孕ませてください。威
　風堂々としたその船が港町を祝福し、デスデモーナを腕に抱き、
　愛の囁きを交わされて、我々の萎縮した志気を火と燃え上がらせ
　てくださるように！　どうか、キプロス島に本来の心地良さを取
　り戻させてください。

　（デスデモーナ、イアゴ、ロダリーゴ、エミリア、従者達登場）

　船の宝がお着きになった。キプロスの方々よ、天からの贈り物で
　ある総督夫人に跪き、お迎えください。ようこそここへお越しく
　ださいました。神の祝福があなたの上に、そして身の回りすべて
　にも降り注ぐように願っています。

デスデモーナ　ありがとう、雄々しいキャシオ。主人のことですが、
　何かお変わりありました？

キャシオ　まだ、ご到着なされていないのです。消息も掴んではお
　りません。でも、きっと無事な姿で来られるでしょう。

デスデモーナ　ああ、心配なことだわ。どうして別々になられたの
　です？

キャシオ　空と海との激烈な諍いで引き裂かれ、別れ別れになりました。（奥で「船だ！ 船だ！」の声 ［大砲の音］）聞こえましたか?! 大砲の音がします。

紳士2　要塞には祝砲だ。味方の船のようですね。

キャシオ　何があったのか、見に行ってもらえます？（紳士2 退場）旗手のイアゴ、よく来てくれた。〈エミリアに〉歓迎します。気分を害したりしないでください。この大胆な礼儀作法はフィレンツェ生まれの僕にとっては慣例なんです。（エミリアの頬にキスをする）

イアゴ　妻が俺にガミガミとがなり立てるのと同じほど頻繁にキスをしたなら、もうやめてくれと思うでしょうな。

デスデモーナ　あら、エミリアはそんなにも口数は多くないわよ。

イアゴ　いえいえ、妻はしゃべり過ぎです。俺が眠くなったときでも、話をやめてくれないのです。奥さまを前にして言いにくいことですが、俺が思うに、言いたいことは胸にしまって口に出さずにブックサと鬱憤を晴らしています。

エミリア　そんなことを言われる筋合いは何もないわよ。

イアゴ　いや、とんでもないね。あり過ぎるほどある。外に出たなら、おまえなんかは絵のように口は利かない。居間ではキンコンカンと騒音を出すので癪に障る。台所では使用人にはガミガミ怒る悪女で、悪巧みなど聖女のような顔でする。怒らすと悪魔に変身だ。家事のことなら遊び人、ベッドに入りゃ働き者だ。

デスデモーナ　まあ、何てこと仰るの。お口が悪い。

イアゴ　いえ、本当なんです。嘘ならば、この俺は異教徒だ。〈エミリアに〉おまえなんかは起きるのは遊ぶため、ヤルために寝るんだからな。

エミリア　貶すことしか知らないんだね。

イアゴ　まあそんなところだ。

デスデモーナ　私のことを褒めるならどう言うつもり？

イアゴ　奥さま、それはご勘弁を。他人の非難をする以外、全くの能無しでして…。

デスデモーナ　やってみたならできますわ。誰か港に行ってくれました？

イアゴ　はい、行かせました。

デスデモーナ　〈傍白〉浮かれた気にはなれないけれど、そう振る舞って不安な気持ちを見せないようにしなければ。〈イアゴに〉さあ、褒めてみて。

イアゴ　やってみましょう。でも、鳥もちがウールの布にくっついて離れないように、なかなか声に出てこないですね。無理矢理に出したなら、脳の中身も引き連れられて出てきそうです…。あっ、言葉の女神が産気づき、生まれましたぞ。

　　　もし あなた 美しく 賢明ならば

　　　美と知恵は 友となり

　　　一つは隣 隣は隣の 手を取るなり

デスデモーナ　お上手ね。では、肌が黒くて賢明ならば？

イアゴ　色が黒くて知恵があるなら、黒に似合うのは白人ですね。[13]

デスデモーナ　あまり上手とは思えませんね。

エミリア　美しいのに馬鹿だったなら？

イアゴ　美しい女には馬鹿はいないな。バカな真似をして、夜のトリ[14]となったとしても、アト始末をちゃっかりしていて

13　原典 "white" の同音異義語の "wight"「人」との Sh. のシャレ。

14　夜鷹（江戸時代？ 路上で客を引く売春婦）。

アトトリを生む。

デスデモーナ　居酒屋で馬鹿な人達を笑わせる使い古した駄洒落ですね。醜くて馬鹿だったならひどいことを言われそうだわ。

イアゴ　醜くてそれに加えて馬鹿だとしても、美人で賢い人と同じで、悪ふざけならやっています。

デスデモーナ　まあ、何てこと仰るの?!　最悪のものを褒めるのね。本当に価値ある女性─ 徳の効果で悪意さえ善意に変える人のことよ─ そんな人が現れたなら、どのように讃えるのです?

イアゴ　そうですね。美しさ誇ることなく、言葉巧みに使い分けができる人。大声を出さずに、裕福でも華美にもならず、願う望みは控え目で、言うときは「お願いがあるのですが」と慎ましやかである人。叱責を受けたとき、言い返すことができたとしても、それを抑えて不快感など心から追い払うことができる人。つまらぬ物の良い部分と、良い物のつまらぬ部分を取り違えるほど知恵が回らぬ人でなく、思慮深く、心は明かさず、言い寄る者に見向きもしない人。このような女性が理想像です。─ そんな女性がいたならばですが─ 儚い夢です。

デスデモーナ　そういう人は普段は何をしているの?

イアゴ　赤ん坊に授乳をしたり、家計簿をつけたりと…。

デスデモーナ　説得力がなく、つまらない結論ですね。エミリア、この人はあなたの夫でしょうが、まともに聞くのはよくないかもしれませんね。ねえ、キャシオ、あなたは彼をどう思っているの? とても下品で不道徳な護衛の方ね。

キャシオ　この男、ずけずけと物を言います。学者とは思わずに、兵士扱いすればいいのです。（キャシオとデスデモーナは舞台の脇に退く）

イアゴ 〈傍白〉見ろ、あいつ。女の手を握ったぞ。上出来だ。ほら、囁いている。このちっぽけなクモの巣で、キャシオという大きなハエを捕まえてやる。ほら、あの女、微笑んでいる。フィレンツェ風のその礼儀へのお仕置きで、おまえには足枷をはめてやる。おまえが言うのはその通りだ。実際そうだ！ ― 自分の指を口に当てキス[15]をして、紳士気取りをしているが、そのことで副官の職は取り上げられることになる。なんだ、またやっているのか?! 勝手にしやがれ。あれが、その礼儀作法だ。指をまた唇に…。浣腸器でも突っ込めばいい！［トランペットの音］ムーア将軍！ 将軍のトランペットに間違いはない。

キャシオ その通りです！

デスデモーナ お迎えに参りましょう。

キャシオ ああ、もうお見えです。

（オセロ、従者達登場）

オセロ ああ、麗しの我が戦士！

デスデモーナ 愛しいオセロ。

オセロ わしより先にここに来ているおまえに会えて、思いもかけぬ喜びであり、感激だ。心の底から嬉しく思うぞ。嵐の後にこのような静けさがあるのなら、死者などを起こすまで風が吹けばいい。苦しむ船がオリンポスの山ほど高く海の波に持ち上げられて、天から地獄へ落ちるかのように逆落しにあったとしても構わない。今、死ぬのなら幸せの絶頂のときかもしれぬ。わしの魂は絶対的

---

15 貴婦人の前に出たときの礼式。貴婦人の手に触れた指（人差し指、中指、薬指）に自分の唇を触れる仕草。

に満ち足りて、これほどの幸せはまだ見ぬ未来にもう二度と味わえないという気がする。

デスデモーナ　私達を包む愛や喜びなどは、日を重ねればますます増えていくでしょう。

オセロ　天の神々、そのように祈っています。満ち足りた今の気持ちは言葉にはならない。（胸に触れ）ここにつかえて出ないのだ。喜びが大き過ぎだな…。我々の胸の動悸が最大の不協和音だ。さあこれを。（二人はキスをする）

イアゴ　〈傍白〉今のところは調子は合っているようだ。だが、俺はいずれそのうちピンを弛めて、音の調子を狂わせてやるからな。この俺は正直者で通っている。

オセロ　さあ、要塞へ行きましょう。良い知らせです、皆さま方よ。戦争は無くなりました。トルコ艦隊は沈没ですぞ。この島の旧友達は元気でいますか？　デスデモーナよ、おまえはきっとキプロス島で歓迎される。わしも随分お世話になった。おや、これは取り留めのない話をしていた。幸せ過ぎてこの頭は混乱している。おい、イアゴ、港に行って、わしの荷を降ろしておけよ。そのあとで、船長を要塞に連れてきてくれないか？　立派な男なのだから、丁重にもてなすように。さあ行こう、デスデモーナ。よくキプロスに来てくれた。ありがたく思っておるぞ。（イアゴ、ロダリーゴ以外退場）

イアゴ　〈出て行こうとする従者達に〉港で待っていてくれ。〈ロダリーゴに〉こっちへ来いよ。おまえにもしも勇気があるなら━一世に言われていることだが、恋をしたなら男はみんな男らしさが際立つと━　よく聞けよ、副官は今夜は警備で詰め所にいることになっている。まずこれだけは言っておく。デスデモーナは確実

に奴に惚れている。

ロダリーゴ あの男にか？ 嘘だろう。信じられないな。

イアゴ （唇に指を当て）おまえの指をここに置き、俺の話を黙って聞けよ。覚えておくんだ。あの女は衝動的にムーアなんかに惚れたんだ。奴の語った自慢話や架空の話を聞かされて、ホラ吹き話など今すぐに吹き飛んでしまう─ その気になったが、常識があるのなら分かるはずだろう。あの女にも目の保養が必要だ。悪魔を見続けたりして、何の保養になるものか。体の火照りが冷めてきたなら、新しく欲望を燃え立たせるのに決まっている。美形の顔の男や同年代で作法や美意識を共有できる男が必要だ。そのすべてがムーアには欠けるものだ。共有すべき資質が欠落しているために、彼女が備える繊細な優しさが踏みにじられて、胸の内には不満が鬱積し始めて、ムーアのことに嫌悪感を抱き始めて、奴のことが疎ましくなる。そうなると、本性が現れて別の人を探し始める。よく考えろ。この条件が整うと、階段でいうのならキャシオほど上段に立つ男はいないだろう。まず口が立つ。見せかけだけの礼儀作法で良心の欠片さえない。好色で不潔な情欲を隠し持つあいつ以外に誰がいる ?! 問題はあの男！ 抜け目がなくて狡猾だ。絶好の機会を狙い、機会が無いならそれを自分で作り出す悪魔的な人間だ。それにだな、奴は若くてイケメンで、世間知らずの馬鹿な女が欲しがりそうな必須条件を完璧に備えている有害な人物だ。それなのに、あの女はもう奴に目をつけている。

ロダリーゴ 彼女がそうとは信じられない。彼女には神が与えた良き気質が備わっている。

イアゴ 神が与えた気質だと ?! あの女が飲むワイン、その辺に転がっているブドウからできている。神様と繋がっているのなら

ムーアなんかを愛するわけがないだろう！ 間抜けな奴だ。あの女がムーアの手を優しく撫でているところを見なかったのか？ 気付かなかったのか?!

ロダリーゴ　ああ、見たよ。でも、あれは普通のことだ。

イアゴ　いや、絶対に淫らな行為だ。欲望の歴史やら邪悪な思いの物語の前書きで、劇で言うなら序幕に当たるものなんだ。あの二人、唇と唇が寄り添って、息と息とが抱き合っていた。悪党らしいやり口だ。そうだろう、ロダリーゴ。この親密さの先駆けとしてのリハーサルだ。次に来るのは契りを結ぶ本番だ。なんてことだよ！ おい、俺の言う通りにするんだぞ。ヴェニスからおまえを連れて来てやったのは、この俺だからな。今晩は寝るんじゃないぞ。俺の指図に従って言われた通りにやるんだぞ。キャシオはおまえのことは知らないからな。適当な距離を保って俺はそばにいるようにする。なんとか工夫をして、キャシオの奴を怒らせろ。大声を出して騒ぐとか、軍人としての能力にケチをつけるとか、なんだって構わないから。臨機応変にやるんだぞ。それが一番肝心だ。

ロダリーゴ　よし、分かった。

イアゴ　奴はなあ、軽率で怒りっぽいから、ひょっとして殴りかかってくるかも分からない。挑発するんだ。それを契機にこの俺はキプロスの連中を焚き付けて、騒動を起こさせてやる。その連中の暴発を食い止める唯一の方法は、キャシオの罷免ということになる。この計画を推し進めれば、おまえの欲望が叶えられる日が近くなるのは間違いない。障害が無くならないと、俺達の成功の見込みはないぞ。

ロダリーゴ　成功のチャンスがあるのならやるからな。

イアゴ　成功は保証する。じゃあ、あとで要塞のところで会おう。この俺は奴の荷物の陸揚げ作業だ。では、またな。

ロダリーゴ　では、要塞で。（退場）

イアゴ　キャシオがあれに惚れているのは確かなことだ。あの女がキャシオを愛していることもあり得ることで、説得力がある。ムーアの奴には我慢できないが、誠実で情が厚くて高潔な人物だ。あえて言うなら、デスデモーナの理想の夫となるだろう。さて、問題はこの俺もデスデモーナを愛しているってことなんだ。情欲だけじゃないからな。ひょっとしたらそうかもしれないが…。本当は、復讐心に駆られているんだ。あの好色のムーア人、俺のベッドに潜り込み、俺の妻を寝取ったという疑いが心にあって、毒を盛られた人のよう内臓が煮えくり返る。やられたら、やり返す。そうでないなら、俺の怒りが収まらないぞ。目には目を！妻には妻を！　それが無理なら、ムーアの奴を嫉妬の海で溺れさす。そのために、ヴェニスの馬鹿をけしかけて襲わせようと、今のところは馬鹿を繋ぎ止めている。解き放ったときには、マイケル・キャシオを仕留めてやるぞ。ムーアにはキャシオの悪口を吹き込んでやる。キャシオさえ俺の妻を寝取ったという噂があるからな。ムーアには俺のことを気に入らせ、礼を言わせて、ご褒美を弾ませるように仕向けるからな。俺は奴をロバにして乗り回し、穏やかで安らぎの日々を混乱させて、そのお礼を頂戴する。（額を手で叩き）考えはここにある。だが、筋道がまだ立っていない。悪巧みの実相などは、その正体が現れるまでは見えないものだ。（退場）

オセロ

第2場

路上

（伝令官登場）

伝令官 勇敢で高潔なオセロ将軍が発表された宣言を布告します。トルコ艦隊が全滅したという確実な情報が入り、各個人がそれぞれに勝利を祝い、かがり火を焚き、それを囲んで踊って遊び、思いのままに楽しまれると良いとのことです。戦勝の祝いに加え、将軍の結婚の祝賀もあって、将軍の名において次の発表がありました。今の5時から鐘が鳴る11時まで飲食は無料です。どうぞ自由にお過ごしください。キプロス島と将軍に神の祝福がありますように！（退場）

第3場

要塞の広間

（オセロ、デスデモーナ、キャシオ、従者達登場）

オセロ キャシオ、今夜の警備は任せたぞ。楽しむことも、限度を弁^{わきま}え、行き過ぎることがないように注意してくれ。

キャシオ イアゴにすべてを任せています。でも、私は自分の目で警備のことは確認します。

オセロ イアゴなら信頼できる。明日の朝、できるだけ早く会って

話がしたいのだ。〈デスデモーナに〉さあ行こう。結婚の儀式は済んだ。結婚を完全に成し遂げて、その喜びを分かち合おうぞ。〈キャシオに〉では、おやすみ。（オセロ、デスデモーナ、従者達退場）

（イアゴ登場）

キャシオ　ちょうど今、待っていたところだった。イアゴ、さあ夜警に行こう。

イアゴ　副官、少し早過ぎやしません？　今はまだ10時前です。将軍はデスデモーナが愛しくて、早々と退出されました。少しぐらい夜警が遅くなっていようと叱責されることはないでしょう。将軍はまだ一晩も彼女とはご一緒に過ごされていない。ジュピター¹⁶でさえ、愛を求めてもおかしくはないほど素敵な女性ですから。

キャシオ　非のつけどころがどこにもない素晴らしい女性だ。

イアゴ　はっきり言って、男心を誘い込む女性です。

キャシオ　本当に初々しくて上品な女性だな。

イアゴ　あの目はすごく挑発しています。

キャシオ　その目には引き込まれそうだ。だが、とても慎み深い。

イアゴ　話をすると、その声は恋心を目覚めさせる朝の鐘です。

キャシオ　完璧な女性だな。

イアゴ　二人の夜に祝福を！　さあ、副官、ワインの用意が整っています。キプロスの紳士が二人、外で将軍の健康を祝して一杯や

16　ローマ神話。宇宙や天候を支配する正義と慈悲の神であるが、（子孫を増やすために？）多くの女性と関係を持つ。

ろうと今か今かと待っています。

キャシオ　今夜はだめだ。僕は酒に弱いんだ。他の何かの祝い方はないのかい？

イアゴ　だって、みんなは仲間です。ほんの一杯だけにして、あとはこの私が飲んであげます。

キャシオ　正直言うと、その一杯はもう飲んできた。それもこっそり水で薄めて。ところが、それがどんな変化をもたらしたのかは見てみるがいい。（頭を叩いて）僕の弱みはこれなんだ。この弱み、さらに弱くはしたくない。

イアゴ　情けない。副官はそれでも男なのですか？　お祝いの夜ですよ。みんながあなたを待っています。

キャシオ　どこにいるのだ？

イアゴ　ドアの外です。入れてやってはくれません⁈

キャシオ　気が進まないが、そうしよう。（退場）

イアゴ　今夜、奴はもうすでに一杯飲んでいる上に、さらに続けて飲ませたら、若い女が連れ歩く犬のようにギャンギャンと吠え立てるはず。さてもう一人だが、デスデモーナに恋狂いのロダリーゴだが、今夜こそ大酒を飲んで楽しみ、その後で夜警に出るぞ。その他に、キプロスの三人の若者が自分の名誉を傷付けないようにして、意気揚々とやって来る。彼らには酒をもう浴びるほど飲ませてやった。そいつらも夜警になるぞ。酔っぱらいに囲まれて、キャシオには大騒ぎをしてもらう。ああ、奴がやって来た。

（キャシオ、モンターノ、紳士達登場）

もし、結果が思い通りになったなら、風も良く潮も良く、万々歳

となるだろう。

キャシオ　もうだめだ。大酒を飲まされた。

モンターノ　大げさなことを言う人だ。小さなコップ 1 パイント[17]も入ってはいませんよ。名誉に懸けて嘘ではありません。

イアゴ　おい、酒だ！

（歌う）ちっちゃなカンで キンコロカン

　　　　　ちっちゃなカンで キンコロカン

　　　　　兵士だって 人間さ 人の命は 儚くて

　　　　　だから 兵士は 酒を飲む

さあ、酒だ、酒。酒などをもっと持ってこい。

キャシオ　ああ、それはヤバイ歌だな。

イアゴ　イングランドで覚えた歌だ。イングランド人はめっぽう酒に強いんだ。デンマーク人、ドイツ人、太鼓腹のオランダ人——おい飲めよ—— イングランド人には適わない。

キャシオ　イングランド人はそんなに酒に強いのか？

イアゴ　イングランド人はデンマーク人を酔い潰し、ドイツ人なら飲み崩すのに汗もかかない。オランダ人なら酔いどれにしておいて、悠々自適、次にジョッキで注文している。

キャシオ　将軍に乾杯だ！

モンターノ　私も一緒に乾杯だ！ 副官のあなたのために乾杯だ！

イアゴ　ああ、麗しの イングランドよ。

（歌う）スティーブン王 立派な貴族

　　　　　買ったズボンの 値段はわずか 1 クラウン[18]で

17　イングランドなどのビールの量の単位。（568ml）。
18　イングランドの貨幣。1 クラウン＝ 5 シリング＝12 ペンス。よって、1 クラウンは 60 ペンス。1 割はわずか 6 ペンス。王は高慢でケチ。

1割は 値引きしろと 仕立屋に 怒鳴りつけ

　　王さまは 位が高く 知名人

　　おまえは身分 何もなく ただの平民

　　プライドが 国を滅ぼす

　　古いマントを 身に着けて 暮らしてりゃ それでいい

　さあ、酒だ！

キャシオ　この歌は先ほどの歌よりもっと優れた歌だ。

イアゴ　もう一度歌いましょうか？

キャシオ　もういいよ、こんな馬鹿騒ぎをする者はまともじゃない
　と思うから、天上の神が救おうと思われる魂があれば、そうでな
　い魂もあるからな。

イアゴ　仰る通りです、副官。

キャシオ　僕自身─ 将軍や上官の方々を非難する気はないから─
　救われたいと思っている。

イアゴ　私も同じで…。

キャシオ　そう、その通りだが、言っておく。僕より先じゃないか
　らな。副官は旗手より先に救われるべし。この話はこれぐらいに
　し、仕事にかかる。─ 神よ、我らの罪を赦し給え。さあ、みん
　な仕事だ、仕事。この僕は酔っぱらってはいないからな。これは
　僕の旗手。これが右手、これが左手だ。酔ってはいない。しっか
　りと立っているし、しっかりと話もしている。

一同　それは全く素晴らしい。

キャシオ　そう、その通り。僕が酔っているなんて思ってはだめ。

　（退場）

モンターノ　さあ、諸君。砲台のある平地の所で夜警開始だ。

イアゴ　今、出て行ったあの男は英雄シーザーの側近に相応しく、

指揮も上手な軍人だ。だが、ご覧の通りあの悪癖が…。長所が短
所で台無しになっている。残念なことだ。オセロ将軍の信頼を裏
切って、あの悪癖でこの島に何らかの騒動を引き起こしたりしな
いかと心配です。

モンターノ　副官によくあることか？

イアゴ　あんなことなど眠りの劇の序幕です。酒が入って揺り籠気
分ではないときなら、丸一日も警備ができる人ですが…。

モンターノ　将軍のお耳に入れておいたほうがいい。将軍はご存知
なのか？　あの性格ですので、キャシオの長所だけを見て、短所
など目に入らないかどちらかだろう。そうではないか？

（ロダリーゴ登場）

イアゴ　〈ロダリーゴに〉どうかしたのか⁈　ロダリーゴ。副官の
あとを追うんだ。さあ早く！（ロダリーゴ退場）

モンターノ　ムーア将軍、そんなお方がご自分の副官に根の深い悪
癖がある軍人を任命しているのなど見ていられませんな。将軍に
お伝えするのが筋ですね。

イアゴ　この島をあげるからと言われても、私にはできません。
キャシオのことが好きだからです。彼の悪癖を治そうと思ってい
ます。（奥で、「助けて！　助けて！」の声）おや、何でしょう？
あの騒ぎ…。

（ロダリーゴを追ってキャシオ登場）

キャシオ　おい、こらっ！　ろくでなし！　悪党め！

オセロ

モンターノ　どうしたのです?!　副官。

キャシオ　この悪党が僕に指図をするので…。酒樽の枝編み籠にお
　まえを叩き入れてやるからな。

ロダリーゴ　叩き入れる⁉

キャシオ　まだ言うのか⁉　このゴロツキめ！（ロダリーゴを叩く）

モンターノ　まあ、副官！　おやめなさい。（制止する）

キャシオ　どうかその手をお放しください。放さないと、あなたの
　頭を殴りつけますよ。

モンターノ　まあまあ、あなたは酔っぱらっていますね。

キャシオ　酔っていると⁉（二人は剣で闘う）

イアゴ　〈ロダリーゴに〉逃げろ！　ここから外に出て「暴動だ！」
　と叫べ。（ロダリーゴ退場）まあ、副官、おやめください、お二
　人共に。おーい、誰か来てくれ！　副官、モンターノさま！　みん
　な集まれ。ひどい夜警になったものだな。［鐘が鳴る］あの鐘を
　鳴らすのは、一体誰だ？　悪魔の仕業か⁉　町中が騒ぎ出します。
　やめてください、副官。一生の不覚になります。

（オセロ、従者達登場）

オセロ　何事だ⁉　これ。

モンターノ　やられました。血が止まらない。致命傷です。殺して
　やる！

オセロ　やめろ！　やめないと命がないぞ！

イアゴ　おやめください。副官も、モンターノさまも、双方共に。
　場所や仕事のことをお考えくださって、今すぐに！　恥ずべきで
　すよ。将軍の命令ですから。

オセロ 一体これはどうしたことだ⁈ 原因は何なのだ⁈ 我々は異邦人となったのか？ 天が厳しく異邦人に禁じたことを、同国人を相手にし、それをするのか⁉ 野蛮な喧嘩はキリスト教徒の恥である。怒りに任せ、暴力を振るうのは己の命を軽く見ることだ。一歩でも動くなら、わしが斬る。耳を劈(つんざ)くあの鐘の音を止めてこい。あの音はキプロスの住人の平静さを脅(おびや)かすものだ。二人ともどうかしたのか？ 誠実なイアゴなど悲嘆にくれて、顔面が蒼白になっている。話すのだ、イアゴ。誰がこれを始めたのか、正直に言ってくれ。

イアゴ 私には分かりません。今の今までお二人は花婿と花嫁がベッドに向かうときのように仲睦まじくされていたのが突然に、どこかの星が二人の気でも狂わせたのか、二人とも剣を抜き、相手の胸に切っ先を向けて、斬り合っておられたのです。わけの分からないこの喧嘩の理由は存知ませんが、そんなことに関わるのなら戦争で足でも失くし、歩けないほうがまだましです。

オセロ マイケル[19]、どうしておまえは我を忘れたのだ？

キャシオ 申し訳ありません。言葉にはなりません。

オセロ モンターノ、あなたは礼儀正しい若者だ。若いのに生真面目(きまじめ)で堅実である。世間にも認められ、賢明な人達の間でもあなたの名前がよく上がっている。それなのにこんなことで評判を落とし、あなたが得た人望が失われ、夜の悪党と呼ばれてもおかしくはない。このわしの質問に答えてはくれないか。

モンターノ 将軍、私は深手を負っています。あなたの旗手のイアゴがきっと答えてくれるでしょう。私は話をするのさえも苦しい

---

19 オセロが、キャシオという苗字ではなく、名前で呼ぶことで、怒りではなく、悲しみに満ちた親愛の情が示されている。

のです。そこにいるイアゴがこの経緯のすべてを知っています。自己保身は時として悪徳となりますが、暴力的に襲われたときの自己防衛が罪にでもならない限り、私は罪を犯してはおりません。

オセロ ああ、何てことだ！ わしの血の勢いが安全弁を壊し始めて、激情が判断力を狂わせて、迷走させる。一度(ひとたび)わしが動いて、この腕を上げたなら、おまえ達の一人ひとりがわしの叱責を免(まぬが)れることはないだろう。この騒動がいかにして始まって誰が煽動したのかを言い給え。その罪の責任の所在が確定したなら、それがわしとの双子の兄弟だったとしても容赦はしない。何たることだ⁉ 戦争が起ころうとした町で、まだその余波があり、人々の心には恐怖感が渦巻いているというのに、私憤で死闘を繰り広げるのは以ての外だ。しかも、それが真夜中で、治安を守る詰所でとは！ 悍ましいにも程がある！ おい、イアゴ、誰が始めたのか⁉

モンターノ もし、おまえが偏(かたよ)った仲間意識で真実と異なった証言をしたのなら、おまえは軍人以下となるからな。

イアゴ 痛いところを突いてこられる。副官に罪を負わせるのなら、自分の舌を切り取るほうがまだましですね。でも、じっくりと考えたなら、真実を語っても彼が不利とならるわけがない。将軍、真実はこうなのですが…、モンターノさまと私が親しく話をしておりますと、「助けてくれ！」と大声で叫ぶ男が駆け込んで来たのです。それに続いて、抜き身の剣を振りかざし、その男を斬りつけようと、副官が乱入してきたのです。モンターノさまが、割って入って副官を止められて、私は走り回って叫ぶ男を追いかけて、町の人達が恐れたりせぬように、取り押さえようとしたのです。— 結局はこんなことになりましたが— その男は逃げ足が

速く、追いつくのは無理でした。しかたなく引き返したら、剣が
触れ合う音がして、副官の罵声が聞こえたのです。そのような声
を上げられるのは今夜まで一度たりともなかったことで、その後、
急いで戻ってみると、お二人は接近戦で激しくお互いの剣で斬り
合っておられました。しつこくそれをお続けのときに、将軍が自
ら引き分けられた次第です。これが、私の報告のすべてです。人
間はやはり人間ですね。立派な人もときには自分を忘れるようで
す。確かに副官はこの方に切り傷を与えましたが、人間はカッと
なったら好意を寄せる人にさえ暴力を振るうことがあるのですね。
副官はきっと逃げた男に忍耐の限度を超えるひどい侮辱をされた
に違いありません。

オセロ　イアゴ、分かっておるぞ。おまえにある誠実さやキャシオ
に対する敬愛の念のために、彼の罪を軽減しようとしておるな。
キャシオ、おまえのことは気に入っているが、もうわしの部下に
するわけにはいかん。

（デスデモーナ、従者達登場）

見るがいい。妻までもこのように起こされてしまったではないか。
〈キャシオに〉おまえのことを見せしめとする。

デスデモーナ　どうなさったの？

オセロ　もうすべて解決したから、寝室に戻りなさい。〈モンター
ノに〉あなたの傷は、私が手当てさせて頂く。お連れ致せ。（従
者達がモンターノを連れ出す）イアゴ、町の見回りを任せたから
な。この喧嘩のことで騒いでいる者達を鎮めておけよ。ほら、デ
スデモーナ、軍人の生活などはこんなものだ。心地良い眠りさえ、

このような争い事で妨げられる。（イアゴとキャシオ以外、一同
退場）

イアゴ　副官、あなたも負傷されたのですか？

キャシオ　手術などでは癒やせぬ傷だ。

イアゴ　えっ、まさか？　本当ですか？

キャシオ　名誉だ。名誉、名誉だよ。僕の名誉が消え失せた。自分
自身にあるべきものを失くしてしまい、残っているのは獣の本性
だけだ。イアゴ、僕の大事な名誉が消えてなくなった。

イアゴ　馬鹿正直なこの私、副官は体に傷を負われたのだと思いま
したよ。痛みに対し敏感なのは名誉ではなく体ですから。名誉な
ど取り留めがなく、まやかしのペテンです。役立つことなど何も
していないのに簡単に手に入り、わけも分からず取り上げられる。
名誉など失ったことなど喧伝（けんでん）しなければ、あなたはそれを失くす
ことなどありません。将軍の信頼を取り戻す方法はいくらでもあ
ります。罷免されたのは一時的な方策で、憎悪ではなく政策上の
罰ですよ。傲慢なライオンを脅すため、罪もない犬を鞭打つのと
同じことです。お願いなされば大丈夫です。

キャシオ　軽率で酔いどれで無分別な将校がご立派な指揮官を騙し
たりするのなら、軽蔑してとお願いしたい。飲んだくれで、お
しゃべりで、喧嘩早くて、ほら吹きで、悪口雑言（あっこうぞうごん）をし尽くして、
自分の影に大いばりだなんて。ああ、酒は悪魔だ。名前がないな
ら名付けてやろう「悪魔酒」だと…。

イアゴ　副官が剣を手に持って追いかけていたあの男は何者です
か？

キャシオ　さあ、誰か分からない。

イアゴ　そんなことがあるのですか？

447

キャシオ　多くのことを覚えているが、何一つはっきりとしないの
　　だ。喧嘩はしたが、何のためかは分からない。ああ、人は脳力を
　　奪う酒を入れる口をまず敵として認識すべきだ！　口から入る悪
　　魔酒は喜びや楽しみを与えてくれるが、浮かれ騒いで囃し立て、
　　我々を獣に変身させるのだ。

イアゴ　でも、もう副官は正常に戻られています。どのようにし
　　て元に戻られたのですか？

キャシオ　酔いどれ悪魔が怒りの悪魔に席を譲ったのだ。次々と欠
　　点を見せつけられるので、ほとほと自分が嫌になる。

イアゴ　道徳家として副官は少し厳し過ぎます。時間や場所やこの
　　国の状況から考えますと、あんなことなど起こらないほうが良
　　かったのでしょうが、起こったことなど取り消せません。でも、
　　何とかこれをご自分の将来のために繕われたほうがいいでしょう。

キャシオ　復職をお願いに行ってみる。「この酔っぱらい！」と叱
　　責されたなら、ヒュドラ[20]のように多くの口があろうとも、返す
　　言葉は何もない。真面であった者が、だんだんと馬鹿になり、突
　　然、野獣に変身なんだから。奇妙なことだ！　度を超した酒には
　　悪魔の呪いが潜んでいる。

イアゴ　いえ、いえ、酒は付き合い方さえ考えりゃいい友達です。
　　もう酒の悪口などはやめましょう。副官、私があなたのことを敬
　　愛しているのはご存知だと思うのですが…。

キャシオ　酔ったお陰で、そのことはよく分かったぞ。

イアゴ　あなたでも、誰でもですが、時には人は酔うものですよ。
　　これからどうしたらいいのかをお教えしましょう。目下のとこ

───────────
20　ギリシャ神話。多くの頭を持つ蛇。ヘラクレスによって退治され、「うみへび
　　座」となった。

ろ、将軍の奥さまが我々の「将軍」です。そのように言ったとしても間違いはありません。将軍は考えや評価、指摘は奥さまに委ね、奥さまの資質や美徳に心酔されておられます。奥さまに正直に心の悩みを打ち明けて復職を願われたなら、事がすんなり運ぶかもしれません。奥さまは心が広く、親切で、賢明で清い心の持ち主で、お優しい方なので頼み事を聞いたなら、できる以上のことでもしてあげようと思われる善人です。将軍とあなたを繋ぐ関節が外れたところ、奥さまの添え木があれば― この私の全財産を賭けてもいいです― 将軍とのひび割れも奥さまのお力で癒えて、お二人の絆は以前より強くなるでしょう。

キャシオ　君の忠告は当を得ている。

イアゴ　心から誠意を込めて、正直に思ったことを親切心で言っております。

キャシオ　そう信じている。明日（あす）の早朝、ご立派な奥さまに取り成しを頼むために会いに行ってみる。もし、それでだめなら、もう他の手立ては見つけられない。

イアゴ　その通りです。お休みなさい。今から夜警に出ますから。

キャシオ　おやすみ、イアゴ。（退場）

イアゴ　この俺が悪党だなどと言う奴は誰なんだ?!　俺の与えた忠告は心がこもった誠実なものだ。論理的だし、ムーアの信頼の気持ちを取り戻す絶好の方法だ。寛容なデスデモーナに真摯な気持ちで訴えるのが最良の方法だ。洗礼を取り消して贖罪（しょくざい）の印しのすべてがなくなろうとも、ムーアの心は彼女への愛に溺れて、動きが取れない。すべてのことは神様の意志のように、奥さまの意のままになる。それなら俺はどうして悪党なんだ?!　キャシオへの忠告は、奥さまがすることと同じもの。悪魔が教える道徳教育だ。

449

悪魔が人に最悪の罪を犯させようと誘うとき、天使の姿で現れる。今の俺がちょうどそれに当てはまる。馬鹿正直なあの男、自分の運が開けるようにデスデモーナに働きかける。デスデモーナはしつこくムーアに嘆願するだろう。この俺はその間中、ずっとムーアの耳に毒汁を注ぎ続けてやるからな。あの女が復職をせがむのは、キャシオへの情欲のためだと言ってやる。そうなれば、キャシオのためにデスデモーナが尽くせば尽くすほど、ムーアの信用を失くすことになるのだからな。そうなれば、俺は女の美徳など真っ黒なタール[21]に変えて、女の善意で網を張り、三人一緒に一気呵成に搦め捕ってやるからな。

（ロダリーゴ登場）

どうかしたのか？ ロダリーゴ。

ロダリーゴ　俺はここまで追いかけて、おまえのあとについて来たが、獲物追う猟犬ではなく、遠吠えをする一匹にしか過ぎないんだ。もう金はほとんどすべて使い尽くした。今夜は棍棒でしたたかに殴られた。結末はこうだろう。痛い目に遭って経験を積み、金などは使い果たして、ほんのちょっぴり知恵をつけてヴェニスへ舞い戻るだけだ。

イアゴ　忍耐力のない奴は何と哀れな存在か?! 傷を受けたら治るのは日にち薬だ。俺達は頭を使って生きている。魔法を使ってではない。知恵なんてものは熟成されて知恵となる。時が知恵さえ育むのだぞ。うまくいかない？ おまえはキャシオに殴られた。わずかな怪我で奴はクビ。太陽の光を浴びて花々は開花する。最

21　原典 "pitch"「コールタール」、裏の意味「地獄の刑罰」。

初に実をつけたなら、最初に熟す。もうしばらくの辛抱だ。何て
ことだ！　もう朝だ！　楽しんで行動すると、時が経つのがアッと
いう間だ。宿舎に戻り、おまえは休め。さあ、早く行け！　いず
れ、詳しく話すから。さあ、帰るのだ。（ロダリーゴ退場）二つ
のことはしておかないといけないぞ。俺の女房を使い、キャシオ
とデスデモーナを接近させる。女房にうまくけしかける。その間、
この俺はムーアを二人から引き離し、キャシオが奥さまを口説こ
うとしているところに出会せてやるのだ。そう、この手に限る！
やると決めたら冷めぬうちがいい。今すぐに決行だ。（退場）

451

第3幕

第1場

要塞の前

（演奏家達、キャシオ登場）

キャシオ　みんな、ここで演奏してくれ。礼ははずむから。短いものでいいからな、将軍と奥さまの二人の朝を祝福するご挨拶なんだから。

（道化登場）

道化　演奏家のあんた達の楽器はみんな、華のナポリ[22]へ行ってきたかのように鼻にかかった[23]音を出すな。

演奏家　何ですって？　馬鹿馬鹿しい！

道化　聞いてもいいか？　それは管楽器[24]かい？

演奏家　はい、そうですが。

道化　それなら管（くだ）をつけないといけないな。

演奏家　どうして管を？

22　シェイクスピアはバグパイプを想定している。
23　ナポリの人達は鼻にかかったイタリア語を話し、ナポリは性病に罹りやすい町だと言われていた。性病に罹ると鼻に障害が起こる事例も数多くあったようである。
24　恐らく、バグパイプ。

オセロ

道化　わしの知っている管楽器は管を巻いている。演奏家諸君、さあ金だ。将軍はあんた達の音楽をひどくお気に召されてしまい、もう騒音を中止せよとのご命令だ。

演奏家　それなら演奏はやめましょう。

道化　音を出さない楽器なら演奏しても構わない。音楽を聞くことが将軍はお好きではないとの噂だからな。

演奏家　音のない音楽なんてあるわけがありません。

道化　では、その楽器を袋にしまってくれ。わしは行くからな。さあ、あんた達、どこへなりとも消えていきなよ。（演奏家達退場）

キャシオ　我が友、おまえには聞こえるか？

道化　あんたの友の声なんか聞こえませんが、あんたのなら聞こえています。

キャシオ　冗談はやめてくれ。わずかだがこの金を取っておいてくれ。将軍の奥さまの付き人の女性が起きているなら、キャシオが少し会って話がしたいからと伝えてはくれないか？ やってくれるか？

道化　その人なら起きているよ。こちらに向かって来るのなら伝えてやるよ。

キャシオ　宜しく頼む。（道化退場）

（イアゴ登場）

キャシオ　イアゴ、会えて良かった。

イアゴ　一晩中、ずっと休まれなかったのですか？

キャシオ　僕達が別れる前には、もう夜は明けていた。イアゴ、今、僕は思い切って道化に君の奥さんを呼んでもらったんだ。徳の高

453

いデスデモーナに近づけるように取り成してもらうつもりだ。

イアゴ　すぐさま妻を呼びましょう。私は何とかしてムーア将軍を
お二人のいない所へ連れ出してあげましょう。そうすれば、もっ
と自由に頼み事ができるはずです。

キャシオ　それはとても助かる。ありがとう。（イアゴ退場）フィ
レンツェにこんなに親切で正直な男はいないだろう。

（エミリア登場）

エミリア　副官、おはようございます。将軍の不興を買われたよう
でお気の毒です。でも、きっとうまくいきますわ。将軍と奥さま
はそのことをお話しになり、奥さまは心を込めてあなたのことを
弁護なさっておられました。ムーアさまが仰るには、負傷を受け
たモンターノさまはキプロスで著名人で、有力者との関係も深い。
そうなると、常識的にあなたの罷免は避けられず、ああなった次
第だと仰っています。あなたのことは気に入っているし、誰の取
り成しなどなくても適当な時期を見計らい、あなたのことを復職
させるおつもりのようです。

キャシオ　でも、もしあなたが具合が悪いとお思いでないのなら、
奥さまとほんのわずかの間でいいし、二人っきりで話をさせても
らえませんか？

エミリア　さあどうぞお入りください。ご案内致しましょう。お心
のままにお話しできる所へとお連れ致します。

キャシオ　それはとてもありがたい。（二人退場）

オセロ

第２場

要塞の一室

（オセロ、イアゴ、紳士達登場）

オセロ　イアゴ、この手紙を船長に手渡して、元老院に届けるように言ってくれ。このわしは砲台近くをぶらりと散策しているので、手渡した後にそこに来てくれ。

イアゴ　承知しました。

オセロ　ここにある防御施設をご覧になりますか？

紳士達　ご案内お願いします。（一同退場）

第３場

要塞の前

（デスデモーナ、キャシオ、エミリア登場）

デスデモーナ　キャシオ、ご心配なく。あなたのためにできる限りの説得をしてみますから。

エミリア　そうしてあげてくださいね。うちの主人も我が事のように心を痛めておりますわ。

デスデモーナ　ご主人は誠実な方なのね。心配はいらないから。夫とあなたの関係を元通りにしてあげますわ。

キャシオ　このキャシオ、どうなろうとも奥さまの忠実な僕です。

455

デスデモーナ　分かっています。ありがとう。主人とあなたは長い付き合いです。それだけでなく、あなたは主人に尽くしているわ。ご安心なさい。主人の態度のよそよそしさは、世間体を気にしているだけですから。

キャシオ　分かっています。でも、奥さま、慎重なその態度が長く続いたなら、水くさく薄いスープに慣れてくるように、日常の瑣末なことに追われる中で私の職を誰かが代理をすれば、将軍はそれで満ち足りてしまって、私に在った忠誠心をお忘れになるでしょう。

デスデモーナ　そんなことにはならないわ。エミリアを証人に立てて、あなたの復職を実現させると誓いますから。ご安心くださいね。支援すると申したら、最後まで実行します。私の願いを叶えてくれるまで将軍を眠らせませんわ。あの人が根負けするまでやり続けます。寝室は教室になり、食卓は懺悔の場となります。将軍のなさることにはことごとくあなたの願いを絡ませて話しますから、もう元気を出して！　あなたの弁護を引き受けた私ですから、命懸けでやり通します。

（オセロ、イアゴ、離れた場所に登場）

エミリア　奥さま、ご主人さまがお見えです。

キャシオ　奥さま、では私はここで失礼します。

デスデモーナ　どうしてあなたはここで私が陳情するのを聞かないの？

キャシオ　奥さま、今はバツが悪くて、私のことでお話しされるのを聞いてなどいられません。

オセロ

デスデモーナ　では、思いのままに…。（キャシオ退場）

イアゴ　あれっ、これはまずいこと！

オセロ　何がまずいと ?!

イアゴ　いえ、別に。ただ、ひょっとして、どうしてなのか…。

オセロ　妻のそばから離れていった男はキャシオではなかったか？

イアゴ　キャシオですって？　そんなはずはありません。将軍を見
　かけただけでコソコソと逃げ出すような人じゃありません。

オセロ　いや、あれは確かにキャシオだった。

デスデモーナ　（オセロに近づいて）まあ、あなた⁉　今まで私、
　願いごと²⁵をなさる人とお話をしておりました。あなたからご不
　興を買い、苦しんで嘆いてられて…。

オセロ　誰のことだ？

デスデモーナ　副官のキャシオのことよ。私にもしもあなたを動か
　す力があれば、どうかあの方を今すぐ許してあげてくださいませ
　ん？　あの方はあなたのことを大切に思っているわ。為された過
　ちは我知らずになさったことで、意図したものではありません。
　正直なお顔を見れば、そんなことは私でさえも分かります。あの
　方を呼び戻してはくださいません？

オセロ　去っていったのは、キャシオだな ?!

デスデモーナ　ええ そうよ。悲しみを残し去っていかれました。
　私まで悲しくなってきましたわ。お願いだから復職をさせてあげ
　てくださいね。

オセロ　今はだめだな。デスデモーナ、いずれそのうちに。

デスデモーナ　近いうちにね。

オセロ　早いうちにな。おまえのために…。

25　原典 "suitor"「請願者 / 求婚者」。Sh. のしゃれ。

457

デスデモーナ　今晩のお食事のときでは？

オセロ　いや、今晩なんて無理なことだ。

デスデモーナ　では明日のランチのときでは？

オセロ　明日の昼には家にはおらぬ。要塞で将校達と会うことになっている。

デスデモーナ　では、明日の晩は？ それがだめなら、火曜の朝に？ 昼でもいいわ、夜でも…。いえ、水曜日の朝に。いつでもいいから、時間を決めて。でも、三日以内にお願いします。本当に、後悔なさっているのですから。あの方の過ちは、常識的に考えて——戦時なら最も優れた軍人が見せしめにされるなどと言われていますが—— 個人的に譴責を受けるほどひどい罪ではないでしょう?! いつお呼びくださるの？ ねえ、あなた、これまでにあなたに頼まれて私が拒否をしたり、たじろいだことがありますか？ どうでしょう？ あなたが私に求婚されたときでさえ、マイケル・キャシオはご一緒に来られた方で、あなたのことを私が貶したときには、いつもあなたを庇われたでしょう。その方を呼び戻すのになぜそんなにも手間取るのです？ 私ならもっと早くに…。

オセロ　もう言うな。分かったから。いつでもいいし、来させれば良い。

デスデモーナ　こんなお願いなど普通のことでございます。「手袋をおはめください、栄養をおつけください、暖かい服をお召しください」などと同じで、あなた自身のためになるお願いですから。あなたの愛を試そうとするのなら、深刻で、困難で、許すのさえも容易にできないことなどをお願いするのに決まっています。

オセロ　おまえのことで拒否などはしないから、もうしばらく、おとなしくしていてはくれないか?!

458

デスデモーナ　お断りなどいたしませんわ。では、また後で。

オセロ　すぐに行くから、そう願いたい。

デスデモーナ　エミリア、さあ行きましょう。〈オセロに〉お心の
　ままに。私はそれに従いますわ。（エミリアと共に退場）

オセロ　素晴らしい女性だな。わしが彼女を愛さぬようになったな
　ら、わしの魂は地獄落ちだし、この世は混沌の闇となるだろう。

イアゴ　将軍、少し、あの…。

オセロ　イアゴ、何だな⁈

イアゴ　将軍が奥さまにプロポーズされたとき、将軍の愛の気持ち
　を副官は知っていたのです？

オセロ　知っていた、一部始終を。なぜそんなことを尋ねるのか？

イアゴ　私の気持ちを納得させるためですが、ただそれだけで…。

オセロ　どんな気持ちだ？

イアゴ　副官と奥さまが懇意とは存知上げてはいなかったので…。

オセロ　いや、実はそうだったのだ。二人の間をよく取り持ってく
　れたのだ。

イアゴ　本当ですか？

オセロ　本当に？　そうだ、本当だ！　何か気になることでもあるの
　か？　誠実でないだとか？

イアゴ　誠実…　ですか？

オセロ　誠実かと？　ああ、誠実だ。

イアゴ　将軍、私自身が知っている限り…。

オセロ　知っているのは何なんだ？

イアゴ　「知っている」…　ですか？

オセロ　「知っている」だと！　なんでおまえはわしの言うことをオ
　ウム返しにしておるのか⁉　頭の中にモンスター的な考えがあり、

それを言うのを恐れているのか？ 心の底に言いたいことを隠している。つい先ほども、キャシオが妻と別れるのを見たときに、「まずいこと」と言ったであろう。一体、何がまずかったのだ⁉ それにだな、プロポーズするまでの経過のことをキャシオが熟知していたと言ったとき、「本当ですか」と尋ねながら、なぜ眉をひそめたのか⁉ あれはおまえの心の中に忌まわしい考えがあるのに、それが出るのを押し殺す苦しげなものだった。おまえがわしのことを大事だと思っているのなら、おまえの心を明かしてはくれないか？

イアゴ　将軍のことを私が敬愛しているのはご存知のはずです。

オセロ　知っておる。おまえの情と誠実さ、さらに言葉を舌に載せる前に、おまえは言葉の軽重を見事に計っている。そのためにおまえが言葉を濁したなら、良からぬことが潜んでいるのではないかとわしは恐れる。腹黒く不実な輩が言葉を濁すのは策略の常套手段だ。正直な者にとっては、抑圧された感情が心の底にある印だ。

イアゴ　誓って私、マイケル・キャシオは正直者だと思います。

オセロ　わしも同じだ。

イアゴ　人間は見かけ通りであるべきで、そうでないなら人間の姿形をすべきではありません。

オセロ　確かにそうだ。人間は見かけ通りであるべきだ。

イアゴ　だからこそ、キャシオなど正直者であるのです。

オセロ　何かまだ引っかかる。思っていることを隠さずに言ってくれ。最悪の思いなら、最悪の言葉が似合う。飾りつけなどは要らぬから。

イアゴ　将軍、それだけはご勘弁を。務めのことなら仰せの通りに

いたします。でも、奴隷にしても心の中で思うことなど自由です。心の中の思いを言えと言われるのです？ それには何の価値もなく、偽りが多いことだとしても？ 宮殿にさえ卑しいことが入り込みます。清らかな心にも邪な考えが入り込みます。法廷の場にそれが入り込めば、裁判中に正と不正が同席します。

オセロ イアゴ、おまえの友が騙されているのを知っていながら、その友にそれを告げぬは友を裏切ることにはならぬのか?!

イアゴ お願いがございます。― 恐らく私は邪推しているのでしょう。実は、私には生まれ持っての他人を探る悪い癖があり、警戒心が強過ぎて、現実にはない罪などを描いたりするのです。そういうわけで― 将軍のご見識をもってして、当てになどならない断片的な推測などに煩わされて、悩み事を作ったりなさらぬように。そんなこと、お心の安らぎやお体に差し障りがございます。私としてもこの気持ちをお知らせするのに、男らしさや忠誠心、分別などがない者と思われるのは心苦しい限りです。

オセロ 一体おまえは何が言いたいのだ?!

イアゴ 男女とも、名誉とはそれぞれの魂の宝です。私の財布を盗む者など、屑を取るのと同じことです。何かではあったとしても、何でもないもの。私の物であったもの、今はそいつの物になり、回り回って誰かの物になるのです。名誉となると、奪われたなら奪った者に何の得にもならぬのに、奪われた者は致命的です。

オセロ 思っていること早く言え！

イアゴ それはだめです。私の心、将軍の支配を受けていようと、私が保管している間は言えません。

オセロ なんだと！

イアゴ 将軍、お気を付けくださいよ。嫉妬には…。嫉妬とは、緑

色した怪物で、人の心で増殖し、人の心を弄ぶもの。妻の不倫を運命と思える男は幸せ者だ。愛しているのに疑って、疑っていて愛する男など、一刻一刻、地獄の責め苦を味わう者です。

オセロ　それは惨めだ。

イアゴ　貧しい中に満足を見つけられたら幸せですね。豊かさに満ち溢れている多くの金を持つ者は、貧しくなるのを恐れていれば、心はいつも冬枯れの中にいるようなもの。ああ、神よ。我々の魂が嫉妬などには冒されぬよう！

オセロ　なぜだ?!　なぜそのようなことを申すのだ！　このわしが嫉妬に狂う人生を送るというのか?!　月の満ち欠けの変化を追い、新たな疑惑に苛まれると思うのか?!　一度何かを疑えば、一気にそれは解決するぞ。わしは臆病者の山羊ではないぞ。おまえが申す途方もなくて、たわいもない憶測に惑うことなど絶対にない。わしの妻が話し好き、歌や遊びや踊り上手と言われても、嫉妬心など起こらない。貞節ならば、より貞節になるものだ。わしに欠点があるからと、彼女がわしを裏切って何かをするなど、そんな疑いは全く持たぬ。彼女自身の目がわしを選んだのだ。いや、イアゴ、疑う前にわしはよく見る。疑えば証拠を握る、それが実証されたなら、取る道はただ一つ。愛を捨てるか嫉妬かのどちらかだ。

イアゴ　そう伺って安心しました。これで私は将軍に対しての敬愛の念、忠誠心を心置きなく発揮できます。義務としてお話ししますが、まだ証拠があって言うのではありません。奥さまにご注意をなさってください。特に、キャシオとご一緒のとき。嫉妬の目ではなく、安心しきらずに冷静な目でご覧ください。将軍の持って生まれた大らかで素晴らしい性格を利用されたりするのは許せ

ません。くれぐれもご用心を！ 私は同国人の気性[26]などは熟知しております。ヴェニスでは淫らな行為は神様に知られても、夫には絶対に知られたりしないように巧妙にやっています。こうした者の最良の誠実さなど、しないようにとするのでなく、していてもただ隠し通していることなのです。

オセロ　本当か?!

イアゴ　奥さまはお父さまを欺かれて将軍とご結婚なさいました。将軍のお顔が怖く震えるように見えたときでも、将軍を深く愛しておられたはずです。

オセロ　確かにそうだった。

イアゴ　そうでしょう！ あんなにも若いのに、そんな素振り（そぶり）ができる方です。お父さまの目を眩（くら）ませて、将軍に魔法など使われたと思わせるほど… 申し訳ありません。将軍のことを思うばかりに言い過ぎました。

オセロ　おまえには感謝しておる。

イアゴ　お心を乱されましたか？

オセロ　いいや、ちっとも。

イアゴ　乱されるかと心配でした。申し上げたのは将軍を思ってのことです。しかし、動揺されたようにもお見受けします。私の言葉を拡大解釈なさるとか、疑いの域を超えてまで即断されたりしないようにお願いします。

オセロ　そんなことなどするわけがない。

イアゴ　万が一そうなったなら、私の思いとは裏腹に忌まわしい結果を招きかねません。キャシオは私の大切な友です。― 将軍は

26　Sh. の時代、ヴェニスは貴族や富裕階級相手の高級娼婦が数多くいることで有名であった。

お心を乱されたとか…。

オセロ　いや、それほどは… デスデモーナが不実とは思えない。

イアゴ　奥さまに祝福を！ そうお思いになる将軍に祝福を！

オセロ　だが、なぜだ⁈ 自然の情に逆らって…。

イアゴ　つまりそこが問題なのです。遠慮なく申します。同じ国、同じ肌、同じ身分の縁談を奥さまはことごとく拒否されてきましたね。受けるのが自然の情です…。ここになんらかの腐敗臭が漂いませんか？ 私には堕落とか不自然な情が感じられます。どうかご容赦をお願いします。取り立てて、奥さまのことを申し上げてはおりません。恐れているのは、分別が奥さまに戻ったときに将軍と同国人を比較して、もしかして後悔なさるかもしれないと思ったり致しますので…。

オセロ　もう充分だ。下がってよいぞ。もうその話はいいからな。もし、何か気付いたのなら知らせてくれよ。エミリアを見張りに頼む。イアゴ、このわしを一人にさせてくれ。

イアゴ　では、これで失礼します。（退場しようと出て行く）

オセロ　なぜわしは結婚などをしたのだな？ 正直なあの男が今言ったことを考えるなら、あの男はそれ以上のことを知っているのだ。あれだけでなく…。

イアゴ　（戻ってきて）将軍にお願いがございます。もうこれ以上、この件で詮索などはなさらないようにお願いします。時の経過に委ねましょう。キャシオ殿は復職するのが妥当だと思われますし、副官の職を立派に果たす能力をお持ちです。でも、もう少し復職を延ばされたなら、彼の人柄や手段などもお分かりになるでしょう。もし、奥さまが異常なまでに熱心に彼の復職をせがまれたなら、そのことで背後に隠れていることも見えてくるはずです。

それまでは、心配性のこの私が異常だとお思いになり— 確かに
そう思われる節はありますが— 奥さまの潔白をお信じください。
お願いします。

オセロ　心配は要らぬ。分別は弁えておる。

イアゴ　では、本当に失礼します。（退場）

オセロ　あの男の誠実さは際立っている。世間のことに精通し、人
のタイプを熟知しておる。もし、あの女が鷹のように自由奔放に
飛び回るなら、結んでおった心の紐を解き放ち、風下に自由に
飛ばせて餌を取らせる。わしの肌は見ても分かるように黒いもの。
伊達男のように振る舞う優雅さがなく、年齢的に峠を越して—
そんなにも年ではないが— それが理由で、もうあの女は去って
いったのか?! わしは騙されたのだ。わしの救いは憎むことなの
か?! ああ、結婚とは呪われるべきもの。あの麗しの女をわしの
ものと言い、心の内で我がものとならぬとは! 愛する者の一部
を他人に勝手気儘に使われるために大切にするぐらいなら、地下
牢の湿気を吸って生きているヒキガエルにでもなるほうがまだま
しだ。身分の高い者達が罹る疫病なのであり、卑しい者と比較し
て、特権階級の者達は目も当てられぬ。死と同じように避けられ
ぬ宿命だ。我々は生まれ落ちたそのときに、妻の不倫は運命的に
内在するのだ。ああ、デスデモーナがやって来る。

（デスデモーナ、エミリア登場）

デスデモーナが不倫などするのなら、天は自ら天を欺くものだ。

27　鷹狩りのとき、逆風に向けて鷹を飛ばした。順風ならめったに帰ってこないと
　されていた。

そんなことなど到底信じられぬ。

デスデモーナ　どうなされたの?!　お食事の用意が整い、ご招待な
さった島の有力者や貴族の方々がお待ちですよ。

オセロ　責任はわしにある。

デスデモーナ　どうしてそんな弱気な声でお話しされて…、ご病気
ですか?

オセロ　額のここが痛むのだ。

デスデモーナ　ああ、それは徹夜をなさったせいですわ。このハン
カチできつく縛ってあげましょう。一時間も経たないうちにすぐ
に良くなるはずですわ。

オセロ　おまえのそんなハンカチなどは小さ過ぎる。(ハンカチを
手で払いのける。ハンカチは地面に落ちる) そんなもの、放って
おけ!　さあ行くぞ。

デスデモーナ　ご気分がすぐれないのは心配ですわ。(オセロと共
に退場)

エミリア　あのハンカチが落ちているわ。奥さまがムーアからもら
われた一番最初のプレゼントなのに。やっかいで気まぐれなうち
の亭主が、何回も盗んでくれと頼んだものね。奥さまは喜ばれ、
将軍の言いつけ通り肌身離さずお持ちになって、キスをしたり話
しかけたりして、大事にされている品物よ。ハンカチの模様を写
した後で、これを亭主に渡してあげよう。でも、あの人は一体こ
れをどうする気なのかしら?　私には分からない。亭主の気持ち
を満足させてあげるだけだから。

(イアゴ登場)

イアゴ　どうかしたのか？　どうしてここにたった一人で立っているのだ⁉

エミリア　そんな小言は言わないでよ。あんたにあげるいい物があるんだからね。

イアゴ　いいモノだって？　そんなモノありきたりだ。どの女にもあるモノだろう。

エミリア　まあ何てこと！

イアゴ　バカな嫁をもらったものだ。

エミリア　そんなことを言ってもいいの？　あのハンカチをあげると言えば、どんな物をくれるのかしら？

イアゴ　どのハンカチだ⁈

エミリア　どのハンカチって？　ムーア将軍が奥さまに贈られた初めての品物よ。何度もあなたが私に盗んでくれと言っていた物。

イアゴ　おまえはそれを盗んだのか？

エミリア　違うわよ。奥さまが落とされたの。たまたまそこに居合わせて拾っただけよ。ほら、これだから。

イアゴ　よくやった。俺によこせ。

エミリア　あれほどまでにしつこくせがみ、盗んでこいと言って、あなたはそれをどうする気なの？

イアゴ　それがおまえと何の関係があるんだ！（ひったくる）

エミリア　たいしたわけがないのなら、返しなさいよ。可哀想に奥さまはそれを失くして狂わんばかりに動転されるのに決まっているわ。

イアゴ　知らない振りをするんだぞ。俺にはそれの使い道があるんだからな。さあ、俺を一人にしてはくれないか。（エミリア退場）このハンカチをキャシオの部屋に落としておいて、奴にそれを発

見させる。空気のように軽いものでも嫉妬に狂う男にとって、聖書ほどの重みがある証拠となるぞ。きっと効果を発揮するはずだ。ムーアはすでにこの俺の毒にやられて別人になっている。邪推などには毒性がある。最初のうちは、不快さはない。ところがだ、血に毒素が入り込んだら、嫉妬の火など硫黄のように燃え盛る。ほら、言った通りだ。

（オセロ登場）

見ろ、あそこにやって来る。麻薬でも睡眠薬でも世界中のどんな薬を飲んだとしても、昨日までおまえにあった心地良い眠りなど訪れることはないだろう。

オセロ　ハハアッ！ このわしを裏切った⁉

イアゴ　どうされました？ 将軍！ おやめください。

オセロ　おまえなど消えちまえ！ おまえはわしを拷問台に架けたよな⁉ 誓って言おう。ほんの少しを知らされるより、すんなりと騙されるほうがまだましだ。

イアゴ　気は確かです？ オセロ将軍。

オセロ　情欲に彼女が溺れていたときに、どんな感覚がわしにあったというのだ！ 見なかった。考えなかった。心を痛めはしなかった。次の日もよく眠り、よく食べて、気になることも何もなく、楽しく時を過ごしたぞ。キャシオのキスもデスデモーナの唇にその跡は何もなかった。盗まれて気付かぬ者にそれを教えることはない。そうすれば、取られてないに等しいことだ。

イアゴ　そう仰ると、お気の毒です。

オセロ　全軍の兵士でも、工兵隊の兵士でも、みんな揃って美しい

468

オセロ

彼女の体を味わおうとも、わしは知らねば幸せだったことだろう。だが、今はもう永遠に安らかな気持ちとはお別れだ。満足とお別れだ。兜には羽根飾りを付けて行軍する兵士ともお別れだ。野望さえ美徳に変える戦争ともお別れだ。いななく駿馬、耳をつんざくトランペットの音の響きも、士気を鼓舞する軍鼓の音も、鋭い笛や雄々しい軍旗、それに纏わる戦の印し、プライドや栄光や名誉ある戦争の儀式など、不滅の神のジュピターの雷に似た大砲の凄まじい轟音ともお別れだ。オセロの命とも、軍の仕事ともお別れだ。すべてのものがみんな終わった。

イアゴ　本気なのです? オセロ将軍。

オセロ　この悪党め! 妻が不義を為すというなら、それを証明いたせ! 証拠を見せろ! 目に見える証拠だぞ! そうしなければ、この命を懸けおまえが犬に生まれたほうが良かったと思えるほど、わしの怒りで目にものを見せてやる。覚悟しておけ!

イアゴ　それほどまでに?!

オセロ　証拠を見せろ! 疑う余地もないほどの確実な証拠をな! さもないと命はないぞ!

イアゴ　これは… 将軍。

オセロ　デスデモーナに濡衣を着せ、このわしを苦しめているのなら二度と祈るな! 悔い改める気持ちなど捨てるのだ! 悪事に悪事を積み重ね、天を泣かせて、地を揺るがせろ! これ以上、おまえが何をしようとも、天の裁きは地獄行きに決まっておる。

イアゴ　これは将軍、何と仰る!? 将軍は人間ですか? 人の心や分別をお持ちでしょうか? もうこれでお別れします。職を免じてもらいます。私は愚かでしたね。誠実一途で通してきて、そのために悪党にされるとは…、不条理な世の中です。気を付けろ、気

を付けろ、この世の人よ！　実直で忠実であっても安全とは言い難い。有意義な教訓でした。これからは他人のことなど構わないように致します。誠実さが害を生みます。

オセロ　いや、ちょっと待て。おまえには誠実さがよく似合う。

イアゴ　賢明であるべきですね。正直者が馬鹿を見ます。他人のために働いて、信用を失くすのですから。

オセロ　どういうことだ?!　わしには妻が正直に思えるし、不正直にも思えてくる。おまえのことが正しいと思えるし、正しくないとも受け取れる。証拠が欲しい。わしの名誉はダイアナ[28]のように清い色だったのに…、見ろ、今はこのわしの顔のように汚れて黒ずんでいる。縄か剣か、毒薬か火か、窒息させる小川でも何かないのか?!　このままでは我慢ができん。納得できる何かないのか？

イアゴ　どうも将軍は激情の虜（とりこ）になられたようですね。あんな話をしたことを悔やんでいます。将軍は納得されたいのです？

オセロ　されたいかと？　いやそうするのだ。

イアゴ　そうすることもできるでしょうが、どうやってなさるのですか？　どうすれば納得されることになります？　ポカンと口を大きく開けて見物をなさるのですか？　奥さまが男と絡む（から）所へ出かけて？

オセロ　何を言う！　地獄に落ちろ！

イアゴ　そのような光景をお見せするのは至難の業です。他人の枕で一緒になって寝ている姿を夫に見せることなどはするべきではありませんから。そうすると、どうなりますか？　どうしましょうか？　どう言えばいいのです？　どうしたら納得されるのです？

28　ローマ神話。月の女神、狩猟の神であり、純潔の象徴。

ご覧になるのは無理ですよ。たとえ二人が盛りがついた山羊か毛猿のように発情して狼のように本能的で、酔いどれの馬鹿だとしても無理は無理です。真実の扉を開く確実な状況証拠でいいのならお示しすることはできます。それで納得頂けますか?

オセロ　デスデモーナが不義を働いたという明白な事実は何だ⁉

イアゴ　そのお務めは心苦しいので避けたいものです。でも、この問題に深く関わり、馬鹿正直な私の性格が後押しをするので、包み隠さず申します。最近のことですが、副官と共に寝ておりました。私は歯の痛みがあって眠れぬ夜を過ごしたのです。世の中にはルーズな人がいるようです。寝ているときに自分の情事を打ち明けたりして…。副官なんかはその一人です。彼は寝言でこう言いました。「僕の可愛いデスデモーナ、気を付けようね。二人の愛は隠しておこう」と。そう言いながら、副官は私の手を握りしめ、「ああ可憐な人よ!」と叫び、激しく私にキスをしました。まるで私の唇にあるキスというキスをみんな根元から引き抜いてしまうかのように。その次に、脚を絡ませてまたキスをして、言った言葉は「忌まわしい運命だ。ムーアなんかに君を与えてしまったことは!」と。

オセロ　悍ましい! 何と悍ましいことだ!

イアゴ　いえ、これはただの副官の夢ですよ。

オセロ　このことは前に経験していたことの証拠となるぞ。夢だとしても、その疑いは拭いきれんな。

イアゴ　薄々感じていた疑いが濃くなるのは確かです。

オセロ　あの女は八つ裂きにしてやるからな!

イアゴ　どうか理性を忘れずに! まだ何も見たわけではないのですから。奥さまはまだ貞節でいらっしゃるかもしれません。でも、

一つ聞きたいことがあるのです。奥さまが苺の刺繍が施されているハンカチを使われているのを見られたことはありますか？

オセロ　それならわしがやった物だぞ。わしの最初の贈り物だ。

イアゴ　それは初耳ですね。実はそのハンカチですが、確かにそれは奥さまの物。今日それで副官キャシオが髭を拭いているのを見かけたのです。

オセロ　わしが与えたハンカチなら…。

イアゴ　そのハンカチが奥さまの物だと判別できたのなら、他の証拠などと重ね合わせて奥さまは不利になりますね。

オセロ　ああ、あの女に多くの命がないのなら恨みは晴れぬ。たった一つの命を奪うぐらいでは気が済まぬ。確証を得たぞ。事実なのだな。見ろ、イアゴ、わしの愚かな愛のすべては、天に向かって吹き飛ばすのだ。ほら、消えてしまった。黒い復讐、虚ろな地獄を抜け出して立ち上がれ！　ああ、愛よ、その王冠とその王座を暴虐の憎しみに明け渡せ！　毒蛇に牙で噛まれたように、我が胸よ、腫れ上がれ！

イアゴ　冷静さを取り戻してはもらえませんか？

オセロ　ああ、血だ、血だ、血だ！

イアゴ　しばらくご辛抱願います。お気持ちも変わることがあるでしょう。

オセロ　絶対に変わることなどない。あの黒海の氷のような潮流がマルモラ海やダーダネルス海峡へ、とうとうと流れ込むように、復讐のわしの血流は勢いを増して目標に突き進むだけだ。逆流したり、穏やかな流れに戻ることはない。尽きせぬわしの復讐心が一切を飲み干すまではな。（跪く）輝き放つ天に懸け、厳かな心にて私はここに誓約します。

オセロ

イアゴ お立ちにならずそのままで。（跪く）永遠に輝き渡る天上の光たちを証人として、我らみんなを包み込む自然界に存在している構成要素のもの達を証人として、イアゴは彼自身の知能や手や、心のすべてを使い尽くして、名誉に傷を受けられた将軍に捧げることを誓います。冷酷な命令であっても、それが将軍のためになるなら、ためらわずに実行します。（二人は立ち上がる）

オセロ おまえが言った忠誠心に感謝する。このわしは口先だけではないからな。心の底からそう思っている。早速だが、おまえの忠誠心を実行に移してほしい。三日以内に報告いたせ、キャシオは命を失ったとな。

イアゴ 友の命は確かにもらい受けます、お指図通りに。でも、奥さまのお命だけは…。

オセロ 地獄に落ちろ！ あのあばずれ女！ さあ、ついて来い！ わしは戻って、美貌の悪魔を素早く殺す方法を考える。今からは、イアゴ、おまえが副官だ。

イアゴ この私、いつまでも将軍にお仕えします。（二人退場）

第４場

路上

（デスデモーナ、エミリア、道化登場）

デスデモーナ 副官のキャシオがどこに泊まっているのか知っているの？

473

道化　どこにいるかですって？　そんなこと、嘘でもおいら言えないよ。

デスデモーナ　どうしてなの？

道化　あの男は兵士です。兵士に対して嘘でも言えば刺されちまうよ。

デスデモーナ　冗談じゃなく、今いる所を知っているの？

道化　あの人がいる所を教えたなら、おいらは嘘をつくことになる。

デスデモーナ　どういう意味でそんなことになるって言うの？

道化　どこに泊まっているかなど知ってるわけがないんでね。こっちとかあっちとか言ったりしたら、嘘になる。

デスデモーナ　あの方を捜し出し、報告してはくれません？

道化　あの人のために、世間の人に問答を挑みましょう。平たく言って、聞き回って良い返事をもらいましょう。

デスデモーナ　捜し出して、ここに来るように言ってきて。彼のために夫の心を動かして、見込みが出たと伝えてね。

道化　そんなことなら、人間であれば誰だってできますよ。だから、おいらはしてあげる。（退場）

デスデモーナ　エミリア、あのハンカチを私はどこにやったのかしら…。

エミリア　どこでしょう… 分かりませんね。

デスデモーナ　誓って言えることですが、あのハンカチを失くすより、金貨が詰まった重い財布でも失くしたほうがまだましだった。私の主人は高潔な将軍で、特に実直なんだから。嫉妬心や卑しい心がないからいいわ。そうでなければ、ハンカチを失くしただけで、どうなっていたか想像もできないわ。

29　原典 "lie"「泊まる（横たわる）/ 嘘をつく」の二重の意味がある。Sh. のしゃれ。

オセロ

エミリア　将軍に嫉妬心などないのです？

デスデモーナ　えっ?!　あの人が？　あの人の故郷の太陽がそんな気質を取り払ったの。

エミリア　ご主人がいらっしゃったわ。

デスデモーナ　あの人のそばを離れないで、あの人が「キャシオを復職させてやる」と、仰ってくださるまで精一杯やってみますから。

（オセロ登場）

ご機嫌はいかがです？

オセロ　ああ、元気だよ。〈傍白〉偽ることは難しい—　おまえはどうだ？　デスデモーナ。

デスデモーナ　元気でいます。

オセロ　手を見せてくれ。おまえの手は湿っておるな。[30]

デスデモーナ　年端も行かず、悲しみさえも知らない手です。

オセロ　惜しみなく誰にでも心を与える証拠だな。熱く、熱くて、湿っておる。おまえのこの手は自由奔放であることをやめ、節制の必要性を示しておるぞ。断食と祈りと苦行を通し、信心に努めなければならぬからな。この手には若く多感な悪魔が宿る。そいつが「謀叛」を起こさせる。良い手をしておる。惜しみなく与える手だな。

デスデモーナ　そう言われるの、よく分かります。私の心を差し上げたその手ですもの。

30　湿った手は若さの象徴であったが、「湿った手の女性」は好色だと考えられていた。

オセロ　おまえのは気前の良い手だ。以前は、心と手、共に歩んだものだった。今は手が先に行く。心が愛のエンブレムではないのだからな。

デスデモーナ　そのお話は私には何のことだか分かりませんわ。それよりね、あのお約束…。

オセロ　何の約束？

デスデモーナ　あなたとのお話のために私はキャシオを呼んだのよ。

オセロ　鼻水が出て困っている。ハンカチを貸してくれ。

デスデモーナ　はい、どうぞ。これを…。

オセロ　プレゼントしたあのハンカチは？

デスデモーナ　今ここには持っておりません。

オセロ　持ってない?!

デスデモーナ　ええ、本当よ。

オセロ　それは困った。わしの母がエジプトの女[31]からもらったものだ。その女は魔法使いで占い師だ。人の心を読むことができた。母が言うには、そのハンカチを身に付けていれば、妻の魅力は衰えずに夫の愛を独占できる。紛失したり、譲ったりしたならば、夫の目に嫌悪の色が現れて、夫の心は新たな恋を求めて去っていくと言われていた。死の間際に母はそれをわしに手渡し、妻を娶る幸せな日が来たなら妻に贈れと遺言を残していたので、わしはそれに従った。だから、それを自分の目と同じほど、大切にしているのだぞ。失くしたり、人にあげたりしたならば、身の破滅だぞ。

デスデモーナ　そんなこと… 本当に？

オセロ　本当だ。あのハンカチは魔法が中に織り込まれている。

31　占星術を行うジプシーはエジプト人の末裔だと思われていた。

オセロ

二百年間も生きていた巫女（みこ）が異次元の意識の中で仕上げたものだ。聖堂で清められた蚕の糸で織られた後に、魔法によって乙女のミイラの心臓を取り出して、それを染料にして染められたものだ。

デスデモーナ　まさか！　それは事実なのです？

オセロ　紛れもない事実だからな、気を付けるのだぞ。

デスデモーナ　そんな物なら見なければ良かったわ。

オセロ　ハァ?!　どうしてだ!?

デスデモーナ　どうしてそんなに怖いほど攻撃的な言い方をなさるのですか?!

オセロ　失くしたのか!?　無くなったのか?!　置き忘れたのか！

デスデモーナ　どうしたらいいのです？

オセロ　何だって?!

デスデモーナ　失くしてはおりません。でも、もしかして失くしていたら…。

オセロ　何だと！

デスデモーナ　失くしてなんかいませんから…。

オセロ　それなら、ハンカチを持ってこい！　わしにそれを見せるのだ！

デスデモーナ　まあ！　お見せしますわ。でも、今はだめなの。このすべてのことは私の願いをはぐらかす手段なのです?!　どうかキャシオを元の地位に戻してあげてくださいね。

オセロ　ハンカチを取ってこい！　不安でならぬ。

デスデモーナ　ねえ、あなた。あれほども有能な方、どこを探してもいらっしゃらないわ。

オセロ　ハンカチだ！

デスデモーナ　お願いだから、キャシオのことを…。

477

オセロ ハンカチだ！

デスデモーナ ずっと今まであなたのもとで寵愛を受け、立派に人生を送られて、危険も共に乗り越えてこられた方よ。

オセロ ハンカチだ！

デスデモーナ 実際、あなた、いけないわ。

オセロ 急いでしろよ！（退場）

エミリア 嫉妬心がないとは私には思えませんね。

デスデモーナ こんな彼を見たのは私、初めてのこと。きっと、あのハンカチに不思議な何かがあるのだわ。あれを失くして、私はとっても惨め。

エミリア 男なんかは一年や二年では分からないもの。男って胃袋で、私達は食べ物なのね。男は女を貪り食って、満腹になると吐き出すのです。

（イアゴ、キャシオ登場）

あら、キャシオ、その後にうちの人。

イアゴ 他に手段はありません。奥さまの手を借りないと…。おや、幸運が転がっている。さあ、行って、お願いされたらいいのでは?!

デスデモーナ お元気ですの？ キャシオ、どうなさっていたのです？

キャシオ 奥さま、例のお願いの件ですが、奥さまのお力添えを頂けたなら生き返れます。そうなれば、また尊敬している将軍の配下となって務められます。でも、もう待てません。私の罪が絶対的なもので、過去の業績、現在の悲惨な状況、将来に為し得るこ

とも考慮して、将軍の寵愛を勝ち得るのに値しないと思われるな
ら、それを知るだけで満足します。無理をしてでも、自分で自分
を諦めさせて、運命の施しにすがりつつ、身の処し方を考えます。

デスデモーナ　ごめんなさいね。心優しいあなたのための説得が、
まだうまくいってないの。どうしてなのか、私の主人は普通じゃ
ないの。顔付きも、気分のように変わったのなら、私は彼が誰だ
か分からなかったでしょう。神に誓って、あなたのために言える
すべてのことを言いました。言い過ぎたのか、私まで不興を買っ
てしまいましたわ。もうしばらくご辛抱をお願いします。できる
限りはやりますから。自分にならしないことまでしてあげるので、
それで満足してくださいね。

イアゴ　将軍はお怒りですか？

エミリア　たった今、出て行かれたの。いつもと違い、イライラし
て…。

イアゴ　あの方がお怒りになる？　砲撃を受け、我が軍勢が吹っ飛
ばされたことがあります。そばにいた将軍の弟さまも消し去られ
ましたが、平然とされていました。それなのに感情を害されると
は⁉　よほど何かがあったのでしょう。お会いして参ります。怒
られるのには何らかの原因があるはずです。

デスデモーナ　どうかそうしてくださいね。（イアゴ退場）ヴェニ
スの政治、あるいは、ここキプロス島で陰謀の発覚か、きっと何
かがあの人の澄んだ心を汚したのだわ。こんなとき、本当の関心
事は大きなことであるはずなのに、男の人は些細なことに八つ当
たりする。指先が痛み出したら、体の他の健康なところまで痛み
を感じる。そういうことね。男性だって神様じゃない。結婚式の
心遣いをいつまでも期待するのは間違っている。とんでもないわ、

479

あの人の不親切を責めたりしていたこの私、新米の兵士だわ。無実の人を告訴していたようなもの。

エミリア　奥さまがお思いのように国の政治のことならいいのですが、奥さまの身に降りかかる邪推や嫉妬ではないことを祈ります…。

デスデモーナ　まあそんなこと！　疑われたりする理由は何もないわよ。

エミリア　でも、嫉妬心ってそんな問題ではないのです。嫉妬心など正当な理由があって起こるものではなく、嫉妬深いと、ただそれだけで嫉妬するので、嫉妬心は自分で生まれ、自分で育つ怪物ですよ。

デスデモーナ　そんな怪物、オセロの心に取り憑かないでほしいものです。

エミリア　奥さま、私もそう願います。

デスデモーナ　主人がどこにいるのか捜してきます。キャシオ、あなたはこの辺りにいてくださいね。ご機嫌が良ければ、あなたのことをお話しします。できるだけうまくいくように説得します。

キャシオ　心からありがたく思っています。（デスデモーナ、エミリア退場）

（ビアンカ登場）

ビアンカ　あら、キャシオ！

キャシオ　なぜ、ここに来ているんだ？　ところで君は元気だった？　愛しいビアンカ、君のところへ行くつもりだったのに…。

ビアンカ　私もよ、キャシオ。あなたの宿へ行くところだったの。

一週間も見なかったわね。七日七晩！ 160と8時間よ。恋する
　人を待つ身には160倍も長いんだから、計算もできないぐらい…。

キャシオ　悪かった、ビアンカ。鉛のように心が重く、苦しんでい
　たんだ。これからはその償いで、長くいてあげるから、大好きな
　ビアンカ。(デスデモーナのハンカチを手渡しながら) この模様
　を写し取ってはくれないか？

ビアンカ　まあ、キャシオ、どこで手に入れたもの？ 新しい恋人
　の物なのね。寂しい思いをさせられた原因が分かったわ。こうい
　うことね。いいわ、もういい！

キャシオ　いい加減にしろ！ 変な邪推はもらった悪魔に叩き返し
　てくるがいい。どこかの女性が愛の印しにと僕にくれた物だと
　思っているな。誓って言うが大違い！

ビアンカ　じゃあ、誰なのさ？

キャシオ　それが僕にも分からない。僕の部屋で見つけた物だ。模
　様がとても気に入ったので、写しを取ってくれないか？ いつか
　返してくれと言われるだろう。持って帰って、してくれないか？
　それでだな、悪いが今は帰っておくれ。

ビアンカ　帰れって？ どうしてなのよ？

キャシオ　将軍が来られるのを今ここで待っているんだ。女性と一
　緒にいるところを見られるのはまずいんだ。

ビアンカ　なぜまずいのさ？

キャシオ　君のことを愛してないってわけじゃない。

ビアンカ　愛してないに決まっているわ。じゃあ、その辺りまで
　送ってよ。それに、今夜は会いに来るって約束してね。

キャシオ　その辺りまで、それだけだぞ、分かったな。僕はここで
　待っていないとまずいんだ。そのあとすぐに会いに行くから。

481

ビアンカ　それならいいわ。許してあげる。（二人退場）

オセロ

第4幕

第1場

要塞の中庭

（オセロ、イアゴ登場）

イアゴ　そうお思いになりますか？

オセロ　そう思うとは？

イアゴ　いえ、別に。隠れてキスをしているとか…。

オセロ　恥ずべきキスだ。

イアゴ　一時間ほど男友達と全裸になってベッドに入り、悪気なんかはちっともなくて…。

オセロ　全裸になってベッドに入り、邪心なく？　偽善によって悪魔さえ欺く行為だ。貞節だなどと言い張って、そんな行為をするのなら、悪魔に唆（そそのか）されて天の神を試す所業で、言語道断だ。

イアゴ　もし、二人が実際に何もしていないというのなら、咎（とが）めることはありません。でも、もし私が妻にハンカチをプレゼントしたのなら…。

オセロ　したのならどうなるというのだな?!

イアゴ　与えたのなら妻のもの、妻のものならそれを誰に与えようとも妻の自由で…。

オセロ　妻というのは貞節を守るべきだ。それさえも誰にでも与え

483

ていいと言っておるのか⁉

イアゴ　貞節なんて目に見えないものです。失くしているのにある振りをする女が多くいますよね。でも、ハンカチは。

オセロ　嫌な話だ。忘れたかったことだから…。おまえは言ったよな――ああ、疫病に取り憑かれている家の屋根にやって来て不吉な予言をするカラスのようだと。――あの男がわしのハンカチを持っていたと。

イアゴ　そうですが、それがどうかしたのです？

オセロ　それは良くない。

イアゴ　私がもしもあの男が将軍を裏切るのを見たと言ったら？　あの男がそう言うのを聞いたと言ったなら？　――世間にはそういう輩がおりますね。しつこく口説いてモノにしたとか、しつこく女がせがむのでヤッてやったとか、べらべらしゃべらないではいられぬ奴が――。

オセロ　あいつは何か言っていたか？

イアゴ　言っていましたよ。でも、気になさらずに。ヤッていないと言えば済むことですから。

オセロ　何と言っておった？

イアゴ　実際に、ヤッたとは言いましたが、何をやったのかは分かりません。

オセロ　何なのだ⁉　何をしたのだ⁉

イアゴ　寝たとか…。

オセロ　あの女と、か？

イアゴ　そうですよ。横や上で好きなように…。

オセロ　一緒に寝ると？　上にね・る・？　世間の者がデスデモーナを貶おとしめて、彼女を損ね・る・。あれと寝る⁉　ぞっとするほど悍ましい！

ハンカチだ。自白させてやる。ハンカチだ！ 自白をさせて縛り首にしてやるぞ！ いや、まず先に首を絞め、その次に白状させる。思っただけでも身の毛がよだつ。誰かの誘いがないならば、そんなにも黒い欲情を燃え上がらせるわけがない。こんなにもわしを震えさせるのは、言葉だけじゃないからな。何だって？ 鼻と鼻、耳と耳、唇と唇を重ね合わせて…!? そんなことがあっていいのか!? 自白をさせてやる。ハンカチを！ ああ、悪魔だあ…。（気絶して倒れる）

イアゴ ほら、効き目が出たぞ。俺の薬が功を奏した！ 純真な馬鹿どもは簡単に引っかかる。貞節でご立派なご婦人達は、罪もないのに叱責を受ける。どうされました？ 将軍！ 閣下！ ねえ、オセロ将軍！

（キャシオ登場）

おや、キャシオ？

キャシオ どうかしたのか？

イアゴ 将軍が癲癇（てんかん）の発作を起こして倒れられたのです。昨日もあって、これが二度目です。

キャシオ こめかみを摩（さす）ってあげろ。

イアゴ いえ、何もしないでおくほうがいい。昏睡状態の人は触らないほうがいいのです。そうしなければ、口から泡を吹き出して、だんだんと狂暴になってきます。ほら、動き出された。しばらく、あちらに行って頂けません？ すぐに良くなられるでしょう。将軍がどこかへと行かれたら、重大な用件でお話があります。（キャシオ退場）ご気分はいかがです？ 将軍、頭など痛みませんか？

485

オセロ　このわしをからかう気か?!

イアゴ　からかうなんて、大それたことをするわけがありません。男としてご自分の運命を甘んじて受け入れられるのを願っています。

オセロ　角を生やした男など、怪物で野獣だぞ。

イアゴ　大きな町は野獣だらけになりますね。紳士然たる怪物も横行します。

オセロ　あの男は白状したか?!

イアゴ　男として威厳ある態度を保っていてください。結婚という制限枠に縛られた髭を生やした男達と同じ憂き目に遭っておられます。自分一人のベッドだと思い込み、不義のベッドで安閑として寝ている男は何万人もいるはずです。将軍なんかまだましですよ。そのことをお知りになったのですから。安心しきり、ベッドの中で浮気な女を舐め回し、貞淑だなどと思うのは地獄の呪いにかかったようなものです。悪魔の悪戯を受け入れるのと同じことです。私なら知っておきたいと思うでしょう。自分の立場を知ったなら、どういう風に女を扱えばいいのかが分かるはずです。

オセロ　おまえのほうが賢明だ。その通りだな。

イアゴ　この場から少しだけ離れていてはもらえませんか？　くれぐれもご辛抱をお願いします。将軍が悲しみに卒倒されておいでのときに、キャシオが姿を見せました。将軍として相応しくない取り乱しようでしたので、うまくその場は取り繕って追い払いました。話があるのでしばらくあとで戻って来るようにと言いました。キャシオは戻ると約束をして、その場をそっと去りました。どこか近くに身を隠し、彼がどんなに冷笑し、嘲笑い、軽蔑の気

32　妻を寝取られた夫の頭に生えるという嫉妬の角。

持ちを表情に現すかご覧ください。もう一度、例の件を持ち出して、話をさせてやりましょう。どこでどうしてどれぐらい頻繁に、いつからなのか、いつまた奥さまを抱いて、ヤルのかを聞きただします。いいですか⁉　キャシオの身振りをとっくりとご観察ください。その間、どうか我慢をしてくださいよ。それさえもできないのなら、自制心がなく、男とは言えません。

オセロ　イアゴ、よく聞けよ！　このわしは忍耐力では誰にも引けを取らぬ。もう一つ覚えておけよ、誰よりも残虐なんだからな。

イアゴ　そのことは心得ております。でも、時を弁えて今はどこかに隠れていてはもらえませんか？（オセロは声の届かない所へ身を隠す）〈傍白〉キャシオにはビアンカのことを聞いてやる。体を売ってパンと衣服を買っている女だからな。その女はキャシオにだけは首ったけなんだから。因果なものだ、多くの男を騙しておいて、一人の男に騙される。キャシオなど、そんな女の話を聞けばニヤニヤと笑い出すのに決まっている。ああ、ちょうど、ここにキャシオがやって来た。

（キャシオ登場）

キャシオが笑う度ごとに、オセロはどんどん狂っていくぞ。嫉妬など経験のない奴だから、キャシオが笑う顔や陽気な姿、仕草など見ているだけで曲解するに違いない。調子はいかがなのですか？　副官殿。

キャシオ　その肩書で呼ばれるとますますつらい。失職をして、もう絶望的だ。

イアゴ　奥さまに頼まれたから大丈夫ですよ。ビアンカの一存で決

まるなら、こんな話はすぐに解決するのでしょうが…。

キャシオ　まあちょっと哀れな女だ。

オセロ　もうあんなにも笑っておるな。

イアゴ　あんなにも一人の男を一途に愛す女など見たこともありません。

キャシオ　愚かな奴だ。僕のことを心の底から愛している。

オセロ　キャシオはさり気なく打ち消して、笑い飛ばしているではないか！

イアゴ　副官、言うべきことがあるのですが…。

オセロ　今はイアゴが例の話をキャシオにさせるところだな。ああ、それでいい。べらべらしゃべれ。

イアゴ　ビアンカは副官が嫁にもらってくれるなどと触れ回っています。そのお積りですか？

キャシオ　ハハハ！

オセロ　勝ち誇るのか⁈　キャシオ、おまえは凱旋したローマ人？勝ち誇っている⁉

キャシオ　この僕が、結婚を？　売春婦と？　僕の知能をそんなに低く見積もらないでもらいたいな。それほど馬鹿じゃないからな、ハハハ！

オセロ　そう、そうなのだ。勝つ者は笑う者！

イアゴ　でも、副官がビアンカと結婚するという噂が広まっています。

キャシオ　嘘だろう。

イアゴ　嘘なんかではありません。

オセロ　このわしを見くびるな！

キャシオ　あの雌猿が自分勝手に触れ回っているだけのことだ。僕

に熱を上げて結婚できると思ったのに違いない。僕にはそんな約束をした覚えなどない。

オセロ イアゴが合図を送っておるな。例の話を始めるのだ。

キャシオ 先ほどもここに現れて、付き纏（まと）ってきて、僕のそばを離れようとはしないんだ。先日も海岸でヴェニスの人と話をしていると、こんな様子でしなだれかかり、抱きついてきたんだよ。

オセロ 「ああ大好きなキャシオさま」とでも言っているのだろう。あのジェスチャーで、そう読み取れる。

キャシオ あの女は僕にしがみつき、しなだれかかり、泣き出したんだ。こんなに僕を揺すったり引っぱったりして…。ハハハ！

オセロ 今の話はデスデモーナがキャシオを連れて、わしの寝室に入り込む様子を示しているのだな。キャシオの鼻が見えたが、その鼻を削ぎ落としても、それをくれてやる犬が見つからぬ。

キャシオ あの女とはそろそろ縁を切らないといけないな。

イアゴ 大変だ。ビアンカがやって来る。

（ビアンカ登場）

キャシオ ふしだらな女が来たな。香水女[33]と結婚なんてするわけないよ。どうして僕を付け回すのだ?!

ビアンカ あんたなんかは悪魔か何かに取り憑（つ）かれたらいいんだよ！ どういうことよ?! あんたがさっき手渡したハンカチは!? 受け取ったりして、何て私は馬鹿だったのか!? その刺繍を写し取ってと頼まれて…。あんたなら言いそうなことだわ。部屋の中に落ちているのを見つけた、誰のものかも分からないなど、よく

---

33 当時、巷では香水をつけた女は売春婦と同一視された。

そんな嘘が言えたものね！ どうせ、どこかのあばずれにもらっ
たものでしょう。なんで私がそんな刺繍を写さなくちゃいけない
の?! 叩き返してやるからね！（ハンカチを投げ捨てる）どこか
の娼婦にくれてやったら！ 誰からもらったのかは知らないけれ
ど、写し取るのはごめんだわ！

キャシオ どうかしたのか？ 僕の可愛いビアンカ。どうしたんだ
い？ ちょっと落ち着いてくれないか。

オセロ 何てことだ！ あれはわしのハンカチではないか！

ビアンカ もし、今夜、夕食に来たいなら来てもいいわよ。来ない
なら、二度と来なくていいからね。（退場）

イアゴ 追えばいい。後を追ったらいいのです！

キャシオ 確かにそうだ。そうしないなら、あの女はきっと路上で
叫び回るに決まっている。

イアゴ あれの所で夕食ですか？

キャシオ ああ、そのつもりでいるが…。

イアゴ 機会があればお訪ねするかもしれません。是非、お話がし
たいのですが…。

キャシオ 来てくれるのを待っている。きっとだぞ…。

イアゴ さあ早く追いかけてください。もう何も言わないで…。
（キャシオ退場）

オセロ （前面に出てきて）イアゴ、どうやってキャシオを殺せば
いいだろう?!

イアゴ 自分の不倫を笑っていたのをご覧になったはずですが…。

オセロ ああ、イアゴ！

イアゴ ハンカチを見られましたか？

オセロ 確かにあれは、わしの物かい？

オセロ

イアゴ 誓ってあれは将軍の物です。でも、何ですか、あれ⁉ 奥さまを馬鹿にしていますね…。奥さまから頂いたハンカチを娼婦なんかに譲るとは！

オセロ 9年かけて殺したい。立派な女性、きれいな女性、優しい女性だったんだがなあ…。

イアゴ もうそのことはお忘れになってください。

オセロ 分かっておるぞ。あの女は腐りゆき、朽ち果てて、今夜のうちに地獄行きだ。あの女を生かしておくことはできぬからな。わしの心は石と化してしまった。手で打ったなら手が痛む。ああ、この世界にはあれほど可愛い女はいないだろう。皇帝のそばにいて、皇帝を操ることさえできるだろう。

イアゴ そのように考えられてはなりません。

オセロ どうしてだ⁈ わしはただ、あれのことをありのままに言っているだけだ。針仕事ならてきぱきこなし、音楽には秀でているし、あれが歌えば獰猛な熊でさえおとなしくなるだろう。知性に優れ、想像力が豊かだからな。

イアゴ それだからこそ、いけないのです。

オセロ ああ、千倍も、千倍もいけないな。その上に、性質は生まれつき優しくて…。

イアゴ そう、その通り。優し過ぎです。

オセロ いやはや、それは確かなんだが、哀れなことだ。イアゴ、ああ、哀れなことだ。

イアゴ 奥さまの不倫のことを、それほどまでに大目に見たいと仰るのなら、いっそ免許をお与えになってはいかがです？ 将軍がそれでいいのなら、他の誰にも迷惑ではないのですから。

オセロ あの女を切り刻み、粉々にしてやるぞ！ 不倫などしてい

491

るとはな！

イアゴ　奥さまのそれが問題なのですよ。

オセロ　わしの将校を相手にだぞ！

イアゴ　大問題です。

オセロ　イアゴ、毒薬を用意しろ。今夜にな。諭したりする気は全くないぞ。あの美しい体を見れば、わしの決意が鈍るから。今夜だぞ、イアゴ。

イアゴ　毒薬は良くありません。奥さまが穢《けが》されたベッドの上で絞め殺したらいかがです？

オセロ　よし、それがいい。正義を為すということが気に入った。それで殺《や》る。

イアゴ　副官のほうは私にお任せください。真夜中までにその結果をご報告いたします。

オセロ　なかなか良いな！［トランペットの音］何かあったのか？

イアゴ　ヴェニスからのお使いでしょう。

（ロドヴィーコ、デスデモーナ、従者達登場）

ほら、あれはロドヴィーコさまで、大公からのお使いです。奥さまもいらっしゃいます。

ロドヴィーコ　神の恵みが将軍にあるように！

オセロ　ありがとうございます。

ロドヴィーコ　大公や元老院の方々も宜しくと仰っていました。（手紙を手渡す）

オセロ　謹んで拝見します。（開封して読む）

デスデモーナ　何か変わったことでもあって？ ロドヴィーコさま。

オセロ

イアゴ　お久しぶりでございます。キプロス島へようこそお越しく
　ださいました。

ロドヴィーコ　副官のキャシオはどうしているのか？

イアゴ　元気でいらっしゃいます。

デスデモーナ　ロドヴィーコさま、副官と主人との間に亀裂が入り、
　困っているの。仲直りにはあなたのお力が必要ですわ。

オセロ　確かにそうか？

デスデモーナ　あなた、何か仰いました？

オセロ　（読む）「この件は確と実行されるべき…」。

ロドヴィーコ　呼ばれたのではありません。声に出して手紙を読ん
　でおられたのです。ご主人とキャシオとがうまくいってはいない
　のですね。

デスデモーナ　とても不幸なことですの。仲直りをさせることがで
　きるなら、この私、なんでもするわ。キャシオのことが大好きだ
　から。

オセロ　硫黄の火で焼かれるがいい！

デスデモーナ　どうなさったの？

オセロ　正気でそれを言ったのか?!

デスデモーナ　どうしたの？　怒っているの？

ロドヴィーコ　手紙のことで気に障ってのことでしょう。後任とし
　てキャシオを残し、将軍に帰国命令が出たようです。

デスデモーナ　まあ、それは嬉しい知らせです。

オセロ　本当か？

デスデモーナ　ええ？　あなた…。

オセロ　おまえが狂っているのが分かり、わしも嬉しい。

デスデモーナ　どうなさったの？　優しいオセロ…。

493

オセロ　悪魔めが！（彼女を叩く）

デスデモーナ　このようなことをされる覚えはありません。

ロドヴィーコ　今のことを私が確かに見たのだと、ヴェニスで証言したとしても誰も信じてくれないでしょう。ひど過ぎる仕打ちです。奥さまに謝罪すべきじゃありません⁉　泣いておられます。

オセロ　ああ、悪魔だ、悪魔！　もし、この世の中が女の涙で溢れるのなら、デスデモーナの落とす涙の一滴、また一滴がワニ[34]となるはずだ。とっとと失せろ！

デスデモーナ　気に障るのなら退出します。（出て行こうとする）

ロドヴィーコ　本当に従順な女性だな。将軍、どうか呼び戻しては頂けません？

オセロ　そこの奥さん！

デスデモーナ　はい、何か？

オセロ　こいつには何の用事があるのです？

ロドヴィーコ　何ですって？　この私に用事があると言うのです？

オセロ　そうですよ。呼び戻すようにとわしに言われたはずですが…。この女、心変わりもするけれど、体位でさえも相手次第で、ころころ変えてやり続けるからな。それに、泣くのだから。泣くこともできるのだ。従順ですな。仰る通り、従順だ。誰にでも従順だ。さあ、泣けばいい。手紙の件で—　悲しい素振りをしておるが—　帰国命令もらっている。どこかに失せろ！　しばらくしたら、呼びにやる。命令に従って、すぐにヴェニスに戻ります。—とっとと失せろ！（デスデモーナ退場）あとはキャシオに任せます。今宵の宴はご一緒にお願いします。キプロス島へよくお越しくださいました。—　盛りのついた山羊や猿めが！（退場）

34　ワニは人を食べるとき、涙を流すと信じられていた。

ロドヴィーコ　このムーアが元老院の全員が有能という人物なのか？ 感情に流されたりすることは絶対にない人物なのか?! 予期せぬ危険や偶発的な災難に動じない人物なのか!?

イアゴ　将軍は随分お変わりになりました。

ロドヴィーコ　精神に異常をきたしていないのか？ 気でも触れたか?!

イアゴ　だいたいいつもあのようですが…。私が口を差し挟むべき事柄ではありません。でも、そうでなければいいのにと願っています。

ロドヴィーコ　それにしても奥さまを殴るとは！

イアゴ　本当に、あれは良くないことでした。あれだけで事が済めばいいのですが…。

ロドヴィーコ　あんな様子がいつものことなのか？ 手紙が彼の激情を駆り立てて、あんなことになったのか？

イアゴ　私が今まで目撃して知っていることを話すのは、忠誠心に悖ります。将軍の行いをご覧になれば、自ずとそれがお分かりになるでしょう。そうなれば、話す必要がなくなります。将軍に付き従って、これからの様子を観察して頂けますか？

ロドヴィーコ　あの男を見損なったな。（二人退場）

495

第2場

要塞の一室

（オセロ、エミリア登場）

オセロ　それなら、おまえは見たことがなかったのだな。

エミリア　見ても聞いてもおりません。

オセロ　キャシオと妻が一緒のところを見ておるな。

エミリア　見ておりますが、普通のことです。お二人の会話はすべて聞いております。

オセロ　それなら、囁き合うとか、それに類したことなどはなかったのか？

エミリア　一度たりとも。

オセロ　席を外せと言われたことは？

エミリア　一度たりともありません。

オセロ　扇とか、手袋、仮面、何かを取りにやらされたとかは？

エミリア　絶対にありません。

オセロ　奇妙なことだ。

エミリア　神に誓って、奥さまは誠実でいらっしゃいます。もし、そうでないなどという考えがおありなら、どうかそれはお捨てください。ご自分のお心を乱すだけです。将軍のお心にそんな気持ちを起こさせた悪党がいるのなら、天罰が与えられればいいのです！　奥さまが正直でも貞節でも誠実でもないのなら、この世には幸せな夫などたった一人もいませんよ。どんなに清い妻がいよ

35　ヴェニスは仮面で有名な地。

496

うと、奥さまの足元にも及びませんからね。

オセロ　デスデモーナにここへ来るように言ってくれんか。(エミリア退場)なかなかうまく言い逃れをしておる。あれぐらい言えないと娼婦の侍女は務まらんからな。デスデモーナはあばずれだ。クローゼットに秘密を隠し、鍵をかけ、そうしておいて跪き、神に祈りを捧げておる。わしはそれを見たことがあるからな。

(デスデモーナ、エミリア登場)

デスデモーナ　何のご用で?

オセロ　そばに来てくれ。

デスデモーナ　何でしょう?

オセロ　おまえの目を見せてくれ。わしの顔をよく見るのだぞ。

デスデモーナ　何か恐ろしい考えをお持ちなの?

オセロ　〈エミリアに〉いつもの仕事をすればいい、女将さん。お客さんを二人っきりにしておいて、ドアを閉め、誰か来たなら、咳払いして「エヘン」と言うのだぞ。商売だ。さあ、商売をすればいい。しっかりと働くのだな!(エミリア退場)

デスデモーナ　(跪き)お願いします。どんなつもりなのか打ち明けてくださいませんか? 言葉遣いでお怒りがあることは分かるのですが、そのお言葉が分かりません。

オセロ　ところで聞くが、おまえは誰だ?!

デスデモーナ　妻ですよ。誠実で忠実なあなたの妻よ。

オセロ　では、そう誓って、地獄に落ちろ。見かけだけは天使のようなおまえだからな。悪魔さえおまえを見たら捕らえ損ねるかもしれぬ。そういう理由で、おまえなど二重にも地獄落ちだ。さあ、

497

正直者だと誓うのだ！

デスデモーナ　神様がご存知ですわ。

オセロ　確かに神は不実なおまえをご存知だ。

デスデモーナ　誰に対して不実なのです?!　誰と不実なことでもしたと思われるのです？　私にどうしてそんなことなど言われるの⁉

オセロ　ああ、デスデモーナ！　消え失せろ！　今すぐここを出て行って、どこかに消えろ！

デスデモーナ　ああ、何て悲しい日なの…。どうして泣いていらっしゃるの？　涙を流す原因は私なのです？　私の父があなたの帰国を画策したとお思いになったとしても、私のせいだと思わずにいてくださいね。あなたがもしも父と縁切りなさるのなら、私も共に縁を切ります。

オセロ　神がわしに苦悩の試練をお与えになり、あらゆる苦痛、あらゆる恥辱が頭上に雨となり降り落ちて、喉元までも貧困の水が押し寄せようと、この体が束縛を受け、自由ではなくなろうとも、一粒の忍耐力を心の隅のどこかには見つけ出せるはずだ。ああ、何ということ！　嘲りの対象となり、後ろ指を差されても、それさえも耐えてみせるぞ。何とかうまく切り抜ける。だが、わしの心預けた場所であり、生きるも死ぬもわしの原点、この命の泉の源が涸れたならそれで終わりだ。その場から打ち捨てられて、わしの泉に忌まわしいヒキガエルらが群がって繁殖する水溜まりにされるのだ！　幼くて薔薇色の唇をした天使であったおまえ達、「忍耐」よ、顔色を変えるのだ！　そうなれば、このわしも陰惨な顔付きにならざるを得ないから。

デスデモーナ　どうか私の誠意を信じては頂けません？

オセロ

オセロ　ああ信じるぞ。卵からすぐに生まれる夏のハエが屠殺場に群がるように、おまえなど有害な雑草だ。見た目には美しく甘い香りが漂って、そのせいで感覚が疼（うず）くのだ。おまえなど、生まれて来なければ良かったのだ。

デスデモーナ　ああ、知らないうちにどんな罪を私は犯したのでしょうか？

オセロ　ここにあるきれいな紙や素晴らしい本などは、娼婦という字を書くために作られたのか？ 何を犯した？ 犯したと ?!　行きずりの客を引く淫売（いんばい）め！ おまえがしていることなどをこのわしが口に出したら、わしの頬は溶鉱炉になり果てて、慎みの心さえ燃え尽きるだろう。どんな罪を犯したと ?!　天さえも鼻を塞いで、月さえも目を閉じて…。出会うものすべてにキスをするという浮気な風も、大地の穴に身を潜め、耳を塞いでしまうだろう。どんな罪を犯したと !?

デスデモーナ　神に誓って、誤解をなさっておられます。

オセロ　何だって ?!　売春婦ではないのだと？

デスデモーナ　そんな者ではありません！ 敬虔なクリスチャンです。主人のためにこの体を不義の男の手に触れさせないということが、売春婦でないという定義なら、絶対に私は売春婦ではありません。

オセロ　何だって ?!　売春婦ではないのだと？

デスデモーナ　神に誓って申します、「そうではありません」と。

オセロ　それは、本当か ?!

デスデモーナ　あり得ないお話ですわ。

オセロ　そうなら、わしはおまえに許しを乞わねばならないな。わしはおまえをオセロが娶ったヴェニスの町の狡猾な売春婦だと勘

499

違いしておった。（声を上げて）おい、女将さん！

（エミリア登場）

天国の鍵を預かっている聖ペトロとは逆さまで、地獄の鍵を隠し
持っている女将さん！　そう、そうだよ、あんたのことだ。我々
は、やるべきことをやり終えた。見張りの駄賃だ、取っておけ。
今日のことには鍵をかけ、わしらのことは内密にしておくのだぞ。
（退場）

エミリア　あの方は一体、何を考えていらっしゃるのかしら？　奥
　さまどうかなさいましたか？　大丈夫です？

デスデモーナ　本当に、悪夢のようで…。

エミリア　ご主人はどうかなさったかもしれませんね。

デスデモーナ　ご主人って誰のこと？

エミリア　私の閣下のことですよ。

デスデモーナ　あなたの閣下？

エミリア　奥さまのご主人ですよ。

デスデモーナ　私にはそんな人などいませんわ。お願いだから何も
　言わないで、エミリア。泣くこともできないの。返事さえできな
　いわ。ただ、涙が流れるだけ。どうかお願い、今夜はベッドに婚
　礼の夜のシーツを敷いておいてくださいね。忘れないでね。それ
　から、イアゴをここに呼んではくれません？

エミリア　本当に、恐ろしい変わりようだわ。（退場）

デスデモーナ　こんな目に遭うのだって当然なのよ。でも私、何を
　したというのでしょうね。些細なことで咎められて…。

500

（エミリア、イアゴ登場）

イアゴ　奥さま、何かご用でしょうか？　ご機嫌はいかがです？

デスデモーナ　どう言えばいいのかしらね…。幼い子供に教えるときに、優しい言葉や簡単なことから始めて慣らしていくでしょう。将軍も私にはそのようにして、叱るにしてもそれを踏まえてしてほしかった。だって、私は叱られたことなどないのですから…。

イアゴ　何か問題があったのですか？

エミリア　イアゴ、それがあったのよ。ご主人が奥さまを売春婦呼ばわりし、侮辱して酷いことを仰ったの。真面には聞くに堪えないことまでもよ。

デスデモーナ　〈イアゴに〉私ってそれだけの女なの？

イアゴ　それだけの女とは？

デスデモーナ　私の主人が言ったと、エミリアが今言った言葉のことよ。

エミリア　ご主人は「売春婦」って仰ったのよ。酒の入った乞食でも自分の女にそこまでは言わないでしょう。

イアゴ　なぜそんなことを言われたのです？

デスデモーナ　それがちっとも分からないの。分かっているのは、私はそんな女じゃないってことだけよ。

イアゴ　泣いたりするのは良くありません。何ということです⁈

エミリア　奥さまは数多く良い縁談を断って、お父さまだけでなく、お国やお友達も捨て去って、ご主人に付き従ってきた挙句の果てに娼婦呼ばわりされたなら、泣かないでいられるわけがないでしょう⁉

デスデモーナ　私は運が悪いのよ。

イアゴ 将軍はけしからん！ どうしてそんな幻惑が起こったのです⁈

デスデモーナ 全くわけが分からないの。

エミリア 心根の腐りきった悪党か、邪で腹黒いゴロツキか、ペテン師のいかさま野郎が良い地位を得るために、そんな中傷を考えたのに決まっているわ。絶対そうよ。

イアゴ バカなことを言うんじゃないぞ。そんな奴などいるわけがない。あり得ない！

デスデモーナ もし、そんな人がいるのなら、どうか神様、お赦しをお与えになってください。

エミリア そんな奴など首吊り刑がお似合いよ！ 地獄で骨がバラバラにされてしまえばいいんだわ！ 奥さまはなぜ娼婦だなどと呼ばれたのかしら？ 相手は誰というのでしょうね？ どこで？ いつ？ どうやって？ その証拠でも？ 下劣な奴で、人でなし、腹黒い悪党にムーアさまは騙されている。どうか神様、そんな悪党は裸にし、正体を暴き出し、正直者に鞭を持たせて、東から西の果てまで世界中を追い立て回して、体罰を加えてやればいいんだわ。

イアゴ おまえの声は大き過ぎるぞ。

エミリア そんな輩は呪われたらいい！ 人の分別を逆さまにして、ムーアさまと私の仲を疑わせたりもしたんだからね。

イアゴ 頭でもイカれたのか⁈

デスデモーナ ねえ、イアゴ、あの人のご機嫌を取り戻すのにはどうすればいい？ お願いだから、彼の所に行ってみて。どうしても、私には機嫌損ねた理由が分からないのよ。跪き、ここに私は誓います。心でも実際の行為でも、彼の愛に叛くことでもしたのなら、私の目、耳、他の感覚が他の誰かに魅了されたりしたのな

ら、あるいは─ 今は私は見捨てられて惨めな境遇に置かれていますが─ 現在も過去も未来も、私が彼を愛することがないのなら、一切の喜びからは見捨てられても構わない。あの人のつれない素振りほどつらいものはありません。彼の冷たさは私を凍死させるほど。そうであっても、私の愛は変わらない。私には「売春婦」という言葉など口に出しては言えません。今そう言っていることにすら嫌悪感を感じます。ましてや、それを行うなどは、私にはできるはずがありません。この世での最高の栄耀栄華を与えると言われても、お断りいたします。

イアゴ　ご心配なさらずに。将軍はご気分がすぐれなかっただけですよ。国事のことで気にかかる何かがあってのことですね。

デスデモーナ　そうならばいいのですけど…。

イアゴ　きっとそうです。この私が保証します。[奥でトランペットの音]晩餐会の時間です。ヴェニスから来られた使者のおもてなしです。さあ、中へお入りになり、泣いたりなさらずに…。すべてがうまくいきますから。(デスデモーナ、エミリア退場)

(ロダリーゴ登場)

やあ、ロダリーゴ！

ロダリーゴ　おまえの仕打ちはひどいもんだぞ。

イアゴ　ひどいって、何が？

ロダリーゴ　毎日、何か口実を見つけては、この俺を避けようとしているんじゃないのかい?! 今やっと分かったんだが、おまえは俺のわずかな希望を叶えはせずに、その機会をできるだけ作らないようにしているんだろう。もう俺の我慢の限度は超えた。今ま

503

では馬鹿みたいにじっと我慢をしていたが、もうその手には乗らないからな。

イアゴ ロダリーゴ、少しは俺の言うことも聞いてくれ。

ロダリーゴ もう充分に聞かせてもらい、聞き飽きた。言うこととやることが全然違う。

イアゴ 言いがかりをつける気か⁉

ロダリーゴ 実際に、この俺は全財産を使い尽くした。デスデモーナに贈ると言っておまえが俺から持っていった宝石は、半分のサイズにしても簡単に修道女でも丸め込むことができるほど価値ある物だったんだぞ。おまえは俺に言ったよな、それを彼女が受け取って、すぐにでも懇意な仲になりたいという返事があったと言うけれど、それっきり梨のつぶてだ！

イアゴ なるほど、それでいいんだよ。

ロダリーゴ なるほど、それで「いい訳」がない[36]！ 悪質なやり口だ。俺はいいようにあしらわれていた。そのことに気がついたんだ。

イアゴ それでよろしい。

ロダリーゴ よろしくなんかあるわけがない！ 俺は直接デスデモーナに名乗って出るぞ。彼女がもしも宝石を返却すれば、俺はすぐさま願い下げをして、不当なプロポーズを反省しよう。宝石が戻らなければ、俺はおまえに決闘を申し入れ、リベンジを果たしてやるぞ。

イアゴ よく言った！

ロダリーゴ 言っただけじゃないからな。言ったことは絶対に実行するぞ！

---

36 「良（い）い訳がない／言い訳が（でき）ない」という訳者（Ys.）のしゃれ。

イアゴ　いや、おまえにも男らしさがあるんだな。たった今からおまえのことを見直してやる。ロダリーゴ、握手をしよう。おまえの抗議は無理もない。だが、これだけは言っておく。おまえのことをこの俺は真剣に取り組んでいた。

ロダリーゴ　そうは見えない。

イアゴ　そう見えないのはよく分かる。おまえの嫌疑には頷ける。理に適っているし、正当なものだ。ロダリーゴ、もう今まで以上に持っているとは思うのだが、決意や勇気、男らしさを今夜発揮してくれ。明日の夜にデスデモーナを楽しめなけりゃ、裏切りと背信で俺の命の始末をつけて、あの世へと送り出したらいいことだ。

ロダリーゴ　さて、それは何なのだ？　まともなことで、俺にもできることなのか？

イアゴ　よく聞けよ。ヴェニスから特使が来ている。あのキャシオをオセロの職の後任にするとのことだ。

ロダリーゴ　本当か？　それなら、デスデモーナとオセロとはヴェニスへ戻るということなのか？

イアゴ　いや、違う。モーリタニアに行くんだよ。美しいデスデモーナも一緒にな。何か事件が持ち上がり、ここに留まるはめにでもならない限り…。決定的な事件とは、キャシオの奴を始末することだ。

ロダリーゴ　始末するってどういうことだ？

イアゴ　オセロの代わりをできなくさせるということだ。頭でもブチ割って！

ロダリーゴ　そんなことを俺にやれと言うのか⁈

イアゴ　その通り。自分自身の利益と権利を守る勇気があるのなら、

やるべきだ。あいつは、今夜、娼婦の所に行って夕食を共にする。そこへ俺は会いに行く。奴はまだ名誉ある幸運のことを知らないでいる。そこから奴が出て来るのを待ち伏せするんだ。時間は俺が取り計らって、午前零時と１時の間だ。これで奴など思い通りに始末ができる。この俺も、そばにいて助けるからな、二人で奴を葬（ほうむ）るんだぞ。呆然とそんなところに立っていないで、さあ、俺と一緒に行こう。道すがら、なぜ奴を殺さねばならないのかを話すから。おまえのためになるんだからな。もう、夕食時間だ。夜はみるみる更けていく。さあやろう！

ロダリーゴ　その理由をもっと詳しく話してくれよ。

イアゴ　きっとおまえは納得するぞ。（二人退場）

第３場

要塞の別の部屋

（オセロ、ロドヴィーコ、デスデモーナ、エミリア、従者達登場）

ロドヴィーコ　もうここで結構ですよ。

オセロ　まあ、そう仰らず、私も少し歩きたいので…。

ロドヴィーコ　では、奥さま、おやすみなさい。おもてなしには感謝しています。

デスデモーナ　またいつかおいでください。

オセロ　さあ行きましょう。そうだ、デスデモーナ！

デスデモーナ　はい、あなた…。

オセロ　すぐに休んでおきなさい。わしも急いで戻るから。お付き

オセロ

の者は下がらせておきなさい、きっとだぞ。

デスデモーナ　はい、そういたします。（オセロ、ロドヴィーコ、従者達退場）

エミリア　どうしてでしょう？　前よりは少し優しくなられましたね。

デスデモーナ　すぐに戻ると仰って…。休んでなさいとも仰った。お付きの者もいないようにと…。

エミリア　私を下がらせておけ… そうなのですか？

デスデモーナ　そうなのよ。だから、エミリア、ネグリジェを持ってきて。その後で休んでね。今、将軍のご機嫌を損ねたくないのです。

エミリア　奥さまはあの方にお会いなどしていなかったら良かったですね。

デスデモーナ　そうじゃないわよ。あの方への愛は溢れるほどで、頑固でも、怒りっぽくてしかめっ面をされたりしても― ねえ、ピンを外してくれる？― 率直で好感が持てるんだから。

エミリア　言われた通り、あのシーツをベッドに敷いておきましたから。

デスデモーナ　どちらにしても同じことよね。本当に、人の心って取り留めがなくて…。あなたより私が先に死んだなら、婚礼の日のシーツを使い、私をそっと包んでね。

エミリア　まあ、何てことを仰るのです?!

デスデモーナ　お母さまにバーバラというメイドがいたの。その娘は恋をしたのだけれど、相手の男性は狂暴になってきて、その娘を捨ててしまったの。その娘はいつも「柳の歌」を歌っていた

37　裏の意味「見捨てられた恋人」。

507

わ。昔の歌よ。でも、それはその娘に与えられた運命を象徴している歌だった。その歌を歌いながら、その娘は死んでいったのよ。今夜、その歌が私の胸に流れてくるの。哀れなあの娘、バーバラのように首を傾げて歌ってみたい。さあ早くして。

エミリア　ガウンを持ってきましょうか？

デスデモーナ　それはいいから、このピンを外してくれる？　ロドヴィーコって思慮深い男性ね。

エミリア　とてもハンサムで、素敵な方です。

デスデモーナ　話し方も爽やかね。

エミリア　あの方の唇に触れることができるのなら、パレスチナまで裸足で歩き、巡礼に行ってもいいと言う女性がヴェニスにいますよ。

デスデモーナ（歌う）

　　　哀れな娘　プラタナスの　木陰にて

　　　柳の歌を　歌ってる

　　　手を胸に当て　頭を膝に　載せながら

　　　歌ってよ　柳よ柳　柳よ柳

　　　娘の傍に　清らかな　小川の流れ　あるのよね

　　　その響き　嘆きの声に

　　　歌ってよ　柳よ柳　柳よ柳

　　　流れる涙　石をも包み

　　　歌ってよ　柳よ柳　柳よ柳

　　　これをしまって　おいてよね

　　　歌ってよ　柳よ柳　柳よ柳

　　　お願いよ　早くして　すぐにお戻り　なさるから

　　　歌ってよ　柳の歌を　私の思い　花飾り

あの人を 責めないで あの人の 蔑みが

　　　私には よく分かるから…

　あら、こうじゃなかった、あの音は何かしら？ 誰かがノックし

ているわ。

エミリア　風の音です。

デスデモーナ　（歌う）

　　　私の彼に 偽りの愛 責めたなら

　　　言い返された 言葉はこれよ

　　　歌ってよ 柳よ柳 柳よ柳

　　　「僕が遊べば 君も遊べば いいだろう」

　エミリア、下がっていいわ。お休みなさい。目がかゆいのは泣く

ことの前触れかしら…。

エミリア　どこにでもありますよ、そんなこと…。

デスデモーナ　そう言われているのを聞いたことがあるわ。ああ、

　男の人って、男の人って！ 本当のこと言って、エミリア、女性

　でもそんなことをして自分の夫を騙す人なんているのです？

エミリア　はっきり言っていますよね、そんな人。

デスデモーナ　世界のすべてをあげるから、そう言われたらあなた

　ならどうするの？

エミリア　奥さまなら？

デスデモーナ　月の光に懸けても私は絶対にそんなことなどしませ

　んわ。

エミリア　私もですよ、月の光に照らされてなど。暗闇ならまだま

　しですが…。

デスデモーナ　この世界のすべてなのよ。

エミリア　この世界すべてとは莫大なものです。小さな罪に莫大な

ご褒美ですね。

デスデモーナ　実際に、あなたならしないはずよ。

エミリア　実際に、すべきだと思います。したあとに償いはいたしますけど…。安っぽい指輪とか下着とかガウンやスリップ、帽子や小物、そんなものじゃだめですよ。でも、世界全部と言われたら…。ちょっとした浮気をするだけで自分の夫を皇帝にできるのでしょう。煉獄行きと言われても、リスクを冒してするでしょう。

デスデモーナ　世界全部を与えると言われても、私ならそんな罪は絶対に犯さないわ。

エミリア　悪いとしてもその世界で悪いだけで、努力して世界を自分のものにしたなら、その別の世界で罪は罪ではないと決めればそれで解決ですよ。

デスデモーナ　そんな女性がいるなんて、どうしても信じられない。

エミリア　大勢いますよ、そんな数、数えきれないほど多く。でも、妻の過ちは私が思うに、責任は夫にあって、妻に与えるはずのものを他の女に貢いだり、嫉妬に狂って怒り出し、私達を拘束したり殴りつけ、悪意に満ちてお小遣いを減らしたり、そんなことをされたなら私達にも意地があります。優しい気持ちはあるけれど、仕返しをしたくなります。妻にも同じ感覚があるのだと夫らに教えてやればいいのです。物は見て、匂いを嗅いで、甘い辛いの違いも分かります。夫が他の女に乗り換えるなど、どういうことです！ お遊びかしら？ きっとそうです。天性の浮気性？ そうかもしれません。過ちを犯すのは意志の弱さ？ これもそうかもしれません。私達だって愛情深く遊び心も意志の弱さも男と同じです。私達を大切に扱わせるように、夫には思い知らせてやりましょう。妻の過ちはみんな夫から見習ったものだということを…。

デスデモーナ　お休みなさい。お休みなさい。（エミリア退場）ど
　うか神様、悪から悪を学ぶのでなく、悪を知り、悔い改める心の
　道をお教えください。（退場）

第5幕

第1場

路上

（イアゴ、ロダリーゴ登場）

イアゴ　さあ、この店の陰に隠れて立っていろよ。奴はすぐ現れるから。剣は抜き身で構えておいて、グサッと刺せよ。早く用意を！ 恐れるな。俺がついているからな。のるかそるかだ、忘れるな覚悟を決めろよ。

ロダリーゴ　そばにいてくれ。やり損なうかもしれないから…。

イアゴ　ここにいるから、すぐ傍だ。勇気を出して身構えろ！（少し離れた隅に隠れる）

ロダリーゴ　こんなことなどしたくはないのだが、イアゴの話は納得できる。一人の人間が消えるだけだ。さあ、剣を抜くぞ！ 死んでもらおう。

イアゴ　ニキビ野郎の面の皮が剥けるまでこすりつけ、ヒリヒリさせてやったから、頭にきている。あれがキャシオを殺すのか、キャシオがあれを殺すのか、共倒れになるのか、どっちに転んでも俺の儲けだ。ロダリーゴが生き残ったら、デスデモーナへ贈り物と偽って俺がくすねた莫大な金や宝石を弁償しろとぬかすだろう。そうなれば都合が悪い。キャシオの奴が生き残ったら、生ま

れ持ってのスマートさでこの俺が醜く見える。その上に、ムーア
が俺の話をすれば俺の立場が危うくなるぞ。奴には死んで頂こう。
ああ、いよいよ来たぞ。

（キャシオ登場）

ロダリーゴ　あの歩き方、あいつだな。悪党め、死にやがれ！
（キャシオに剣で突きかかる）

キャシオ　その一撃で命取りになるところだったが、コートの下に
鎖で編んだベスト[38]を着ている。おまえはどうだ!?（剣を抜きロ
ダリーゴを刺す）

ロダリーゴ　アッ！　やられた。（イアゴが背後からキャシオの脚に
斬りつけて退場）

キャシオ　脚をやられた。助けてくれ！　人殺し！　闇討ちだ！（倒
れる）

（オセロ登場）

オセロ　キャシオの声だ。イアゴが約束を果たしたな。

ロダリーゴ　ああ、自分は悪党だった。

オセロ　そうだろう[39]。

キャシオ　おーい、助けてくれ！　灯りだ！　医者を！

38　赤穂浪士が討ち入りの時に着用した鎖帷子（くさりかたびら）に似ている。当時、
イギリスで身に危険を感じているような貴人や高人が身を守るために、安全策と
して着用したようである。
39　オセロはロダリーゴの「悪党だった」という言葉はキャシオが言ったと思って
いる。

オセロ　奴だぞ。ああ、勇気あるわしのイアゴは正直者で正義感が
ある。上官の受けた恥辱を潔く晴らしてくれた。おまえには教え
られたぞ。あばずれ女の浮気の相手はもう死んだ。呪われたおま
えの命運は尽きようとしておるぞ。さあ、行くぞ、娼婦めが！
おまえの目、その魔力、わしの胸から消し去った。情欲で穢れた
ベッドを情欲の血で染めてやる。（退場）

（ロドヴィーコ、グラシアーノ登場）

キャシオ　おーい！　誰か！　夜警はどこだ⁈　誰かいないか⁉　人殺
し！　人殺し！

グラシアーノ　何かあったな。悲痛な叫び声が聞こえる。

キャシオ　ああ、助けてくれ！

ロドヴィーコ　お聞きください！

ロダリーゴ　ああ、何と惨めな悪党なんだ！

ロドヴィーコ　２、３人が呻いています。ひどい暗闇でよく見えま
せん。これは何かの陰謀かもしれません。手勢を少し集めましょ
う。あの声に近づくのは危険です。

ロダリーゴ　誰一人来ないとは…。この出血で俺の命はないだろう。

ロドヴィーコ　ほら、またそこで聞こえましたぞ。

（灯りを持ったイアゴ登場）

グラシアーノ　シャツ姿のままで、灯りと武器を手に持って一人の
男がやって来る。

イアゴ　誰なんです⁈　そこにいるのは？　「人殺し」などと叫んで

いたのは誰なんです⁉

ロドヴィーコ　誰なのか分からない。

イアゴ　叫び声は聞かれなかったのです？

キャシオ　ここだ！ ここ！ 頼むから助けてくれよ。

イアゴ　何事です⁉

グラシアーノ　この男、確かオセロの旗手ではないか⁉

ロドヴィーコ　その通りです。勇敢な男です。

イアゴ　悲痛な声を上げているのは誰なのだ⁉

キャシオ　イアゴか？ 悪党どもに襲われて負傷した。助けを頼む。

イアゴ　ああ、これは副官ですね。こんな傷を負わせたのはどんな
　悪党なんですか？

キャシオ　そのうちの一人だけは、その辺りに転がっているはずだ。
　逃げたりはできないでしょう。

イアゴ　卑怯な奴らですな！〈ロドヴィーコとグラシアーノに〉そ
　こにいらっしゃるのはどなたですか？ ここに来て、手を貸して
　頂けませんか⁉

ロダリーゴ　この私も助けてください！

キャシオ　あれがその一人だぞ。

イアゴ　この殺人鬼！ この悪党め！（ロダリーゴを刺す）

ロダリーゴ　イアゴ！ よくもこの俺を騙したな！ 犬畜生め！

イアゴ　闇討ちなんかしやがって！ 盗賊の仲間はどこにいるの
　だ⁉ この町はとても静かだ。おーい、人殺し！ 人殺しです！
　〈ロドヴィーコとグラシアーノに〉何者だ！ 敵なのか味方なの
　か⁉

ロドヴィーコ　よく見れば分かるだろう。

イアゴ　ロドヴィーコさま？

ロドヴィーコ　その通りだ。

イアゴ　失礼を致しました。副官が悪党どもに襲われて負傷したので…

グラシアーノ　キャシオがか⁉

イアゴ　傷の具合は？　副官。

キャシオ　脚に深手を負ったのだ。

イアゴ　それは大変です！　灯りを持っていてください。私のシャツで傷口を縛ります。

（ビアンカ登場）

ビアンカ　何があったの？　叫んでいたのは誰なのよ⁈

イアゴ　叫んでいたのが誰だって⁉

ビアンカ　ああ、私のキャシオ、愛しいキャシオ！　ああ、キャシオ、キャシオ、キャシオ！

イアゴ　このアバズレめ！　副官、襲撃を仕掛けた奴らの心当たりはありますか？

キャシオ　いや、何もない。

グラシアーノ　こんな形で出会うとは気の毒だな。ずっと今まで捜していたのだ。

イアゴ　ガーター・ベルトを貸してください。もうこれでいい。担架でもあったなら楽にここから運べるのですが…。

ビアンカ　ああ、キャシオが気を失いそうよ。ああ、キャシオ、キャシオ、キャシオ！

イアゴ　皆さま、この女はこの一件に関わってると思えます。もう少しの辛抱です、副官。灯りをこちらに手渡して頂けません？

この顔に見覚えがあるかどうか確認をしてみましょう。ああ、これは友人で同郷のロダリーゴかな？ いや違う… 確かにそうだ、ロダリーゴだ。

グラシアーノ 何だって？ ヴェニスの？

イアゴ そうですが、ご存知ですか？

グラシアーノ 知っているかと⁉ 何を言う！

イアゴ ああ、これはグラシアーノさま。お見それいたしました。申し訳ありません。血みどろのこの件で取り乱し、ご無礼をいたしました。

グラシアーノ 久しぶりだな。

イアゴ キャシオの具合はどうでしょう？ 担架を、担架を早く！

グラシアーノ ロダリーゴか！

イアゴ はい、その男です。（担架が運び込まれる）担架が来ました。誰かここから注意して搬送してはくださいません？ 私は軍医を呼んできます。〈ビアンカに〉おい、おまえ。手出しはするな。〈キャシオに〉殺されてここに横たわってるこの男は私の友人だった者です。あなたと彼との間には諍いがあったのですか？

キャシオ 全く何も！ 見も知らぬ男だぞ…。

イアゴ 〈ビアンカに〉顔色が蒼ざめているな。― キャシオを風の当たらない室内へ。（キャシオとロダリーゴが運び出される）お待ちください、皆さま―〈ビアンカに〉どうして蒼くなっているのだ？〈みんなに〉ご覧ください、恐れ戦くこの女の目を。睨みつけたって、白状させてやるからな。どうか皆さま、この女をしっかりとご覧ください。お分かりでしょう、言葉などなくても、罪の意識が顔に現れています。

（エミリア登場）

エミリア　何があったの？　どうしたのです？

イアゴ　副官が闇討ちに遭ったのだ。やったのはロダリーゴとその
一味だ。副官が重傷でロダリーゴが死んでしまい、他の一味の連
中は逃走中だ。

エミリア　まあ、あの善良な紳士のキャシオさまが？

イアゴ　売春婦など買った報いだ。おい、エミリア、副官のところ
に行ってみて、今夜はどこで食事をされたかを聞いてこい。〈ビ
アンカに〉今の言葉で震えているな。

ビアンカ　私の家で食事はされたよ。でも、それで震えたわけじゃ
ないからね。

イアゴ　俺の思った通りだな。命令だ、この俺について来い。

エミリア　まあ、娼婦だてらに！

ビアンカ　娼婦なんかじゃないわ。私のことを見くびったあんたと
同じ、まともな暮らしをしているんだからね。

エミリア　「私と同じ」？　勝手なことを言うんじゃないよ。

イアゴ　みんな揃って手当てを受けている。副官を見舞いに行きま
しょう。〈ビアンカに〉ついて来い。白状させてやるからな。エ
ミリア、おまえは要塞に行って、将軍と奥さまに事件の経緯を知
らせるのだ！（エミリア退場）では、行きましょう。〈傍白〉今
夜が勝負だ。さあ、吉と出るのか凶と出るのか…。（一同退場）

オセロ

第２場

要塞の一室

（デスデモーナはベッドで寝ている。灯りを持ったオセロ登場）

オセロ　罪なのだ。裁かれるべき罪なのだ。その罪の名は、清純な星たちよ、わしは口には出せないが…。デスデモーナの血は流しはしない。雪より白く、白い鉱石より白く、滑らかな肌を傷付けたりはしない。だが、デスデモーナには「生きる道とは死への道」なのだ。でなければ、男を欺くこの灯りを消し、その次に命の灯りを消し去ろう。燃える灯りよ、おまえを消しても後悔すれば、また灯すことができる。問題は、デスデモーナ、おまえの灯り〈傍白〉— 神が造りし麗（うるわ）しの光— 一度（ひとたび）消してしまったら、わしにはプロメシウス[40]の火を探し当てたりできはしないぞ。バラの花を摘み取ったなら、その花を再生させる手立てなどない。ただ枯れ果てるだけ。わしはおまえが生命（いのち）の木に咲いているうちに、その香りを感じていたい。（キスをする）ああ、この息の芳（かんば）しさ。正義の神も手に持つ剣を折るだろう。もう一度、もう一度、口づけを！ 死んだとしてもそのままであってくれ。おまえの命を奪っても、わしの愛が変わらぬように！ もう一度、最後のキスを！ これほども麗しく、これほども罪深い女性など、いたことがあるのだろうか?! 涙が落ちる、とめどなく残酷な涙が… 涙が…。この悲しみは、天が与えるものなのだ。愛すればこそ鞭を打つ。目

40　人間を造り、天の火を盗んで人間に与え、文明と技術を教えた。その結果、人間は武器を作り、戦争をするようになった。

を覚ましたな…。

デスデモーナ　誰なの？　オセロ？

オセロ　そうだよ、わしだ、デスデモーナ。

デスデモーナ　もう、お休みになられるの？　ねえ、あなた。

オセロ　今夜の祈りは済ませたか？

デスデモーナ　ええ、あなた。

オセロ　まだ神の赦しを得ていない罪があるのなら、今すぐ祈り、赦しを乞うのがおまえのためだ。

デスデモーナ　まあ、あなた！　何のことです？

オセロ　それをするのだ、今すぐに！　待っているから。準備ができていないおまえの心は殺したくない。人の魂を殺すことは神により禁じられている。

デスデモーナ　殺すって仰いました？

オセロ　ああ、言った。

デスデモーナ　神様、どうかこの私をお救いください。

オセロ　救われるように、このわしも願っておるぞ。

デスデモーナ　それなら、私を殺したりなさらないわね。

オセロ　ウ〜ン、それはどうだかな…。

デスデモーナ　でも、怖いわ。あなたがそんな目で睨みつけたりなさるとき、良くないことの前触れだから。なぜか怖いわ。何一つ悪いことなどしていないのに…。どうして私は怖いのかしら…。

オセロ　自分の罪を考えてみろ。

デスデモーナ　それは、私があなたのことを愛してるから？

オセロ　そうだ、それ故に死なねばならぬ。

デスデモーナ　愛しているから殺されるなど、人の情には反しています。なぜ、そんなにも下唇を噛んでいらっしゃるの？　身を震

わしていらっしゃるのは、恐ろしい感情に苛まれている証です。でも、お願いだから、その矛先を私には向けないで…。

オセロ　黙れ！　静かにしていろ！

デスデモーナ　そういたします。でも、どうなさったの？

オセロ　このわしが大切にし、おまえに与えたハンカチを、おまえはキャシオにやったであろう。

デスデモーナ　まさか、そんなこと、神に誓ってしておりません。キャシオを呼んでお尋ねください。

オセロ　優しいおまえ、気を付けるのだぞ。偽証罪になるからな。もうおまえは死の床にある。

デスデモーナ　いずれはね。でも、まだでしょう。

オセロ　いや、今すぐだ。包み隠さず罪を告白するがいい。一つひとつ誓いを立てて、打ち消したとて何になる！　わしの心を苦しめる強い確信を取り除くことなどできはせぬ。おまえの命はもうないのだぞ。

デスデモーナ　神様、どうか弱き私をお守りください。

オセロ　わしも、そう祈ってやろう。

デスデモーナ　では、あなたは私を守ってくださいますね。一度も私はあなたのことを裏切ったりはしておりません。キャシオなど愛したこともありません。神様がお認めになる人として持つべき情の話なら、別ですが…。愛の印しのようなものを与えたことは絶対にありません。

オセロ　何を言う！　キャシオがあのハンカチを持っているのをこの目で見たぞ！　嘘つき女！　おまえなど、わしの心を鬼に変え、神様に献上いたすわしの所業をただ単なる殺人にしてしまう。ハンカチをわしは見たのだ。

デスデモーナ　それはキャシオが拾ったのだわ。あげたことなどありません。どうかあの人をここに呼び、真実をお聞きください。

オセロ　奴はもう自白した。

デスデモーナ　何をです?

オセロ　おまえのことをモノにしたと…。

デスデモーナ　何のこと? 不義のこと?

オセロ　その通り。

デスデモーナ　そんなこと、キャシオが言うはずはありません。

オセロ　もう口は利けぬ。正直者のイアゴが処分してくれた。

デスデモーナ　ああ、なんて恐ろしいこと! 殺されたの?

オセロ　奴の命が髪の毛ほどの数あろうとも、そのすべてを毟り取らねば、このわしの復讐心は癒えはせぬ。

デスデモーナ　ああ、あの人は罠にかけられ、私もこれでおしまいね。

オセロ　消え失せろ、この娼婦! わしの面前で奴のために涙を流すのか⁉

デスデモーナ　どうか私を追放にして! 殺したりなさらずに…。

オセロ　もうやめろ、この売春婦!

デスデモーナ　殺すのは明日にして、せめて今夜は生かしておいて!

オセロ　だめだ! おまえがもがくなら…。

デスデモーナ　せめてあと半時間だけ…。

オセロ　走り出したら止まれない。

デスデモーナ　たった一言、お祈りの間だけ。

オセロ　もう遅過ぎる。(デスデモーナの首を絞める)

エミリア　(舞台奥で)将軍さま! 将軍さま! もしもし、旦那さ

ま！　旦那さま！

オセロ　あの物音は？　まだ死んでいない？　死に切っていない？　む
　　ごいわしだが慈悲の気持ちはまだ残っている。おまえの苦しみ
　　を長引かせたりはせぬからな。さあ、これで、これでどうだな⁉
　　（さらに強く絞める）

エミリア　（舞台奥で）ねえ、将軍さま！　旦那さま！

オセロ　誰だ⁉　そこにいるのは？

エミリア　（舞台奥で）ねえ、旦那さま、お話があるのです。

オセロ　あの声はエミリアだ。すぐに行くから。デスデモーナはと
　　うとう死んだ…。キャシオの死を知らせに来たに違いない。さっ
　　きまでここで物音がしていたが、もう今は動いていない？　墓場
　　のように静かだな。エミリアを部屋の中に入れるべきか？　どう
　　だろう？　デスデモーナはまた動いたぞ。いや、ただ気のせいな
　　のか？　どうすれば一番良いか？　エミリアは入ってきたら、きっ
　　と妻に話しかけるに違いない。わしの妻！　わしの妻！　どの妻
　　に？　わしには妻はいないのだ。ああ、耐えられぬ苦行の時間。
　　巨大なる日食や月食が起こり、デスデモーナのいない大地は震え
　　上がって裂けるだろう。

エミリア　（舞台奥で）お願いします。どうしてもお話しせねばな
　　らないことが…、旦那さま！

オセロ　おまえのことを忘れておった。さあ、入るのだ、エミリア。
　　ちょっと、待て。すぐにドアを開けるから─　カーテンは閉めて
　　おくから─　どこにいるのだ？　（ドアを開ける）

（エミリア登場）

こんな時刻に何かあったのか?!

エミリア　ああ、旦那さま、外で今、恐ろしい殺人事件がありました。

オセロ　何だって？ 今のこと？

エミリア　はい、たった今です。

オセロ　月が軌道を外れてしまい、いつもより地球近くに来たのなら、人は狂気になると言われている。

エミリア　キャシオさまがヴェニスから来た青年のロダリーゴをたった今、殺したのです。

オセロ　ロダリーゴが殺された？ それでキャシオも殺されたのか？

エミリア　いいえ、キャシオさまは殺されていません。

オセロ　キャシオの奴は殺されていない？ 殺人の手筈が少し狂ったな。甘い復讐が苦くなった。

デスデモーナ　ああ～私、無実の罪で殺されたのよ…。

エミリア　あの叫び… 何なのですか？

オセロ　あの叫び？ 何なのか？

エミリア　アッ、何てこと！ 奥さまの声！（ベッドのカーテンを開け放つ）大変よ！ 誰か来て！ 誰か、早く！ 奥さま、もう一度お声を出して！ デスデモーナさま、優しい奥さま、一言何か仰って！

デスデモーナ　罪もないのに死んでいくのよ…。

エミリア　誰なのですか!? こんなことした人は！

デスデモーナ　誰でもないの、私なの。さようなら…。私の優しいご主人に、よろしくね…。ああ～さようなら…。（死ぬ）

オセロ　どのようにして殺されたのだ?!

524

エミリア　さあ、分かりませんね。

オセロ　おまえは今、聞いただろう。やったのは自分であって、わ
　　しではないと…。

エミリア　はい、聞きました。真実を報告する必要がありますね。

オセロ　あの女は嘘つきで、地獄に落ちた。殺したのはこのわし
　　だ！

エミリア　それなら、まさに奥さまは天使の中の最高の天使さまで
　　す。あなたなんかは黒い中でもドス黒い悪魔だわ！

オセロ　あの女、浮気をしたぞ、娼婦だぞ！

エミリア　奥さまのこと、嘘を言うわね！　あなたは悪魔よ！

オセロ　あの女、浮気性だぞ！　水のようだ。

エミリア　奥さまを水と言うなら、あなたなんかは火のように無鉄
　　砲です。奥さまは天使のように清純な人。

オセロ　キャシオが相手だ。おまえの夫に聞くがいい。正当な理由
　　もなしに、このような暴力行為をしたのなら、地獄の底に落とさ
　　れようと構わない。イアゴがこのことを知っている。

エミリア　私の夫が？

オセロ　おまえの主人が。

エミリア　奥さまが不倫をしたと？

オセロ　キャシオ相手に、そういうことだ。デスデモーナが貞節で
　　あったなら、宝石で創った世界を彼女の代わりに与えると天がも
　　し仰っても、絶対にデスデモーナは譲りはしない！

エミリア　私の夫が？

オセロ　そうなのだ。おまえの主人が最初にそれを教えてくれた。
　　正直者の彼にとっては、邪な行いに当たるもの。穢らわしさに耐
　　え切れないのだ。

エミリア　私の夫が?

オセロ　同じことを何度言わせる!? おまえの亭主と言っておる。

エミリア　ああ、奥さま、悪事が愛を弄び、こんなことになったのですね! 私の夫が奥さまは不倫をしたと言ったなんて!

オセロ　そう、その男のことだ。言ったであろう、おまえの亭主だ。わしの言葉が分からぬか!? わしの友で、おまえの夫だ。誠実で正直者のイアゴのことだ。

エミリア　夫がもしもそんなことを言ったのなら、有害なそんな魂など腐り果てればいいんだわ。真っ赤な嘘よ! 奥さまはあんたのような汚れちまったクズ男を大事になさり過ぎたのだわ。

オセロ　ハァッ?! 何を言う!

エミリア　あんたなんかは怖くはないよ! こんなことをして、あんたわね、天国なんか行けっこないよ。奥さまの夫になった資格など全くないわ!

オセロ　黙れ! 言わせておけば!

エミリア　あんたが私を傷つけようと思っても、私の心はもうこれ以上傷がつかないほど傷だらけになっているんだから。ああ、馬鹿! 間抜け! ゴミ男! よくもやってくれたわね—。(オセロは剣の柄を握る) 剣なんかは怖くはないわ。何回も殺されたって触れ回るわ。誰か! 誰か来て! 誰か! ムーアの奴が奥さまを殺したんだよ。人殺し! 人殺し!

(モンターノ、グラシアーノ、イアゴ、その他登場)

モンターノ　何があったのか?! どうしたのです? 将軍。

エミリア　イアゴ、ちょうど良かった。いいときに来てくれたわね。

526

殺人の罪を着せられるところだったのよ。

グラシアーノ　どういうわけだ？

エミリア　男ならきっぱりと悪党の言うことを撥ねつけて！　奥さ
　まが不倫をしてるとあんたが言ったと、ムーアがしつこく言うん
　だよ。そんなこと、あんた言ってやしないだろう。あんたはそん
　な悪人じゃないわよね。はっきり言って！　私の胸は張り裂けそ
　うなの。

イアゴ　この俺は思った通りを言ったまでだ。将軍自身が俺の言っ
　たことがあり得ることで、真実だとご自分で思われた以上のこと
　は言っていない。

エミリア　でも、不倫などなさったと言ってないよね。

イアゴ　それは言った。

エミリア　嘘を言ったのね！　卑劣な嘘を！　誓って嘘を！　忌まわし
　い嘘！　邪な嘘！　キャシオさまと不倫を？　キャシオさまとだっ
　て⁉

イアゴ　キャシオとだ！　おまえなんかは黙っていろ！

エミリア　黙ってなんかいられない！　これが言わずにいられます
　か⁉　奥さまはベッドの中で殺されているのよ！

モンターノ & グラシアーノ　ああ、天の神様！

エミリア　〈イアゴに〉あんたが言った告げ口が、この殺人の原因
　よ。分かっているわね！

オセロ　そんなにも怖がらないでください。本当のことなんだから。

グラシアーノ　本当だと言われても信じられません。

モンターノ　恐ろしい所へと落とされますね。

エミリア　極悪よ！　悍ましい！　極悪非道！　思い当たるわ、あの
　ときのこと。確かにあれは変だった。今思い出しても取り返しがつ

かないわ。極悪だ! 極悪非道!!

イアゴ　何だって?! おまえは気でも狂ったのか⁉ おまえなど、とっとと家に帰ってろ!

エミリア　皆さま、どうか話す機会を私にお与えください。妻として夫には従うことが務めでしょうが、それは今は違います。イアゴ、私は二度と家になど帰らないからね。

オセロ　おぉ～おぉ～おぉ! (ベッドに倒れ込む)

エミリア　そうよ、ベッドに転び、吠えるがいいわ。あんたはね、この世では最も清く聖なる命を消し去ったのよ。

オセロ　(立ち上がり)あれは不貞を働いたのだ。叔父上がいらっしゃるのに気付かなかった。姪御さまはすぐそこに横たわっておられます。この手で息の根を止めました。恐ろしくて残忍な所業だと分かっています。

グラシアーノ　可哀想に! デスデモーナ、お父さまが先に亡くなられ、それは良かったのかも…。この結婚がお父さまの命取りにとなったのだ。まだブラバンショが生きていて、この光景を目にしたならば自暴自棄の振る舞いに出たかもしれません。自分の守護神を払いのけて奈落の底に落ちていたかも…。

オセロ　痛ましいことですが、イアゴが証言しています。キャシオと妻は、恥ずべき行為を数知れず重ねています。キャシオはそれを自白しました。妻はキャシオの愛の行為を喜んだのか、私が最初に与えた品を奴に与えていますので…。奴が手にしているところをこの目で確と見たのです。その品は父が母にとプレゼントした思い出のハンカチなのです。

エミリア　ああ、神よ! 天に在します我らの父よ!

イアゴ　畜生! おまえなんかは黙っていろ!

オセロ

エミリア　いえ、話します。話しますとも！　黙っているわけには
　　いきません。北風のように勝手気儘《かってきまま》に話しますから。神や悪魔や
　　人々が、私のことを押し込めたって黙ってなんかいられないわ！

イアゴ　おとなしく黙って家に帰っていろ！

エミリア　嫌ですね。（イアゴは剣を抜き、エミリアを脅す）

グラシアーノ　やめろ！　女に剣を向けるのか!?

エミリア　馬鹿なムーアよ、あんたなんかは！　そのハンカチは落
　　ちていたのを、私が偶然見つけて、夫にあげた物なんだから。た
　　いした物じゃないはずなのに、真顔になってしつこく何度も盗ん
　　でくれと言われていたから…。

イアゴ　極悪の女めが！

エミリア　奥さまがキャシオさまにやったなんていう話は大嘘よ！
　　私が見つけてイアゴにやった物ですよ！

イアゴ　でたらめを言うんじゃない！

エミリア　神に誓って、でたらめではありません。本当のことです。
　　〈オセロに〉間抜けで馬鹿な人殺しよ。あんたなんかは、あの善
　　良な奥さまを娶《めと》る資格はなかったんだよ。

オセロ　天に稲妻が走るのに、雷《いかずち》の声はなぜ聞こえぬか！　この悪
　　党め!!（オセロはイアゴに襲いかかるが、モンターノに剣を奪わ
　　れる。その混乱の隙に、イアゴは背後からエミリアを刺して退
　　場）

グラシアーノ　エミリアが倒れたぞ。きっと、イアゴが刺したの
　　だ！

エミリア　ああ、どうか、私を奥さまのそばに眠らせて…。

グラシアーノ　イアゴは妻を殺したあとで逃げたぞ。

モンターノ　極悪非道な悪党だ。この剣をお預かり頂けませんか？

529

将軍の手から取り上げたものです。ドアの見張りをお願いします。逃がしてはなりません。手向かうなら殺すのも厭わない。私はすぐに逃げた悪党を追跡します。凶悪な男ですから…。（オセロとエミリアを残して一同退場）

オセロ　わしにはもう勇気などなくなった。青二才には剣を奪われ、面目を失った。もう何を失くしても気にならぬ。

エミリア　優しい奥さま、あの歌は何の知らせだったのでしょう？お聞きください。聞こえます？　白鳥の役を演じて、歌いつつ死んでいきます。

（歌う）「柳よ柳　柳よ柳」

ムーア、奥さまは純白だったし、心からあなたを愛し、大切に思っておられた。分かるわね、残酷なムーアでも。こうして正直に打ち明けたから、私は天国に行けると思って死んでいくのよ。

（死ぬ）

オセロ　この部屋にもう一つ剣がある。氷のような冷たい小川の水で鍛えられた名剣が…。ああ、これだ。叔父上さま、出て行きますぞ。

グラシアーノ　（舞台奥で）出てくれば、命の保証はないからな。素手では相手にならぬだろう。

オセロ　そうなら、どうか中へとお入りになり、私の話をお聞きください。さもないと、素手で出て行き、あなたに襲いかかりますぞ！

（グラシアーノ登場）

グラシアーノ　何の話だ⁈

オセロ　ご覧ください。私は剣を持っております。軍人では、まだ他に誰も携えたことがない名剣です。かつて、私はこの名剣を片手に群がる敵に斬り込んだのです。もう、これさえも空しく響きます。自らの運命を支配できる者などいるのでしょうか？ 悪あがきなどもうしませんから、剣を持っていようと心配はご無用です。ここが私の旅路の終わり、ここが終焉。最終地点の標識がここにある。困惑し、後退りされるのか？ 恐れることはありません。藁一本、オセロの胸に突きつけたなら、オセロは尻込みをするでしょう。オセロは今どこへ行く？（ベッドに向かう）おまえはどんな顔でいるのだろう？ 不運な星に支配された哀れな女。ネグリジェと同じ純白の色。おまえとわしが最期の審判のときに出会ったなら、おまえの姿を見たわしの魂は、即座に地獄に投げ落とされて、悪魔の餌食となるだろう。冷たくなったおまえの体、純潔なおまえの心そのままだ。呪われろ！ 忌まわしいわしの魂！ 悪魔よ、わしに鞭を打ち、天使の姿が見えぬ所へ追い立てて、風の中、吹き飛ばし、硫黄の業火でわしを焼き、険しい崖から火の海に投げ下ろし、地獄の海で洗い清めろ！ ああ、デスデモーナは死んでしまった。デスデモーナ、ああ！ ああ！

（ロドヴィーコ、傷ついたキャシオ、モンターノ、捕らわれたイアゴ、その他登場）

ロドヴィーコ　自らの短絡さ故、不幸を招いた男はどこにいるのだ⁈

オセロ　かつてオセロと言われた男はここにいます。

ロドヴィーコ　毒蛇はどこにいる？ その悪党をここに引き出せ！

オセロ　見たところ、足は人間。あれは作り話か?!　もし、おまえが悪魔なら、わしにはおまえが殺せぬな。（イアゴを傷つける）

ロドヴィーコ　オセロの剣を取り上げろ！（オセロの剣は取り上げられる）

イアゴ　血は出ているが、死ぬわけはない。

オセロ　残念だとは思っておらぬ。生きておればいい。今のわしには死ぬことは幸いだ。

ロドヴィーコ　ああ、オセロ、あなたは立派な人だった。悪党の罠にはめられ… 何と言ったらいいものか?!

オセロ　どうとでも言ってもらえばいいことです。名誉ある殺人鬼なら、どうでしょう？　憎しみによりしたことではありません。名誉のためです。

ロドヴィーコ　この悪党は事の一部を白状いたし、あなたとイアゴが共謀してキャシオの暗殺計画を立てて実行したと申しています。

オセロ　その通りです

キャシオ　オセロ将軍、そのようなことをされる覚えは私には絶対にありません。

オセロ　わしはそれを信じるからな。今ここで謝罪する。頼むから、このプチ悪魔、どうしてわしの魂も肉体も罠に掛けたか聞いてくれぬか？

イアゴ　俺には何も聞かないでくれ。知るべきことは知っているはずだ。今からはもう二度と口はきかない。

ロドヴィーコ　何だって？　祈りもしない？

グラシアーノ　拷問にかけて、口を割らせる。

オセロ　〈イアゴに〉口を利かぬが身のためだろう。

ロドヴィーコ　ご存知ないと思うから、事情を少しお話しします。

殺されたロダリーゴのポケットに一通の手紙があって、ここにも別のが…。その一つには、ロダリーゴが手を下し、キャシオを暗殺すべき旨が書かれています。

オセロ　ああ、悪党め！

キャシオ　異教徒的で、野蛮だな。

ロドヴィーコ　ポケットに他にも手紙が入れてあり、そこには不平不満が書き連らねてあって、送るつもりであったのにイアゴに先に出会ってしまい、言葉巧みに丸め込まれた様子です。

オセロ　〈イアゴに〉この卑怯者！〈キャシオに〉妻のハンカチはどうやっておまえの手に入ったのだ？

キャシオ　私の部屋で見つけたのです。先ほどの自白によると、ある計画の目的のために故意にそれを私の部屋に落としておいたとか…。

オセロ　ああ、馬鹿だった！　わしは馬鹿だ！　大馬鹿だ！

キャシオ　手紙には、ロダリーゴがイアゴを糾弾する中で、夜警の際にロダリーゴが私に喧嘩をふっかけ、暴動を起こさせるようにしたのはイアゴだと書かれていました。このことで私は免職となりました。たった今のことですが、死んだと思っていたロダリーゴが蘇生して言ったことは、「イアゴが俺を刺したんだ。イアゴがみんなけしかけた」と。

ロドヴィーコ　〈オセロに〉この部屋を出て、我らと同行をお願いしたい。権力や指揮権は取り上げです。キャシオがこのキプロスの全権を握ることになります。この非人間を痛めつけて、苦しみが永続する刑を考えて厳罰に処します。あなたに関しては罪状がヴェニス政府に報告されます。そのときまでは厳重な監視の下で囚人として扱われます。さあ、連行致せ。

オセロ　お願いがあります。出発の前にたった一言だけ言わせてください。私は国家に功績があり、そのことはご存知のはずです。だからそれには触れません。お願いは、報告書に不幸な事件を記されるとき、ありのままに私のことをお書きください。かばうことなく、そしることなく…。それに加えて、賢明に愛することはできなかったが、心の底から愛した男。嫉妬など知らなかったが、策略に引っかかり、極度に心が乱れて、愚かなインディアンが種族のすべてを滅ぼすように貴重な真珠を投げ捨てたこと。泣くことに不慣れな目だが、アラビアの木から薬用の樹液がしたたり落ちるかのように、とめどなく涙を流しているのだとお書きください。もう一つ、アレッポでターバンを巻いたトルコ人が、ヴェニス人を殴りつけ、ヴェニスの国を侮辱するので、その男の喉元をひっ掴み、殴り倒してやったこと。このように…。（自分を刺す）

ロドヴィーコ　ああ、無残な最期！

グラシアーノ　もうすべてが無駄となったか…。

オセロ　おまえを殺すその前に、わしはおまえにキスをした。今わしはキスをして死んでゆく。（ベッドに倒れ込み、死ぬ）

キャシオ　恐れていたが、武器をお持ちだったか…。高潔な方だった。

ロドヴィーコ　〈イアゴに〉ああ、スパルタ犬！　苦痛や飢え、荒海よりも凶暴なおまえ。ベッドの上の惨憺（さんたん）たる光景を、荒海さえも及ばぬような凄惨（せいさん）な所業をここに見るがいい！　これはみんなおまえの仕業だ。これを見たなら目も潰れるな。カーテンを引け！（ベッドのカーテンが引かれる）グラシアーノ総督、この家をお願いします。ムーアの財産は没収となります。相続人はあなたです。総督、あなたにはこの悪党の処刑をお願いします。時、場所、

やり方などの判断はお任せします。容赦などする必要はありません。私はただちに乗船し、本国に悲しい事件を悲しい気持ちで報告せねばなりません。(一同退場)

オセロ役とデスデモーナ役
(フーバート・カーターとティタ・ブラント)

あとがき

1. 『マクベス』

　シェイクスピアは『マクベス』を作る際、ホリンシェッドの『年代記』を下敷きにしつつ、事件や舞台にスコットランドというジェイムズ１世の故郷を選び、スチュアート家の血筋の祖先であるバンクォーを知的で勇敢な人格者として描いている。さらに、バンクォーから続く王家の子孫を幻影として登場させたりしていて、明らかにジェイムズ１世を意識しているのが分かる。また、ジェイムズ１世はイギリス王であったエドワード懺悔王と同じように「神秘な（神の）力」を備えていて、それによって民衆の難病を治癒していたとされている。シェイクスピアはこの作品を作るにあたって、魔力や魔術を信じる王の歓心を買おうとした側面も否定できない。

　『マクベス』がこうして作られた動機とは別に、この作品はマクベスの心の闇に焦点を当てて、刻一刻と変わる彼の心の動きを巧みに捉えている。魔女の言葉に唆され、マクベス夫人に後押しをされ、悪事を重ね、自ら「大釜」の中に没してしまうマクベスの生きざまが見事に描かれている。

　現在に至るまで、シェイクスピア研究者の幾人かが、『マクベス』の翻訳を手掛けられている。訳文を見ても、それぞれの苦労が滲み出ている。マクベスが魔女に騙されたと分かり愕然とする場面が、クライマックスに二段構えで出てくる。一つ目は、「ダンシネーンの森」のトリックである。ここは、私が読んだ訳文では、しっかり訳されている。ところが、一番大切なもう一つの魔女の二枚舌であ

る「女（女の腹〔産道〕）から生まれた男にはマクベスは殺されたりはしない」という英文の、シェイクスピアの大得意の「だじゃれ」のトリックを生かし切って訳されている方がいなかったことに私にはずっと不満であった（全員の訳を読んだわけではないので、正しく訳されている方がいらっしゃったなら、ここで謝罪致します）。この魔女が発する未来予言の言葉には、実は別の意味がある。これが最も大事なのに、肝心な点が欠落している。日本語で読む読者には、原典の「二枚舌」（裏の意味）が理解されないし、これではシェイクスピアが失望するのでは？と考え、最後はこの一点に集中して仕上げた翻訳がこの作品である。

　この訳がシェイクスピアに認めてもらえるかどうかは分からないが、自分なりに、魔女に托したシェイクスピアの「だじゃれ」の真髄の訳はクリアできたと思っている。大袈裟に言うほど大した工夫ではないのだが、それが成功しているかどうかのご判断は読者にお任せする。

2.　『リア王』

　シェイクスピアの『リア王』は、彼が 37 歳ぐらいのときに書かれた作品である。若くしてよくこんなキレる老人の話が書けたものだと敬服する。

　思うに、シェイクスピアを訳した日本人の中で、訳に関して大きな逸脱はないが、私ほど勝手気ままに自分色を出して訳した人物はいないのではないだろうか。「注」を読めば、「こんなのシェイクスピアの作品の注としてはあるまじきもの！」と、私が女性の権利を

537

「侵害している！」と批判されるかもしれない。しかし、私の年代の方々の大多数は私の味方／見方である。それは確信している。今の若者のように、言いたいことを声高に言わないだけのことであって—— これは高齢になって、若いときより、高い見地から物事を眺めることができるようになったことと、諦めの気持ちが強くなり、達観し、「もうどうにでもなれ」というような気持ちになっているからかもしれない。

　ただ、一つ言えることは、時代によって人の感じ方、考え方が大きく変わるということである。シェイクスピアの死後30年ほど経って起こった清教徒革命（1642-1949）によって、クロムウェルの厳格なピューリタンの閉塞的な時代が英国に訪れた（この頃は演劇は悪徳の根源として劇場は閉鎖された）。ところが、1660年に王政復古がなされ、英国王チャールズ2世が王位に就き、世の中が自由で明るい雰囲気となり、『リア王』のような作品は暗くて陰惨で下品だとして、人々には受け入れ難いものとなった。そこで、シェイクスピア没後65年にして、ネイハム・テイトによってハッピーエンド型に書き換えられたのである。

　話はややこしくなるが、シェイクスピアがもとにしたのは作者不明の原作品『リア』（Lear ではなく Leir という王が主人公）というものだが、これはハッピーエンドである。この作品ではリア王は復権し、コーディリアは死なない。17世紀の改作『リア王』も、コーディリアがエドガーと結婚したりと、原作品には忠実ではないものの、ハッピーなエンディングである。この喜劇型上演が英国で150年以上も続いた。現在上演されているシェイクスピアのオリジナル作品が復活したのは1838年である。

　現代という時代、この作品を読まれた方の多くは、リア王の強い

あとがき

思い込みと激情に駆られて即断するという「愚かな罪」に対しては、「罰」が厳しすぎるのでは？と思われるのではないだろうか …。いつかまた原作品やシェイクスピア作品の改作のほうが良しとされる日が来るかもしれない。これは人々の受容性、感性次第だ。

　ただ、現代においても、例外はあるものの親子の情は同じだ。信頼感と不信感、虚偽と正義のせめぎ合い、虚飾を取り去った人間の裸の姿、「見えていたときには見えず、見えなくなって初めて見える」人の世のこと、「どん底にいる」などと言える間は、どん底ではないというギリシャの哲人が語るような人生哲学など、学ぶべきものが作品に散りばめられている。

　この『リア王』においては、リアや道化、乞食に身をやつしたエドガーの台詞の内容には深いものがあり、リア王はもちろん、道化、トムになったエドガーの台詞には訳すのに大きな許容範囲があった。それを詩形式のみならず、内容をいかにして表現できるか大問題であった。さて、出来栄えはどうなのか自分では評価ができない。

　訳していて気付かされことは、主筋と副筋が微妙に絡み合っていて、強烈な本体が作り上げられていることである。ただ漫然と読んでいたときには分からなかったことが、訳していて分かった。それは、劇の途中で主人公のリア王がいなくなってしまったのだ。ところが、それを補完するかのように、グロスターが代役の主人公のように登場し、リア王が最後に狂気となって現れるのだが、そこに至る過程をシェイクスピアはグロスターで描き出しているということだ。リア王の悲劇的効果を高めた道化の役も、リア王が消えている間は道化だけで登場させるわけにはいかないので、エドガーがしっかりと代役を務めている。ここにシェイクスピアの偉大さをまざまざと感じとることができた。

539

訳す中で、いろいろギャグや言葉遊び、連想の遊び、新語を作る遊びなど、演劇の本質を自分勝手に充分楽しませてもらった。特に、道化の歌の箇所は、七五調ではあるが、それに加えて、イギリスの詩形の二行連句（couplet）［二行ずつ脚韻を踏ませる］風に韻を絡ませてある。それに加えて、「みんなみんなひらがなにしたり」と、根気がいる翻訳作業の中で、少し遊ばせてもらった。

最後に、「演劇」の英語は、"Play" です。「遊び」です。遊び好きの私の翻訳をお読みくださってありがとうございました。

3. 『ハムレット』

シェイクスピアの「悲劇時代」のトップバッターで、最高の地位に君臨するのが『ハムレット』だ。シェイクスピアはまだ30代という若さ。現在と違い、平均寿命が短い頃だとはいえ、やはり偉大だと評さざるを得ない。日本のシェイクスピア学者と自他ともに認められている30人ほどの方々が、19世紀末から現在に至るまでの140年間に『ハムレット』の訳にチャレンジされた。きっと先達の訳よりも優れたものをと意を決して訳されてきたのだろう。私はシェイクスピアが専門ではないが、私も訳者の一人なので気持ちは同じだ。きっと、それぞれ苦心惨憺されて、翻訳を完成され、日本にシェイクスピアの作品を紹介されたのだから、すべての方々に敬意を表する。

『ハムレット』が世界中の膨大な数の作品の中で群を抜いているのは、グローバル化した今の世で、英語で書かれたという点がかなり大きなアドバンテージとなっている。他国の言語に訳した場合、

あとがき

シェイクスピアが書いた言葉の音の響きが伝わらないので、作品の劣化は免れない。それでも、これだけ多くの国々で高く評価されているのだから、それだけでもシェイクスピアの価値が分かるだろう。

前述したように、シェイクスピアの全作品の中で、やはり傑出しているのはこの『ハムレット』であるのは万人の認めるところである。では、なぜそうなのかを私なりに考察してみる。

『ハムレット』の種本は、遠く12世紀末にデンマーク人の歴史家が書いた年代記によるものだ。そこに書かれていた物語がフランス語に翻案され、それが16世紀後半にイングランドに伝わり、「原ハムレット」と呼ばれているオリジナルの『ハムレット』が、シェイクスピアが書いた偉大な『ハムレット』よりも前に上演されていた記録が残っている。

続いて、1587～88年頃に上演されたトマス・キッドの『スペインの悲劇』は、『ハムレット』にある亡霊、主人公の狂気、劇中劇などがあり、エリザベス朝の復讐劇の先駆け的存在で、シェイクスピアはこれを自分の作品の中に取り入れたのだろう。これはあくまで、筋書きを取り入れただけのことであり、シェイクスピアの作品の中にだけある貴重なエッセンスは、彼の哲学であり、人生論なのだ。そこに我々は共感し、感動し、学び、生きる指針を見出せるのではないだろうか。

もう一つ文学作品には大切な役目がある。それは、シェイクスピアが主要な登場人物に語らせている「鏡」の役目である。それは時代を映し、観客や読者のそれぞれの内面を映し出す働きをしている。『ハムレット』の中には、高品質の「鏡」が散りばめられてある。受け手一人ひとりの内面を映し出す鏡である。さらに、ハムレットは、狂気という偏向や屈折する鏡まで持っている振りをするのだか

541

ら、読者はその鏡に自分を映してみて、今までの自分でなかった自分をも発見できるのかもしれない。

　シェイクスピアの登場人物の発言や行動の中にある「宝」を発見できれば、人生が有意義なものになると私は信じている。

4.『オセロ』

　『オセロ』は上演される前年にエリザベス１世が亡くなり、ジェイムズ１世の時代になってまだすぐの頃の作品である。この劇には『オセロ』の後に、副題のように「ムーア人」と書かれている。ムーア人とは、イベリア半島や北アフリカの地方にいたイスラム教徒であるが、当時のイギリスでは、「ムーア人」と言えば黒人のことであった。

　人種差別や性差別に厳しい現代、この作品を要らざる批判に晒すのを避けようとしてか、ムーア人を曖昧に解釈している。シェイクスピアは黒人を意図して書いているはずだが、真偽のほどは確かではない。

　この作品は、私の得意技であるギャグを使う場面が非常に少なく、暗い思いで、暗い作品を、暗い密室で一人で訳していた。これほどクライ三ヶ月は泣けるほど辛らかった。

　最後に「あとがき」で、鬱憤を晴らすようにこうしてギャグを書いているが、今から、400 年以上も前に、イギリスに多くの黒人がいたとは思えない。当時、イギリス人はプライドが高かったので、黒人だけでなく、他の国の人なら誰でも蔑みの目で見ていたのに違いない。

あとがき

　オセロはなぜかクリスチャンである。オセロは貿易で栄えるヴェニス公国の将軍である。傭兵なのに、将軍である。なぜか？　ヴェニス人が将軍になると、富と政治に軍事力が加わり、独裁者が現れることが分かっていたからだ。

　実際に、この劇の上演の34年前に、トルコ軍がキプロス島に遠征軍を送っている。シェイクスピアはそれを知っていて、これを書いている。「四大悲劇」の中で、政治的対立や、王侯貴族の没落を描いた『ハムレット』、『マクベス』、『リア王』と比較すると、戦争のことは背景として描かれてはいるが、この作品は出世を阻まれた男の妬みと復讐、そして夫婦に起こる小さな世界の悲劇である。

　そもそも、傭兵の黒人男性と貴族階級の白人女性との結婚を取り上げたシェイクスピアに、きっと庶民は唖然としたことだろう。これも、やはり興行的な成功のことを考えてのことだったのだろうか。

　一言、ここに付け加えたいのはイアゴのことだ。イギリスの批評家や日本の学者でイアゴを賛美するようなことを書いている人がいるが、シェイクスピアがこのような人物を巧みに描き上げたという意味でのこととは思うが、こんなイケスカナイ男はいない！　最低も最低値をはるかに超えている。しかし、作品をじっくりと読んでみると、イヤゴの巧妙なテクニックとそれにまんまと騙されるオセロの心の動きが他の三作品よりもはるかに良く描かれていることが分かる。それだけ逆に、デスデモーナの純真さが純白のパールのような輝きを放つのである。

　最後に、この作品には、「嫉妬」という言葉が23回も出てくる。その中で最も有名なものは、「嫉妬とは 緑色した 怪物で／人の心で 増殖し 人の心を 弄ぶ」というものである。また、"jealousy"のことを、"green-eyed monster" と表現しているが、イギリスでは

著者略歴

今西 薫

京都市生まれ。関西学院大学法学部政治学科卒業、同志社大学英文学部前期博士課程修了（修士）、イギリス・アイルランド演劇専攻。元京都学園大学教授。

著書

『21世紀に向かう英国演劇』（エスト出版）

『*The Irish Dramatic Movement: The Early Stages*』（山口書店）

『*New Haiku: Fusion of Poetry*』（風詠社）

『*Short Stories for Children by Mimei Ogawa*』（山口書店）

『*The Rocking-Horse Winner & Monkey Nuts*』（あぽろん社）

『*The Secret of Jack's Success*』（エスト出版）

『*The Black Cat*』（黒猫）〔Retold 版〕（美誠社）

『*The Importance of Being Earnest*』〔Retold 版〕（中央図書）

『イギリスを旅する35章（共著）』（明石書店）

『表象と生のはざまで（共著）』（南雲堂）

『詩集 流れゆく雲に想いを描いて』（風詠社）

『フランダースの犬、ニュルンベルクのストーブ』（ブックウェイ）

『心をつなぐ童話集』（風詠社）

『恐ろしくおもしろい物語集』（風詠社）

『小川未明＆今西薫童話集』（ブックウェイ）

『なぞなぞ童話・エッセイ集（心優しき人への贈物）』（ブックウェイ）

『この世に生きて　静枝ものがたり』（ブックウェイ）

『フュージョン・詩 & 俳句集 ―訣れの Poetry ―』（ブックウェイ）

『アイルランド紀行 ―ずっこけ見聞録―』（ブックウェイ）

『果てしない海 ―旅の終焉―』（ブックウェイ）

『J. M. シング戯曲集 *The Collected Plays of J. M. Synge*（*in Japanese*）』（ブックウェイ）

『社会に物申す』純晶也〔筆名〕（風詠社）

『徒然なるままに ―老人の老人による老人のための随筆―』（ブックウェイ）

『「かもめ」&「ワーニャ伯父さん」―現代語訳チェーホフ四大劇Ⅰ―』（ブックウェイ）

『New マジメが肝心 ―オスカー・ワイルド日本語訳―』（ブックウェイ）

『ヴェニスの商人』―七五調訳シェイクスピアシリーズ〈1〉―（ブックウェイ）

『マクベス』―七五調訳シェイクスピアシリーズ〈2〉―（風詠社）

『リア王』―七五調訳シェイクスピアシリーズ〈3〉―（風詠社）

『テンペスト』―七五調訳シェイクスピアシリーズ〈4〉―（風詠社）

『ちっちゃな詩集 ☆魔法の言葉☆』（風詠社）

『ハムレット』―七五調訳シェイクスピアシリーズ〈5〉―（風詠社）

『ジュリアス・シーザー』―七五調訳シェイクスピアシリーズ〈6〉―（風詠社）

『オセロ ―ヴェニスのムーア人―』―七五調訳シェイクスピアシリーズ〈7〉―（風
　詠社）

『間違いの喜劇』―七五調訳シェイクスピアシリーズ〈8〉―（風詠社）

『十二夜』―七五調訳シェイクスピアシリーズ〈9〉―（風詠社）

『（真）夏の夜の夢』―七五調訳シェイクスピアシリーズ〈10〉―（風詠社）